SOFIE BERG

Mit dem Mut *des Herzens*

SOFIE BERG

Mit dem Mut *des Herzens*

ROMAN

GMEINER

Bisherige Veröffentlichungen im Gmeiner-Verlag:
Mit dem Mut des Herzens (2020)
Schicksalstage am Fjord (2019)

Personen und Handlung sind frei erfunden.
Ähnlichkeiten mit lebenden oder toten Personen
sind rein zufällig und nicht beabsichtigt.

MIX
Papier aus verantwortungsvollen Quellen
FSC www.fsc.org
FSC® C014496

Besuchen Sie uns im Internet:
www.gmeiner-verlag.de

Im Ehnried 5, 88605 Meßkirch
Telefon 07575/2095-0
info@gmeiner-verlag.de

1. Auflage 2020

Lektorat: Claudia Senghaas, Kirchardt
Herstellung: Mirjam Hecht
Umschlaggestaltung: U.O.R.G. Lutz Eberle, Stuttgart
unter Verwendung eines Fotos von: © ullstein bild
und Norwegische Nationalbibliothek – Nasjonalbiblioteket.
Fotografie von Anders Beer Wilse:
https://www.nb.no/items/URN:NBN:no-nb_foto_NF_WF_16947
Druck: GGP Media GmbH, Pößneck
Printed in Germany
ISBN 978-3-8392-2736-7

Zur Erinnerung an
die wundervollste Mutter der Welt
Ich vermisse dich

1. KAPITEL

Auf der Nordsee, November 1945

»Jetzt ist es nicht mehr weit bis zur Elbmündung. Da hinten auf der rechten Seite ist schon Cuxhaven. Ab da noch ein Stück die Elbe rauf und wir sind endlich in Hamburg.« Georg Reimers rieb sich die vor Kälte geröteten Hände, während er seiner Frau ein Lächeln zuwarf, das allerdings nur zögerlich erwidert wurde.

Sollte ihre Reise endlich ein Ende finden?

Ingrid mochte es kaum glauben. Fast drei Wochen waren vergangen, seit sie beide zusammen mit ihrer kleinen Tochter Eva Trondheim verlassen hatten. Ihr kamen es wie Monate vor. Die Gesichter ihrer Familie waren nur noch flüchtige Schemen an einem fernen Horizont und auch ihr Elternhaus in der Margrethes gate hatte seine Konturen verloren, als wäre Nebel aufgezogen, der alles wie eine feuchte Wolke einhüllte.

Sie waren nur langsam vorangekommen. Aufgrund der Gefahr von Minen hatte das ehemalige Lazarettschiff der deutschen Marine nur bei Tage fahren können. Mit jedem Tag, den sie auf See verbracht hatten, war Ingrid mehr und mehr in einen gleichmäßigen Trott verfallen, der nach und nach jegliche Antriebskraft in ihr aufgesaugt hatte. Aufstehen, Eva versorgen, sich mit Georg, der nicht mit ihnen in der

Kabine nächtigen durfte, auf Deck treffen, Mittagessen, Eva in den Schlaf wiegen, sich erneut mit Georg treffen, Abendessen und Eva ins Bett bringen. Ingrid hatte das Gefühl, sich in ein Uhrwerk verwandelt zu haben, das ohne eigenes Zutun vor sich hinlief. Unterbrochen wurde es nur von gelegentlichen Unterhaltungen mit den anderen Müttern in der Kabine. Auch sie junge Norwegerinnen, die sich in den Feind verliebt und mit ihm ein Kind bekommen hatten. Wie ihr selbst war es ihnen gelungen, ihren Liebsten ausfindig zu machen und zu heiraten. Auch wenn eine Heirat mit dem Feind die Ausweisung aus Norwegen bedeutete. Unmittelbar vor der Abfahrt hatte Ingrid zudem erfahren, dass der norwegische Staat ihr auch ihre Staatsangehörigkeit aberkannt hatte.

Mit einem Gesetz, das sogar rückwirkende Geltung besaß. Es schien, als gäbe es für ihr Land kaum ein schlimmeres Verbrechen als sich zu verlieben. Nein, es war ja nicht mehr ihr Land. Sowohl auf dem Papier als auch in den Augen ihrer Landsleute gehörte sie nicht mehr dazu, war zum Feind geworden.

Wie ein Lichtblitz, der eine Leinwand erhellte, sah sie für einen kurzen Augenblick das Bild ihrer Mutter vor sich. Die von Fältchen umkränzten kornblumenblauen Augen lächelten sie liebevoll an, während von den Wimpern langsam die Tränen hinabtropften.

Ingrid presste ihren Kiefer fest zusammen, als sie merkte, wie in ihr bei der Erinnerung an den Abschied von ihrer Mutter die Tränen aufstiegen.

Ob ihre Mutter noch einmal nach Orkanger gefahren war? Sie hatte es ihnen bei ihrem Besuch Ende Oktober versprochen. Im Gegensatz zum Rest ihrer Familie hatte sie nie einen Zweifel daran gelassen, dass Ingrid und Eva niemals der Feind sein würden.

So sehr Ingrid sich bemühte, die Tränen ließen sich nicht länger zurückdrängen. Hastig wischte sie mit den vor Kälte starr gewordenen Händen über die Wangen. Dabei warf sie einen Blick zu Georg hinüber, ob der ihren Gefühlsausbruch mitbekommen hatte.

Doch Georg starrte in die Ferne wie ein Matrose im Ausguck, der sich nicht sicher war, ob er Land entdeckt hatte. »Das gibt's doch gar nicht«, murmelte er und umklammerte die Reling, dass seine Fingerknöchel, eisigen Gletschern gleich, weiß hervortraten.

Ingrid vergaß ihren Kummer und trat dicht an ihren Mann heran, um gleichfalls zum Ufer, dessen Umrisse immer deutlicher hervortraten, hinüberzusehen. »Was ist denn los?«

Sie musste ihre Frage wiederholen, bevor sie von Georg Auskunft erhielt. »Wir fahren in den Nord-Ostsee-Kanal«, sagte er, seine Stimme von Unglauben durchtränkt.

»Ist das nicht gut?«, fragte Ingrid vorsichtig, als fürchtete sie, Georgs Antwort gefiele ihr nicht.

»Der Kanal führt zur Ostsee«, informierte Georg sie, dabei jedes der Worte in die Länge ziehend. »Weg von der Elbe und Hamburg.«

*

Orkanger, Norwegen, eine Woche zuvor

Eine Windbö ließ die Tür der Baracke aufschwingen. Jaulend bahnte sich der kalte Novemberwind seinen Weg in das flach in die Landschaft geduckte Gebäude.

Kristine Bakken ließ ihre schwere Tasche fallen und hechtete mit einer für ihr Alter erstaunlichen Behändigkeit zum mitten im Raum thronenden Schreibtisch, um nach einem

Stapel Papiere zu greifen, den der Wind im Begriff war, in alle Richtungen zu verteilen. Sie war nicht schnell genug, um alle Seiten zu retten. Der Macht einer jahrelangen Gewohnheit folgend bückte sie sich, um die auf den Boden gefallenen Blätter aufzuheben. Sie hatte die Hälfte beisammen, als ein schabendes Geräusch sie innehalten ließ. Der Uniformierte, der die gesamte Zeit mit gebeugtem Kopf hinter seinem Schreibtisch gesessen und weder seiner Besucherin noch dem Wind das kleinste Körnchen Beachtung gezollt hatte, hatte seinen Stuhl zurückgeschoben. Die durchgetretenen Bodenplanken erzitterten unter dem Gewicht seiner Stiefel, als er zur Barackentür ging, um diese zu schließen. Danach kehrte er zum Schreibtisch zurück. Die auf dem Boden hockende Frau ignorierte er dabei.

Mit steifen Knien erhob Kristine sich und reichte dem jungen Mann den Papierstapel. Anstatt ihn ihr abzunehmen, griff dieser nach der neben ihm liegenden Zigarettenschachtel. Mit einer sorgfältigen Behutsamkeit, als gälte es, eine Taschenuhr aufzuziehen, nahm er eine Zigarette heraus und zündete sie an.

Wie jung er war.

Er erinnerte Kristine an ihren Sohn. Mitleid stieg in ihr auf, Mitleid für den jungen Mann, weil er in einer Zeit jung war, die der Jugend ihre Unbeschwertheit genommen hatte. Unvermutet verspürte sie den Drang, ihm ein aufmunterndes Lächeln zu schenken.

Als ahnte er ihre Absicht und wollte diese unverzüglich im Keim ersticken, lehnte sich der junge Mann auf seinem Stuhl zurück und ließ seine Augen über den Körper seiner Besucherin wandern, um auf Höhe ihrer Brüste zu verharren.

Es war totenstill im Raum. Von draußen war das Geräusch von Schritten zu hören, die sich näherten und wieder entfernten. Irgendwo in der Ferne wurde ein Motor angelassen.

Auf Kristines Wangen breitete sich glühende Hitze aus. Vorsichtig, als hielte sie ein rohes Ei in den Händen, legte sie den Papierstapel auf den Schreibtisch. Dann beugte sie sich vor, um die braune Stofftasche an den abgegriffenen Henkeln zu fassen und zu sich heranzuziehen. Die ganze Zeit spürte sie die Blicke des jungen Mannes wie spitze Nadelstiche auf ihrer Haut. Sie fragte sich, wie sie jemals Mitleid mit ihm hatte empfinden können. Schnell verdrängte sie den Gedanken. Die Tasche hatte ihr ins Gedächtnis gerufen, weswegen sie gekommen war.

Sie schluckte. »Ich möchte bitte meine Tochter besuchen.«

Der Uniformierte blies einen Rauchkringel in die Luft und ließ seinen Blick erneut an seiner Besucherin hinabgleiten.

Ein eisiger Schauer rann den Rücken der Frau entlang.

Als trüge ich keine Kleidung am Leibe.

»Bitte. Ich bin extra den weiten Weg aus Trondheim gekommen, um meine Tochter noch einmal zu sehen, bevor sie abreist.« Sie zwang sich, dem Blick aus diesen kalten und durchdringenden Augen, die an das eisige Blau eines Gletschersees erinnerten, standzuhalten.

Der Uniformierte zog erneut an seiner Zigarette. Dann streifte er die Asche in einer kleinen, emaillierten Schale ab und griff nach einem dicken, schwarzen Buch. »Name!«

»Ingrid Ba…« Kristine verschränkte ihre Hände ineinander. »Entschuldigung, ich meinte, Ingrid Reimers.«

Wie hatte sie nur so nachlässig sein können, Ingrids Namen nicht zu nennen? Der junge Mann musste sie für eine törichte, alte Frau halten.

»Nicht der Name Ihrer Tochter.« Der junge Mann rollte mit den Augen. »Wenn sie offiziell hier im Lager ist, wird sie wohl mit einem der werten Herren, die wir das Pech haben, immer noch hier beherbergen zu müssen, verheiratet sein.« Er neigte sich über die emaillierte Schale und spuckte hinein. Die Frau beobachtete, wie der dünne Faden Spucke langsam vom Rand in die Mitte der Schale lief.

Der Uniformierte klopfte mit dem Zeigefinger auf den von Rillen zerfurchten Tisch. »Wissen Sie nun den Namen Ihres Schwiegersohnes? Ich habe nämlich nicht den ganzen Tag Zeit.«

Langsam löste sich der Blick der Frau von der Schale und heftete sich auf ihr Gegenüber. »Georg Reimers von der Hafenschutzgruppe Drontheim.«

Der Uniformierte ließ seinen Finger über eine aufgeschlagene Seite gleiten. »Ach, hier haben wir ihn, Georg Reimers, Ehefrau Ingrid sowie Tochter Eva.« Mit einem spöttischen Grinsen lehnte er sich zurück. »Ein Kind haben sie auch schon. Sieh an, sieh an. Da gehört Ihre Tochter ja zu denen, die es mit der Feindbetreuung besonders gut gemeint haben.« Er musterte seine Besucherin wie eine Kuh, die auf dem Viehmarkt zum Verkauf angeboten wurde. »Dabei sehen Sie wirklich anständig aus und nicht wie die Mutter einer Deutschenhure.«

Kristine wich zurück, als hätte er ihr ins Gesicht geschlagen.

Dabei war es beileibe nicht das erste Mal, dass ihre Tochter derartig bezeichnet wurde. Auch Ingrids Geschwister waren nicht davor zurückgeschreckt, ihre jüngere Schwester auf diese Weise zu beleidigen. Dennoch schmerzte es stets aufs Neue, diesen Begriff zu hören. Aber sie durfte sich davon nicht beirren lassen. Es galt, ein Ziel zu erreichen.

»Bitte, ich möchte nur ein paar Minuten zu meiner Tochter.«

Der Mann schlug das Buch zu. »Wenn Sie Ihre Familie besuchen wollen«, er zog an seiner Zigarette und blies seiner Besucherin den Rauch entgegen, »müssen Sie nach Deutschland fahren.«

Kristine hustete, als die Rauchschwade sie einhüllte. »Das kann nicht sein«, krächzte sie. »Der Winter hat doch schon begonnen.«

»Und wie das sein kann, werte Dame. Heim ins Reich! War das nicht stets die Parole der Landsleute Ihrer Tochter gewesen?«

*

Lager Pöppendorf, Lübeck-Kücknitz, November 1945

»Ein bisschen Beeilung, gnädige Frau. Wir wollen, dass Sie heute noch ankommen.« Der ältere Mann deutete auf die Ladefläche des Lastwagens, auf dem sich bereits eine größere Gruppe von Menschen, hauptsächlich Frauen und Kinder, zusammendrängte.

Ingrid, die wegen ihrer dürftigen Deutschkenntnisse die Worte des Mannes zwar nicht verstand, aber aufgrund seiner Handbewegung deren Sinn erahnt hatte, blickte sich hektisch um.

Wo war Georg? Sie konnten doch nicht ohne ihn fahren. Warum nur hatte sie nicht darauf bestanden, dass sie zusammenblieben?

Ingrids Arme umschlossen den Körper ihrer kleinen Tochter noch ein wenig fester, während sie versuchte, sich die vergangenen knapp 24 Stunden ins Gedächtnis zu rufen. Doch es war, als hätte mit der Ankunft im Hafen von Lübeck-Travemünde dieser Teil ihres Gehirns seine Arbeit zum großen Teil eingestellt.

Vielleicht lag es auch daran, dass Evas Gebrüll alles überlagert hatte.

Unablässig hatte Ingrid sich bemüht, ihre Tochter zu beruhigen. Doch es schien, als hätte sich der Körper des kleinen Mädchens in den vergangenen Wochen zu sehr an das Schwanken des Schiffes gewöhnt. Kaum hatten sie den Landungssteg verlassen, hatte Eva sich lautstark bemerkbar gemacht. Auf der Fahrt vom Hafen zum Lager hatte sie sich zwar wieder beruhigt, kaum waren sie jedoch vom LKW gestiegen, hatte sie von Neuem angefangen zu brüllen. Erschöpft von der langen Zeit auf See sowie der Ungewissheit darüber, wo ihre Reise enden würde, hatte Ingrid sich nicht gewehrt, als Georg ihr mitteilte, dass sie mit Eva Aufnahme in der Sanitätsabteilung finden würde. Sie hatte nur genickt und war einer Frau in der Tracht des Roten Kreuzes in eine der Baracken gefolgt. Zu ihrer Erleichterung war Eva, nachdem sie von der Schwester mit warmem Wasser gewaschen und mit Haferbrei gefüttert worden war, eingeschlafen. In einem letzten Aufbäumen, bevor ihr selbst die Augen zufielen, hatte sie die Schwester in ihrem gebrochenen Deutsch nach Georg gefragt. Von der Antwort hatte sie nur ein Wort verstanden. Morgen.

Nun war morgen und Georg war nicht da. Und sie und Eva sollten ohne ihn weggebracht werden. Oder war es so, dass Georg sie womöglich an dem Ort, wohin der LKW sie und Eva bringen würde, erwartete?

»Mein Mann«, fragte sie den Mann neben sich, der dabei war, einer anderen Frau auf den LKW zu helfen. Doch dieser reagierte nicht.

Was sollte sie tun? Konnte sie es riskieren und mitfahren? Was wäre, wenn Georg nicht am Ziel dieser neuerlichen Reise auf sie und Eva wartete?

Die Entscheidung wurde Ingrid abgenommen, als ihr mit einem Mal Eva aus den Armen gerissen wurde. Sogleich machte das kleine Mädchen sich daran, seinen Unmut über diese grobe Tat lautstark kundzutun.

»Wie können Sie es wagen?«, schrie Ingrid den Mann an, der unbemerkt von ihr auf den Lastwagen geklettert war und nun Eva in den Armen hielt.

Er beachtete sie jedoch nicht, sondern reichte Eva an eine der Frauen weiter, die auf den Bänken an den Längsseiten des Wagens saßen. Dann streckte er die Hand nach Ingrid aus. Für einen Moment zögerte Ingrid, bevor sie schließlich die dargebotene Hand ergriff und sich auf den LKW ziehen ließ.

*

Hamburg-Rahlstedt, November 1945

Margarete Reimers kniff die Augen zusammen und las das Telegramm ein weiteres Mal durch, als könnte sich auf diese Weise dessen Inhalt ändern. Doch die Botschaft, die die wenigen Zeilen vermittelten, änderte sich nicht. Sie ließ das Papier sinken und sah ihren Mann an, der vor dem geöffneten Ofen hockte und in der schwachen Glut stocherte.

»Das geht nicht. Wir können hier niemanden aufnehmen«, teilte sie ihm mit, als wäre er derjenige, der das Telegramm geschickt hatte.

»Was sollen wir denn tun, Grete?«, entgegnete Heinrich Reimers, ohne sein Tun zu unterbrechen. »Georg ist unser Sohn und wir sind seine Eltern. Freust du dich denn nicht, dass er lebend nach Hause kommt? Oder wolltest du noch ein Kind verlieren?«

»Natürlich nicht«, entgegnete Margarete unwirsch. »Wie

kannst du überhaupt so etwas fragen? Welche Mutter wünscht sich schon, dass ihr Kind stirbt? Dennoch können wir hier niemanden aufnehmen. Schon gar nicht eine ganze Familie.« Sie blickte auf das Telegramm und schüttelte den Kopf, als könnte sie nach wie vor nicht glauben, was dort geschrieben stand. »Was bildet sich der Junge überhaupt ein? Kommt mit Frau und Kind zurück.«

Nachdem auch ein weiterer Versuch, die schwache Glut zum Brennen zu bringen, gescheitert war, schloss Heinrich die Ofenklappe und erhob sich. »Er wird sich verliebt haben.«

»In eine Ausländerin?«

»Grete, er war in Norwegen stationiert. Dort wird es nicht so viele deutsche Frauen gegeben haben.«

»Aber wie kann er sie denn gleich heiraten? Und dann noch ein Kind?«

»Wäre es dir lieber gewesen, er hätte nicht zu seiner Verantwortung gestanden und Frau und Kind im Stich gelassen?« Heinrichs Brauen wanderten in die Höhe, als könnte er nicht glauben, dass er seiner Frau diese Frage stellen musste.

»Wenn ich ehrlich bin, ja.« Margarete hob die Hand, als sie sah, dass ihr Mann zu einer Erwiderung ansetzte. »Bevor du etwas sagst, möchte ich deinem Gedächtnis ein wenig auf die Sprünge helfen. Wir haben unsere Tochter durch einen ausländischen Bombenangriff verloren. Ebenso unsere Nichte und deren Kinder. Darüber hinaus hat ein ausländischer Bombenangriff unsere Wohnung zerstört. Und sag jetzt bitte nicht, wir hätten den Krieg angefangen. Ich kann mich nicht erinnern, dass in der Nähe unserer Wohnung irgendwelche Militäreinrichtungen gelegen hätten. Genauso wenig wie im Umkreis von Irmgards Wohnung. Dennoch sind dort Bomben abgeworfen worden.«

»Aber wohl kaum von unserer Schwiegertochter«, entgegnete Heinrich und ging zu einer an der Wand stehenden Pritsche, wo er sich schwerfällig, als würden ihm seine Knochen nur widerwillig gehorchen, niederließ. »Und jetzt lass gut sein, Grete. Unser Sohn kommt gesund aus dem Krieg zurück. Denk an Hans und Gertrud. Was glaubst du, was die dafür geben würden, wenn sie ihren Rudi zurückbekämen?«

»Das mag ja stimmen.« Margarete sah sich in dem kleinen Raum um, in dem sie mit ihrem Mann und ihrer erwachsenen Tochter seit einigen Wochen lebte. »Aber hier ist einfach nicht genug Platz für fünf Erwachsene und ein Kind.« Ihr Blick wanderte zu ihrem Mann. »Und wo sollen sie schlafen?« In ihrer Stimme schwang leiser Triumpf mit, als wüsste sie, dass sie endlich ein nicht widerlegbares Argument vorgebracht hatte.

»Das wird sich finden, Grete. Jetzt lass den Jungen doch erst mal nach Hause kommen.« Müde lehnte Heinrich sich zurück. Wenn er gehofft hatte, dadurch die Diskussion mit seiner Frau beenden zu können, so hatte er sich getäuscht.

Margarete Reimers hatte die vergangenen zwei Jahre beinahe stoisch über sich ergehen lassen. Nachdem sie die Nachricht vom Tod einer ihrer beiden Zwillingstöchter erhalten hatte, war sie in eine Art Schockstarre verfallen, die sich nach dem Verlust ihrer Wohnung weiter verstärkt hatte. Es war, als wären alle ihre Gefühle eingefroren worden. Weder ihrem Mann noch ihrer überlebenden Tochter Erika war es gelungen, diese Eisschicht zum Schmelzen zu bringen. Das Kriegsende hatte sie nur mit einem müden Schulterzucken zur Kenntnis genommen, um gleich darauf mit der Organisation ihres Alltags fortzufahren. Selbst die Nachricht, dass sie aus den Zimmern, die ihnen vom Wohnungsamt zugewiesen worden waren, ausziehen mussten, weil die britischen Besatzer das gesamte Haus für sich beanspruchten, hatte sie ohne einen Gefühlsausbruch entgegengenommen. Sie hatte nur genickt und sich ans Packen gemacht. Das Einzige, was ihr in den vergangenen Monaten ein Lächeln aufs Gesicht gezaubert hatte, war Georgs kurzer Brief aus der Gefangenschaft, in dem er ihnen mitgeteilt hatte, dass er am Leben und bei guter Gesundheit wäre. Doch dieses Lächeln war so schnell verflogen, wie es gekommen war. Dann waren ihre Gefühle wieder in den Eispalast zurückgekehrt. Erst Georgs Telegramm mit der Nachricht, dass er nicht allein heimkehrte, hatte es geschafft, diesen Palast zum Schmelzen zu bringen.

»Zu Hause«, zischte sie. »Das hier nennst du zu Hause?« Sie schwenkte ihren Arm durch die Luft, als würde sie den Raum, in dem sie sich befanden, einem Kaufinteressenten anpreisen.

»Na ja. Eine Luxusherberge ist es nicht gerade. Aber wir haben immerhin ein Dach über dem Kopf.«

»Ein Dach über dem Kopf«, entgegnete Margarete höhnisch. »Das ist aber auch das einzig Gute, was man über diesen Stall hier sagen kann.«

»Wir sind ausgebombt worden, Grete, wie halb Hamburg auch. Wir können froh sein, dass wir nicht auf der Straße leben müssen.«

»Wir hatten eine gute Unterkunft, Heinrich.« Ein erneuter Blick durch den Raum ließ Margarete angewidert die Nase rümpfen. »Jedenfalls hatten wir richtige Möbel, einen vernünftigen Ofen und ein richtiges Badezimmer, das wir benutzen konnten. Und hier? Ein Wasserhahn für acht Familien. Vom Rest will ich mal lieber schweigen. Und wer ist dafür verantwortlich? Ausländer. Und jetzt verlangst du, dass ich mit einer von denen zusammenwohne. Womöglich noch mein Bett mit ihr teile.« Ein erneutes Naserümpfen folgte ihren Worten.

»Grete, was sollen wir denn tun?«, fragte Heinrich mit leiser Stimme, als wäre die Müdigkeit kurz davor, ihn zu überwältigen.

Er erhielt keine Antwort. Erst nachdem er die Augen geschlossen hatte, fing seine Frau an zu sprechen. »Georg weiß nichts von dieser Baracke. Er denkt noch, wir sind in dem großen Haus an der Alster einquartiert. Wenn er es wüsste, würde er bestimmt verstehen, dass er hier nicht unterkommen kann.«

»Er weiß es aber nicht, Grete. Und jetzt möchte ich schlafen.« Heinrich hatte kaum die Augen geschlossen, als ihn Stoff an der Nase kitzelte. Mit einem Seufzer öffnete er die Augen wieder. Seine Frau stand vor der Pritsche, in der Hand seinen Mantel. »Mir ist zwar kalt, aber nicht so kalt, dass ich noch den Mantel über die Decke legen muss. Das hebe ich mir für die richtig kalten Wintertage auf.«

»Du sollst dich auch nicht damit zudecken, sondern den Mantel anziehen.«

Verständnislos starrte Heinrich seine Frau an. Er hatte begriffen, dass der Tod von Anneliese unauslöschliche Spuren bei ihr hinterlassen hatte. Es war, als hätte sie sich über Nacht in eine andere Frau verwandelt. Er hatte ihre Unnahbarkeit ertragen, weil er in seinem tiefsten Inneren davon überzeugt gewesen war, dass, wenn der Krieg zu Ende war und Georg zurückkehren sollte, die Starre abfallen und seine Frau ihre Zuversicht und Fröhlichkeit zurückerlangen würde. Er blickte sich um.

Nein, schön war dieser Ort nicht. Und schön waren auch diese Zeiten nicht. Es stand in den Sternen, wann sie wieder eine richtige Wohnung haben, geschweige denn genug zu essen bekommen würden. Und auch seine Arbeit im Hafen war von Ungewissheit geprägt. Die Engländer hatten nun das Sagen. Gleich nach Kriegsende waren sie gekommen und hatten sich die Werft unter den Nagel gerissen, vieles abtransportiert und sie alle, Firmenleitung und Arbeiterschaft, darüber im Unklaren gelassen, wie es weiterging. Aber konnte man es ihnen verdenken? Sie wollten verhindern, dass die Werft jemals wieder in der Lage sein würde, für das Militär Schiffe zu bauen. Und so schlimm ihre gegenwärtige Lage auch war, die der Zwangsarbeiter und KZ-Gefangenen, die die Werft beschäftigt hatte, war noch viel schlimmer gewesen.

»Du wirst nach Lübeck fahren und deinem Sohn mitteilen, dass er hier nicht wohnen kann. Schon gar nicht mit Frau und Kind«, holte ihn die Stimme seiner Frau zurück in die zugige Kälte der Wohnbaracke an der Sieker Landstraße.

»Nach Lübeck?«, fragte er, als hätte seine Frau ihm vorgeschlagen, ins Ausland zu reisen.

Etwas, was zum gegenwärtigen Zeitpunkt eine ferne Utopie war. Nicht, dass er das vorgehabt hätte. Er wollte in seiner Heimatstadt bleiben, helfen sie wiederaufzubauen.

»Ja, nach Lübeck. Von dort hat Georg das Telegramm geschickt.«

»Wie stellst du dir das vor, Grete? Ich kann doch nicht so einfach nach Lübeck fahren. Und schon gar nicht jetzt am Abend.«

»Dann fahr meinetwegen morgen früh. Aber einer muss fahren. Oder willst du, dass ich das mache?«

Heinrich sah seine Frau stumm an. Er begriff, dass sie fest entschlossen war, ihren Sohn daran zu hindern, mit seiner Familie zu ihnen zu ziehen.

Es war natürlich zu begrüßen, dass ihre alte Lebhaftigkeit sich zurückgemeldet hatte. Aber er hätte es vorgezogen, dass sie sich auf andere Weise äußern würde. Die Rückkehr des einzigen Sohnes aus dem Krieg, noch dazu gesund, sollte ein Anlass der Freude und nicht des Ärgers sein. Doch wie sollte er seine Frau davon überzeugen? Vielleicht war es tatsächlich besser, Georg würde mit seiner kleinen Familie erst einmal woanders unterkommen. Dann konnten sie sich in Ruhe kennenlernen und Grete würde ihre Abneigung überwinden.

»Also gut, ich fahre.«

*

Lager Pöppendorf, Lübeck-Kücknitz, am gleichen Tag

»Was soll das heißen, Sie wissen immer noch nicht, wo meine Frau und meine Tochter sind?«, brüllte Georg den Mann vor ihm an. »Sie haben sie doch selbst losgeschickt. Da müssen Sie doch wissen, wohin der Transport gegangen ist.«

»So leicht, wie Sie sich das vorstellen, ist das nicht, Hauptgefreiter Reimers. Die ankommenden Flüchtlinge werden im Lager nur versorgt und dann weiter auf die verschiedenen Kreise und Gemeinden in Schleswig-Holstein verteilt, da die Stadt Lübeck niemanden mehr aufnehmen kann.«

»Das ist mir so was von egal, was die Stadt Lübeck kann oder nicht. Ich will meine Frau und meine Tochter zurückhaben. Und im Übrigen sind die beiden keine Flüchtlinge. Wir haben ein Zuhause. Und das ist Hamburg. Wenn Sie nicht so unfähig gewesen wären, wären wir auch schon längst auf dem Weg dorthin.«

»Ich muss Sie bitten, sich zu mäßigen, Hauptgefreiter Reimers. Sonst muss ich die Engländer einschalten.«

Der letzte Satz entfaltete die beabsichtigte Wirkung. Georgs Schultern sackten hinab und er trat einen Schritt zurück.

Noch mal zu den Engländern? Nein danke. Die Begegnung am heutigen Vormittag hatte ihm gereicht. Ausgefragt hatten sie ihn, als wäre er ein Verbrecher, der zum Verhör geladen worden war. Zugegeben, sie waren höflich geblieben, hatten ihm sogar eine Zigarette angeboten. Aber der Unglaube, der ihm entgegengeschlagen war, als er ihnen erzählt hatte, dass er nicht mal in der Hitlerjugend gewesen war, hatte ihn geärgert. Erst nach drei Stunden, in denen sie ihn mit unablässigen Fragen zermürbt hatten, hatte er gehen dürfen. Und dieses Erlebnis hatte er nun nicht vor zu wiederholen.

»Ich möchte doch nur meine Frau und meine Tochter zurück«, sagte er in einem deutlich gemäßigteren Tonfall. »Die beiden sind fremd hier in diesem Land. Noch dazu spricht meine Frau nur schlecht Deutsch.«

»Das verstehe ich alles, Hauptgefreiter Reimers. Ich kann mich nur erneut dafür entschuldigen, dass wir die beiden für Flüchtlinge gehalten haben, und Ihnen versichern, dass wir alles dafür tun, sie möglichst schnell zu Ihnen zurückzubringen.«

*

In einem Dorf in Schleswig-Holstein, gleicher Tag

Ingrid hatte ihr Zeitgefühl vollkommen verloren.

Wie lange lag ihre Abreise aus dem Lager in Lübeck zurück? Stunden, Tage, Wochen? Sie wusste es nicht. Dabei hatte sie gedacht, das Ende ihrer Reise wäre endlich gekommen. Georg hatte ihr erzählt, sie wären nur in Lübeck angekommen, weil der Hamburger Hafen zu sehr zerstört war. Und Hamburg war nicht weit von Lübeck entfernt. Dorthin könnten sie auch mit dem Zug fahren. Doch nun sah es so aus, als gelängen sie niemals dorthin. Und was noch viel schlimmer war, sie wusste nicht einmal, ob sie Georg jemals wiedersähen.

Die Verzweiflung, gegen die Ingrid die vergangenen Stunden tapfer angekämpft hatte, drohte sie zu übermannen. Sie bohrte ihren linken Daumennagel in die Spitze ihres linken Zeigefingers. Der einsetzende Schmerz zog genug Aufmerksamkeit auf sich, um sie ihre gegenwärtige Lage für einen kurzen Moment vergessen zu lassen. Kaum hatte sie ihre Finger voneinander gelöst, meldeten sich Sorge und Verzweiflung mit umso größerer Wucht zurück.

Wenn sie wenigstens verstände, was um sie herum gesprochen wurde! Warum nur hatte sie es versäumt, richtiges Deutsch zu lernen? Das, was sie konnte, reichte bei Weitem nicht aus. So konnte sie zwar nach dem Weg fragen. Doch was nützte ihr das, wenn sie die Antwort nicht verstand?

Georg hatte in den vergangenen Jahren genug Norwegisch gelernt, um sich mit ihr ohne Schwierigkeiten verständigen zu können. In diese vermeintliche Sicherheit hatte sie sich einlullen lassen. Zwar hatte sie spätestens seit Kriegsende begriffen, als sich der Hass gegen die jungen Frauen, die mit Deutschen Beziehungen eingegangen waren, wie ein schweres Gewitter entladen hatte, dass ihre Zukunft nicht in Norwegen liegen konnte. Jedenfalls nicht, wenn sie ihrer Tochter ein Leben in Schande und Verachtung ersparen wollte.

Aus diesem Grunde hatte sie alles dafür getan, mit Georg in Verbindung zu treten, und sogar das Risiko auf sich genommen, ihn in der Nähe des Kriegsgefangenenlagers zu treffen. Danach die aufwendigen Gänge zu den Behörden und den britischen Stellen, die über Georgs Schicksal zu entscheiden hatten. An alles hatte sie gedacht, jedes erforderliche Dokument besorgt, damit sie und Georg endlich heiraten konnten. Auch um ihre Aussteuer hatte sie sich gekümmert. Mit ihrer Mutter und auch allein hatte sie dagesessen, genäht und gestrickt, als hätte es gegolten, einen Handarbeitswettbewerb zu gewinnen. Nur das Deutsch lernen, das hatte sie vergessen. Hatte sie es wirklich vergessen oder hatte sie es nur nicht lernen wollen? Diese fremde harte Sprache, die ihr unangenehm in den Ohren klang und von der sie nicht glaubte, dass es ihr jemals gelänge, sie richtig zu beherrschen.

Doch welche Wahl bliebe ihr? Zurück nach Norwegen konnte sie, allen Beteuerungen Georgs zum Trotz, nicht. Und sie wollte es auch nicht. Auch wenn sie ihre Mutter vermisste. Den einzigen Menschen, der immer zu ihr gestanden hatte. Und von dem sie wusste, dass dieser, egal, was sie tat oder sagte, immer zu ihr stände. Zwar hatte sie nun einen Ehemann, der sie beschützte und ihr half. Aber eine richtige Nähe, bei der man dem anderen blind vertraute, war noch nicht aufgekommen, ungeachtet aller Verliebtheit. Und es sah so aus, dass sie auch niemals Gelegenheit bekäme, diese Nähe herzustellen.

Nun saß sie allein mit ihrer Tochter in einer fremden Stadt in einem fremden Land, dessen Sprache sie kaum verstand. Und von den Blicken zu schließen, die die Menschen ihr zuwarfen, wenn sie versuchte, ihnen ihr Anliegen zu schildern, hielten diese sie im besten Falle für minderbemittelt, im schlimmsten Falle für gefährlich, eine Verbrecherin, die gekommen war, um ihnen ihr Hab und Gut zu stehlen. Zwar waren auch die Frauen, die mit ihr und Eva zunächst im Lastwagen, dann im Zug gereist waren, nicht auf einen begeisterten Empfang gestoßen, aber sie hatten sich zumindest verständigen können.

Leise stand Ingrid auf, um die neben ihr liegende Eva nicht zu wecken, und trat an das Fenster der kleinen Dachkammer. Draußen badete die Landschaft im Mondlicht. Nichts wies darauf hin, dass es jemals einen Krieg, jemals Tod und Zerstörung gegeben hatte. Nur die neuen Bewohner der Dachstube, außer Ingrid und Eva noch eine Frau, etwas älter als Ingrid, und ihre beiden Töchter, zeugten von den Veränderungen, die der Krieg mit sich gebracht hatte.

Ingrid hatte sich gefreut, dass sie und Eva nicht allein bei der Bauersfamilie einquartiert worden waren. Denn diese hatte kein Hehl daraus gemacht, dass die aufgezwungenen Gäste mehr als unwillkommen waren. Das karge Abendessen in Form von dünnem Haferschleim, das sie ihnen angeboten hatten, stand in starkem Kontrast zu der üppigen Mahlzeit aus Brot, Wurst und Käse, die sie sich selbst serviert hatten. Ingrid hatte gehofft, durch die gemeinsam erfahrene Ausgrenzung in ihrer Mitbewohnerin, wenn nicht eine Freundin, so zumindest ein ihr und Eva freundlich gesonnenes Wesen gefunden zu haben. Doch es schien, als glaubte die Frau, die, das zumindest hatte Ingrid verstanden, mit ihren Kindern vor den Russen geflüchtet war, in der Gunst der Bauersfamilie zu steigen, wenn sie sich so wenig wie möglich mit Ingrid abgab. Am Anfang hatte sie noch freundlich gelächelt, doch kaum hatte Ingrid den Mund aufgemacht, hatte sich ihr Gesicht zunächst überrascht, dann verächtlich verzogen.

Als würde ich eine ansteckende Krankheit haben, dachte Ingrid mehr traurig als wütend. Die Mahnungen der deutschen Apothekerhelferin, die nach Kriegsende den Kontakt zu Georg hergestellt hatte, kamen ihr in den Sinn.

Sie hatte sie davor gewarnt, dass die Deutschen nicht begeistert sein würden, das wenige, was sie noch besaßen, mit einer Ausländerin zu teilen.

Sicher, ihre Sprachkenntnisse ließen noch mehr als zu wünschen übrig. Aber durch die Heirat mit Georg war sie doch auch zu einer Deutschen geworden. Allerdings schien wohl selbst die gemeinsame Sprache nicht zu genügen, wenn sogar die Flüchtlingsfrau aus Deutschlands ehemaligem Osten auf Abneigung stieß.

Ingrid lehnte den Kopf gegen die Fensterscheibe.

Wo war nur Georg?

Der kommende Morgen bot nicht viel Neues. Wieder wurde ihnen dünner Haferschleim serviert, während sich die Bauersleute an dick mit Butter bestrichenen Brotscheiben gütlich taten. Ingrid hatte beschlossen, dass sie das nicht zu kümmern hatte. Sie würde nicht an diesem Ort bleiben, sondern alle Hebel in Bewegung setzen, um Georg zu finden.

Dieses Kunststück war ihr schon einmal gelungen. Warum sollte sie es nicht ein zweites Mal schaffen? Wenn die Deutschen ihr nicht weiterhalfen, würde sie sich eben an die Briten wenden. Auf der Fahrt vom Lager hierher waren sie britischen Militärfahrzeugen begegnet. Wenn sie sich gleich mit Eva auf den Weg machte, würde sich bestimmt die Gelegenheit bieten, auf eines dieser Fahrzeuge zu treffen und den Fahrer um Hilfe zu bitten. Es war schließlich erst früh am Morgen. Da blieb ihnen noch viel Zeit. Vielleicht gab es auch im Ort eine britische Dienststelle. Zwar sprach sie kein Englisch, aber sie konnte Georgs Namen aufschreiben und auf ihren Ehering deuten.

Von neuer Zuversicht erfüllt, machte Ingrid sich nach dem Frühstück sogleich daran, ihren Koffer zu packen. Da sie am Abend zuvor kaum etwas ausgepackt hatte, dauerte das nicht lange. Als sie den Koffer in der einen Hand, mit dem anderen Arm ihre Tochter haltend, die steile Treppe herabstieg, hörte sie von der Eingangstür her Stimmen.

Konnte Georg gekommen sein?

Ingrid beschleunigte ihre Schritte. Erst als sie einen fremden Mann in der Eingangstür entdeckte, der sich mit der Bauersfrau unterhielt, wurde sie langsamer. Die Enttäuschung ließ in ihr den Wunsch aufkommen, wieder nach oben zu flüchten. Der Gedanke an ihre Mitbewohnerin ließ sie davon allerdings rasch Abstand nehmen. Diese hatte Ingrid beim Packen nicht aus den Augen gelassen, sich sogar erdreistet, ein Wäschestück in die Luft zu halten, um zu prüfen, ob dies auch wirklich Ingrid gehörte.

Langsam ging Ingrid weiter. Sie war fast bei der Bauersfrau angekommen, als diese ihr den Kopf zuwandte.

»Sie kommen genau richtig. Der Herr hier hat den Auftrag, Sie und Ihre Tochter abzuholen.«

Als Ingrid sie fragend anstarrte, schnalzte sie ungehalten mit der Zunge. »Sie weg«, rief sie dann und deutete mit dem Finger erst auf Ingrid und dann auf den Mann im Türrahmen.

*

Lager Pöppendorf, Lübeck-Kücknitz, November 1945

»Es tut mir leid, Herr Reimers«, sagte der Mann bedauernd. »Aber Ihr Sohn befindet sich nicht mehr bei uns.«

Heinrich kratzte sich am Ohr. »Können Sie mir sagen, wohin er gebracht wurde?«

»Na, nach Hause. Sie als sein Vater sollten wissen, wo das ist.«

»Ja, ich weiß, wo sein Zuhause ist beziehungsweise war.

Denn wir sind ausgebombt worden. Und wo wir jetzt sind, da können wir niemanden aufnehmen.«

»Das tut mir leid, Herr Reimers. Aber hier im Lager sind unzählige Menschen, die nicht nur kein Zuhause mehr, sondern sogar ihre Heimat verloren haben und nun auf der Suche nach einem Ort sind, wo sie neu anfangen können. Die meisten von ihnen Frauen und Kinder. Denn die Männer sind entweder tot oder in Kriegsgefangenschaft.

Und da kommen Sie und beschweren sich, dass Sie Ihren Sohn aufnehmen müssen? Wissen Sie, wie viel Glück Sie haben, dass Ihr Sohn nicht nur den Krieg überstanden hat, sondern nach nur einigen Monaten Kriegsgefangenschaft entlassen wurde? Und darüber hinaus in seine Heimatstadt zurückkehren darf. Denn Hamburg hat eine Zuzugssperre erlassen. Die nehmen nur noch jemanden auf, der entweder einen Mangelberuf hat oder schon vor dem 1.9.1939 in Hamburg gewohnt hat.« Der Mann hielt inne, als hätte ihn die kleine Rede erschöpft.

»Das heißt, mein Sohn ist auf dem Weg nach Hamburg«, nutzte Heinrich die Stille, um sich letzte Gewissheit zu verschaffen.

»Ich vermute, er ist schon längst da.«

*

Hamburg, Hartungstraße, Zentrale Beratungsstelle für entlassene Soldaten und Kriegsgefangene, November 1945

Schwungvoll drückte der Beamte den Stempel auf das dünne Blatt Papier. Der Knall, der beim Aufprall entstand, ließ Ingrid zusammenzucken. Seit ihrer unverhofften Wiedervereinigung mit Georg schienen ihre Nerven nur noch aus frei liegenden Strängen zu bestehen, die bei der kleinsten Erschütterung zu vibrieren begannen.

Der Beamte nahm den Bogen Papier und reichte ihn Georg. »So, und nun noch Ihre Ehefrau.« Er lächelte Ingrid an und ließ aufs Neue den Stempel auf ein dünnes Blatt Papier fallen. Dann reichte er dieses Ingrid. Mit zitternden Händen nahm sie es entgegen. Die darauf gestempelten Worte verstand sie zwar nicht, aber aus dem Lächeln des Mannes schloss sie, dass es etwas Gutes sein musste.

»Nun müssen wir zum Arbeitsamt.« Sanft zog Georg Ingrid vom Stuhl hoch und deutete auf einen anderen Tisch.

Ingrid hätte beinahe aufgelacht. Wenn sie nicht um den Ernst der Lage wüsste, hätte sie glauben können, sie wäre in einem komischen Theaterstück gelandet, dessen Schauspieler sie in ihr Spiel miteinbezögen. In beinahe jeder Ecke des Raumes stand ein Tisch, hinter dem ein stempelnder Beamter saß.

Seit ihrer erneuten Ankunft im Lager Pöppendorf, bei der Georg sie und Eva bereits am Lagereingang, seinen Seesack neben sich, erwartet hatte, schwebte Ingrid wie auf einer Wolke. Die Schrecken der Stunden zuvor, die quälende Angst und die scheelen Blicke ihrer Umgebung waren vergessen, als hätte ein Regenguss sie wie Schmutz weggewaschen.

Sie war mit Georg vereint. Was sollte ihr nun noch passieren?

Fest entschlossen, eine erneute Trennung um jeden Preis zu verhindern, war Ingrid seitdem nicht von Georgs Seite gewichen. Auf der Fahrt in dem britischen Militärlastwagen nach Hamburg hatte sie sich dicht an ihn gedrängt und seine Hand nur losgelassen, um Eva über den Kopf zu streichen, als diese kurz aufgewacht war.

Bei der Ankunft in der Hartungstraße war ihre Freude

noch größer geworden, als sie des stattlichen Hauses gewahr wurde, vor dem der Wagen gehalten hatte. Sie wusste von Georg, dass seine Eltern nach der Zerstörung ihrer Wohnung bei einer anderen Familie einquartiert worden waren. Aber ein derartig schönes Haus hatte sie nicht erwartet. Ihre Freude hatte sich zwar getrübt, als Georg ihr erklärt hatte, dass in diesem Haus eine Art Amt untergebracht war, bei dem sich die ehemaligen Kriegsgefangenen, die nach Hamburg zurückkehrten, zu melden hatten. Aber die Enttäuschung hatte nicht lange angehalten.

Wenn in Hamburg noch solche Häuser standen, würde es vielleicht nicht so schlimm werden wie vermutet. Hatte Georg nicht gesagt, dass seine Eltern in einem Haus nahe einem Fluss namens Alster wohnten? Und diese Alster hatten sie auf dem Weg hierher überquert, wenn sie auch nicht wie ein Fluss, sondern wie ein großer See ausgesehen hatte. Aber wo auch immer sie landen würden, das Wichtigste war, dass Georg bei ihnen war.

Ingrid griff nach der Hand ihres Mannes, wie um sich zu vergewissern, dass die Gestalt neben ihr kein Trugbild war.

»Sie sind also Tischler«, fragte der Mann hinter dem neuen Tisch Georg.

Dieser nickte.

»Nun, Bedarf wird wohl da sein. Genug kaputt gemacht haben die Engländer und Amerikaner ja.«

»Ich weiß nicht, ob die Tischlerei, bei der ich gelernt habe, noch existiert. Aber ich werde gleich morgen los, um das zu überprüfen.«

»Machen Sie das, Herr Reimers. Ich wünsche Ihnen viel Glück dabei. Aber vergessen Sie nicht, dass Sie in den kommenden sieben Tagen auch noch zum Arbeitsamt müssen. Die Kollegen dort entscheiden dann endgültig. Alle heimkehrenden Soldaten sind zunächst zu dringenden Arbeiten, die die Militärregierung angeordnet hat, heranzuziehen.«

»Heißt das, ich darf nicht als Tischler arbeiten?«

»Das habe ich nicht gesagt. Suchen Sie erst mal Kontakt zu Ihrem Lehrbetrieb. Dann gehen Sie zum Arbeitsamt. Hier geht es heute nur um die erste Registrierung, damit Sie Lebensmittelkarten erhalten.« Er wies zum dritten Tisch im Raum. »Von meinem Kollegen erhalten Sie für sich und Ihre Familie für die nächsten Tage Lebensmittelkarten.« Der Beamte ließ den Stempel fallen, um dann das nun zweifach gestempelte Stück Papier Georg zu reichen.

Georg begriff, dass er in diesem Augenblick nichts weiter ausrichten konnte, bedankte sich höflich und ging, nachdem der Beamte auch Ingrids Papier gestempelt hatte, zum nächsten Tisch.

»So, das war's für heute«, sagte er, als er wenig später mit Ingrid und Eva draußen auf der Straße stand. »Jetzt geht es nach Rahlstedt.«

»Rahlstedt?«

»Ja, da sollen meine Eltern und meine Schwester laut Wohnungsamt jetzt leben.« Er zuckte mit den Schultern. »Mehr weiß ich auch nicht.« Er rückte den Seesack über der Schulter zurecht und griff nach Ingrids Koffer. »Wenn wir vor dem Dunkelwerden noch ankommen wollen, sollten wir uns sputen.« Er setzte sich in Bewegung.

Ingrid, den Kinderwagen mit Eva schiebend, folgte ihm. Nach wenigen Metern blieb sie jedoch stehen und runzelte die Stirn. »Sag mal, ist etwas mit deinem Fuß?«

»Was sollte damit sein«, erwiderte Georg, ohne sich umzudrehen.

»Na, du humpelst.«

»Das bildest du dir ein. Wenn ich nicht munter durch die

Gegend hüpfe, liegt das nur daran, dass ich müde bin und der Seesack verdammt schwer ist.«

Ingrid unternahm Anstalten zu protestieren, hatte die eben gemachte Beobachtung doch die Erinnerung daran, wie Georg beim Absteigen vom Lastwagen sein Gesicht schmerzvoll verzogen hatte, zurückgebracht.

»Kommst du, Ingrid? Ich befürchte, die Straßenbeleuchtung wird noch nicht wieder funktionieren. Wenn du nicht im Dunkeln herumirren möchtest, sollten wir uns beeilen.«

Ingrid beschloss, die Sache vorerst auf sich beruhen zu lassen.

Das Wichtigste war, dass sie endlich zu Georgs Familie gelangten.

Über dem Gedanken, in Kürze Georgs Eltern und Schwester gegenüberzustehen, geriet Georgs Fuß augenblicklich in Vergessenheit.

2. KAPITEL

Trondheim, Norwegen, Dezember 1945

»Und Sie sind sich ganz sicher?«, fragte Kristine, während die Enttäuschung drohte, sie in die Knie zu zwingen. Sie streckte die Hand aus, um sich damit am hölzernen Tresen festzuhalten.

»Wenn ich es Ihnen doch sage«, erwiderte der Postangestellte ungehalten. »Es gibt keinen Postverkehr nach Deutschland.«

»Wissen Sie denn wenigstens, wann er wieder aufgenommen wird?«

Der Postangestellte musterte Kristine mit einem argwöhnischen Blick, als überlege er, ob er allein mit ihr fertig würde oder sich Hilfe holen musste.

»Bitte, es ist wirklich wichtig.« In Kristines Stimme hatte sich ein Flehen geschlichen, als bäte sie für ihr hungerndes Kind um ein Stück Brot.

»Was haben Sie überhaupt mit Deutschland zu schaffen? Sind Sie nicht froh, dass wir diese Unholde endlich los sind? Wobei so ganz stimmt das ja leider nicht. Es sollen sich noch immer einige von ihnen im Land befinden. Sie sind zwar eingesperrt, aber das ist auch das einzig Gute, was mir dazu einfällt.« Der Postangestellte zog ein Taschentuch hervor und schnäuzte sich. Nachdem er das Tuch zusammengefaltet und wieder in seiner Hosentasche verstaut hatte, schürzte er die Lippen, erstaunt, Kristine immer noch vor seinem Schalter stehen zu sehen. »Ich weiß nicht, wann man wieder Post nach Deutschland schicken kann. Und, ehrlich gesagt, ist mir das auch herzlich gleichgültig.« Seine Stimme hatte sich erhoben, sodass die Menschen in der Schlange hinter Kristine neugierig die Köpfe reckten.

»Bestimmt ist ihre Tochter eines dieser Deutschenflittchen, von denen es leider viel zu viele gibt«, murmelte eine Frauenstimme.

»Nun zumindest diese sind wir losgeworden. Wenn ich es richtig verstanden habe, ist sie ihrem Liebhaber nach Deutschland gefolgt«, sagte ein Mann mit einem zufriedenen Schnauben.

»Ja, was würde ich dafür geben, wenn wir alle von ihnen loswürden und ihre Bastarde gleich mit«, meldete sich eine dritte Stimme zu Wort.

Kristine gab vor, die abfälligen Kommentare nicht zu hören. Doch auch wenn sie äußerlich unbeteiligt wirkte, hatten die Worte in ihrem Inneren ein Beben hervorgerufen, das in ihr einerseits den Wunsch auslöste, so rasch wie möglich aus dem Postamt zu fliehen, um gleich darauf das Verlangen zu verspüren, den hinter ihr Stehenden ihre Wut ins Gesicht zu schleudern.

»Ich verstehe das nicht«, ließ sich die Frau direkt hinter Kristine vernehmen. »Wie kann sie noch weiter zu ihrer Dirne von Tochter halten? Als anständige Norwegerin sollte sie froh sein, dass sie sie los ist. So etwas wirft nur schlechtes Licht auf die Familie.«

»Nun, vielleicht ist sie keine anständige Norwegerin«, antwortete ein Mann. »Wer im Dezember 1945 immer noch den Kontakt nach Deutschland sucht, muss ein ganz Hundertprozentiger sein. Wer weiß, wen sie während der Besatzung alles beglückt hat.«

Die letzte Bemerkung war zu viel für Kristine. Mit einem Ruck drehte sie sich um, um sich einer Front aus ausdruckslosen Gesichtern gegenüber zu finden. Sie öffnete den Mund, nur um ihn sogleich wieder zu schließen.

Es hatte keinen Zweck. Sie waren zu viele. Und zudem zu fest in ihren Meinungen verwurzelt, um auch nur einem einzigen ihrer Einwände gegenüber zugänglich zu sein.

Dabei war es doch ganz leicht. Sie war eine Mutter, die ihre Tochter liebte. Und natürlich ihre Enkeltochter. Sollten Mütter ihre Liebe etwa vom Verhalten ihrer Kinder oder, noch schlimmer, von äußeren Umständen abhängig machen?

Kristine hätte dies den Menschen vor ihr gerne erklärt. Aber die vergangenen Jahre hatten sie mürbe gemacht, ihren Kampfgeist nach und nach ausgehöhlt, wie Wellen, die sich an den Klippen brachen und dabei jedes Mal ein kleines Stück mehr von ihnen forttrugen. Daher schwieg sie und verließ das Postamt. Auf der Straße angekommen, blieb sie stehen, um tief durchzuatmen. Doch es war, als wäre ihr Brustkorb von eisernen Bändern eingeschnürt.

Wie mochte es Ingrid und Eva wohl gehen? Waren sie von Georgs Familie freundlich aufgenommen worden? Wo waren sie untergebracht? Die Bilder aus der Wochenschau ließen nichts Gutes erahnen. Wenn wenigstens der Postverkehr endlich wieder aufgenommen würde! Die Sorge würde sie noch umbringen. Sie wusste nicht einmal, ob die kleine Familie überhaupt in Hamburg angekommen war. Im Spätherbst konnte die See rau sein. Es war durchaus möglich, dass das Schiff untergegangen war.

»Entschuldigung«, unterbrach eine junge Frau, die einen

kleinen Jungen auf dem Arm trug, die angstvolle Trübnis von Kristines Gedanken.

»Ja, bitte?«

Die junge Frau räusperte sich. »Ich war auch drinnen im Postamt.« Eine Pause folgte.

Kristine sah die Frau in einer Mischung aus Misstrauen und Neugier an.

»Es ist nur …« Wieder ertönte ein Räuspern.

»Mama, ich hab' Hunger«, sagte der kleine Junge, den Kristine auf knapp drei Jahre schätzte.

»Ja, mein Schatz, wir gehen gleich.« Es schien, als hätten die Worte ihres Sohnes ihr den nötigen Ansporn geliefert, ihr Anliegen vorzutragen. Denn die junge Frau sprach sogleich weiter. »Ich habe die Bemerkungen der anderen mitbekommen.« Sie hatte den Blick gesenkt, als fürchtete sie sich vor dem, was sie in Kristines Augen sähe. »Und ich wollte sagen, dass ich es bewundere, wie Sie weiterhin den Kontakt zu Ihrer Tochter halten wollen, obwohl diese …« Die Stimme brach kurz. »Obwohl diese sich mit dem Feind eingelassen hat. Ihre Tochter kann sich glücklich schätzen, eine solche Mutter zu haben.« Der Kopf der jungen Frau blieb nach wie vor gesenkt, auch als sie sich nun von Kristine verabschiedete. »Ich wünsche Ihnen und Ihrer Tochter alles Gute. Auf Wiedersehen.«

Sie machte Anstalten, an Kristine vorbeizugehen, wurde von dieser jedoch zurückgehalten. »Warten Sie.« Die junge Frau blieb erstaunt stehen.

»Das waren sehr freundliche Worte.« Nun war es an Kristine, sich zu räuspern. »So etwas ist sehr ungewohnt in diesen Zeiten. Ich möchte Ihnen dafür danken. Sie haben einen unerfreulichen Tag ein bisschen erfreulicher gemacht.«

»Oh«, stieß die junge Frau überrascht hervor. »Das habe ich gerne gemacht. Also dann, alles Gute.«

Sie machte erneut Anstalten zu gehen. Doch Kristine streckte die Hand aus und berührte sanft den Arm der jungen Frau. »Ihr Junge, ist der …« Kristine verstummte, nicht wissend, wie sie ihre Frage formulieren sollte.

Die junge Frau verstand augenblicklich. »Ja, sein Vater ist ein Deutscher.«

Kristine lächelte die junge Frau an. »Er ist ein prächtiger Junge.«

»Ja, das ist er.« Auch das Gesicht der jungen Frau verzog sich zu einem Lächeln und ließ Kristine erkennen, dass sie wirklich noch sehr jung war und nur das Leben seine Spuren in ihrem Gesicht hinterlassen hatte.

»Befindet sich sein Vater noch in Kriegsgefangenschaft?«

»Das weiß ich nicht. Ich habe schon seit Langem nichts mehr von ihm gehört.«

»Das tut mir leid.« Kristine hätte am liebsten die Arme um die junge Frau geschlungen, denn in deren Augen offenbarte sich eine Verzweiflung, die erkennen ließ, dass hinter dieser schlichten Aussage eine ganze Welt aus Abgründen lag.

»Das muss es nicht«, erwiderte die junge Frau schroff, als wollte sie um jeden Preis verhindern, dass jemand Mitleid mit ihr empfand. »Ich war naiv und dumm. Und nun muss ich für meinen Fehler bezahlen.«

»Ich bin Kristine Bakken«, sagte Kristine, die spontan beschlossen hatte, dass sie diese junge Frau nicht einfach gehen lassen konnte. »Und ich würde mich freuen, wenn ich Sie und Ihren Sohn ins Café Bristol einladen dürfte.«

Die junge Frau biss sich auf die Lippen. »Das ist sehr nett von Ihnen, Frau Bakken. Aber das können wir nicht annehmen.«

»Ich hab' aber Hunger, Mama.«

»Sehen Sie, Ihr Sohn braucht etwas zu essen. Und Sie würden mir wirklich einen Gefallen tun. Ich habe sonst niemanden, dem ich von meiner Tochter und meiner Enkelin erzählen kann, ohne auf Verachtung zu stoßen.«

»Gut, Frau Bakken. Aber ich bestehe darauf, dass Sie nicht auch noch Ihre Lebensmittelkarten für uns opfern.«

»So viel wird der junge Mann schon nicht essen.« Kristine beglückwünschte sich insgeheim dafür, dass sie vor dem Aufbruch zum Postamt ihre Lebensmittelkarten eingesteckt hatte. Es war der Hoffnung geschuldet gewesen, den Erfolg, einen Brief an ihre Tochter aufgeben zu können, durch einen Besuch im Café Bristol zu feiern.

Der Erfolg war ihr versagt worden, aber wie es aussah, war sie dennoch nicht vergeblich gekommen. Die junge Frau vor ihr brauchte Hilfe. Und sie, Kristine, würde sie ihr gewähren. Wenn es ihr schon verwehrt wurde, Tochter und Enkelin im fernen Deutschland zu unterstützen, konnte sie wenigstens diesen beiden Menschen das Leben ein wenig erleichtern.

*

Hamburg-Rahlstedt, Dezember 1945

»Nein, keine Post ins Ausland«, sagte der Postbeamte und machte eine ungeduldige Handbewegung, als wollte er eine Fliege verscheuchen.

Ingrid umklammerte den Brief in ihren Händen, während ein feines Zittern ihren Körper erfasste, was weniger der Kälte zuzuschreiben war als der Enttäuschung, die sie angesichts der Antwort des Postbeamten wie ein mächtiger Strom durchflutet hatte. Unzählige Male hatte sie vor dem

Betreten des Postamtes den einen Satz, »Ich möchte bitte diesen Brief nach Norwegen aufgeben«, wie eine Beschwörungsformel aufgesagt. Ihre größte Sorge war es gewesen, dass der Mann hinter dem Schalter ihre mit der norwegischen Aussprache durchtränkten Worte nicht verstände. Die Möglichkeit, dass er ihren Brief einzig und allein aus dem Grund nicht annähme, weil es ihm durch äußere Umstände verwehrt war, diese Möglichkeit hatte sie nie in Betracht gezogen. Ingrids Augen wurden feucht und in ihrer Kehle bildete sich ein dicker Kloß. Die Sehnsucht nach ihrer Mutter stach ihr wie eine spitze Nadel ins Herz.

»Wann?«, fragte sie und hielt dem Postbeamten ein weiteres Mal den nun bereits sehr zerknitterten Brief entgegen. Doch der Beamte hatte sich bereits dem nächsten Kunden zugewandt und beachtete Ingrid nicht.

Ingrid fühlte sich wie ein kleines Kind, das in einer fremden Umgebung vergessen worden war. Erneut drohten die Tränen sie zu überwältigen.

Dabei hatte sie sich doch freiwillig für diesen Weg entschieden.

Diese Mahnung an sich selbst war in den Wochen seit ihrer Ankunft in Hamburg ein untrennbarer Bestandteil ihres Lebens geworden.

Der Empfang von Georgs Mutter und Schwester war mehr als frostig gewesen. Die beiden Frauen hatten keinen Zweifel daran gelassen, dass ihnen alles lieber gewesen wäre, als ihre beengte Unterkunft mit Ingrid zu teilen. Während Georg noch freundlich und mit Umarmungen begrüßt worden war, hatte sich Margarete kaum überwinden können, ihrer Schwiegertochter die Hand zu reichen. Ingrid hatte sich an den Tag im Juni zurückversetzt gefühlt, an dem sie das Wohnzimmer betreten hatte, wo Eltern und Geschwister vor dem Radio versammelt gewesen waren, um dem Bericht über die Rückkehr des Königs nach Norwegen zu lauschen. Mit Ausnahme der Mutter hatten alle Ingrid gemustert, als wäre sie gekommen, sie aus dem Haus werfen zu lassen.

Georg schien die ablehnende Haltung von Mutter und Schwester entgangen zu sein. Er hatte gelacht und gescherzt, Eva aus ihrem Wagen gehoben und mit vor Stolz bebender Stimme vorgestellt. Seine Fröhlichkeit hatte sich ein wenig gelegt, nachdem er erfahren hatte, dass sein Vater extra nach Lübeck gereist war, um ihn und Ingrid davon abzuhalten, mit Eva bei ihnen einzuziehen. Doch nach einer kurzen Inspektion des Barackenraums hatte er verstehend genickt und seiner Mutter versprochen, sich möglichst rasch nach einer neuen Unterkunft umzusehen. Dieses Versprechen war bislang nicht eingelöst worden. Weihnachten war nicht mehr weit und sie wohnten nach wie vor zu sechst in dem kleinen zugigen Raum.

Wenn jemand Ingrid gefragt hätte, was das Schwierigste an ihrer gegenwärtigen Lage war, hätte sie weder darauf verwiesen, dass sie sich mit sieben anderen Familien einen einzigen Wasserhahn teilen mussten, noch die Kälte und den Hunger erwähnt, die einen des Nachts wach hielten. Sie hätte von den Augen gesprochen. Augen voller Hass und Verbitterung, die jede ihrer Bewegungen verfolgten, als würde sie diese einzig zu dem Zweck ausführen, ihrer angeheirateten Familie damit schaden zu wollen. Bei jedem Bissen, den sie sich in den Mund steckte, schienen sie Blicke zu durchbohren, die den unmissverständlichen Vorwurf aussandten, wie sie sich erdreisten konnte, etwas von dem wenigen Essen, das es auf die Lebensmittelkarten gab, zu verbrauchen. Die Folge war, dass Ingrid nur noch in Georgs Anwesenheit essen mochte. Wenn er am Tage bei der Arbeit war, fütterte sie nur Eva, ohne selbst etwas anzurühren. Ihre Schwiegermutter schien das nicht zu kümmern. Kein einziges Mal fragte sie nach, warum Ingrid nichts aß. Im Gegenteil, sie schien es zu genießen, vor den Augen ihrer Schwiegertochter ihr Mittagsmahl, so kärglich es auch sein mochte, zu sich zu nehmen. An den Tagen, an denen Erika, die als Verkäuferin arbeitete, zur Mittagspause in die Baracke zurückkehrte, wurde die Situation für Ingrid noch unerträglicher. Die beiden Frauen lachten und schwatzten miteinander, als säßen sie in einem Restaurant, in dem ihnen die köstlichsten Speisen serviert wurden. Dabei gaben sie vor, Ingrids Anwesenheit nicht zu bemerken. Die scheelen Blicke aus den Augenwinkeln, die sie allerdings nicht unterlassen konnten, Ingrid gelegentlich zuzuwerfen, gaben dieser das Gefühl, auf einer Anklagebank zu sitzen, bei der jede ihrer Regungen sorgsam beobachtet wurde, um das vorgefasste Urteil über ihre Schuld bestätigt zu bekommen.

Ingrid fieberte daher förmlich der abendlichen Rückkehr der Männer entgegen. Anders als seine Frau und Tochter hatte Heinrich seine Schwiegertochter freundlich begrüßt und nicht gezögert, ihre Hand fest zu umschließen, während er sich entschuldigte, dass sie ihnen kein besseres Zuhause als eine dürftige Holzbaracke bieten konnten. Seine Fahrt nach Lübeck erwähnte er nicht, als würde er sich dafür schämen, dass er sie überhaupt unternommen hatte. Ingrid schloss ihren Schwiegervater unverzüglich ins Herz. Seine Anwesenheit war jedes Mal ein Lichtblick für sie, der sie daran glauben ließ, dass am Ende doch noch alles gut werden würde. Wenn sie auch nicht der Überzeugung anhing, dass ihre Schwiegermutter und ihre Schwägerin ihr jemals die gleiche Zuneigung schenken würden wie Heinrich, hielt Heinrichs Lächeln zumindest die Hoffnung am Leben, irgendwann von den beiden Frauen zumindest respektiert und geachtet zu werden.

Bis es so weit war, erstreckte sich jeder Tag vor Ingrid

wie eine lange, unwirtliche Eiswüste aus, von der sie nie wusste, ob sie die Kraft aufbrächte, sie zu durchqueren. Bei jeder sich bietenden Gelegenheit entfloh sie mit Eva daher der engen Behausung. Bei ihrer Ankunft hatte sie die weite Entfernung der Wohnbaracke vom Rahlstedter Ortskern noch verflucht. Nun war sie dankbar dafür, bot sie ihr doch die willkommene Erklärung, warum sie so lange fortblieb.

Nicht, dass ihre Schwiegermutter nach einer Erklärung verlangt hätte. Sie wirkt eher glücklich, wenn ich gehe, dachte Ingrid bitter, während sie den Kinderwagen mit Eva aus dem Postamt schob. Den Brief an ihre Mutter hatte sie, sorgfältig glatt gestrichen, in ihre Manteltasche gesteckt.

Papier war kostbar. Daher würde sie den Brief aufbewahren, bis sie Gelegenheit bekäme, ihn endlich abzuschicken. Wann auch immer das sein mochte.

Erneut spürte Ingrid, wie die Tränen sie zu überwältigen drohten. Rasch verbot sie sich jeden Gedanken an ihre Mutter. Stattdessen rief sie sich die Gesichter ihrer Geschwister in Erinnerung. Der Hass und die Verachtung, die ihr in den letzten Monaten zu Hause daraus wie helle Fackeln entgegengelodert hatten, ließen sie ihre Tränen herunterschlucken.

Sie hatte ihren Weg gewählt. Eine Umkehr war unmöglich. Sie konnte entweder in Verzweiflung versinken oder aber den Kopf hochhalten und die Hindernisse, die sich ihr in den Weg stellten, mit Stolz und Würde ertragen.

Mit dem festen Vorsatz erfüllt, sich in Zukunft nicht mehr davon berühren zu lassen, wie Schwiegermutter und Schwägerin zu ihr standen, machte Ingrid sich mit Eva auf den Weg zurück zur Baracke. Sie ahnte nicht, wie bald ihr Vorsatz auf eine mehr als harte Probe gestellt werden würde.

*

Trondheim, Norwegen, Dezember 1945

Mit einem beschwingten Lächeln auf den Lippen betrat Kristine ihr Zuhause. Die Begegnung mit der jungen Mutter vor dem Postamt hatte sie mit neuer Kraft erfüllt. Nach der Rückkehr aus Orkanger hatte sie sich müde und ausgelaugt gefühlt, als wären nicht nur ihre Tochter und Enkelin nach Deutschland gereist, sondern auch ihre Lebensfreude und Zuversicht, die sie allem Kummer und aller Sorge zum Trotz die vergangenen Jahre hatten ertragen lassen. Einzig ihrer beiden Enkel Kjell und Per wegen hatte sie sich zusammengerissen und sich nichts anmerken lassen. Die beiden hatten Kristines Meinung nach genug durchgemacht, als dass sie nun noch Zeugen des Kummers ihrer Großmutter werden durften.

Der Gedanke an ihre Enkel rief Kristine ihren Besuch im Café Bristol wieder ins Gedächtnis. Ein leises Lachen entstieg ihrer Kehle bei der Erinnerung an das Bild, wie der kleine Leif seinen Kuchen heruntergeschlungen hatte, als hätte er befürchtet, es könnte jeden Moment jemand vorbeikommen und ihm die Köstlichkeit entreißen.

Dabei war es noch nicht mal echter Kuchen gewesen. Wie würde er erst strahlen, wenn die Zeit der Ersatzprodukte endlich vorbei war?

Kristine beschloss, dass Leif nicht so lange warten sollte. Sie besaß noch echtes Mehl, das sie von ihren Verwandten aus Selbu bekommen hatten.

Es war nicht viel, aber für einige Weihnachtskekse würde es reichen. Vielleicht konnte sie auch ein wenig Zucker ergattern. Die Voraussetzung war natürlich, dass Marit Gundersen, Leifs Mutter, tatsächlich mit Leif zum Kaffeetrinken zu ihr kam. Zwar hatte sie ihre Einladung angenommen, aber es war mehr als offensichtlich gewesen, dass ihre Freude sich in Grenzen gehalten hatte.

Oder hatte sie dem Ganzen nicht getraut? Schließlich hatten die sogenannten Deutschenmädchen bisher wenig Freundlichkeit erfahren. Und wenn sie daran dachte, wie ihre eigene Familie über Marit urteilen würde, war der Argwohn der jungen Frau durchaus berechtigt. Daher war es unerlässlich, dass sie die Wahrheit über Leifs Vater vor ihnen geheim hielt. Wie auch immer sie das bewerkstelligen mochte.

In Gedanken bereits an einer Lösung dieses Problems arbeitend, betrat Kristine die Küche.

»Du kommst spät, Mutter«, empfing sie ihre älteste Tochter Astrid, die mit verschränkten Armen am Küchentisch saß und Kristine vorwurfsvoll musterte.

Kristine fuhr zusammen. Es dauerte einen Augenblick, bis sie sich gefangen hatte. »Du hast mich vielleicht erschreckt, Astrid.« Sie sah sich um. »Bist du allein?«

»Jetzt ja.« Es glich beinahe einem Grollen, was Astrids Kehle entstieg.

Kristine runzelte die Stirn. »Waren wir verabredet?«

Astrid wohnte mit Mann und Kindern im Obergeschoss des Vierfamilienhauses am Ende der Margrethes gate. Es kam daher durchaus zu häufigen Begegnungen zwischen den verschiedenen Teilen der Familie, nicht zuletzt aufgrund der Enkel, die sich mit Vorliebe in der großmütterlichen Küche aufhielten. Aber dass Astrid derart offensichtlich ihre Nähe suchte, hatte Kristine in den vergangenen Monaten nicht oft erlebt. Seit sie Astrids Aufforderung widersprochen hatte, Ingrid und Eva, die sie nach einem brutalen Überfall, den ein ehemaliger Nachbar der Bakkens auf Ingrid verübt hatte, bei sich aufgenommen hatte, des

Hauses zu verweisen, hatte sich das Verhältnis der beiden Frauen abgekühlt. Kristines Liebe zu ihrer Tochter hatte das nichts anhaben können. Sie verstand und respektierte auch, dass die Ereignisse der vergangenen Jahre, nicht zuletzt die Deportation von Astrids Ehemann Einar in ein deutsches Konzentrationslager, in der Seele ihrer ältesten Tochter tiefe Spuren hinterlassen hatten. Aber bei allem Verständnis war Kristine zu keinem Zeitpunkt gewillt gewesen, das eine Kind für das andere zu opfern. Auch wenn der Preis, den sie dafür zu zahlen hatte, ihr an manchen Tagen sehr hoch erschien. Es waren die Tage, an denen sie glaubte, mit Ausnahme ihrer Enkel gäbe es kein ihr freundlich gesonnenes Wesen mehr auf der Welt.

Nein, sie durfte nicht undankbar sein, ermahnte sich Kristine sogleich. *Sowohl ihr Mann als auch ihre Kinder und Enkel waren am Leben. Sie hatten ein eigenes Haus und genug zu essen. Wenn es auch meistens nur zum Nötigsten reichte, musste keiner von ihnen hungern.*

Die Vorstellung von Hunger ließ Kristines Gedanken augenblicklich zu ihrer jüngsten Tochter schweifen.

Ob die beiden genug zu essen hatten? Wo waren sie untergebracht? Waren sie überhaupt in Hamburg angekommen?

Ein energisches Klopfen lenkte Kristine zurück in die Gegenwart ihrer Küche.

»Da machen wir uns schon die ganze Mühe und du hast nicht einen Blick dafür.« Astrid deutete auf die beiden Backbleche auf dem Küchentisch.

»Entschuldige, ich war mit meinen Gedanken woanders.«

Astrid schnaubte. »Bei dieser Verräterin in Deutschland, vermute ich.«

»Astrid, bitte.« Ein müder Seufzer folgte, als hätte Kristine ihre Erwiderung nur einem Reflex folgend abgegeben und nicht aus der Absicht heraus, an der Einstellung ihrer Tochter etwas ändern zu können.

»Die Jungen haben sich so auf dein Gesicht gefreut, wenn du die Pfefferkuchen siehst«, sagte Astrid, als hätte auch sie begriffen, dass es keinen Sinn machte, mit ihrer Mutter über deren Einstellung in Bezug auf Ingrid zu reden.

»Wo sind die beiden überhaupt?«

»Zum Spielen zu den Nachbarn gegangen. Du bist ja nicht gekommen. Dabei hast du Kjell heute Morgen erzählt, dass du nachmittags zu Hause bist.«

Kristine überlegte, ob sie sich erklären sollte. Und wenn sie es täte, wie diese Erklärung auszusehen hatte. Die Wahrheit über ihren Besuch im Café Bristol wollte und konnte sie nicht offenbaren.

Astrid durfte weder erfahren, dass sie den Kontakt zu Ingrid suchte, noch dass sie den Nachmittag mit einer Frau verbracht hatte, die ebenfalls ein Kind von einem Besatzungssoldaten bekommen hatte. Es war nicht so, dass sie sich ihrer Handlungen schämte. Sie stand zu ihren Überzeugungen. Aber sie war es leid, sich für etwas rechtfertigen zu müssen, was weder aus politischer Absicht noch mit dem Vorsatz, jemandem zu schaden, geschah. Sie konnte verstehen, dass nach fünf Jahren Besatzung Wut und Hass in den Norwegern brodelten, aber warum mussten sie sich auf so hässliche und brutale Weise entladen?

In ihrem ganzen Leben vergäße sie niemals das Bild der jungen Frauen, die halb nackt und kahl geschoren neben dem Polizeigebäude unter den höhnischen und verächtlichen Bemerkungen der zuschauenden Menge auf Lastwagen getrieben worden waren. Und auf keinen Fall vergäße sie niemals das Bild ihrer jüngsten Tochter, wie diese zerschlagen, mit eingeritzten Hakenkreuzen auf den Brüsten, in ihr Elternhaus zurückgekehrt war. Zwar hatte Ragnar Mykland, der für diese Gräuel verantwortlich gewesen war, sicher aus persönlichem Hass gehandelt, aber hätte er sich zu dieser Tat hinreißen lassen, wenn die allgemeine Stimmung nach der Befreiung nicht genau solche Handlungen gutgeheißen hatte?

»Magst du wenigstens einen der Kekse probieren? Es sind echte Pfefferkuchen. Die Zutaten hat mir die Familie geschickt, bei der ich während Einars Genesung gewohnt habe.«

Astrids Mann war im Rahmen einer Aktion des Schwedischen Roten Kreuzes im April 1945 zusammen mit den anderen in Deutschland inhaftierten Dänen und Norwegern nach Schweden gebracht worden. Schwer gezeichnet von seiner Haft hatte er auch nach der deutschen Kapitulation in einem schwedischen Sanatorium verweilen müssen. Astrid war noch vor Kriegsende zu ihm gereist und bis zu seiner Entlassung bei ihm geblieben.

»Nur das Mehl habe ich mir von dir genommen. Ich hoffe, das war in Ordnung?« Astrid nahm einen der Kekse und hielt ihn ihrer Mutter hin. »Den Kindern hat es richtig Spaß gemacht. Ich hatte allerdings Schwierigkeiten, sie davon abzuhalten, alle Kekse gleich aufzuessen.«

Kristine nahm den Keks. Er erschien ihr wie eine Geste der Versöhnung.

In der Bibel war es ein Ölzweig gewesen. In ihrem Fall ein Pfefferkuchen. Beiden wohnte die Verheißung auf einen Neuanfang inne. Vielleicht besaß dieses Gefühl von gemeinschaftlichem Zusammenhalt, das sich seit der Befreiung in diesem Land ausgebreitet hatte und neue Zuversicht auf eine hellere und bessere Zukunft mit sich führte, genug Kraft, um auch zerrissene Familien wieder zu vereinen und am Ende sogar denjenigen zu vergeben, die, aus welchen Gründen auch immer, aus der Gemeinschaft ausgeschlossen worden waren. Bis dahin war es zwar ein langer und steiniger Weg. Aber dieser Keks zeigte, dass es nicht unmöglich war, ihn zu gehen. Es war nur erforderlich, das nötige Rüstzeug dabeizuhaben. In ihrem Fall bestand es aus Schweigen. Dem Schweigen über ihre wiederholten Gänge zum Postamt wie auch dem Schweigen über ihre neue Bekanntschaft mit Marit und Leif Gundersen.

»Vielen Dank. Er sieht köstlich aus«, sagte Kristine und biss in das Gebäck. Ein Feuerwerk unterschiedlichster Geschmäcker explodierte auf ihrer Zunge. Sie schloss die Augen und gab sich für einen Moment nur dem Genuss hin. Als sie die Augen öffnete, blickte Astrid sie mit der zufriedenen Miene derjenigen an, die für dieses exklusive Gefühl verantwortlich war.

»Wenn du magst, lasse ich dir gerne ein paar Kekse da. Vater und Arne sollen schließlich nicht leer ausgehen.«

Kristine nickte mechanisch. Sie hatte weder ihren Mann noch ihren einzigen Sohn im Kopf, als sie sich vorstellte, wer von diesen Keksen noch probieren sollte, sondern einen kleinen Jungen, der sie vielleicht am morgigen Tag mit seiner Mutter besuchen kam.

*

Hamburg-Rahlstedt, Dezember 1945

»Kartoffeln gibt es immer noch nicht.« Erika Reimers ließ sich erschöpft auf einen der beiden wackligen Stühle in der Wohnbaracke fallen.

»Bestimmt schicken sie alles nach England«, meinte ihre

Mutter, während sie die von Erika mitgebrachten Steckrüben beäugte, als ob diese Gift enthielten.

»Oder sie essen sie gleich hier. Ich habe heute meine frühere Kollegin Helga getroffen. Die arbeitet jetzt für die Tommies. Sie hat mir erzählt, dass die auf jeden Fall genug zu essen haben.« Erika verzog das Gesicht wie jemand, der nach einem verlorenen Kampf dem Gegner widerwillig seinen Respekt bezeugt. »Sie geben ihr sogar etwas ab.«

»Vielleicht solltest du auch bei ihnen anfangen«, schlug Margarete vor.

»Niemals«, antwortete Erika mit der Inbrunst einer jungen Novizin, die ihr Gelübde ablegte. »Glaubst du ernsthaft, ich schaue einem von ihnen auch nur in die Augen?«

»Mitunter erfordern außergewöhnliche Umstände eben, dass man über seinen Schatten springt.« Margarete deutete auf die Strohsäcke auf dem Fußboden. »Wir haben noch nicht mal alle ein Bett. Ganz davon zu schweigen, dass wir dieses Loch jemals auch nur halbwegs warm bekommen oder mal einen Tag uns satt essen können.«

»Wir hätten schon alle ein eigenes Bett, wenn Georg nicht beschlossen hätte, sein norwegisches Liebchen mitzubringen. Ich verstehe Vatern nicht, dass er in seinem Alter freiwillig auf einem Strohsack auf dem Fußboden schläft. Und das auch noch für so eine.«

»Du kennst ihn doch. Egal, wie die Umstände sind, er bleibt ein Kavalier. Aber du hast recht, wir müssen etwas tun. So kann es nicht weitergehen. Auch für die Kleine ist eine solche Umgebung nicht gut.« In Margaretes Stimme hatte sich ein sanfter Unterton geschlichen, der jemandem, der sie nicht kannte, nicht aufgefallen wäre. Doch Erika, die ihrer Mutter sehr nahestand, bemerkte ihn.

Sie konnte es ihrer Mutter nicht verdenken. Die kleine Eva war ein süßes Ding, das sie alle verzaubert hatte. Mit ihren dunkelblonden Locken und den großen blauen Augen sah sie aus wie eine Puppe, mit der man am liebsten den ganzen Tag spielen wollte. Nur schade, dass Georg auch ihre Mutter mitgebracht hatte. So schlimm ihre gegenwärtige Situation auch war, sie waren durchaus noch in der Lage, auf ein Kind achtzugeben, vor allem, wenn es sich um ein so liebes wie dieses kleine Mädchen handelte.

Erika konnte es kaum erwarten, von der Arbeit zurückzukehren, um Eva auf die Arme zu nehmen und ihr einen Kuss auf die weichen Wangen zu drücken. Mehr als einmal hatte sie auch angeboten, am Sonntag auf das Kind aufzupassen, damit Georg und Ingrid zu zweit etwas unternehmen konnten. Das tat sie nicht ihrem Bruder und schon gar nicht ihrer Schwägerin zuliebe, die sie mit der gleichen starken Leidenschaft hasste, mit der sie ihre Nichte liebte, sondern einzig zu dem Zweck, um Eva für sich zu haben, mit ihr zu spielen, ihr vorzusingen oder sie einfach nur an sich zu drücken. Zu Erikas großem Missfallen wurde ihr Angebot meist ausgeschlagen. Zwar war Georg durchaus gewillt, darauf einzugehen, doch Ingrid fand stets einen Grund, warum sie in der Baracke bleiben mussten.

Während sie es unter der Woche gar nicht erwarten konnte, die Kleine in die kalte Luft zu zerren, dachte Erika verärgert. *Auch dieser Nachmittag bildete da keine Ausnahme!*

Dabei hatte Erika Frau Ewers, die Besitzerin des Wäscheladens, in dem sie arbeitete, extra überredet, früher gehen zu dürfen. Um dann die Landstraße hinunterzujagen, als wäre ein ganzer Trupp Soldaten hinter ihr her. Einzig von dem Gedanken erfüllt, bald bei ihrer Nichte zu sein und ihr freudestrahlendes Gesicht zu sehen, wenn sie ihr die winzige Puppe überreichte, die sie in der Mittagspause im Hinterzimmer des Ladens aus einem kleinen Wäscherest genäht hatte. Es hätte eigentlich ein Weihnachtsgeschenk sein sollen, aber Erika hatte es nicht über sich bringen können, so lange zu warten.

»Was meinst du, sollen wir zum Amt gehen?«, fragte Margarete. »Die müssen doch auch sehen, dass das so nicht weitergeht.«

Erika zuckte die Schultern. »Das wäre wohl eher Georgs Aufgabe.«

»Natürlich. Aber bis der sich dazu aufrafft, kann euer Vater schon nicht mehr laufen. Oder merkst du nicht, dass es ihm jeden Morgen schwerer fällt aufzustehen?«

»Dann muss er eben wieder auf der Pritsche schlafen. Georgs Frau kommt doch aus dem Norden. Die ist Kälte gewohnt.« Auch wenn Erika absolut nichts dagegen hätte, wenn Ingrid auszöge, so rief die Vorstellung, Eva nicht mehr jeden Tag sehen zu können, einen Schmerz bei ihr hervor, von dem sie nicht gedacht hatte, dass sie ihn noch einmal fühlen würde.

Wie auch bei ihrer Mutter war bei Erika, nachdem sie die Nachricht vom Tod ihrer Schwester Anneliese erhalten hatte, eine Art Betäubung eingetreten. Es war, als hätte ihr jemand ein Stück ihres innersten Wesens herausgerissen. Zurückgeblieben war eine stumpfe Leere, die nur noch einem einzigen Gefühl Platz gelassen hatte. Dem Hass auf diejenigen, die ihr das angetan hatten. Auch wenn ihr Vater ihr wiederholt erklärt hatte, dass sie, die Deutschen, dieses Elend selbst hervorgerufen hatten, war diese Erkenntnis nicht zu Erika vorgedrungen. Sie schob nach wie vor die alleinige Verantwortung dafür, dass ihr ein Teil ihrer Selbst entrissen worden war, denjenigen zu, die die Bomben, die ihre Zwillingsschwester sowie ihre Cousine und deren Kinder getötet hatten, abgeworfen hatten. Aus ihrer Sicht beschränkte sich die Schuld allerdings nicht nur auf die, die in den Flugzeugen gesessen hatten. Jeder, der die Uniform der Besatzer trug, gehörte für sie dazu. Selbst ihre Schwägerin schloss sie mit ein. Sie hätte keinen Grund dafür benennen können. Ihr war selbstverständlich klar, dass Ingrid keinen einzigen der Bombenangriffe befohlen hatte. Doch in ihrem Hass auf diejenigen, die ihr den größten Kummer ihres noch jungen Lebens beschert hatten, war sie zu keiner rationalen Einschätzung mehr fähig.

»Vater würde niemals zulassen, dass eine Frau auf dem Fußboden schlafen muss, wenn er es verhindern kann«, sagte Margarete in einer Mischung aus Verärgerung und Bewunderung. »Nein, der einzige Weg, der uns bleibt, ist der, Georg zu überzeugen, noch einmal zum Wohnungsamt zu gehen.«

Zwar war auch Margaretes Herz von der Ausstrahlung der kleinen Eva nicht unberührt geblieben. Sie hätte es niemals zugegeben, aber insgeheim war auch sie in das kleine Mädchen vernarrt. Ihre Liebe ging jedoch nicht so weit, dass sie darüber die Realität aus dem Blick verlor. Fünf Erwachsene und ein Kleinkind, das waren ihrer Meinung zu viele Menschen für diesen kleinen Barackenraum. Und auch wenn die Aussicht, ihre verhasste Schwiegertochter nicht mehr jeden Tag vor Augen zu haben, durchaus seinen Reiz besaß, so war es die Sorge um ihre Enkelin, die ihr den Hauptantrieb lieferte, am Abend ihren Sohn beiseitezuziehen und ihn eindringlich zu ermahnen, zum Wohnungsamt zu gehen, um eine neue Bleibe für sich und seine kleine Familie zugewiesen zu kommen.

»Eva hustet schon seit ein paar Tagen. Natürlich liegt das in erster Linie daran, dass ihre Mutter sie bei dieser Kälte stundenlang durch die Gegend schiebt.« Margarete machte eine Pause. Wenn sie allerdings gehofft hatte, Georg würde ihr zustimmen, dann hatte sie sich getäuscht. Nach einigen Augenblicken des Schweigens fuhr sie daher fort. »Diese zugige Unterkunft, die niemals richtig warm wird, macht diesen Husten noch schlimmer. Daher ist es wichtig, dass ihr endlich ein richtiges Zimmer bekommt.«

»Du hast recht, Mutter«, sagte Georg leise, während er sein Gewicht auf das linke Bein verlagerte. »Ich werde gleich morgen zum Wohnungsamt gehen. Aber jetzt lass mich erst einmal hinsitzen.« Er wartete die Antwort seiner Mutter nicht ab, sondern humpelte, seinen schmerzenden rechten Fuß so wenig wie möglich belastend, zu einem der Stühle.

Mit zusammengekniffenen Augen verfolgte Margarete seine Bewegungen. »Dein Fuß ist schlimmer geworden«, stellte sie dann fest. »Ich habe dir doch gesagt, dass du zum Arzt gehen sollst.«

»Mich hat in Lübeck ein Arzt untersucht«, erwiderte Georg und ließ sich langsam, das Gesicht leicht verzerrt, auf den Stuhl sinken.

»Das war vor fast einem Monat.« Margarete schüttelte den Kopf und trat zu ihrem Sohn. »Lass mich mal sehen.« Sie bückte sich und machte Anstalten, Georgs Schuh auszuziehen.

»Das ist nicht nötig«, wehrte Georg verlegen ab und griff nach dem Arm seiner Mutter, um ihr beim Aufstehen behilflich zu sein. Dabei verlagerte er das Gewicht auf den entzündeten Fuß und stieß, ob des unmittelbar darauf einschießenden Schmerzes, zischend die Luft aus.

»Und wie das nötig ist.« So sanft wie möglich zog Margarete ihrem Sohn Schuh und Strumpf aus, um dann einen Laut des Erschreckens auszustoßen. »Heinrich, sieh dir das an.«

Heinrich ging zu seiner Frau hinüber und blickte auf den

rot glänzenden und geschwollenen Fuß seines Sohnes. »Das sieht nicht gut aus, min Jung. Es ist ein Wunder, dass du überhaupt noch in den Schuh reingekommen bist.«

»Damit läufst du jedenfalls nicht weiter rum«, entschied Margarete.

»Wenn das mal nicht ein Fall fürs Krankenhaus ist«, vermutete Heinrich mit düsterer Stimme.

Er sollte recht behalten. Der Arzt, den Georg auf Drängen seiner Eltern am folgenden Morgen aufsuchte, empfahl die sofortige Einweisung in ein Krankenhaus.

»Mit so einer Entzündung ist nicht zu spaßen, Herr Reimers. Und ich habe nicht die nötigen Mittel, um so etwas zu behandeln.«

»Und das Krankenhaus hat die?«, fragte Georg skeptisch. Der Gedanke, Ingrid und Eva allein mit seinen Eltern und Erika in der Baracke zurückzulassen, ließ seinen Magen schmerzvoll zusammenziehen.

Ihm war aufgefallen, dass seine Mutter und seine Schwester von seiner Heirat alles andere als begeistert waren, auch wenn sie Eva sogleich in ihr Herz geschlossen hatten. Er hoffte allerdings, dass es der Zeit und seiner kleinen Tochter gelänge, die Mauer der Ablehnung irgendwann zum Einsturz zu bringen. Das Einzige, was er seinem Dafürhalten nach dabei tun konnte, war mitzuhelfen, die Sprachbarriere, die eine Annäherung von vornherein erschwert hatte, abzubauen. Seit ihrer Heirat vor zwei Monaten hatte er sich zwar unablässig bemüht, seiner Frau Deutsch beizubringen, doch zu seiner großen Enttäuschung hatte sich das als zähes Unterfangen erwiesen.

Es war nicht so, dass sie nicht gewillt war. Sie sprach jedes Wort, jeden Satz nach, den er ihr vorsagte. Aber es schien, als wäre ihr Kopf wie ein löchriger Eimer. Kaum war der neu gelernte Satz dort angekommen, schien er schon wieder durch eines dieser Löcher herauszufallen. Dabei war die Sprache das A und O. Wie sollte es Ingrid gelingen, in ihrem neuen Land Fuß zu fassen, wenn sie sich nicht verständigen konnte? Ihre vorübergehende Trennung nach der Ankunft in Lübeck sollte ihr spätestens klargemacht haben, wie wichtig es war, gutes Deutsch zu können. Nicht zuletzt Evas wegen sollte ihr daran gelegen sein. Wie sollte sich seine Tochter in ihrer Heimat einleben, wenn ihre Mutter nach wie vor Norwegisch mit ihr sprach? Begriff Ingrid nicht, dass sie Eva damit auf ein Leben als Außenseiterin, am Rande der Gesellschaft stehend, vorbereitete?

»Auf jeden Fall sind die besser ausgestattet als ich in meiner kleinen Praxis«, beantwortete der Arzt Georgs Frage.

»Ich bin noch nicht lange bei meiner neuen Arbeitsstelle«, unternahm Georg einen erneuten Versuch, einer Einweisung ins Krankenhaus zu entgehen.

Georgs Lehrbetrieb war durch einen Bombenangriff zerstört worden, der Tischlermeister zudem im Krieg gefallen. Nach einigen Tagen des Herumlaufens und Vorsprechens bei mehreren Tischlereien war es Georg schließlich gelungen, eine Anstellung zu finden, von der er nun befürchtete, sie wieder zu verlieren.

Und wer wusste, ob ihm das Glück ein zweites Mal hold sein würde. Zwar bestand aufgrund des hohen Zerstörungsgrads der Stadt ein großer Bedarf an Handwerkern. Aber um neue Häuser bauen zu können, brauchte man natürlich neben den entsprechenden Fachkräften auch das geeignete Material. Daran gab es nichts zu rütteln. Darüber hinaus war an vielen Orten der Schutt noch immer nicht weggeräumt. Der erste Schnee war bereits gefallen. Der Winter war von jeher nicht die geeignete Jahreszeit für das Bauhandwerk gewesen. Und an die Anfertigung von Möbeln war angesichts der herrschenden Wohnungsnot und der Holzknappheit auch nicht zu denken. Wenn überhaupt gaben wohl nur die Tommies so was in Auftrag. Und für die wollte er nun nicht unbedingt arbeiten.

»Mein lieber Herr Reimers.« In die Stimme des Arztes hatte sich ein Anflug von Gereiztheit geschlichen. »Wenn Sie Ihren Fuß nicht behandeln lassen, riskieren Sie, dass sich die Entzündung ausbreitet. Wer weiß, ob nicht am Ende der Fuß sogar amputiert werden muss.«

Georg erbleichte. »Nein, das möchte ich keinesfalls.«

Für Ingrid war die Nachricht von Georgs Einweisung ins Krankenhaus ein schwerer Schlag. Sie fühlte sich wie ein an Krücken Gehender, dem eine seiner beiden Stützen abhandengekommen war. Noch schlimmer wurde es zwei Tage später, als Eva auf einmal hohes Fieber bekam. Als das auch am nächsten Tag nicht weichen wollte und sich zudem der Husten weiter verschlimmerte, empfahl der von Erika herbeigeholte Arzt die unverzügliche Aufnahme in ein Krankenhaus.

»Es ist eine Lungenentzündung, Frau Reimers«, sagte er ernst.

Da sich die Wörter für Lunge im Deutschen und Norwegischen glichen, verstand Ingrid den Arzt augenblicklich. »Sie sterben?« Sie wunderte sich, dass ihr ihre Stimme noch gehorchte. Es war, als befände sie sich auf einem Boot, das in immer rasanterer Fahrt auf einen Wasserfall zusteuerte, ohne dass sie etwas dagegen tun konnte.

»Ich weiß es nicht.«

3. KAPITEL

Hamburg-Rahlstedt, Dezember 1945

Es war der schlimmste Heiligabend, den Ingrid je erlebt hatte. Von der Sorge um Eva gequält, war sie am Nachmittag in die Wohnbaracke an der Sieker Landstraße zurückgekehrt. Sie hätte ihr gesamtes Hab und Gut hergegeben, wenn das Krankenhaus ihr gestattet hätte, bei Eva zu bleiben.

Doch sie hatten sie nicht einmal zu ihr gelassen. Eva bräuchte Ruhe, hatte die Schwester ihr erklärt. Sie war Evas Mutter! Wie konnten sie von ihr denken, dass sie die Gesundheit ihres Kindes aufs Spiel setzen würde. Leise hätte sie sich ins Zimmer geschlichen, nur um eine Weile an Evas Bett stehen zu bleiben, sich zu vergewissern, dass ihr kleines Mädchen noch lebte. Aber gerade einmal einen kurzen Blick durch den Türspalt hatten sie ihr erlaubt. Der hatte nicht ausgereicht, um sich zweifelsfrei zu vergewissern, dass Eva noch atmete.

Wenigstens zu Georg hatte sie dürfen. Aber viel zu sagen hatten sie sich nicht gehabt. Die Sorge um Eva hatte wie ein dichter Nebel über ihnen gewabert und jegliches Gespräch im Keim erstickt. Sie hätte allerdings auch nicht gewusst, was sie ihrem Mann hätte erzählen können. Kälte und Hunger waren schließlich keine Neuigkeiten, sondern Georg bestens vertraut. Und von dem unaufhörlichen Piesacken, dem Margarete und Erika sie aussetzten, davon hatte sie nicht reden mögen. Dabei war auch das nichts Neues für Georg. Aber war er jemals eingeschritten, die wenigen Male, bei denen sie sich überwunden und sich ihm anvertraut hatte? Er hatte seine Mutter und seine Schwester in Schutz genommen, auf ihren Kummer hinsichtlich des Todes von Anneliese verwiesen und bei ihr um Verständnis für ihr Verhalten geworben. Aber was konnte sie denn für den Tod für Anneliese? Da war es ja noch verständlicher, warum ihre Geschwister ihr zürnten und sie verachteten.

Zum allem Überfluss hatte sich Georg erdreistet, von ihr zu verlangen, nicht mehr mit Eva Norwegisch zu sprechen! Als wenn das der alleinige Grund für die Ablehnung war, die ihr seit Überschreiten der Türschwelle der Wohnbaracke entgegengeschlagen war. Zurzeit kam jedenfalls kein einziges norwegisches Wort über ihre Lippen. Und das hatte an ihrer Lage nicht das Geringste geändert, im Gegenteil!

Für Margarete und Erika war Evas Übersiedlung ins Krankenhaus das endgültige Fanal gewesen, ihrem Hass auf Ingrid freien Lauf zu lassen. Und Heinrich schien nicht länger gewillt zu sein, sich dem entgegenzustellen. Zwar schloss er sich ihrem Kreuzzug nicht an, aber er protestierte auch nicht, wenn eine der beiden Frauen eine gehässige Bemerkung von sich gab oder Ingrid bei der Verteilung des Abendessens geflissentlich übersah. Zudem hatte er, zunehmend von seinen schmerzenden Knochen geplagt, dem Drängen seiner Frau nachgegeben und Ingrid gebeten, mit ihm die Schlafstätte zu tauschen. Er hatte sie dabei zwar entschuldigend angelächelt und auch angeboten, dass sie in der darauffolgenden Nacht wieder auf der Pritsche schlafen konnte. Aber Ingrids Stolz hatte ihr verboten, diesen Vorschlag anzunehmen. Sie hatte sogar betont, dass es ihr nichts ausmache, auf dem am Boden liegenden Strohsack zu schlafen. Sie hätte dies auch mit Freuden ertragen, wenn ihr jemand versichert hätte, dass sie dafür im Gegenzug ihre Tochter gesund zurückbekäme. Doch diese Versicherung gab es nicht. So war der Umzug auf den Boden für sie nur ein weiterer Beweis, wie wenig ihre neue Familie sie wertschätzte.

»Wie geht es den beiden?«, wollte Heinrich unverzüglich wissen, nachdem Ingrid die Baracke betreten hatte.

»Georg besser. Aber Eva …« Ingrid versagte die Stimme.

Heinrich kam auf sie zu und drückte ihre Hand. »Das wird schon wieder.« Er deutete auf einen mit den Borsten nach oben in einem Eimer stehenden Besen, an dem einige Tannenzweige befestigt waren. »Unser Weihnachtsbaum.«

Ingrid nickte, ohne der seltsamen Konstruktion mehr als einen flüchtigen Blick zu schenken. Auch wenn es der 24. Dezember war, war sie von Weihnachtsstimmung weiter entfernt denn je.

Heinrich schien ob der mangelnden Freude seiner Schwiegertochter über seinen Erfindungsreichtum enttäuscht. Schweigend ging er zum Tisch und setzte sich.

Ingrid sah sich im Raum um. Da es nur drei Stühle gab, blieb ihr nur ein Platz auf der Pritsche. Es war eine nicht zu verändernde Tatsache, dass sie nicht alle am Tisch sitzen konnten. Aber Ingrid fragte sich, warum stets sie diejenige zu sein hatte, die auf einen Stuhl verzichten musste.

»Wir denken heute vor allem an diejenigen, die nicht bei uns sein können«, sagte Margarete, nachdem sie sich zu Heinrich an den kleinen Tisch gesetzt hatte. Sie faltete die Hände wie zum Gebet ineinander, woraufhin sie von ihrem Mann einen erstaunten Blick erntete. »Wir wollen den lieben Gott bitten, dass er sich Georgs und Evas annimmt und sie gesund zu uns zurückbringt«, fuhr sie fort.

»Amen«, sagte Heinrich leise und machte Anstalten, nach dem Besteck zu greifen.

»Doch wir denken nicht nur an die, die noch leben«, sprach Margarete in scharfem Ton weiter. »Sondern auch an die, die uns genommen wurden.« Sie sah zu ihrer Schwiegertochter. »Vom Feind, der einen unbarmherzigen Terrorangriff nach dem anderen auf unsere Stadt geflogen hat und dabei unzählige unschuldige Menschen, unter ihnen Tausende von Kindern, getötet hat.«

»Grete, es ist Heiligabend.«

»Gerade weil Heiligabend ist, muss so etwas erwähnt werden, Heinrich. Wenn wir nicht an diesem Tag an die Toten denken, wann dann?«

»Gut, das haben wir nun getan. Jetzt wird gegessen. Schließlich liegt ausnahmsweise mal Fleisch auf dem Teller.« Heinrich griff erneut nach dem Besteck.

Ingrid hatte die Worte ihrer Schwiegermutter zwar nur ansatzweise verstanden, aber der Blick, mit dem diese sie dabei bedacht hatte, hatte jeglichen Zweifel an der Botschaft verschwinden lassen.

Ihre Schwiegermutter gab ihr die Schuld am Tod ihrer Tochter.

Das war nicht unbedingt etwas Neues für Ingrid. Aber an diesem Abend entwickelte die Anklage eine neue und noch zerstörerische Kraft. Eine Kraft, die es schaffte, Ingrid die Luft zu rauben. Mit dem Gefühl, ersticken zu müssen, wenn sie nicht sogleich diesen Raum verließ, sprang Ingrid auf, griff nach ihrem Mantel und stürmte hinaus. Ohne ein Ziel vor Augen lief sie durch die einbrechende Dunkelheit. Sie stolperte einige Male, ließ sich davon aber nicht beirren, sondern lief immer weiter, bis ihre Seiten derartig stark schmerzten, dass sie gezwungen war, stehen zu bleiben. Nach Atem ringend, beugte sie sich vor und stützte die Hände auf den Oberschenkeln ab. In ihren Ohren dröhnte es, als wären sie dem Lärm von Motorengeräuschen ausgesetzt. Am liebsten hätte sie sich auf die Erde fallen lassen und wäre nie wieder aufgestanden.

Sollte ihr Leben von nun an immer so weitergehen? Sollte sie nie wieder ein freundliches Wort hören, nie wieder einem Lächeln begegnen, das ihr galt? Wann hatte Georg sie das letzte Mal zärtlich angesehen? Wie lange würde es noch dauern, bis er vollständig in das Lager von Mutter und Schwester übergewechselt war? Ihren Schwiegervater hatten die beiden schließlich schon fast weichgekocht. Und wenn Eva nicht mehr gesund werden würde, dann war sie ganz allein auf der Welt.

Ein Schluchzen, das aus dem tiefsten Inneren ihrer Kehle kam, ließ Ingrids gesamten Oberkörper erbeben. Ihre Knie gaben nach, und sie sank langsam auf den kalten Boden nieder. Sie verharrte lange in dieser Position, während eine Tränenflut nach der anderen heranbrandete. Alle Tränen, die sie in den vergangenen Tagen und Wochen hinuntergeschluckt hatte, weil sie sich eingeredet hatte, dass sie sie um Evas willen nicht weinen durfte, flossen nun aus ihr heraus. Als die letzte von ihnen versiegt war, fühlte Ingrid sich vollkommen leer. Bewegungslos lag sie da und sah zum Himmel hinauf.

Nichts war mehr von Bedeutung. Es gab nichts mehr, weswegen es wert wäre, aufzustehen und weiterzuleben.

Immer weiter kroch die Kälte in Ingrids Körper und ließ ihn zunehmend erstarren. Das Gefühl für Raum und Zeit war längst verloren gegangen. Ingrid kam sich vor wie ein schwereloses Wesen, das aus der Zeit gefallen war. Einzig der Himmel schien noch mit diesem Wesen in Verbindung zu stehen und es zu sich zu rufen. Doch irgendwann verstummte auch dieser Ruf, und es gab nur noch ein großes Nichts. Ingrid schloss die Augen.

In ihrem Traum sah sie ihre Mutter und Eva auf einer Wolke sitzen und zu ihr hinunterlächeln. Sie winkten ihr, dass sie zu ihnen heraufkommen möge. Ingrid wollte sich sogleich aufrichten, doch eine Lähmung hatte sämtliche Glieder befallen. So sehr sie sich bemühte, sie war nicht imstande, sich auch nur einen einzigen Zentimeter zu rühren. Zu ihrem Entsetzen sah sie, wie die Wolke weiterzog. Sie wollte schreien, die Wolke zum Umkehren zwingen. Doch auch ihre Stimmbänder gehorchten ihr nicht. So musste sie mitansehen, wie sich die Gestalten von Eva und Kristine in kleine Punkte verwandelten, die langsam am Horizont verschwanden. Nur ihr Rufen hallte nach wie vor zu ihr. Sie verstand die Worte nicht, aber das ihnen innewohnende Flehen war offensichtlich, wurde immer stärker. Es entfesselte einen Sturm, der an Ingrid rüttelte und ihren Körper nach und nach aus seiner Erstarrung befreite.

»Na, endlich«, sagte eine heisere Männerstimme. »Ich hatte schon Angst, dass Sie tot sind.«

Ingrid blinzelte. Die Worte drangen nur langsam in ihr Bewusstsein, als müssten sie sich erst durch dicke Schichten von Watte hindurchkämpfen.

»Können Sie sich aufrichten? Sie dürfen auf keinen Fall länger hier liegen bleiben, sonst holen Sie sich den Tod.«

Wen kümmert das, wollte Ingrid antworten. Doch das Sprechen war zu einem unmöglichen Unterfangen geworden.

»Bitte, mein Fräulein, Sie müssen aufstehen.« In die Stimme des Mannes hatte sich zunehmend Verzweiflung geschlichen. »Es ist Weihnachten. Das erste Weihnachten nach dem Krieg.«

Ingrid hätte ihm gerne erzählt, dass ihr Krieg noch nicht zu Ende war, dass er es nie sein würde. Doch sämtliche Worte schienen in einer dicken Eisschicht festgefroren zu sein.

Ihre mangelnde Reaktion hielt den Mann jedoch nicht davon ab, sein Bemühen fortzusetzen, Ingrid vorm Erfrieren zu retten. Immer energischer zog er an ihrem Arm, bis Ingrid schließlich nicht anders konnte, als sich zu bewegen. Vor Anstrengung keuchend, zog der Mann sie in eine sitzende Position. Kaum hatte er sie losgelassen, ließ Ingrid sich wieder auf die Erde gleiten, als beständen ihre Knochen aus einer flüssigen Masse.

Erschöpft ließ sich der Mann, dessen Alter schwer zu schätzen war, aber jenseits der 60 liegen mochte, neben Ingrid nieder.

»Warum wollen Sie Ihr Leben wegwerfen?«, fragte er, nachdem seine Atemzüge sich so weit verlangsamt hatten, dass er ohne Keuchen sprechen konnte. Als Ingrid weiterhin schwieg, redete er weiter, als könnte er auf diese Weise verhindern, dass Ingrids Leben ihm entglitt.

»Es ist zwar dunkel, aber nicht so dunkel, dass ich nicht sehen kann, wie jung Sie sind.« Der Mann blickte zum Himmel hinauf. »Wir haben nur dieses eine Leben geschenkt bekommen. Und damit haben wir sorgsam umzugehen.« Er ließ den Kopf wieder sinken. »So viele sind gestorben. So viele Leben sind einfach ausgelöscht worden. Und wofür? Für nichts.« Der Mann war immer leiser geworden, bis seine Stimme nur noch ein Flüstern war.

Unvermittelt verspürte Ingrid den Drang, den Mann zu trösten und ihm zu versichern, dass alles gut werden würde. Langsam richtete sie sich auf. Der Mann zollte dem allerdings keine Beachtung. Er erweckte den Eindruck, in eine eigene Welt abgetaucht zu sein, zu der niemand außer ihm selbst Zugang besaß.

»Wie oft habe ich mir in den vergangenen Monaten gewünscht, ich wäre tot«, murmelte er. »Aber was würde das bringen? Sie kämen doch nicht zurück. Egal, was ich tue, nichts und niemand kann sie mir zurückbringen.«

Ein Gefühl tiefer Beschämung erfasste Ingrid.

Wie konnte sie sich angesichts dieses Leids wünschen, nicht weiterzuleben? Welches Recht hatte sie dazu? Sie hatte ein Kind, das, wenn auch todkrank, so nach wie vor am Leben war. Und niemand hatte ihr gesagt, dass Eva in jedem Fall stürbe. Was war sie nur für eine Mutter?

Sie hatte jeden Vorwurf, den ihr Margarete und Erika entgegengeschleudert hatten, verdient. Bewies nicht allein die Tatsache, dass sie bereit gewesen war, ihre Tochter im Stich zu lassen, dass sie ein schlechter Mensch war? Und waren die Anschuldigungen der beiden Frauen wirklich alle grundlos gewesen? Hatte sie durch ihre ausgedehnten Aufenthalte draußen in der Kälte nicht Evas Krankheit Vorschub geleistet?

Die Scham wollte Ingrid erneut an den Boden zwingen. Nur die Gegenwart des alten Mannes hinderte sie daran, diesem Impuls nachzugeben.

Aber vielleicht war es noch nicht zu spät. Vielleicht konnte sie auf ihrem Weg der Selbstsucht noch umkehren.

Ingrid war mit einem Mal davon überzeugt, dass der Himmel ihr einen Engel gesandt hatte, der ihr genau diese Möglichkeit eröffnete. Am liebsten wäre sie unverzüglich aufgesprungen, um ihren Gliedern wieder Wärme einzuhauchen. Doch sie fühlte sich dem Mann verbunden, der sie daran gehindert hatte, etwas zu tun, das sie nun bitterlich bereute.

»Wer sterben?«, fragte sie leise, als säße um sie herum eine große Gruppe von Menschen, die von ihrer Unterhaltung nichts mitbekommen durfte. »Sie müssen nicht erzählen«, fuhr sie eilig fort, als fürchtete sie, eine unerlaubte Grenze überschritten zu haben. »Ich … äh … danken.« Verzweifelt rang Ingrid nach Worten.

Der Mann seufzte tief, wie jemand, der eine Last trug, die zu schwer für ihn war. »Sie sind keine Deutsche, nicht wahr?«

Ingrid schüttelte den Kopf, bis ihr einfiel, dass der Mann das in der Dunkelheit nicht sehen konnte. »Ich sein aus Norwegen.«

»Norwegen«, wiederholte er.

Ingrid konnte sein Gesicht nicht erkennen, aber es kam ihr vor, als lächelte er. »Sie in Norwegen waren?«

»Oh ja, aber das ist lange her. Sehr lange.« Die Erinnerung daran schien den Mann in die Gegenwart zu katapultieren. Er wandte sich Ingrid zu. »Und was macht eine junge Norwegerin Ende 1945 in Deutschland? Die Nazis sind doch weg. Sie können wieder nach Hause.«

Ungeachtet ihres nach wie vor eiskalten Körpers begannen Ingrids Wangen zu glühen.

Der Mann dachte, sie wäre eine Gefangene gewesen so wie ihr Schwager Einar, den die Deutschen aufgrund seiner Mitgliedschaft in einer Widerstandsgruppe in ein KZ verschleppt hatten.

»Sie müssen es mir nicht erzählen. Es gibt Dinge, über die man einfach nicht sprechen kann, auch wenn man sie wohl niemals vergessen wird.«

»Ich nicht gefangen.« Ingrid erwies es sich wie eine Lebensnotwendigkeit, dem Mann die wahren Gründe für ihren Aufenthalt in Deutschland zu offenbaren. »Ich heiraten mit deutsche Soldat.«

Als der Mann nicht antwortete, befürchtete Ingrid schon, dass auch er zu denjenigen gehörte, die sie ob dieses Umstands verurteilten.

»Und Ihr Mann, wo ist der jetzt?«, fragte der Mann in einem Ton, der Ärger erkennen ließ. »Er sollte Sie nicht allein hier in der Dunkelheit herumlaufen lassen. Schon gar nicht an Weihnachten.«

»Er in Krankenhaus, Tochter auch.«

»Das tut mir leid. Dann sind Sie ganz allein?«

Einen kurzen Moment schwankte Ingrid, ob sie sich erlauben durfte, diesem Mann, dem unverkennbar größeres Leid als ihr selbst widerfahren war, von ihrem Kummer zu erzählen. Das Zögern währte nicht lange. Mit stockender Stimme, oftmals nach den richtigen Worten suchend, erzählte sie ihm alles. Angefangen von ihrer Familie, die sie schon lange vor ihrer Beziehung zu Georg verurteilt hatte, weil sie den Kontakt zu einer früheren Schulfreundin, die Mitglied der norwegischen Nazipartei gewesen war, nicht vollständig abgebrochen hatte. Bis hin zu ihrer Schwiegermutter und Schwägerin, die sie einzig schon deswegen verachteten, weil sie aus dem Ausland kam.

Der Mann ließ Ingrid reden, half gelegentlich aus, wenn ihr ein Begriff fehlte. Nur einmal unterbrach er sie, um ihr vorzuschlagen, aufzustehen und sich zu bewegen, damit die Kälte nicht vollständig Beschlag von ihnen nahm.

Als Ingrid bei Evas Krankenhausaufenthalt angekommen war, verstummte sie erschöpft. Es war ihr, als hätte sie noch nie zuvor im Leben so lange an einem Stück geredet.

»Vielen Dank für Ihre Offenheit, Frau …?«

»Reimers, Ingrid Reimers.«

»Frau Reimers, bitte verlieren Sie nicht den Mut. Es mag zurzeit schwer für Sie sein. Aber es ist noch Hoffnung da.

Selbst wenn Ihre neue Familie Sie weiterhin ablehnt, haben Sie einen Mann, der Sie liebt. Und das tut er ganz sicher, sonst wäre er ohne Sie nach Deutschland zurückgekehrt. Und Ihre Tochter, die ist noch am Leben. Und solange jemand lebt, gibt es Hoffnung.«

Die Worte des Mannes beschämten Ingrid noch mehr. »Sie haben recht«, sagte sie so leise, dass sie sich nicht sicher war, ob der Mann sie gehört hatte.

»Bitte versprechen Sie mir, dass Sie so etwas Dummes wie heute Abend nie wieder machen.«

In diesem Moment hätte Ingrid dem Mann alles versprochen. Seine Stimme sandte eine Wärme aus, die tief in ihr Innerstes drang und das Licht der Hoffnung entzündete. »Ich verspreche es.«

»Das ist gut. Und nun gehen Sie nach Hause und wärmen sich auf, soweit das gegenwärtig möglich ist.« Der Mann ergriff Ingrids Hand und drückte sie kurz. Dann drehte er sich um und ging davon.

»Aber, Sie …« *Sie haben mir Ihre Geschichte noch nicht erzählt*, wollte Ingrid ihm hinterherrufen. Doch die Dunkelheit hatte seine Gestalt bereits verschluckt. Ingrid blieb noch einige Minuten stehen, aber der Mann kam nicht zurück.

Ich habe ihn nicht einmal nach seinem Namen gefragt, dachte Ingrid, während sie sich auf den Weg zurück zur Baracke machte.

Am folgenden Morgen erschien ihr die Begegnung wie ein ferner Traum, an dessen Inhalt man sich nur noch schemenhaft erinnern konnte.

Hatte sie sich alles nur eingebildet? War die Kälte derart stark in sie eingedrungen, dass sie begonnen hatte zu fantasieren, so wie man es bei hohem Fieber tat? Oder war sie wirklich einem fremden Mann begegnet, der sich am Ende als ihr Lebensretter erwiesen hatte?

Ihr eigenes Verhalten am gestrigen Tag kam Ingrid gleichfalls unwirklich war.

War das tatsächlich sie gewesen, die sich dem Leben nicht mehr hatte stellen mögen? War sie eine Mutter, die ihr Kind im Stich ließ?

Alles in Ingrid strebte danach, diese Frage verneinen zu können. Ungeduldig wartete sie darauf, dass es endlich Zeit war, zum Krankenhaus aufzubrechen.

Dort angekommen, eilte sie durch die Gänge, als hätte ihre Tochter nur noch wenige Minuten zu leben. Von ihrer Umgebung dabei keinerlei Notiz nehmend, prallte sie vor der Tür zu Evas Zimmer mit einer Frau zusammen. Einen seltsamen Tanz aufführend, bei dem ihre Gliedmaßen sich wie bei Artisten hin und her bogen, kämpften die beiden Frauen darum, das Gleichgewicht zu halten. Als es ihnen endlich gelang, atmeten beide schwer.

»Mensch, Ingrid, kannst du nicht aufpassen?« Erika war die Erste, die imstande war zu sprechen.

Ingrid starrte ihre Schwägerin an, als wäre sie ihr noch nie zuvor begegnet. Dann wandte sie sich ab, um nach der Türklinke zu greifen.

»Warte, Ingrid.« Erikas lauter Ruf ließ Ingrid innehalten.

»Ich gehen zu meiner Tochter«, erwiderte Ingrid, ohne sich umzudrehen.

Die Begegnung mit dem alten Mann hatte sie mit neuer Entschlossenheit erfüllt. Sie war nicht nur bestrebt, Eva eine gute Mutter zu sein, sondern auch, sich fortan in der für sie so fremden Umgebung zu behaupten. Dazu gehörte, dass sie nicht länger die Zielscheibe des Hasses von Margarete und Erika bilden mochte. Die neue Härte, mit der sie dieses Ziel umzusetzen gedachte, bekam Erika nun zu spüren.

»Ingrid, bitte.« Erika trat heran und legte ihre Hand auf die von Ingrid, die nach wie vor die Klinke umfasst hielt.

Sie begriff selbst nicht, was in sie gefahren war.

Seit wann rannte sie ihrer ausländischen Schwägerin nach? Und das auch noch in einem überfüllten und schlecht riechenden Krankenhaus, bei dem sogar in den Fluren die Betten standen.

Es war die Freude gewesen, die Erikas Hass zum Schmelzen gebracht hatte. Beim Anblick der kleinen Eva, die sie, wenn auch noch matt, angelächelt hatte, hatte sich Erikas Herz mit einem Glück gefüllt, das so stark war, dass es für andere Gefühle keinen Platz mehr ließ. Nach Erhalt der ärztlichen Zusicherung, dass Eva wieder vollständig genesen würde, war dieses Glück derart angeschwollen, dass es in Erika das unbezähmbare Bedürfnis geweckt hatte, es mit jemandem teilen zu müssen.

»Ingrid, es ist wichtig«, unternahm sie daher erneut Anstalten, die Aufmerksamkeit ihrer Schwägerin zu gewinnen.

»Eva sein tot?« Mit weit aufgerissenen Augen blickte Ingrid sie an. Als Erika nicht sofort antwortete, packte Ingrid ihren Arm. »Sein sie tot?«

»Tot? Nein!« Erika hatte sich wieder gefangen und strahlte Ingrid an, als wären sie schon immer die besten Freundinnen gewesen. »Die Krise ist überwunden. Sie wird wieder gesund.«

Sie musste die Worte mehrmals wiederholen, bis Ingrid nicht nur ihren Sinn verstanden hatte, sondern die Botschaft, die sich dahinter verbarg, auch glauben konnte. Dann schossen ihr die Tränen in die Augen. War es in der Nacht zuvor noch die Verzweiflung gewesen, die sie nicht aufhören ließ zu weinen, waren es nun grenzenlose Freude und Erleichterung. Mit dem Rücken an die Wand gelehnt, rutschte Ingrid auf den Boden hinunter. Die Hände vors Gesicht haltend, barg sie ihren Kopf zwischen die Knie. Erst als die Schluchzer verebbten, wurde ihr bewusst, dass Erika sich neben sie gesetzt hatte.

»Hier.« Erika reichte ihr ein Taschentuch.

Umständlich putzte Ingrid sich die Nase. Dabei vermied sie es, ihre Schwägerin anzusehen.

Eine Krankenschwester bog um die Ecke und musterte die beiden Frauen missbilligend. »Das geht aber nicht, dass Sie hier auf dem Boden hocken.«

Ingrid und Erika sahen sich an wie zwei kleine Mädchen, die gemeinsam einen Streich verübt hatten. Im Nachhinein konnte keine von ihnen mehr sagen, wer zuerst begonnen hatte zu kichern. Es währte nur Augenblicke, bis beide von einem unbändigen Lachreiz geschüttelt wurden. Die wiederholten Versuche der Schwester, sie zur Ruhe zu zwingen, steigerten ihn nur. Erst als die Schwester drohte, die Polizei zu rufen, verstummten die beiden jungen Frauen.

»Komm, wir gehen zu Eva.« Erika war aufgestanden und streckte die Hand nach ihrer Schwägerin aus, um ihr aufzuhelfen.

Nach dem Besuch bei Eva machten sie sich gemeinsam auf den Weg zu Georg, dem die neue Vertrautheit der beiden Frauen sogleich auffiel. Er fragte nicht nach den Gründen, als hätte er Angst, dadurch dieses nach wie vor fragile Gebilde zum Einsturz zu bringen. Darüber hinaus war es aber auch ein Zustand, von dem er die ganze Zeit überzeugt gewesen war, dass er eines Tages einträte. Er war nicht unbedingt davon ausgegangen, dass es derartig schnell passieren würde. Doch spätestens, wenn Ingrid fließendes Deutsch spräche, da war Georg sich sicher, überwände seine Familie ihre Ablehnung. Dass dieser Fall eingetreten war, ohne dass Ingrids Deutsch entscheidende Fortschritte gemacht hatte, war für ihn etwas, über das er sich zu freuen hatte. Nachgrübeln brauchte er darüber nicht. Dazu hatten sie seiner Meinung nach drängendere Probleme. Das Allerwichtigste davon bestand für ihn in der Frage, ob er nach seiner Genesung noch einen Arbeitsplatz haben würde.

Er hatte schon froh sein können, dass sie ihn eingestellt hatten. Auf der anderen Seite konnten sie für jede Fachkraft dankbar sein. Wer wusste schon, wie viele Tischler aus dem Krieg zurückkamen. Und ohne Fenster und Türen konnten nun mal keine Häuser gebaut werden.

Wenn es nur endlich gelänge, genug Holz zu bekommen. Aber solange es nicht genug Kohle zum Heizen gab, würde es für jeden nur darum gehen, das Holz, dessen man habhaft werden konnte, als Ersatz zu benutzen. Ihnen selbst erging es doch nicht anders.

Ob sein Vater im Wald gewesen war? Es war zu bezweifeln. Er war ein kräftiger Mann, aber sein Rheuma machte ihm mehr und mehr zu schaffen. Daher hatten sie vereinbart, gemeinsam in den Wald zu gehen und einen der Bäume zu sägen. Das war selbstverständlich verboten. Aber wen kümmerte das? Ihn nicht. Die Tommies fragten sicher nicht erst nach einer Erlaubnis, bevor sie sich ihr Holz holen gingen.

»Hat Vatern Holz geholt?«, erkundigte er sich bei seiner Schwester.

Irritiert hielt Erika in ihrem Bericht inne. Sie war dabei gewesen, Georg zu erzählen, wie Eva an diesem Tage schon wieder dem Essen zugesprochen hatte.

»Hat er Holz geholt?«, fragte Georg ein zweites Mal.

Erika zuckte die Schultern, als wäre es eine Angelegenheit, die für sie nur geringe Wichtigkeit besaß. »Ein wenig. Was man eben so bekommt.«

Georg seufzte und unterließ ein neuerliches Nachfragen.

Vatern war nicht im Wald gewesen. Das wäre, allein schon wegen der Gefahr der Entdeckung, etwas, was keiner der beiden Frauen entgangen wäre.

»Georg!«

»Wie bitte?« Georg fuhr hoch und sah, dass beide Frauen ihn erwartungsvoll ansahen.

»Du bist vielleicht einer«, tadelte Erika ihn mit sanfter Stimme. »Bekommst Besuch von zwei hübschen Frauen und hängst nur deinen Gedanken nach.«

»Entschuldigt«, sagte Georg, ohne dem Wort viel Nachdruck zu verleihen.

Begriffen die beiden nicht, wie wichtig es war, dass sie Holz bekamen? Der Winter würde sicher noch viel kälter werden. Und er bezweifelte, dass sich die Zuteilungen an Brennmaterial erhöhten. Es war eher vom Gegenteil auszugehen.

»Jetzt ähnelt er einem grimmigen Bären«, sagte Erika an Ingrid gewandt. Beide Frauen stießen ein Kichern aus, das an Georgs Nerven zerrte.

»Ihr solltet aufbrechen. Es wird bald dunkel.«

»Du willst uns loswerden?«

Georg unterdrückte ein erneutes Stöhnen. »Nein, ich will nur nicht, dass ihr euch die Beine brecht. Glaubt mir, so schön ist es im Krankenhaus nicht.« Er kratzte sich am Kopf. »Ihr müsstet übrigens noch etwas von meiner Wäsche mitnehmen und waschen.«

Erika machte schon den Mund auf, um zu protestieren, als sich die Tür öffnete und eine Krankenschwester, ein Tablett in der Hand, das Zimmer betrat. Auch ohne, dass sie ein

Wort sagte, begriffen Erika und Ingrid das dies das Signal zum Aufbruch war. Da sie sich vor Erika und den anderen im Zimmer befindlichen Patienten genierte, drückte Ingrid Georgs Hand nur kurz und versprach ihm, am folgenden Tag wiederzukommen.

Auf dem Heimweg schwiegen die beiden Frauen. Es war allerdings kein dumpfes Schweigen, wie es zwischen zwei Menschen herrschte, die sich nicht ausstehen konnten. Sie waren beide einfach nur zu erschöpft, als dass sie noch fähig gewesen wären, auch nur die kleinste Höflichkeitsfloskel auszutauschen.

Margarete und Heinrich freuten sich, als sie hörten, dass Eva wieder gesund werden würde.

»Das hab' ich doch gleich gesagt«, grunzte Heinrich zufrieden und rückte seinen Stuhl ein wenig näher an den Ofen.

Angesichts der schmutzigen Bettwäsche, die Erika und Ingrid aus dem Krankenhaus mitgebracht hatten, verschwand das schmale Lächeln aus Margaretes Gesicht. »Wie stellen die sich das denn vor?«, schimpfte sie, während sie ein Laken unter den Lichtstrahl der nackten Glühbirne hielt, die von der Decke herabhing.

Erika zuckte die Schultern. »Morgen müssen wir auch die von Eva mitnehmen.«

Margarete stemmte die Hände in die Hüften. »Hast du ihnen nicht gesagt, wo wir hausen? Denn wohnen kann man das ja nun wirklich nicht nennen. Wir haben noch nicht mal einen eigenen Wasserhahn.«

»Das hätte nichts gebracht, Mutter«, verteidigte sich Erika. »Dem Krankenhaus fehlt es auch an allem. Wenn du das Essen gesehen hättest, das sie den Patienten servieren … Als wir gegangen sind, haben sie es Georg gerade gebracht.«

Margarete versank für einen Moment im Schweigen, dann straffte sie die Schultern und drückte Ingrid das Laken in die Hand. »Es sind dein Mann und deine Tochter. Also ist es auch deine Aufgabe, ihre Wäsche zu waschen. Wer weiß außerdem, ob sie ohne dich überhaupt im Krankenhaus wären. Schließlich musstest du Eva ja ständig der Kälte aussetzen. Und Georg wäre sicher schon früher zu einem Arzt gegangen, wenn du ihm mal ein bisschen gut zugeredet hättest.«

Ingrid betrachtete das Laken wie einen exotischen Gegenstand. Dann blickte sie ihre Schwiegermutter an, die, die Arme vor der Brust verschränkt, Ingrid mit zusammengekniffenen Lippen musterte. Von dort wanderte der Blick weiter zu Heinrich, der mit dem Rücken zu ihr auf dem Stuhl saß und den Ofen mit der Aufmerksamkeit eines Museumsbesuchers betrachtete. Ingrids Blick flog weiter zu Erika, die, das Gesicht der Wand zugewandt, auf einer der Pritschen lag.

Ingrid fühlte sich, als hätte ihr jemand einen Tritt in den Magen verpasst.

War alles nur gespielt gewesen? Hatte Erika sich einen Spaß mit ihr erlaubt? Erst so getan, als würde sie sie mögen, um sie dann umso brutaler fallen zu lassen?

Die Verzweiflung drohte Ingrid zu überschwemmen. Bevor sie erneut in deren Fluten untergehen konnte, erinnerte sie sich an die Worte des alten Mannes.

Er hatte von der Hoffnung gesprochen. Was waren schon ein paar böse Worte und ein bisschen schmutzige Wäsche gegen das Leben ihres Kindes?

Dennoch nahm Ingrid sich fest vor, kein zweites Mal Erikas Freundlichkeit zu trauen.

*

Trondheim, Norwegen, Dezember 1945

»Darf ich reinkommen?« Kristine schenkte Marit das Lächeln einer Mutter, die ein verängstigtes Kind beruhigen möchte.

»Ich weiß nicht.« Unschlüssig drehte Marit den Kopf hin und her, als hoffte sie, jemanden hinter sich zu finden, der die Entscheidung an ihrer Stelle träfe.

»Ich habe ein Weihnachtsgeschenk für Leif«, bemühte sich Kristine, die junge Frau zu überzeugen. »Ich werde Sie auch nicht lange stören.«

»Na gut. Bitte.« Marit gab die Tür frei.

Kristine musste sich beherrschen, um ihrer Neugier nicht allzu offensichtlich Lauf zu lassen. Sie ahnte, dass es die Scham war, die Marit Gundersen dazu brachte, ihren Besuch als unwillkommen zu empfinden.

Doch wofür sollte sie sich schämen? Auf jeden Fall nicht dafür, dass sie in einer der ärmlichen Gegenden der Stadt lebte. Und auch nicht dafür, dass das Zimmer kaum einem einzigen Menschen genug Platz bot. Angesichts dieser Umstände war es eher angebracht, Stolz zu zeigen. Stolz darauf, dass es ihr trotz aller Widrigkeiten gelang, für ihr Kind zu sorgen. Der kleine Leif wirkte gut genährt und gesund. Die Kleidung, auch wenn sie mehrmals geflickt war, war sauber und ordentlich. Und wer von ihnen besaß in diesen Zeiten schon Kleidung, die nicht mehrfach gestopft und ausgebessert war? Und eine größere und bessere Unterkunft war ebenfalls schwerlich zu bekommen, vor allem, wenn man wie Marit anscheinend ohne familiäre Unterstützung dastand. Die Wohnungsnot war auch nach dem Abzug der Besatzer nicht besser geworden. Es hieß, das Wohnungsamt nähme sogar Einquartierungen vor.

»Bitte sehr.« Marit deutete auf einen Stuhl, dessen Farbe

an mehreren Stellen abgeplatzt war. »Darf ich Ihnen einen Kaffee anbieten?«

Es war schon so selbstverständlich geworden, Ersatzkaffee zu trinken, dass sich niemand mehr die Mühe machte, diesen als solchen zu bezeichnen, dachte Kristine in einem Anflug von Amüsiertheit.

Angesichts der angespannten Miene von Marit wurde Kristine wieder ernst. »Nein danke, ich muss gleich wieder los. Meine Familie erwartet mich. Es ist ja Weihnachten.« Kristine hätte sich ohrfeigen können, als sich Marits Züge angesichts ihrer Erklärung verdunkelten.

Was war sie nur für ein Hornochse! Es war doch offensichtlich, dass Marit außer Leif keine Familie hatte. Oder würde sie sonst den Weihnachtstag in diesem heruntergekommenen, zugigen Loch verbringen?

Bestrebt das Thema zu wechseln, sah Kristine sich suchend um. »Ist Leif nicht da?«

»Er ist zum Spielen draußen.« Marits Finger knoteten sich ineinander wie die einer Schülerin bei einer mündlichen Prüfung. Für einen Moment herrschte in dem kleinen Zimmer Schweigen.

»Ja, wenn das so ist«, sagte Kristine schließlich. »Dann lege ich das Geschenk einfach hier auf den Tisch. Und Sie geben es Leif, wenn er kommt.«

»Ich kann ihn holen«, sagte Marit, blieb dabei aber stehen, als wäre dies das Letzte, was sie im Sinn hatte.

»Nein, lassen Sie ihn spielen.« Kristine zog das Geschenk aus der Tasche und legte es auf den Tisch.

In diesem Augenblick hörten sie Schritte auf der Treppe. Sie klangen, als würde sich jemand nur mit Mühe die Stufen heraufschleppen.

Marit vergaß ihre Zurückhaltung und stürzte zur Tür, um

sie aufzureißen. »Leif!« Sie kniete sich auf den Boden und zog ihren am Kopf blutenden Sohn in die Arme.

»Es ist nicht schlimm, Mama. Du brauchst nicht weinen.«

Angesichts von Leifs Tapferkeit und einer für sein junges Alter erstaunlichen Reife stiegen auch Kristine die Tränen in die Augen. Schnell wischte sie mit dem Ärmel darüber. »Frau Gundersen, wir müssen Leifs Wunde versorgen.«

Als Marit ihren Sohn nicht losließ, legte Kristine ihr die Hand auf die Schulter. »Frau Gundersen, Leifs Wunde muss versorgt werden.«

Leifs Augen erblickten das Paket, das auf dem Tisch lag. Ein Strahlen glitt über sein Gesicht. »Ist das für mich?«

Kristine lächelte. »Ja, das ist es. Aber bevor du es auspacken darfst, müssen wir deine Wunde verbinden.«

Enttäuscht bogen sich Leifs Mundwinkel nach unten. »Das tut nicht weh«, beteuerte er.

»Das glaube ich dir gerne, junger Mann. Aber es hilft trotzdem nichts. Erst die Verletzung, dann das Geschenk.«

Zu Kristines Überraschung protestierte Leif nicht, sondern ließ sich geduldig das Gesicht abwaschen und die Wunde an der Schläfe verbinden.

»Wie ist das denn passiert?«, erkundigte Kristine sich, nachdem sie den Verband befestigt hatte. Marits Hände hatten zu sehr gezittert, sodass Kristine diese Aufgabe übernommen hatte. »Bist du hingefallen?«

Leif wich ihrem Blick aus und griff nach dem Paket. Doch Kristine war schneller und zog es zu sich heran. »Gleich bekommst du es, versprochen. Nur deine Mutter und ich möchten gerne wissen, warum dein Kopf so geblutet hat.«

Leifs Achseln hoben sich zu einer Geste der Ahnungslosigkeit. »Weiß nicht«, murmelte er. »Bin halt gefallen.«

Kristines Augenbrauen schraubten sich in die Höhe. »Gefallen oder hat dich jemand geschubst?«

Es bedurfte noch einiger weiterer Fragen, bis die beiden Frauen den Grund für die Verletzung herausgefunden hatten. Zwei Jungen aus der Nachbarschaft hatten Leif derartig heftig gestoßen, dass er hingefallen und sich den Kopf an der Kante einer auf dem Hof stehenden Bank aufgeschlagen hatte. Als seine Mutter wissen wollte, wer diese Jungen gewesen waren, blieb Leif ihr die Antwort schuldig.

»Aber warum haben sie dich gestoßen?«, fragte Kristine, die verstand, dass es keinen Sinn machte, weiter nach den Namen der Übeltäter zu forschen.

»Sie haben gesagt, ich wäre der Feind.« Leifs Achseln hoben sich erneut. »Ich verstehe das nicht. Ich habe ihnen nichts getan.«

Kristine sah Marit an. Die junge Frau war aschfahl geworden und hielt ihre Hand vor den Mund gepresst. »Manchmal ist das leider so«, wandte sich Kristine wieder Leif zu. »Da sind Menschen so gemein und tun einem weh, ohne dass man ihnen etwas getan hat.«

»Terje haben sie auch schon mal geärgert«, erzählte Leif. Damit schien die Angelegenheit für ihn erledigt zu sein, denn er streckte erneut die Arme nach dem Paket aus. Kristine reichte es ihm.

»Denken Sie, Leif muss zum Arzt?«, fragte Marit, die sich wieder gefangen hatte.

»Ich glaube nicht. Aber Sie sollten ihn erst mal nicht alleine nach draußen lassen. Und wenn ihm schlecht wird oder die Schmerzen zunehmen, würde ich doch zu einem Arzt gehen.«

Kristine erhob sich aus ihrer hockenden Haltung und reichte Leif sein Geschenk. Erneut versetzte der kleine Junge sie in Erstaunen, als er das Papier nicht ungestüm aufriss, sondern sorgfältig auseinanderfaltete. »Wie alt ist Leif eigentlich?«, erkundigte sie sich bei Marit.

»Er wird im Mai vier.«

»Er ist erstaunlich reif für sein Alter.«

»Ja, das ist er.« Erneut knoteten sich Marits Hände ineinander.

»Machen Sie sich keine Sorgen«, beruhigte Kristine die junge Frau. »Er hat maximal eine leichte Gehirnerschütterung. Wie gesagt, behalten Sie ihn im Auge. Dann kann gar nichts passieren.«

»Ich weiß nicht, wie das gehen soll. Ich muss arbeiten.«

»Aber nicht mehr heute, oder?«

»Nein, heute habe ich frei.«

»Na, sehen Sie. Und heute Nacht lassen Sie Leif bei sich schlafen.« Kristine schaute zu dem einzigen Bett, das sich im Zimmer befand, hinüber. »Wenn Sie das nicht ohnehin schon tun. Und morgen früh sagen Sie der Person, die auf Leif aufpasst, einfach, dass er nicht nach draußen zum Spielen darf.«

Röte kroch Marits Hals hinauf. »Ich habe niemanden, der auf ihn aufpasst.«

»Aber er ist doch noch so klein«, rief Kristine, um unverzüglich einen Blick zu Leif hinüberzuwerfen.

Der hatte von ihrem Ausruf nichts mitbekommen. Zu sehr war er mit dem kleinen Stoffhund, der sich in dem Paket befunden hatte, beschäftigt.

»Das weiß ich«, sagte Marit, deren Röte sich weiter ausgebreitet hatte, sodass sie aussah, als wäre sie stundenlang einer schweißtreibenden Tätigkeit nachgegangen. »Aber was soll ich machen? Ich muss Geld verdienen.«

»Und Ihre Familie?«

Marit schnaubte verächtlich. »Die haben mich vor die Tür

gesetzt, kaum, dass im Radio die Kapitulation der Deutschen verkündet wurde. Wenn es nach meinem Vater gegangen wäre, wäre das schon früher passiert. Aber er hat sich wohl aus Angst vor den Besatzern nicht getraut. Als die dann weg waren, hat es meine Mutter mit der Angst bekommen. Ein Deutschenflittchen werfe ein schlechtes Licht auf die Familie, hat sie gesagt.«

»Das heißt, Leif bleibt den ganzen Tag alleine, während Sie bei der Arbeit sind?«, fragte Kristine, die Mühe hatte, dies zu glauben.

»Eine der Frauen aus der Nachbarschaft hat ein Auge auf ihn. Und ich stelle ihm Brot und Milch auf den Tisch, damit er mittags etwas essen kann.«

Kristines Herz zog sich vor Entsetzen zusammen. Es war nicht so, dass sie Marit einen Vorwurf machte. Die junge Frau war ihres Erachtens in einer ausweglosen Lage.

Was hätte sie tun sollen? Wenn sie zu Hause blieb und auf Leif aufpasste, verdiente sie kein Geld. Die einzige Möglichkeit, die ihr noch bliebe, wäre, Leif wegzugeben. Aber wer würde schon ein Deutschenkind nehmen? Außerdem war es mehr als offensichtlich, dass sich Mutter und Sohn auf das Herzlichste zugetan waren.

»Ich kann auf Leif aufpassen, während Sie bei der Arbeit sind.«

Nun war es an Marit, entsetzt zu sein. »Aber das geht nicht«, stammelte sie.

»Warum nicht? Ich bin den ganzen Tag zu Hause. Und wenn ich einkaufen gehe, nehme ich Leif einfach mit.«

»Sie kennen uns doch gar nicht, Frau Bakken.«

»Ich kenne Sie gut genug, um zu sehen, dass Sie Ihren Sohn lieben, Frau Gundersen. Und ich sehe, dass Leif ein lieber Junge ist. Mehr brauche ich nicht zu wissen.«

Ohne Marits Erwiderung abzuwarten, ging Kristine zu Leif

hinüber und setzte sich ihm gegenüber an den Tisch. Leif sah nicht auf. Er war nur auf den kleinen Stoffhund fixiert, den er über den Tisch hüpfen ließ, während er leise mit ihm sprach.

»Leif.« Kristines Hand legte sich auf den Hund.

»Ja?« Leif sah sie immer noch nicht an.

»Hättest du Lust, an den Tagen, an denen deine Mutter arbeitet, zu mir zu kommen? Wir haben einen Garten. Er ist nicht groß, aber es reicht, um einen kleinen Schneemann zu bauen. Außerdem habe ich zwei Enkel. Die sind zwar etwas älter als du, aber ich denke, ihr könnt trotzdem zusammen spielen. Die beiden sind hervorragende Meister im Schneemannbauen und zeigen dir bestimmt ein paar Tricks.«

Leifs Blick schoss hoch. Erst sah er Kristine an, dann seine Mutter. »Darf ich, Mama?« Als Marit nicht antwortete, sprang er auf und rannte zu ihr. »Bitte, Mama!«

»Bitte, Frau Gundersen«, schloss sich Kristine an. »Es wäre mir wirklich eine Freude.«

»Aber Ihre Familie, was wird die zu einem …« Marit deutete mit dem Kinn auf Leif hinunter.

»Leif, ich glaube, dein Hündchen ist müde und muss ins Bett. Was meinst du, wo darf es schlafen?«

Wie von Kristine beabsichtigt, kam Leif unverzüglich zu ihr gelaufen, um nach dem Hund zu greifen und ihn zum Bett hinüberzutragen. Dort bettete er ihn sorgfältig unter die Decke und fing an, ihm mit seiner dünnen Stimme ein Schlaflied vorzusingen.

Kristine beobachtete ihn einen Augenblick dabei. Dann erhob sie sich und ging zu Marit hinüber. »Meine Familie wird einverstanden sein«, sagte sie leise. »Denn ich werde ihr erzählen, dass Leifs Vater von den Deutschen getötet wurde.«

»Aber«, unternahm Marit einen Versuch zu widersprechen.

»Ich weiß, ich lüge auch nicht gern. Aber in diesem Fall

ist es unumgänglich. Ich bin sicher, Gott wird Verständnis dafür haben. Schließlich geht es darum, jemandem in einer Notlage beizustehen.«

»Und Sie denken, das funktioniert?«, fragte Marit ungläubig.

»Leif muss natürlich mitspielen. Wenn ich seine Reaktion vorhin richtig gedeutet habe, haben Sie ihm anscheinend nicht viel von seinem Vater erzählt.«

»Nein, das habe ich nicht. Ich weiß natürlich nicht, wie viel er mitbekommen hat, als wir noch bei meinen Eltern gewohnt haben. Aber ich kann mich nicht erinnern, dass sie Leif gegenüber direkt erwähnt haben, dass sein Vater zu den Besatzern gehört. Es lief mehr versteckt ab. Wenn Sie verstehen, was ich meine.«

»Oh ja, das verstehe ich.« Kristine dachte an ihren Mann, der die Existenz seiner Enkelin kaum zur Kenntnis genommen hatte.

Hatte er sie überhaupt einmal auf den Arm genommen oder mit ihr gespielt, wie er dies mit Kjell und Per tat?

Sie zwang ihre Aufmerksamkeit zurück in die Gegenwart.

»Lassen Sie es uns Leifs wegen einmal versuchen. Es ist keine Entscheidung für die Ewigkeit. Wenn es Ihnen oder Leif nicht gefällt, dann kommt er einfach nicht mehr zu mir.«

»Also gut, probieren wir es.«

*

Hamburg-Rahlstedt, Dezember 1945

Seit ihrer Rückkehr aus dem Krankenhaus präsentierte sich Erika Ingrid gegenüber wieder als unversöhnlich und ablehnend. Doch auch wenn sie nach außen hin zu ihrem alten

Verhaltensmuster zurückgekehrt war, hatte sich ihr Innerstes durch die gemeinsam verbrachten Stunden verändert. Sie kam sich nun schäbig vor, wenn sie so tat, als befände Ingrid sich nicht im Raum. Noch entsetzlicher fühlte sie sich, Ingrid keine Hilfe beim Wäschewaschen zu gewähren. Einmal war sie kurz davor gewesen, den Mund aufzumachen und ihre Unterstützung anzubieten. Doch die Ermahnungen ihrer Mutter hatten sich ihr eingebrannt.

Noch am Abend ihrer Rückkehr aus dem Krankenhaus hatte Margarete ihre Tochter beiseite gezogen. »Denk immer dran, Erika. Wir können ihr nicht trauen. Über kurz oder lang wird sie Georg gegen uns aufhetzen. Wenn sie das nicht schon längst getan hat. Und dann haben wir nicht nur Anneliese, sondern auch ihn verloren.«

In Erika hatte sich Widerspruch geregt. Aber dieser war nur ein kleines Pflänzchen gewesen, das sogleich unter dem nächsten Schwall von Margaretes Vorwürfen eingeknickt war.

»Sieh dir an, was sie mit Eva gemacht hat. Die ganzen langen Spaziergänge in der Kälte. Und was ist dabei herausgekommen? Eine schwere Lungenentzündung. Wir können von Glück sagen, dass die Kleine dabei nicht draufgegangen ist. Und wer weiß, ob sie Georg nicht auch zugeredet hat, dass sich das mit seinem Fuß wieder gibt und er deshalb nicht zum Arzt gegangen ist. Das versteht keiner, was die beiden miteinander reden.«

Spätestens die Erwähnung der Gefahr, in der Evas Leben sich befunden hatte, hatte Erika dazu gebracht, nur noch zustimmend zu nicken, als ihre Mutter ihre Anklage fortgesetzt hatte. Richtig wohlgefühlt hatte sie sich dabei jedoch nicht.

Ingrid blieben Erikas Gewissensqualen verborgen. Sie nahm nur wahr, dass nach einem kurzen Aufblitzen von Sonne erneut die düsteren Wolken der Feindseligkeit aufgezogen waren. Dieses Mal wirkten sie ihr noch dichter und undurchdringlicher. Anders als zuvor ließ sie sich von dieser Schwere aber nicht mehr erdrücken. Ob es an den Mahnungen des alten Mannes lag oder ob auch Evas allmähliche Genesung dazu beitrug, Ingrid fühlte eine Stärke in sich, wie sie seit dem Tag ihrer Hochzeit nicht mehr verspürt hatte. Diese Stärke brachte sie dazu, Georgs deutsch-norwegisches Wörterbuch unter dem Arm, sich nach den Feiertagen auf den Weg zum Wohnungsamt zu machen. Und vielleicht spürte auch der dortige Beamte diese Stärke. Ohne dass sie sich um eine Erklärung bemühen musste, bekam Ingrid von ihm einen Einquartierungsschein für ein Zimmer in einer Rahlstedter Villa ausgehändigt.

Am Tag nach Neujahr machte sie sich morgens mit den wenigen Habseligkeiten, die Georg und sie aus Norwegen mitgebracht hatten, sowie Evas Kinderwagen auf den Weg zu ihrer neuen Unterkunft. Der Abschied von Georgs Familie fiel kühl aus. Von Erika erhielt sie nur ein Nicken, während Margarete ihr noch nicht einmal den Kopf zuwandte. Nur Heinrich hatte ihr, bevor er zur Arbeit gegangen war, freundlich die Hand gedrückt und angeboten, was sie nicht tragen konnte, am Abend vorbeizubringen. Ingrid hatte abgelehnt. Sie strebte nur danach, alles hinter sich zu lassen, sich endlich frei und als Herrin ihrer selbst zu fühlen.

Frieda Dombrowski, die Besitzerin der Villa in der Kaiser-Wilhelm-Straße, war alles andere als erfreut über ihre neue Untermieterin. Misstrauisch musterte sie den Kinderwagen mit dem darauf liegenden Koffer, als würde er sich als Sprengstofffalle entpuppen. Dann sah sie Ingrid an. »Es tut mir leid, aber wir brauchen das Zimmer.«

Sie machte Anstalten, die Tür zu schließen. Doch Ingrid hatte schon ihren Fuß in den Türspalt geschoben. Eine derartige Dreistigkeit entsprach eigentlich nicht ihrem Wesen. Aber die Aussicht, wieder in die Wohnbaracke zurückkehren zu müssen, war mit zu vielen Schrecken verbunden, als dass Ingrid sie auch nur in Erwägung ziehen mochte.

»Ich haben Schein von Amt.« Sie wedelte mit dem Papier, das der Beamte im Wohnungsamt ihr gegeben hatte, und schob ihren Fuß ein Stück weiter über die Türschwelle. Die gezeigte Selbstsicherheit begann zu bröckeln, als ihr Gegenüber keinerlei Reaktion zeigte. Ingrid überlegte, was sie tun sollte, wenn die Villenbesitzerin sie aus der Tür drängte und diese vor ihr verschloss.

Doch Frieda Dombrowski war bei aller Abneigung gegenüber Fremden im eigenen Haus und erst recht solchen, die erkennbar aus dem Ausland stammten, ein Mensch, der die Obrigkeit respektierte und sich ihr stets unterordnete. Ingrid hatte ein offizielles Dokument einer Behörde. Das war aus Frieda Dombrowskis Sicht etwas, das sie, wenn auch widerwillig, zu akzeptieren hatte.

»Gut, dann kommen Sie herein«, knurrte sie und trat zur Seite.

Ingrid holte hastig ihr Gepäck, da sie Angst hatte, Frieda Dombrowski könnte ihren Entschluss noch einmal überdenken. Diese hatte sich jedoch längst in das Unvermeidliche gefügt und sann bereits darüber nach, wie es ihr gelänge, die Störung durch die neuen Untermieter auf das geringst mögliche Maß zu reduzieren.

»Die Küche dürfen Sie aber nicht einfach benutzen. Da müssen Sie vorher immer mich oder meine Schwiegertochter um Erlaubnis fragen. Haben Sie verstanden?«

Ingrid, überglücklich darüber, Einlass ins Haus gefunden zu haben, nickte nur bestätigend.

4. KAPITEL

Hamburg-Rahlstedt, Ende August 1946

»Und du bist dir wirklich sicher, dass wir Eva bei ihr lassen können?«, fragte Ingrid.

»Das bin ich«, stieß Georg ungehalten hervor, während er ein Stück näher an die Bahnsteigkante herantrat. Als der erwartete Zug immer noch nicht in der Ferne auszumachen war, kehrte er zu Ingrid zurück. »Sie ist eine Frau. Und noch dazu Evas Tante. Warum sollte sie sich nicht gut um die Kleine kümmern?«

»Ich meine ja nur.« Ingrid biss sich angesichts von Georgs finsterer Miene auf die Lippen. In den vergangenen Monaten war sie eine Meisterin darin geworden, seine unterschiedlichen Stimmungen zu deuten und ihr Verhalten dementsprechend anzupassen. Die Mühsal eines Alltags voller Not und Entbehrungen war auszehrend genug, als dass noch viel Kraft für Streitereien blieb. Darüber hinaus war Ingrid auch nicht sonderlich erpicht darauf, sich zu sehr Georgs Unmut auszusetzen. Die unfreiwillige Trennung kurz nach ihrer Ankunft in Deutschland hatte sich ihr tief eingeprägt. In einem ihr immer noch fremden Land war Georg ihre einzige Stütze.

»Im Übrigen war es deine Idee, meine Liebe, zum Stoppeln zu fahren. Hast du das vergessen?«

»Nein, habe ich nicht.«

Es war tatsächlich ihre Idee gewesen. Georg war zunächst nicht begeistert gewesen, hatte aber angesichts der geringen Zuteilungen auf den Lebensmittelkarten auch nicht widersprochen. Und Eva konnten sie zu dieser Hamstertour nicht mitnehmen. Zumal die Züge, die in die Lüneburger Heide fuhren, überfüllt sein sollten. Das hatten auf jeden Fall die beiden Frauen erzählt, deren Gespräch Ingrid beim Warten vor dem Lebensmittelgeschäft unfreiwillig mitangehört hatte. Nicht auszudenken, wenn sie Eva in dem Gedränge verlören! Nein, da war es besser, wenn sie bei ihrer Tante blieb.

Dennoch konnte Ingrid das nagende Gefühl nicht abschütteln, das sie nach dem Abschied von Eva befallen hatte. Das Verhältnis zu Georgs Familie war nach wie vor von großen Spannungen geprägt. Zwar hatten auch Margarete, Heinrich und Erika die Wohnbaracke verlassen, aber der Umzug hatte an ihrem Verhalten Ingrid gegenüber nichts geändert. Es war nach wie vor von Misstrauen und Ablehnung getränkt. Jedenfalls, soweit es Margarete und Erika betraf. Zu Ingrids großer Erleichterung waren die Gelegenheiten, bei denen sie gezwungen war, dies zu ertragen, mittlerweile deutlich weniger geworden.

Nach ihrem Umzug zu den Dombrowskis hatte Georg darauf bestanden, seinen Eltern jeden Sonntag einen Besuch abzustatten. In den vergangenen Monaten war diese allwöchentliche Pflichtübung zunehmend zu einer monatlichen geworden. Der letzte Besuch lag nun sogar schon mehrere Wochen zurück. Es war nicht so, dass Ingrid sich darüber beschwerte. Wenn es nach ihr gegangen wäre, hätte sie auf Begegnungen mit Margarete Reimers gerne verzichten können. Aber der Grund, dem diese nachlassende Besuchsfrequenz geschuldet war, war etwas, das Ingrid Sorgen bereitete.

Nach seiner Entlassung aus dem Krankenhaus hatte es

Georg nicht lange in ihrem neuen Zuhause ausgehalten. Zu sehr hatte die Ungeduld von ihm Besitz ergriffen, zu erfahren, ob er in der Tischlerei noch eine Zukunft hatte. So hatte er sich bereits nach zwei Tagen auf den Weg gemacht, nur um seine schlimmsten Befürchtungen bestätigt zu bekommen. Der Tischlermeister war sehr freundlich gewesen und hatte sein tiefstes Bedauern darüber ausgedrückt, dass er Georg nicht mehr beschäftigten konnte.

»Sie müssen das verstehen, Herr Reimers«, erklärte er, während seine kräftigen Hände die Schreibtischkante umklammerten, als wäre er ein Schiffbrüchiger. »Jetzt im Winter, da wird nicht gebaut.«

»Aber Sie haben mich erst im November eingestellt«, warf Georg ein.

»Das stimmt. Da hatten wir auch noch einen Auftrag abzuarbeiten. Aber nun.« Der Tischlermeister sah sich in seinem kleinen Büro um. »Nun gibt es kaum noch etwas zu tun. Da habe ich schon Schwierigkeiten, die anderen zu halten. Und Sie wissen ja, wie das ist. Wer zuletzt kommt …«

»Der muss zuerst gehen«, führte Georg den Satz zu Ende. Auch wenn er mit dieser Auskunft gerechnet hatte, saß die Enttäuschung doch tief.

Noch schlimmer wurde es, als Georg den obligatorischen Gang zum Arbeitsamt unternahm und ihm von dem dortigen Beamten eine Arbeitsstelle bei einer Gleisbaufirma zugewiesen wurde.

»Ich bin Tischler«, entgegnete er entgeistert.

»Das ist mir bewusst, Herr Reimers.« Der Beamte lächelte bedauernd. »Aber Arbeitsstellen für Tischler habe ich im Moment nicht.«

»Aber es fehlen doch überall Wohnungen. Und die brauchen Türen und Fenster.«

»Das ist richtig. Aber ohne Material lässt sich nun mal nicht bauen. Und zudem muss auch erst der Schutt weggeräumt werden.«

»Aber ich habe so etwas noch nie gemacht.« Georg war noch nicht gewillt, sich zu fügen.

»Glauben Sie mir, Herr Reimers, da sind Sie nicht der Erste. Und werden sicher auch nicht der Letzte sein.« Der Mann hob die Hände, wie um seine eigene Hilflosigkeit zu unterstreichen. »Doch wir haben nun mal Anweisungen, die wir befolgen müssen. Und das bedeutet, dass wir heimkehrende Soldaten zunächst zu den dringendsten Arbeiten heranzuziehen haben.«

»Meiner Einstellung in der Tischlerei vor einigen Wochen hat das Arbeitsamt aber zugestimmt.« Georg mochte sich immer noch nicht geschlagen geben.

»Das mag stimmen. Nun ist es aber, wie es ist.« In die bis dahin honigweiche Stimme des Beamten hatte sich Schärfe geschlichen. »Ich kann Ihnen per heute nur diese Stelle bei der Gleisbaufirma anbieten. Es steht Ihnen selbstverständlich frei, dies abzulehnen. In dem Falle …« Er machte eine Pause, als wäre er ein Redner, der bei einer Preisverleihung den Sieger zu verkünden hatte.

»In dem Falle wäre ich arbeitslos«, sprach Georg an seiner Stelle weiter.

»Nicht nur das, Herr Reimers. Sie würden auch keine Lebensmittelkarten bekommen.«

Diesem Argument hatte Georg selbstverständlich nichts entgegenzusetzen. Doch auch wenn er sich in das Unvermeidliche fügte, war er nicht fähig, die Unzufriedenheit über diese Entscheidung abzuschütteln. Sie hatte sich seiner bemächtigt wie ein sich langsam ausbreitendes Geschwür, das nach und nach auf alle Lebensbereiche übergriff.

Am Anfang hatte Ingrid Verständnis gezeigt. Ihre mitfühlenden Worte hatten Georgs Gereiztheit jedoch nur stärker aufblühen lassen. Ihren Vorschlag, bei anderen Tischlereien vorzusprechen, sobald der Frühling gekommen war, hatte er schroff zurückgewiesen und sich für die Zukunft jegliche Einmischung in seine Angelegenheiten verbeten. Auch das Gespräch, das Heinrich mit seinem Sohn Ende Mai gesucht hatte, hatte ein ähnliches Ende gefunden.

»Min Jung, der Frühling ist schon längst da«, hatte Heinrich gesagt. »Wie sieht es aus? Hast du dich schon mal bei Tischlereien umgehört?«

Georgs Miene hatte sich unverzüglich verschlossen, als würde er einem Fremden gegenüberstehen. »Nein, habe ich nicht.« Dann hatte er sich abgewandt, doch Heinrich hatte nicht aufgegeben.

»Es findet sich bestimmt was. Und bis dahin machst du eben erst einmal kleinere Reparaturen. Irgendwelche Fenster und Türen, die ausgebessert werden müssen, finden sich immer.«

»Oh, ab und zu macht er das schon«, hatte sich Ingrid eingemischt.

Seit Georgs Rückkehr aus dem Krankenhaus war sie bestrebt gewesen, sich mit ihrem Mann nur noch auf Deutsch zu unterhalten. Als Ergebnis davon verstand sie die Sprache nun so gut, dass sie in der Lage war, auch längeren Unterhaltungen zu folgen. Nur mit dem Sprechen haperte es noch an einigen Stellen.

Georg warf ihr einen bösen Blick zu, der Ingrid augenblicklich verstummen ließ. Dabei war es keinesfalls ihre Absicht gewesen, davon zu berichten, wie Georg mit dem Lohn, den er für seine Reparaturarbeiten erhalten hatte, umgegangen war. Beim ersten Mal hatte er die Zigaretten, die er für seine

Mühen bekommen hatte, noch auf den Schwarzmarkt getragen, um sie gegen Brot einzutauschen. Beim zweiten Mal war es eine Flasche Rübenschnaps gewesen, die er erstanden hatte. Ingrid hatte dies nur durch Zufall entdeckt, als sie auf der Suche nach Evas Puppe unter das Bett gespäht und die Flasche in einer Ecke gefunden hatte. Sie hatte nicht gewagt, Georg darauf anzusprechen, zu sehr fürchtete sie das Gewitter, das unweigerlich folgen würde. In Gegenwart ihrer Schwiegereltern mochte sie dies erst recht nicht erwähnen. Ihrer Ansicht nach wäre es für diese der Beweis für den verderblichen Einfluss, den Ingrid angeblich auf Georg ausübte.

»Meine Arbeit ist anstrengend, Vater«, erklärte Georg. »Und der Weg auch nicht zu verachten. Da habe ich leider nicht noch die Zeit, in der Gegend herumzulaufen. Und bei dem wenigen, was es für die Marken gibt, bin ich ehrlich gesagt froh, wenn ich überhaupt mein tägliches Arbeitspensum schaffe.«

»Das verstehe ich natürlich, min Jung«, bemühte sich Heinrich, die Wogen der Missstimmung zu glätten. »Das geht mir doch genauso. Wenn du magst, kann ich mich gerne mal bei den Werften im Hafen umhören, ob die Tischler brauchen.«

»Ich dachte, ihr seid dabei, euch selber zu demontieren? Oder braucht ihr noch einen Tischler, der euch die Kisten für den Abtransport zusammenbaut?«

Auch wenn es nicht Georgs Absicht gewesen war, seinen Vater zu kränken, hätte er wissen müssen, dass das Thema Demontage bei Heinrich eine schwelende Wunde war.

Seit die britischen Besatzer angeordnet hatten, dass die Werft, bei der Heinrich seit Jahrzehnten beschäftigt war, nicht nur nicht produzieren durfte, sondern darüber hinaus verpflichtet war, ihre Maschinen und Gerätschaften zu demontieren, hatte Heinrichs Zuversicht einen tiefen Riss erhalten. Er war nicht so tief, als dass er nicht wieder zuwachsen konnte. Doch das würde erst geschehen, wenn sich die Situation für die Werft nachhaltig zum Besseren wandelte. Und danach sah es nicht aus.

»Dann eben nicht«, entgegnete Heinrich beleidigt. »Ich habe es nur gut gemeint.«

»Ich brauche weder Mitleid noch Hilfe«, antwortete Georg und ließ seinen Blick dabei zwischen seinem Vater und Ingrid hin und her schweifen.

Nach dieser Unterhaltung kühlte das Verhältnis zwischen Vater und Sohn merklich ab, was dazu führte, dass die familiären Zusammenkünfte immer seltener wurden. Die Enttäuschung über Heinrichs Scheitern wog bei Ingrid stärker als die Erleichterung darüber, kaum noch Margaretes Sticheleien ausgesetzt zu sein. Sie wäre ohne zu murren jeden Sonntag zu Georgs Eltern gegangen, wenn ihr Mann dafür im Gegenzug seinen Zustand aus Gereiztheit und beruflichem Desinteresse aufgegeben hätte.

»Na endlich, der Zug kommt.« Georg ergriff Ingrids Hand und zog seine Frau an die Bahnsteigkante. »Bleib immer dicht bei mir. Spätestens am Hauptbahnhof wird es bestimmt sehr voll werden.«

Georg sollte mit seiner Vermutung richtig liegen. Es war, als hätte sich ganz Hamburg verabredet, um in die Lüneburger Heide zu reisen. Der Bahnsteig ähnelte einem Ameisenhaufen, in dem ein Durchkommen beinahe unmöglich war. Georg musste seine Ellbogen zum Einsatz bringen, um sich und Ingrid einen Weg zu bahnen. Er befürchtete, wenn sie nicht wenigstens in die Nähe der Bahnsteigkante gelangten, führe der Zug ohne sie ab. Nachdem sie es endlich geschafft hatten, klebte Ingrids Kleid unter ihren Achseln. Erschöpft lehnte sie ihren Kopf an Georgs Schulter. Doch die Ruhe währte nicht lange. Schon wurde sie von hinten heftig gestoßen und geriet ins Straucheln. Fallen konnte sie nicht, zu dicht gedrängt standen die Menschen um sie herum. Sie wartete darauf, dass Georg den Mann, der sie angerempelt hatte, zu einer Entschuldigung auffordern würde. So wie er es bei einem Restaurantbesuch in Trondheim vor drei Jahren getan hatte. Ihre Erwartung wurde enttäuscht. Georg sah weder in die Richtung des Übeltäters, noch vergewisserte er sich, ob es Ingrid gut ging. Erst als nach über einer Stunde der Zug in den halb zerstörten Bahnhof einfuhr, erwachte er aus seiner Lethargie, ergriff ein weiteres Mal an diesem Tag Ingrids Hand, um seine Frau hinter sich herzuziehen.

Jeder der auf dem Bahnsteig Wartenden hatte nur ein Ziel vor Augen, den wartenden Zug zu erreichen und einzusteigen. Die Fahrpläne galten nichts mehr. Die wenigen Züge, die fuhren, kamen zu nicht vorhersehbaren Zeiten. Es war durchaus üblich, dass man mehrere Stunden ausharren musste, bis der gewünschte Zug einfuhr. An einem Sonntag wie diesem, wo die meisten frei hatten, war das Einsteigen zudem zu einem Glücksspiel geworden. Das Gewinnerlos hatte derjenige gezogen, der es nicht nur schaffte, einzusteigen, sondern auch einen Sitzplatz zu ergattern. Verlierer waren diejenigen, denen es nicht einmal mehr gelang, auf das Dach zu klettern oder sich auf Trittbrettern niederzulassen. Sie blieben am Bahnsteig zurück, als der Zug unter lautem Schnauben den Bahnhof verließ, um seine Fracht in die ländlichen Gebiete südlich von Hamburg zu bringen. Georg und Ingrid hatten zwar nicht das Hauptlos gezogen, aber zumindest einen Platz im Gang gefunden. Den schalen Atem des Mannes hinter ihr im Nacken fühlend, lehnte sich Ingrid erneut an ihren Mann.

Was hatte sie nur geritten, sich auf diese Tortur einzulassen? Stand diese Anstrengung überhaupt im Verhältnis zu den möglichen Erträgen, die dieser Tag abwerfen würde?

Nach einer halbjährigen Pause waren im vergangenen Monat endlich wieder Kartoffeln ausgeteilt worden. Allerdings hatten sie gleich mehrere Monatsrationen auf einmal bekommen. In der Sommerhitze waren die meisten schneller verdorben, als sie sie hatten zählen können. Wenn sie doch einen Keller hätten. Dann hätten sie die Kartoffeln dort lagern können. Sollten sie tatsächlich an diesem Tag welche ergattern, blieb nur zu hoffen, dass die heißen Tage endgültig vorüber waren.

In einem Anflug von Ärger dachte Ingrid an ihre Zimmerwirtin. Frau Dombrowski hatte Ingrids in schüchternem Ton geäußerte Bitte, ob sie nicht eine kleine Ecke des Kellers für die Lagerung der Kartoffeln benutzen dürften, mit einem entschiedenen Nein beantwortet. »Der Einquartierungsschein gilt für das eine Zimmer und für die Küchennutzung. Die natürlich, wie Sie wissen, nach Absprache. Wenn Sie mehr wollen, müssen Sie es beim Amt beantragen.«

Ingrid hatte kurz erwogen, diesen Vorschlag aufzugreifen, doch Georg hatte es ihr mit einer Entschiedenheit ausgeredet, die er nur noch bei wenigen Dingen an den Tag legte. »Das lass man sein, Ingrid. Wer weiß, was der Dombrowski dann noch an Schikanen einfällt. Vielleicht lässt sie dich nur noch nachts in die Küche.«

»Das darf sie nicht. Uns steht der Nutzen von die Küche zu.«

»Das stimmt. Aber im Einquartierungsschein steht nicht, wann wir die Küche benutzen dürfen.«

»Wer kocht nachts?«

»Ingrid«, hatte Georg geseufzt, als wäre seine Frau ein

Kind, das nicht gehorchen wollte. »Wie sollen wir das denn beweisen? Oder glaubst du, die Dombrowski gibt gegenüber dem Amt zu, dass sie dir die Küche nur nachts überlässt? In dem Falle steht Aussage gegen Aussage. Und ich kann dir schon jetzt sagen, wem das Amt glauben wird.«

»Dann müssen sie herkommen.«

»Wie naiv bist du eigentlich? Glaubst du, jemand vom Amt stellt sich nachts in unsere Küche?« Ein höhnisches Auflachen hatte Georgs Worte begleitet. »Die werden sich nicht mal für unsere Probleme interessieren. Wir sollen froh sein, dass wir ein Zimmer haben. Das ist das Einzige, das sie sagen werden. Und recht haben sie damit.«

Wie hatte es nur so weit kommen können, dass ihr Mann sie wie ein unmündiges Kind behandelte, fragte sich Ingrid, während sie das Rütteln des Zuges allmählich in den Schlaf wiegte.

Erst ein lautes Rufen, das direkt in ihr Ohr hineingellte, weckte sie wieder auf.

»Na endlich, du Schlafmütze. Ich habe schon gedacht, ich bekomme dich gar nicht mehr wach. Wir steigen gleich aus.«

Ingrid sah sich um. Der Zug war nach wie vor sehr voll.

Wollten die alle zum Stoppeln? So viele Kartoffeln und Ähren gäbe es mit Sicherheit nicht auf den Feldern.

Ein leichtes Lächeln legte sich auf Ingrids Lippen, als ihr ihr sorgfältig ersonnener Plan in den Sinn kam.

Sollten die anderen sich ruhig nach den übrig gebliebenen Ähren und Kartoffeln bücken. Sie hatten das nicht nötig.

Nachdem sie den Zug verlassen hatten, schlug Georg sogleich den Weg Richtung Ortsausgang ein. Noch bevor sie diesen erreicht hatten, bat Ingrid ihn stehen zu bleiben. »Warte, Georg. Wir bleiben im Ort.«

Erstaunt drehte er sich um. »Die Felder liegen in der Regel

außerhalb.« Er deutete mit der freien Hand auf die Menschen, die sich mit ihnen aus dem Zug gedrängt hatten. »Wir sollten uns beeilen, sonst haben wir die ganze Fahrt umsonst gemacht.«

»Lass die ruhig gehen. Wir bleiben hier.«

Georg sah seine Frau an, als zweifelte er an ihrer Zurechnungsfähigkeit. »Erst schleppst du mich an dem einzigen Tag in der Woche, wo ich mich mal von den Strapazen erholen kann, hier heraus. Und wenn wir dann da sind, willst du nicht stoppeln gehen.«

»Wir werden hamstern«, erklärte Ingrid stolz, als wäre sie die Erste, die jemals auf diese Idee gekommen war.

Georg entzog ihr seinen Arm und verschränkte ihn mit dem anderen vor seiner Brust. »Ich will dir ja nicht die Freude verderben. Aber dir ist in deiner Begeisterung anscheinend entgangen, dass das Hamstern so ähnlich wie der Schwarzmarkt funktioniert. Das bedeutet also, wir müssen etwas haben, das wir eintauschen können.« Er sah erst an sich, dann an Ingrid hinunter. »Und wir haben nichts. Oder willst du deine Kleidung weggeben und nackt zurückfahren?«

Ingrids Tatendrang war nach wie vor zu groß, um sich von Georgs Spott beirren zu lassen. »Wir haben dich.«

»Mich?« Georg stieß ein raues Lachen aus. »Du willst mich eintauschen?«

»Natürlich nicht.« Ingrid fragte sich, ob Georg sich absichtlich derartig begriffsstutzig zeigte. »Aber deine Arbeit. Die Bauern haben sicher Sachen, die du kannst reparieren.« Sie zog den Beutel aus Sackleinen hervor, den sie auf dem Rücken getragen hatte. »Ich habe dein Werkzeug mitgenehmt.«

Georg blickte erst den Beutel, dann Ingrid an. Danach drehte er sich wortlos um und ging zum Bahnhof zurück.

Zunächst war Ingrid zu geschockt, um ihm folgen zu können. Erst als seine Gestalt bereits Puppengröße angenommen hatte, setzte sie sich eilig in Bewegung. Noch vor Erreichen des Bahnhofs hatte sie ihn eingeholt.

»Was haben ich falsch gemacht?«, fragte sie keuchend. Ihre rechte Seite schmerzte, da der Beutel beim Laufen unablässig dagegengeschlagen war.

Georg ging weiter.

»Georg bitte«, rief Ingrid so laut, dass sich an einem der Häuser ein Fenster öffnete und eine Frau neugierig ihren Kopf herausstreckte. Das entging auch Georg nicht. Er kehrte auf dem Absatz um, nahm Ingrids Arm und zerrte sie in einen kleinen Pfad zwischen zwei Häusern. »Willst du uns zum Gespött der Leute machen?«, zischte er.

Ingrid ignorierte den Schmerz, den Georgs harter Griff verursachte. Ihr ganzes Streben war darauf ausgerichtet, die Flamme der Wut in ihrem Mann zum Verlöschen zu bringen. »Ich meinte es nur gut«, sagte sie leise. »Wir brauchen Vorrat für Winter. Entschuldigung.«

Damit schien sie genau den richtigen Hebel in Bewegung gesetzt zu haben. Georg ließ ihren Arm los und fuhr sich mit der Hand durch die kurzen Locken. »Du hättest mich fragen müssen«, brummte er. Doch seine Stimme bebte nicht länger vor Wut.

»Und jetzt?«, fragte Ingrid.

»Jetzt gehen wir stoppeln.«

»Aber …«

»Ingrid, ich biedere mich nicht an.« Als er den fragenden Blick seiner Frau sah, wurde Georg noch deutlicher. »Ich gehe nicht betteln.«

»Du bettelst nicht.« Ingrid hatte das Gefühl, einem fremden Mann gegenüberzustehen.

Wo war der Georg geblieben, mit dem sie in Norwegen unvergesslich schöne Tage verbracht hatte? Sicher hatten sie auch Streit gehabt, einmal sogar einen sehr heftigen, bei dem Georg fortgelaufen war. Aber am Ende hatten sie sich versöhnt. Und was das Wichtigste war, Georg hatte sie mit Respekt behandelt, ihr gezeigt, wie viel ihm an ihr lag. Wann war das verschwunden?

»Ein Arbeitskollege von mir ist vor Kurzem auch aufs Land gefahren. Er ist nicht mal in die Nähe der Tür gekommen. Kaum, dass der Bauer ihn gesehen hat, hat er den Hund auf ihn gehetzt.«

»Aber es sein nicht alle Bauern so.«

»Das ist mir egal. Ich gehe nicht hausieren. So viel Würde habe ich noch.«

»Aber Kartoffeln klauen? Das kannst du.« Nun war es Ingrids Stimme, die vor Wut bebte.

»Das ist etwas anderes.« Für Georg war die Auseinandersetzung beendet. Er wandte sich ab und ging zur Dorfstraße zurück. »Kommst du nun mit stoppeln oder wollen wir gleich nach Hamburg zurück?«

Ingrid blieb keine andere Wahl, als ihrem Mann zu folgen.

Was hätte sie auch tun sollen? Sie selbst konnte keine Reparaturen ausführen. Und zum Tauschen hatte sie auch nichts. Ob sie einfach versuchen sollte, Evas wegen um etwas Lebensmittel zu bitten?

Doch der Mut, sich eigenständig auf den Weg zu machen, fehlte Ingrid. Zudem trug sie die Angst in sich, dass die Bauern bereits beim ersten mit dem norwegischen Akzent behafteten Wort, das aus ihrem Mund drang, ablehnend den Kopf schütteln würden.

Am liebsten ginge sie tatsächlich zum Bahnhof zurück. Wie konnte Georg nur so verstockt sein? Da besaß er nun ein-

mal das Glück, ein Handwerk zu beherrschen, und setzte es nicht ein. Und warum? Weil irgendein Kollege ihm Gruselgeschichten erzählt hatte. Oder lag es daran, dass es ihr Vorschlag gewesen war, dem er hätte folgen müssen? Bei den wenigen Malen, wo er sich in Hamburg als Tischler verdingt hatte, war der Kontakt immer durch ihn selbst beziehungsweise einen Arbeitskollegen oder einen Nachbarn zustande gekommen.

Ingrid getraute sich nicht, die Beweggründe für Georgs Entscheidung mit ihrem Mann zu erörtern. So folgte sie ihm in stummem Schweigen zu den Feldern. Doch wohin sie auch kamen, die anderen Reisenden aus Hamburg schienen vor ihnen da gewesen zu sein. Eine einzige kleine Kartoffel war alles, woraus ihre Ausbeute am Ende bestand. Mit einem zornigen Knurren schleuderte Georg sie von sich. Dann machten sie sich schweigend auf den Weg zum Bahnhof.

Erikas Frage, wie viel sie gesammelt hätten, beantwortete Georg mit der knappen Auskunft, dass ihnen ihre Ausbeute nach der Ankunft in Hamburg von der Polizei im Rahmen einer Razzia abgenommen worden war. Ingrid war angesichts dieser dreisten Lüge zunächst sprachlos, sagte sich aber dann, dass Georg sein Verhalten vielleicht peinlich wäre. An dieser Sichtweise hielt sie fest und unterließ es daher, Georg noch einmal auf ihre Fahrt anzusprechen. Auch Georg vermied im Folgenden jede Erwähnung ihres Ausflugs in die Lüneburger Heide, sodass Ingrid nach einigen Wochen schon bezweifelte, ob es diesen Tag überhaupt gegeben hatte.

*

Hamburg-Rahlstedt, November 1946

»Würde es Ihnen etwas ausmachen, noch kurz zu bleiben, Fräulein Reimers? Bitte.«

In der Stimme von Frau Ewers lag ein Erika unbekannter Unterton. Sie kannte die Besitzerin des Wäscheladens als eine Frau, die sich in nichts hineinreden ließ und die jede noch so erboste Kundin, die sich darüber beschwerte, dass es trotz Bezugsscheins keine Waren gab, in die Schranken wies. Doch nun wirkte sie seltsam schüchtern, als fürchtete sie sich davor, ihrer Angestellten gegenüber auch nur den Mund aufzumachen.

»Selbstverständlich«, erwiderte Erika und folgte Frau Ewers in das kleine Büro, das sich hinter dem Verkaufsraum befand.

»Bitte nehmen Sie doch Platz, Fräulein Reimers.« Frau Ewers deutete auf den Schreibtischstuhl.

Entgeistert starrte Erika die Ladenbesitzerin an.

Sie bot ihr ihren Stuhl an?

Zu verwirrt von dem ihr unvertrauten Verhalten folgte Erika Frau Ewers' Bitte. Doch mehr als auf der Stuhlkante Platz zu nehmen, getraute sie sich nicht.

»Möchten Sie einen Kaffee, Fräulein Reimers? Oder kann ich Ihnen ein kleines Gläschen Rübenschnaps anbieten? Von meinem Schwager selbst hergestellt.« Frau Ewers stieß ein verschämtes Kichern aus.

Erika kam sich vor, als hätte Frau Ewers sie in eine fremde Welt gezaubert.

Sicher war die Ladenbesitzerin immer freundlich zu ihr gewesen. Aber ihr ihren Stuhl anzubieten und darüber hinaus noch einen Schnaps? So etwas hatte es noch nie gegeben. Gehörte sich das überhaupt?

Derartig in ihrer Verwirrung gefangen, bekam Erika von den ersten Sätzen, die Frau Ewers an sie richtete, nichts mit. Erst als das Wort Entlassung fiel, horchte sie auf.

»Wer wird entlassen?«

Die Gesichtsfarbe von Frau Ewers wechselte abwechselnd von blass zu rot. »Es tut mir, wie gesagt, sehr leid, Fräulein Reimers, aber mir bleibt keine andere Wahl.« Mit einem flehenden Ausdruck in den Augen sah sie Erika an. »Ich hoffe, Sie verstehen das?«

»Sicher.«

Frau Ewers wollte sie entlassen? Aber warum? War es, weil sie gelegentlich winzige Stoffreste mitnahm, um für Eva daraus kleine Puppen zu machen?

Beim ersten Mal vor Weihnachten hatte sie die Ladenbesitzerin noch um Erlaubnis gefragt. Nachdem ihr diese erteilt worden war, hatte sie bei den folgenden Malen nicht mehr nachgefragt, hatte stillschweigend vorausgesetzt, dass die Erlaubnis unbeschränkte Gültigkeit besaß.

Wenn Erika gekonnt hätte, hätte sie in diesem Moment gerne die Uhr der Zeit zurückgedreht. »Es tut mir leid«, stammelte sie.

Nun war es an der Ladenbesitzerin, sie verwirrt anzusehen. »Wieso sollte es Ihnen leidtun? Sie können doch nichts dafür. Wie gesagt, wenn ich könnte, würde ich Sie weiterbeschäftigen. Aber der Laden ist leider nicht so groß, dass wir noch eine zusätzliche Verkäuferin brauchen. Und bei dem Warenmangel, den wir haben, wird sich das auch nicht so schnell ändern.«

Langsam begriff Erika, dass ihre Entlassung nichts mit der Entwendung der Stoffreste zu tun hatte. »Sie haben jemanden anderen«, schlussfolgerte sie.

»Sie haben mir ja gar nicht zugehört, Fräulein Reimers.«

Der Ausdruck von Verlegenheit, der bis eben noch das Antlitz von Frau Ewers geprägt hatte, war verschwunden.

»Tut mir leid.«

»Mein Sohn kommt aus der Kriegsgefangenschaft zurück.«

»Oh wie schön«, rief Erika, ohne sich der Bedeutung dieser Nachricht bewusst zu sein.

»Ja, das ist es. Aber wie ich schon gesagt habe, bedeutet das auch, dass er den Laden wieder übernimmt. Ich werde ihm natürlich helfen. Jedenfalls so lange, bis er eine Frau gefunden hat.«

Einen kurzen Moment überlegte Erika, ob sie nicht diese Frau sein könnte. Ihr gefiel ihre Anstellung. Eine Arbeit in einem Lebensmittelgeschäft war ihrer Ansicht nach natürlich noch besser. Aber sie war auch mit dieser zufrieden. Sie sprach gerne mit den Kundinnen, hörte sich ihre Sorgen und Probleme an, versuchte ihnen Ratschläge zu erteilen, wenn die verlangten Waren nicht erhältlich waren.

Wenn Frau Ewers von ihrer Eignung als zukünftige Schwiegertochter überzeugt wäre, würde sie sie dann entlassen? Oder hätte sie sie nicht vielmehr weiter bei sich arbeiten lassen müssen, in der Hoffnung, dass ihr Sohn sich in sie verliebte?

Die Tatsache, dass Frau Ewers dies anscheinend nicht einmal in Erwägung gezogen hatte, kränkte Erika. »Aber meinen Monatslohn bekomme ich noch?« Kaum war die Frage ausgesprochen, bereute Erika sie auch schon.

Was war das Geld denn noch wert, außer um damit Miete und Bahnfahrkarten zu zahlen? Sie hätte lieber darum bitten sollen, den ausstehenden Lohn in Wäschestücken ausgezahlt zu bekommen.

»Selbstverständlich, Fräulein Reimers.« Erleichtert, das Gespräch hinter sich gebracht zu haben, hatte sich Frau

Ewers wieder in die Erika vertraute, resolute Ladenbesitzerin verwandelt. »Ich wünsche Ihnen für Ihre Zukunft alles Gute.« Sie trat zu Erika und reichte ihr einen Bogen Papier. »Das ist Ihr Zeugnis.«

Vom Schock ihrer Entlassung wie betäubt machte sich Erika auf den Heimweg.

Was sollte nun werden? Wo sollte sie Arbeit finden? Bei dem allerorten herrschenden Mangel war Verkäuferin mit ziemlicher Sicherheit kein Beruf, der sonderlich nachgefragt war.

Ein kalter Schauder lief Erikas Rücken hinab, als sie sich ihrer während der letzten Kriegsjahre ausgeübten Tätigkeit in einer Waffenfabrik entsann.

Nie wieder ginge sie in eine Fabrik. Zwar wurden keine Waffen mehr produziert, aber das stundenlange monotone Arbeiten, bei dem zu allem Überfluss auch Unterhaltungen verboten waren, war Grund genug für sie, Fabrikarbeit zu hassen. Sie brauchte den Kontakt zu Menschen, mit denen sie reden konnte. Doch sie bezweifelte, dass das Arbeitsamt sich von ihren Vorlieben und Abneigungen beeindrucken ließe. Das hatte man bei Georg gesehen. Selbst seine solide Tischlerausbildung hatte ihm nichts gebracht. Nun war er tagein, tagaus damit beschäftigt, Gleise zu reparieren. Und ob er jemals wieder eine Arbeit als Tischler fände, stand in den Sternen. Allerdings musste man der Wahrheit halber auch zugeben, dass sich ihr Bruder nicht bemühte, etwas an diesem Zustand zu ändern. Bei ihr würde es jedenfalls nicht so weit kommen, dass sie sich einfach so ergab. Wenn man sie schon in eine Fabrik steckte, dann erst, wenn wirklich alle anderen Möglichkeiten ausgeschöpft waren.

*

Hamburg-Rahlstedt, November 1946

»Und was willst du jetzt machen?«, fragte Margarete beim Abendbrot, nachdem Erika von ihrer Entlassung berichtet hatte.

»Ich werde mich nach etwas anderem umsehen.«

»Erst einmal musst du wohl zum Arbeitsamt«, sagte Heinrich und starrte traurig auf seine dünne Brotscheibe, auf der an diesem Abend die Margarine fehlte. »Sonst gibt es keine Marken.«

»Das mach ich auch, Vatern«, versprach Erika. »Aber erst einmal werde ich versuchen, selbst eine Stelle zu finden.« Als sie sah, wie sich die Stirn ihres Vaters bei dieser Antwort sorgenvoll wölbte, redete sie sogleich weiter. »Bis die neuen Karten ausgegeben werden, ist noch ein wenig Zeit. Sollte ich bis dahin nichts gefunden haben, melde ich mich selbstverständlich beim Arbeitsamt.«

»Aber wie willst du denn allein etwas finden, mein Mädchen? Und dann noch hier draußen?«

»Erstens gibt es eine Bahnverbindung in die Innenstadt. Und zweitens könnte ich beim Wohnungsamt eine neue Einquartierung beantragen. Je nachdem, wo meine neue Arbeit ist.«

Nun war es Margaretes Stirn, die sich in Falten legte. »Das halte ich für keine gute Sache, Erika. Als alleinstehende Frau irgendwo einquartiert zu werden?« Margarete schüttelte den Kopf, als könnte sie nicht verstehen, wie ihre Tochter überhaupt auf diese Idee hatte kommen können. »Du weißt nie, bei wem du landest. Nicht jeder hat so viel Glück wie wir.« Sie warf ihrer Vermieterin, die mit ihnen am Tisch saß, einen dankbaren Blick zu.

Nachdem Georg und Ingrid mit Eva die Wohnbaracke

verlassen hatten, hatte es auch Margarete nicht mehr in der zugigen Behausung gehalten. Es bedurfte allerdings wiederholter Gänge zum Amt und einer ärztlichen Bescheinigung, bis ihr, Heinrich und Erika eine neue Unterkunft zugewiesen wurde.

Ihre neue Vermieterin, Wilhelmine Schmidt, bereitete ihnen einen herzlichen Empfang. Jeden der drei Reimers bedachte sie mit einem Lächeln, als wären sie ein von ihr lang erwarteter Besuch und nicht vom Wohnungsamt aufgezwungene Untermieter. Dann führte sie sie in das Obergeschoss ihres Hauses, um ihnen ihre Räume, beide groß und mit je einem Ofen versehen, zu zeigen.

»Ich hoffe, es sagt Ihnen zu?«, erkundigte sie sich mit der Beflissenheit einer Hotelbesitzerin. »Die Küche ist im Erdgeschoss und steht Ihnen selbstverständlich rund um die Uhr zur Verfügung.«

Die unerwartete Freundlichkeit weckte Margaretes Misstrauen. Sie wagte jedoch nicht, nach deren Grund zu forschen. Zu groß war die Angst, die neue Unterkunft wieder aufgeben zu müssen.

Wilhelmine Schmidt schien ihr Unbehagen zu spüren. »Ich bin ehrlich gesagt sehr froh, dass das Amt drei Erwachsene bei mir einquartiert hat.«

»War das denn vorher nicht der Fall?«, erkundigte sich Margarete neugierig.

»Was soll ich sagen?«, seufzte ihre neue Vermieterin und presste die Hände vor die Brust. »Die Zeiten sind schwer und ich habe im Gegensatz zu vielen anderen sehr viel Glück gehabt. Da ist es selbstverständlich, dass man sich bereit erklärt, Opfer zu bringen. Das habe ich auch getan. Ich habe Kleidung gespendet, als ich dazu aufgefordert wurde. Und ich habe jemanden aufgenommen, als es von mir verlangt wurde.« Ein erneuter Seufzer folgte. »Aber es wäre schön, wenn sich das Amt ein bisschen Mühe geben könnte und die Leute vorher überprüft, die es zu einem schickt.«

»Bei den vielen Ausgebombten wäre das wahrscheinlich etwas schwierig«, gab Heinrich zu bedenken.

Wilhelmine Schmidt bedachte ihn mit dem Blick einer Lehrerin, die einen vorlauten Schüler zurechtweist. »Mir ist selbstverständlich bewusst, dass es viele Unglückliche gibt, die ihr Zuhause verloren haben. Eine Hamburger Familie wie Sie nehme ich jederzeit mit dem größten Vergnügen auf.«

»Waren die Leute, die vorher hier gewohnt haben, denn nicht aus Hamburg?«, erkundigte sich Margarete, obwohl sie die Antwort ahnte. Es war die verborgene Gier, die eigenen Vorurteile bestätigt zu bekommen, die sie zu der Frage trieb.

»Aus dem Osten«, sagte Wilhelmine, als würde diese Auskunft als alleinige Erklärung ausreichen.

»Ja, bei uns in der Baracke haben wir davon auch welche gehabt«, berichtete Margarete.

»Dann wissen Sie ja, wie das ist. Die Kinder verdreckt und verlaust. Und obendrein völlig verwildert. Ich musste meine Räume abschließen, damit sie nicht hineinstürmen und alles kaputt machen. Leider habe ich das nicht von Anfang an getan.«

»Sie Arme. Ist viel kaputt gegangen?« Margarete warf Wilhelmine Schmidt einen mitfühlenden Blick zu. Die Distanz, wie sie üblicherweise zwischen Vermietern und Mietern herrschte, war längst verschwunden. Die beiden Frauen unterhielten sich miteinander wie alte Bekannte. Heinrich und Erika waren zu bloßen Statisten dieses Austausches geworden.

»Na ja, viel nicht.« Wilhelmine Schmidt wirkte regelrecht enttäuscht, dass sie diese Frage nicht uneingeschränkt bejahen konnte. »Aber ein altes Erbstück meiner Großmutter.«

Sie begann, in aller Ausführlichkeit Farbe und Beschaffenheit dieses Stücks, einer kleinen Porzellanfigur, zu erläutern.

Margarete lauschte mit einer Aufmerksamkeit, als wäre sie selbst von diesem Verlust betroffen. Es war Heinrich anzusehen, dass er gerne etwas gesagt hätte. Doch er schwieg. Erika war nicht so duldsam. »Entschuldigen Sie, dürfte ich mir Ihren Garten ansehen?«

Wilhelmine Schmidt war von ihrer eigenen Erzählung derartig gefangen genommen, dass sie die Frage nicht zur Kenntnis nahm. Angesichts des missbilligenden Blicks, den ihr ihre Mutter zuwarf, wagte Erika nicht, ihre Bitte ein zweites Mal zu äußern.

»Und das war nicht das Einzige«, fuhr Wilhelmine fort. Sie senkte die Stimme. »Sie hat auch Herrenbesuch bekommen.«

»Nein!« Nun war es an Margarete, die Hände an die Brust zu pressen.

»Doch!« Wilhelmine nickte so heftig, dass sich eine Haarsträhne aus ihrem Dutt löste. »Ich habe natürlich gleich einen Riegel vorgeschoben. Keine Herrenbesuche, habe ich gesagt.«

»Und hat sie sich darangehalten?«

»Das habe ich gedacht. Aber bei diesen Flüchtlingen darf man anscheinend nicht so viel Sittsamkeit erwarten. Wenn Sie verstehen, was ich meine?«

»Das verstehe ich gut. Wir haben eine Schwiegertochter aus dem Ausland.« Margarete sprach so leise, dass Wilhelmine sich vorbeugen musste, um sie zu verstehen.

»Aus dem Ausland?«, fragte sie entsetzt, als hätte Margarete ihr eröffnet, ihr Sohn hätte eine verurteilte Straftäterin geheiratet.

Margarete nickte düster. »Und ein Kind haben sie auch mitgebracht.«

»Sie Arme. Das ist bestimmt nicht leicht.«

Bevor Margarete dazu kam, darauf zu antworten, hatte die Ungeduld bei Heinrich derart überhandgenommen, dass er sich in das Gespräch einmischte. »Ich will nicht stören. Aber ich muss morgen früh raus. Ich arbeite im Hafen«, fügte er, an Wilhelmine Schmidt gewandt, hinzu.

»Selbstverständlich, Herr Reimers«, rief Wilhelmine Schmidt. »Da brauchen Sie Ihre Ruhe.« Sie lächelte Margarete an. »Wir unterhalten uns einfach morgen weiter.«

Und das taten die beiden Frauen. Wenn Erika und Heinrich nach der Arbeit heimkehrten, fanden sie Margarete in Gesellschaft von Wilhelmine. Entweder saßen die beiden Frauen, einer Handarbeit nachgehend, in der Küche oder waren draußen mit Gartenarbeit beschäftigt. Wilhelmine Schmidt hatte den Reimers einen Teil ihres Gartens zur Verfügung gestellt, den sie bewirtschaften durften.

Wo sie sich auch aufhielten, eines war allen Situationen gemein. Die beiden Frauen waren in eine Unterhaltung vertieft, die sie ihre Umgebung beinahe vergessen ließen. Nur Erikas Kommen und Gehen wurde genauestens registriert. Bei jeder kleinsten Verspätung wurde nach dem Grund gefragt. Vor jedem Verlassen des Hauses wurde ihr die Mahnung mitgegeben, auf der Hut zu sein. Besonders englische Soldaten waren aus Sicht der beiden selbst ernannten Sittenwächterinnen etwas, vor dem Erika sich tunlichst in Acht zu nehmen hatte.

Als ob ich etwas mit einem Tommy anfänge, dachte Erika, wie sie nun mit ihren Eltern am Abendbrottisch saß.

»Da kann ich Ihrer Mutter nur zustimmen, Fräulein Reimers«, fühlte sich Wilhelmine Schmidt bemüßigt, sich in das Gespräch der Familie einzumischen. »Ich werde mich gerne einmal nach einer Arbeitsstelle für Sie umhören.«

Auch wenn die Aussicht, wieder in einer Fabrik arbeiten zu müssen, wie eine dunkle Wolke über Erika schwebte, drängte es sie, dieses Anerbieten zurückzuweisen. Sie wusste aber, dass sie sich in diesem Falle später den Vorwürfen ihrer Mutter zu stellen hatte. Daher lächelte sie freundlich und bedankte sich.

»Ich werde gleich morgen früh loslegen«, versprach Wilhelmine.

»Ich habe schon etwas in Aussicht«, log Erika.

Sämtliche Augenpaare am Tisch richteten sich auf sie. Unbehaglich rutschte sie auf ihrem Stuhl hin und her.

Was hatte sie sich nur dabei gedacht? Wo sollte sie auf die Schnelle eine Arbeitsstelle herzaubern?

»Ach ja?«, fragte Margarete. »Wo denn?«

»Das möchte ich noch nicht sagen. Da bin ich abergläubisch.«

»Ich bin deine Mutter«, empörte sich Margarete und schaute zur Hausbesitzerin hinüber, als erwartete sie deren Unterstützung. Die blieb auch nicht aus.

»Aber Fräulein Reimers, Ihren Eltern können Sie es doch verraten. Wenn Sie wollen, gehe ich auch hinaus.«

»Wo kommen wir denn dahin«, rief Margarete. »Es ist deine Küche, Wilhelmine.« Sie sah ihre Tochter vorwurfsvoll an. »Und im Übrigen sind die Zeiten, wo man nicht wagte, den Mund aufzumachen, zum Glück vorbei.«

Erika überlegte fieberhaft, wie sie sich aus der Sackgasse, in die sie sich begeben hatte, gefahrlos hinausmanövrieren konnte. »Wenn es nicht klappt, gebe ich Ihnen sofort Bescheid, Frau Schmidt. Und bis dahin.« Sie machte eine kurze Pause, um dem Gedanken, der ihr eben gekommen war, mehr Raum zu geben. »Mein Bruder Georg hat immer noch keine Arbeit als Tischler gefunden. Ich weiß, Sie haben nichts zum Ausbessern, aber vielleicht kennen Sie jemanden, der ein Möbelstück, eine Tür oder einen Fensterrahmen repariert haben möchte.«

»Aber Erika«, tadelte Margarete. »Wir können doch Wilhelmine nicht mit solchen Dingen belästigen. Es ist schon mehr als nett, dass sie dir hilft.«

»Das macht mir nichts aus, Grete«, versicherte ihr Wilhelmine. »Im Gegenteil, darauf hätte ich schon viel früher kommen sollen.« Sie lächelte geheimnisvoll wie jemand, der wusste, dass das Geschenk, das er dabeihatte, große Begeisterung auslösen würde. »Ich kenne nämlich tatsächlich eine Tischlerei.«

5. KAPITEL

Hamburg-Rahlstedt, November 1946

»Sie haben Besuch«, verkündete Frieda Dombrowski mit mürrischer Miene und deutete auf die junge Frau, die hinter ihr stand.

»Guten Tag«, sagte die Besucherin und schob sich an der Hausbesitzerin vorbei in den Raum. »Ich bin Gisela Peters.«

Georg hatte die Ankündigung der Zimmerwirtin kaum zur Kenntnis genommen und weiter seine Zeitung gelesen. Beim Klang der hellen Stimme blickte er jedoch auf. Der Anblick, der sich ihm bot, ließ ihn aufspringen. »Sie wünschen?«, fragte er wie ein beflissener Kellner.

Die Besucherin lachte und streckte Georg ihre Hand entgegen. »Sie sind ja gar nicht so muffelig, wie ich vermutet habe.«

Flammende Röte überzog Georgs Gesicht. »Kennen wir uns?«

»Noch nicht. Aber ich hoffe, das ändert sich bald. Was halten Sie davon, wenn wir das Gespräch bei einem kleinen Spaziergang fortsetzen?« Gisela Peters schenkte Frieda Dombrowski, die nach wie vor im Türrahmen stand, ein entschuldigendes Lächeln. »Ich hätte Ihnen nämlich ein Angebot zu machen, Herr Reimers.«

»Sehr gerne«, beeilte sich Georg zu erwidern.

Keiner von ihnen dachte daran, Ingrid zu fragen, ob sie sich anschließen mochte. So blieb diese mit Eva zurück, den bohrenden Blicken der Zimmerwirtin ausgesetzt.

»Na, lange haben Sie es ja nicht geschafft, Ihren Mann zufriedenzustellen«, stellte Frieda Dombrowski mit einem boshaften Funkeln in den Augen fest.

»Georg kennt die Frau nicht.«

»Ach nein? Darum geht er auch allein mit ihr spazieren?«

Ingrid suchte verzweifelt nach einer Erwiderung.

Die Vermieterin hatte recht. Wer ging einfach so mit einer wildfremden Frau spazieren? Und das mit dem Wissen der Ehefrau! Was war das überhaupt für ein Angebot, von dem diese Frau gesprochen hatte?

Die Eifersucht hatte sich wie eine glühende Nadel in Ingrid gebrannt und einen tiefen Abdruck hinterlassen, der sich nicht so ohne Weiteres entfernen ließ. Es hätte geholfen, wenn Gisela Peters nicht so bezaubernd ausgesehen hätte. Ihre zierliche Gestalt, die blonden Locken und ihr schmal geschnittenes Gesicht mit dem rosenförmigen Mund verliehen ihr das Aussehen eines Engels. Daneben kam sich die groß gewachsene Ingrid wie ein grobschlächtiger Tölpel vor, der es nicht wagen durfte, diesen Engel auch nur zu berühren.

»Dann sind wir uns also einig?«, fragte Gisela Peters Georg, als sie wieder vor dem Haus von Frieda Dombrowski standen. »Sie fangen bei uns an?«

»Sehr gerne, Fräulein Peters. Ich weiß gar nicht, wie ich Ihnen danken soll.«

Gisela Peters stieß wieder ihr glockenähnliches Lachen aus. »Wenn Sie gute Arbeit abliefern, ist das Dank genug.«

»Ich werde Sie und Ihren Vater nicht enttäuschen«, versprach Georg.

»Und was wollte sie?«, erkundigte sich Ingrid sogleich, nachdem Georg das Zimmer wieder betreten hatte.

»Sie hat mir eine Stelle angeboten.«

Ingrids Lippen kräuselten sich ungläubig. »Eine Stelle?«

»Ihr Vater hat eine Tischlerei.« Georg verschwieg seiner Frau, dass dies bereits das zweite Angebot der Peters' gewesen war. Das erste, das sein Vater ihm überbracht hatte, hatte er brüsk zurückgewiesen. Er hatte nicht einmal zur Tischlerei gehen wollen, um sich den Betrieb anzusehen. Im Nachhinein verstand er sich selbst nicht.

Welcher Teufel hatte ihn bloß geritten? Da bekam er die Möglichkeit, wieder in seinem erlernten Beruf zu arbeiten, das zu tun, was ihm Spaß machte. Und was tat er? Stieß alles von sich. Er konnte von Glück reden, dass Gisela Peters die Mühe auf sich genommen hatte und zu ihm gekommen war.

Georg schwor sich, alles dafür zu tun, dass die Familie Peters ihren Entschluss, ihn einzustellen, nicht bereute.

Ingrid freute sich über die Nachricht, ließ sie doch hoffen, dass Georg wieder zu seinem alten Selbst zurückfand. Sie hätte sich nur gewünscht, es hätte dafür nicht Gisela Peters bedurft.

*

Trondheim, Norwegen, November 1946

»Nein, Leif, den Käse können wir leider nicht mitschicken.« Kristine strich dem kleinen Jungen sanft über die Wange. »Wir wissen nicht, wie lange das Paket unterwegs ist. Am Ende verdirbt der Käse.«

Enttäuscht zogen sich Leifs Mundwinkel nach unten.

»Was können wir denn deiner Meinung nach noch in das Paket packen? Es muss etwas sein, das trocken ist, sich lange hält und nicht zu schwer ist.«

Leifs Nasenwurzel krauste sich, so angestrengt dachte er nach. Kristine nutzte die Gelegenheit, um sich hinzusetzen und einen Schluck aus ihrer Kaffeetasse zu trinken. Die Müdigkeit hatte sie nach wie vor fest im Griff. Auch wenn die Versorgungslage sich langsam besserte, war das Ende des Mangels noch lange nicht in Sicht. Das bedeutete für die Hausfrauen, dass sie sich rechtzeitig vor den Geschäften einzufinden zu hatten, um nicht am Ende mit leeren Händen dazustehen. Besonders wenn sie, wie in Kristines Fall, auch noch beabsichtigten, ein Paket zu verschicken.

Drei Tage hintereinander war sie noch vor dem Morgengrauen aufgestanden, um sich auf den Weg zum Lebensmittelgeschäft zu machen. Es galt zum einen sicherzustellen, die gewünschte Ware auch zu erhalten, zum anderen wollte sie die Einkäufe abgeschlossen haben, bevor sie Leif in Empfang nahm. Er war zwar ein lieber Junge, der sich selten ungezogen gebärdete. Aber stundenlanges Schlange stehen überforderte ihn ebenso wie jedes andere Kind in seinem Alter. Er wurde unleidlich und fing an zu quengeln. Daher vermied es Kristine nach Möglichkeit, ihn mitzunehmen, wenn sie nach sehr gefragten Waren anstand. Gelegentlich kam es vor, dass sie sich mit Marit beim Lebensmittelgeschäft verabredete, um Leif dort in ihre Obhut zu nehmen. Dann war die Zeit, die er auszuharren hatte, zumindest auf ein erträgliches Maß geschrumpft. Einige wenige Male war es vorgekommen, dass Kristine sich verspätet hatte und Leif schon bei ihr zu Hause eingetroffen war. Entweder fand sie ihn dann mit Per auf der Straße spielend oder er saß oben bei Astrid und genoss ein zweites Frühstück.

Zu Kristines Verwunderung hatte ihre älteste Tochter den kleinen Jungen augenblicklich in ihr Herz geschlossen. Wenn sie Kleidung für Kjell und Per strickte und nähte, vergaß sie Leif nie dabei. Auch die seltenen Male, bei denen es Süßigkeiten zu verteilen gab, meist einen Bonbon oder einen Keks, wurde Leif stets mitbedacht. Kristine konnte nicht behaupten, dass ihr das missfiel. Sie freute sich, dass Leif in eine richtige Familie eingebunden wurde. Seit er bei ihr war, war er regelrecht aufgeblüht. Aus dem zarten Jungen von kleiner Statur war ein kräftiger Vierjähriger geworden, der in den vergangenen Monaten zudem mehrere Zentimeter in die Höhe geschossen war.

Doch die Freude war nicht ungetrübt. Wenn Leif ohne sie Zeit mit Astrid und den Jungen verbrachte, quälte Kristine die Frage, ob er nicht unabsichtlich sein Geheimnis verriet. Zwar hatte Leif bisher niemals durchblicken lassen, dass er über die Herkunft seines Vaters Bescheid wusste. Aber Kristine traute diesem Frieden nicht. Der Argwohn, er könnte in der Vergangenheit das eine oder andere Bröckchen an Information aufgeschnappt haben, ließ sich nicht abschütteln. Zusätzlich hegte sie die Befürchtung, dass Marit sich ihrem Sohn eines Tages offenbarte. Die junge Frau wirkte aus ihrer Sicht zu labil, um eventuelle Fragen von Leif bezüglich seines Vaters entschieden abzuwehren. Kristine fühlte sich, als säße sie auf einer tickenden Zeitbombe, die jeden Moment explodieren könnte. Daher achtete sie sorgfältig darauf, dass die Zeiten, die Leif ohne sie verbrachte, so gering wie möglich ausfielen. Lieber ließ sie sich von ihrer Familie als Glucke bezeichnen, als zu riskieren, dass ihr sorgsam errichtetes Lügenkonstrukt zusammenfiel.

Die Furcht, die Erwähnung des Auslands könnte bei Leif eine verborgene Erinnerung zutage fördern, hatte Kristine lange zögern lassen, ihn an der Zusammenstellung des Pakets zu beteiligen. Ihre Sorge hatte sich als unbegründet erwiesen. Der einzige Gedanke, der Leif zu beschäftigen schien, war der, was er in dieses Paket packen konnte. Diese Überlegungen nahmen so viel Raum ein, dass er nicht einmal fragte, wo denn Kristines Tochter und Enkelin überhaupt wohnten.

Nach einer weiteren Stunde sorgfältigen Abwägens und Überlegens sowie mehrfachen Umpackens war das Paket endlich fertig. »So, und jetzt genehmigen wir uns als Belohnung noch ein paar Waffeln«, sagte Kristine und ging in die Speisekammer, um die am Vortag gebackenen Waffeln zu holen.

Als sie in die Küche zurückkehrte, hatte Leif Gesellschaft bekommen. Die Schlittschuhe über den Schultern hängend, redeten Kjell und Per beide gleichzeitig auf den kleinen Jungen ein, um ihn zu überzeugen, sie zur Schlittschuhbahn zu begleiten.

»Darf ich Tante Kristine?«, fragte Leif und beäugte sehnsüchtig Pers Schlittschuhe.

»Bitte, Großmutter«, schloss sich Kjell an. »Wir sind auch bald zurück.«

Kristine fühlte sich wie jemand, der unerwartet in eine Falle getappt war und nicht wusste, wie er sich daraus befreien sollte. »Aber Leifs Mutter kommt bald, um Leif abzuholen«, unternahm sie einen Versuch, Leifs Ausflug zu verhindern.

»Bis dahin sind wir zurück«, versprach Kjell und betrachtete die Waffeln in Kristines Hand. Ein verschmitztes Lächeln legte sich auf sein Gesicht. »Und wenn nicht, lädst du sie einfach zu Waffeln und Kaffee ein. Deine Waffeln sind so köstlich, da wird sie bestimmt nicht Nein sagen.«

Kristine konnte nicht anders als zu lachen.

Kjell hatte sich zu einem richtigen Charmeur entwickelt, der genau wusste, wie er seine Mitmenschen um den Finger wickeln konnte. Selbst bei seiner ernsten Mutter gelang ihm dies ab und an. Was doch ein Vater für die Entwicklung eines Jungen ausmachte.

Wieder einmal verspürte Kristine Dankbarkeit gegenüber dem Schicksal, das ihnen Einar aus der deutschen Gefangenschaft zurück nach Hause gebracht hatte. Seine lange Abwesenheit und vor allem die Ungewissheit, ob er jemals wieder nach Trondheim zurückkehren würde, hatten vor allem Kjell sehr zugesetzt. Voller Grauen erinnerte sich Kristine an den Tag, an dem Kjell allein zum Bahnhof gelaufen war. Er hatte beabsichtigt, von dort nach Deutschland zu reisen, um seinen Vater nach Hause zu bringen. Letzten Endes war alles gut ausgegangen. Ein deutscher Soldat hatte sich Kjells angenommen und Astrid war noch rechtzeitig vor Ort gewesen, um zu verhindern, dass er ihn zur Polizei brachte. Dennoch schlug Kristines Herz beim Gedanken an diesen Tag jedes Mal ein bisschen schneller.

Ja, ein Vater war wichtig, dachte sie und sah Leif an, der nach wie vor die Schlittschuhe von Kjell und Per betrachtete, als könnte er es kaum erwarten, sie sich selbst unterzuschnallen.

»Aber Leif hat keine Schlittschuhe«, merkte sie an, während sie sich fest vornahm, diesen Zustand an Weihnachten zu ändern.

Sie würde ihn nicht auf ewig daran hindern können, mit den Jungs zur Eisbahn zu gehen. Und wenn, dann sollte er wenigstens seine eigenen Schuhe besitzen. Marit sagte sie am besten nichts davon. Nachher musste Leif das Geschenk noch zurückgeben.

Kristine konnte zwar nachvollziehen, dass es Marit unangenehm war, ihre Hilfe in Anspruch zu nehmen. Zumal sie von der jungen Frau kein Geld verlangte. Einzig Leifs Lebensmittelkarten war sie gewillt entgegenzunehmen. Brot und Mehl waren nicht mehr rationiert. Aber für die meisten anderen Waren galt das noch nicht.

»Das ist kein Problem, Großmutter.« Kjell hatte auch auf diesen Einwand eine Antwort. »Der kleine Bruder von meinem Klassenkameraden Jon hat Fieber und kann daher nicht laufen. Jon bringt seine Schlittschuhe mit.«

»Na, du scheinst ja an alles gedacht zu haben«, staunte Kristine über Kjells durchdachten Plan.

Die Jahre ohne Vater hatten doch ihre Spuren hinterlassen. Oder hätte Kjell sonst schon in einem so frühen Alter eine derartige Reife entwickelt?

Wieder fiel ihr Blick auf Leif, dessen Gesicht bei Kjells Worten zu strahlen angefangen hatte.

Konnte sie ihn mit den beiden Jungen ziehen lassen? Es bestand schließlich nicht nur die Gefahr, dass er durch eine scheinbar harmlose Bemerkung seine halbdeutsche Herkunft verriete. Die Möglichkeit war auch nicht von der Hand zu weisen, dass er jemanden träfe, der ihn erkannte.

Leif und seine Mutter kamen zwar nicht aus Trondheim. Darüber hinaus veränderten sich Kinder rasant. Leif bildete da keine Ausnahme. Im Gegenteil! Dennoch war es nicht auszuschließen, dass jemand aus Marits Heimatstadt auch nach Trondheim gezogen war und zufällig an diesem Tag die Eisbahn aufsuchte. Diese war ein beliebter Treffpunkt. Es reichte schon aus, wenn dieser jemand nur zu Besuch in der Stadt weilte. Die Zeit von Reisebeschränkungen und -verboten war immerhin vorbei.

»Na, habt ihr Großmutter weichgeklopft?«, ertönte eine

Stimme hinter Kristine. Lächelnd betrat Astrid die Küche. Seit Leif in ihr aller Leben getreten war, waren ihre Züge weicher geworden. Und gelegentlich überfiel sie eine derartige Leichtigkeit, dass das Lachen regelrecht aus ihr hervorperlte. Nicht zuletzt sie selbst versetzte dies in Erstaunen. Meistens hatte sie sich rasch wieder im Griff, als befürchtete sie, zu viel Ausgelassenheit stünde ihr nicht zu. Doch es gab auch Augenblicke, in denen die Schrecken und Ängste der Vergangenheit derartig fest in ihrem Inneren verschlossen waren, dass nur noch Gegenwart und Zukunft von Bedeutung waren. Vor beiden empfand sie keine Furcht mehr. Auch wenn sie den Optimismus ihres Mannes nicht in gleichem Maße teilte, war sie überzeugt davon, dass es mit ihnen, sowohl als Familie, als auch als Land, nur aufwärts gehen konnte.

»Ich habe ihnen gesagt, dass Leifs Mutter bald kommt«, berichtete Kristine.

Astrid deutete auf den Teller Waffeln, den Kristine immer noch in der Hand hielt. »Dann lädst du sie zum Waffelessen ein. Nach einem langen Arbeitstag kommt ihr eine Pause bestimmt nicht ungelegen.«

»Habt ihr euch abgesprochen?«, fragte Kristine in einer Mischung aus Ärger und Amüsiertheit.

»Die Eisbahn stand jahrelang nicht zur Verfügung, weil diese verdammten Hunnen sich dort ausgebreitet haben.« Erschrocken schlug sich Astrid die Hand vor den Mund. Doch es war zu spät.

Kjell und Per johlten bereits auf und zeigten mit dem Finger auf ihre Mutter. »Du hast geflucht. Das ist verboten.«

»Entschuldigung.« Astrid machte eine zerknirschte Miene. Dann lachte sie auf. »Ihr habt recht. Als Ausgleich backe ich euch morgen Kekse.« Das Gejohle der Jungen steigerte sich, sodass beide Frauen sich die Ohren zuhielten.

Es war einer dieser Augenblicke, in denen Kristine aus dem Staunen nicht mehr herauskam.

War das wirklich ihre Tochter, die da vor ihr stand und wie ein junger Backfisch ausgelassen lachte? Was war aus der Frau geworden, die ihre Söhne angefahren hatte, wenn sie es gewagt hatten, sich ihren Anweisungen zu widersetzen? Lag es einzig an Einars Rückkehr? Aber wann hatte ihre Tochter jemals eine derartige Übermütigkeit an den Tag gelegt? Sollten Frieden und Freiheit tatsächlich solch große Wunder bewirken können?

Mit einem Mal war es Kristine, als ob diese Leichtigkeit Flügel hätte und von einem zum anderen flattern konnte. Die Sorgen und Ängste verschwanden. Es gab nur noch die Freude, am Leben zu sein, umgeben von ihrer Familie. Ihr Blick fiel auf das Paket.

Wie konnte sie glauben, alles wäre wieder gut? Solange ihre Tochter und ihre Enkelin in der Fremde Not litten, hatte sie kein Recht, sich derartig zu freuen. Und das taten sie, darüber konnte kein Zweifel bestehen. Selbst wenn Ingrid in ihren Briefen davon nichts schrieb. Aber sie kannte ihre Kinder schließlich gut genug, um zu wissen, ob es ihnen gut ging oder nicht.

Seit der Briefverkehr zwischen Deutschland und dem Ausland wieder aufgenommen worden war, schrieben sich Kristine und Ingrid regelmäßig. Zu Kristines großem Ärger waren Ingrids Briefe auf Deutsch verfasst.

Am Anfang hatte sie ihre Tochter noch gebeten, ihr auf Norwegisch zu schreiben. Nachdem sie dann zwei weitere Nachrichten auf Deutsch erhalten hatte, hatte sie beim Postamt Erkundigungen eingeholt. Ihr Entsetzen war groß gewesen, als sie erfahren hatte, dass die Post, die die Deutschen ins Ausland schickten, auf Deutsch oder in einer Sprache der vier Besatzungsmächte abgefasst werden musste. Alle andere Post wurde zurückgeschickt.

»Wie wollen die das denn überprüfen?«, hatte Kristine gefragt und sich ihrer naiven Nachfrage sogleich geschämt. *Selbstverständlich wurde die Post von den Besatzern überprüft. Und vermutlich konnten von den Briten nicht viele Norwegisch.*

Der Postbeamte hatte sie mitleidig angelächelt und ihr das Gleiche erzählt.

Kristine hoffte, dass sich an dieser Situation bald etwas änderte. Bis es so weit war, hatte sie sich mit der Tatsache abzufinden, dass sie die Briefe ihrer Tochter nicht selbst lesen konnte. Zu ihrer Erleichterung verstand Marit genug Deutsch, dass sie ihr die, meist nur aus wenigen Zeilen bestehenden, Briefe übersetzen konnte. Kristine war es zudem gelungen, sich ein deutsches Wörterbuch zu beschaffen. Das zogen sie zu Rate, wenn Marit nicht weiterwusste. Kristine benutzte dieses Buch auch, um sich selbst Deutsch beizubringen. Es war ein mühsames Unterfangen, denn sie musste darauf achten, dass niemand aus ihrer Familie von ihrer neuen Beschäftigung erfuhr. Die Kritik, die es hageln würde, mochte sie sich nicht einmal vorstellen. Da sie aber praktisch rund um die Uhr beschäftigt war, waren die Fortschritte, die sie machte, nur gering. Dennoch verlor sie niemals ihr Ziel aus den Augen. Eines Tages wollte sie imstande sein, einen Brief ihrer Tochter ohne Hilfe lesen zu können.

»Was ist das denn?« Astrids Stimme riss Kristine aus ihren Gedanken. Ihre Tochter war ihrem Blick gefolgt und hatte das Paket auf der Küchenbank entdeckt.

»Das haben wir für Kristines Tochter gepackt«, verkündete Leif mit stolzer Miene, nur um gleich darauf verwirrt den Finger an die Lippen zu legen. »Aber du bist ja Kristines Tochter?«

Warum nur hatte sie Leif die Wahrheit gesagt? Er kannte

ihre Familiengeschichte nicht. Daher hätte sie gut und gerne behaupten können, das Paket wäre für eine Tante in Kristiansund bestimmt.

Kristine kam nicht dazu, sich länger über ihre Nachlässigkeit zu ärgern. Astrids Gesicht hatte einen Ausdruck angenommen, der Kristine aus der Zeit, als Ingrid und Eva noch bei ihnen gewohnt hatten, wohlvertraut war. Es war ein Zusammenspiel aus Empörung und Verachtung, das ihre Züge verhärten ließ und ihnen den Glanz von Unversöhnlichkeit verlieh. »Lass mich raten, du versuchst immer noch den Feind zu unterstützen.«

Kristine verspürte den Drang in sich, ihre Tochter an den Armen zu fassen und so lange zu schütteln, bis das Gift des Zorns aus ihr herausgeflossen war.

»Wir gehen dann mal«, verkündete Kjell und griff nach Leifs Hand. »Komm, wir zeigen dir, wie man Schlittschuh läuft.«

Keine der beiden Frauen rief ihnen die sonst übliche Ermahnung hinterher, nicht zu spät nach Hause zu kommen. Zu sehr waren sie von ihren gegensätzlichen Gefühlen in Anspruch genommen.

»Astrid, Ingrid ist deine Schwester und nicht der Feind«, sagte Kristine leise. »Sie hat sich verliebt, ein Kind bekommen und geheiratet. Nichts davon ist ein Verbrechen.«

»Hast du in den vergangenen Monaten mal die Zeitung gelesen?«

»Da stand bestimmt nichts über deine Schwester drin.«

»Sie ist nicht mehr meine Schwester. Auch wenn du das nicht so siehst, erwarte ich zumindest, dass du meine Einstellung akzeptierst.«

»Sie bleibt immer deine Schwester. Egal, was du sagst oder tust, an dieser Tatsache wirst du nichts ändern können.«

Astrid ignorierte diesen Einwand. »Wenn du die Zeitungen gelesen hättest, hättest du erfahren, dass die Deutschen nicht einfach Krieg geführt haben. Und es ging ihnen auch nicht nur darum, fast ganz Europa zu unterjochen und auszuplündern. Sie wollten jeden ausrotten, der aus ihrer Sicht nicht wert war zu leben, oder der sich ihren Allmachtsfantasien nicht anschließen wollte. Spätestens seit den Prozessen in Nürnberg ist jedem vernünftigem Menschen klar, dass diese Hunnen Abschaum der übelsten Sorte sind. Diese feisten Verbrecher haben dagesessen und behauptet, von nichts gewusst zu haben oder dazu gezwungen worden zu sein.«

»Das mag ja alles stimmen, Astrid. Aber weder deine Schwester noch dein Schwager haben etwas damit zu tun.«

»Wie oft soll ich dir noch sagen, ich habe keine Schwester und schon gar keinen Schwager!« Astrids Stimme überschlug sich fast. »Und natürlich haben sie etwas damit zu tun. Jeder, der die Deutschen und ihre Kriegsmaschinerie unterstützt hat, hat sich mitschuldig gemacht. Und sie wären niemals so erfolgreich gewesen, wenn sie nicht Unterstützung bekommen hätten. Wenn alle Norweger wie Einar gewesen wären, was hätten sie dann in unserem Land erreicht? Nichts. Aber leider mussten Tausende sie unterstützen. Wenn du mir nicht glaubst, ich habe die Zeitungen der vergangenen Monate aufgehoben. Da steht alles drin über die Landesverräterprozesse. Besonders die Berichte über den Rinnanprozess würde ich an deiner Stelle lesen.«

Kristine begriff, dass sie durch weitere Argumente nur neues Öl in das Feuer von Astrids Wut gösse. Es fiel ihr allerdings schwer, sich Zurückhaltung aufzuerlegen.

Wie kam Astrid dazu, ihre Schwester auch nur andeutungsweise mit dem Verbrecher Rinnan in Verbindung zu bringen? Auch wenn sie die Berichterstattung in den Zeitun-

gen nicht verfolgt hatte, war dieser Prozess etwas, das keinem Trondheimer hatte entgehen können. Vor jedem Prozesstag hatten sich lange Schlangen vor dem Tinghus gebildet, wo der Prozess stattfand. Allein der Gedanke, dass sich ein Norweger dazu hergegeben hatte, mit der Gestapo zusammenzuarbeiten, war widerwärtig. Und dann noch selbst Landsleute zu foltern und umzubringen. Das war eigentlich jenseits alles Vorstellbaren. Dieser Prozess hatte bewiesen, dass selbst die schlimmsten und unglaubwürdigsten Fantasien der Realität entsprechen konnten. Aber nichts davon hatte etwas mit Ingrid und Georg zu tun. Ingrid hätte niemals als Spitzel für die Gestapo gearbeitet. Doch Astrid dies begreiflich zu machen, war ein unmögliches Unterfangen. Das sollte sie eigentlich in den vergangenen Jahren gelernt haben.

»Das ist deine Entscheidung, Astrid«, sagte Kristine daher. »Und meine Entscheidung ist es, Ingrid und Eva ein Paket zu schicken. Ich bitte dich, das zu respektieren.«

Astrids Brust hob und senkte sich. Es wirkte, als föchte sie einen inneren Kampf mit sich aus. »Ich werde an deiner Einstellung wohl nichts ändern können«, seufzte sie schließlich.

»Nein, ich halte zu meinen Kindern. Egal, was sie tun oder sagen.« Kristine sah ihrer Tochter tief in die Augen, während sie sprach.

»Gibt es überhaupt schon wieder Postverkehr nach Deutschland?«

Kristine blinzelte angesichts dieses Themenwechsels. »Briefe ja«, erklärte sie, nachdem sie sich wieder gefangen hatte. »Pakete noch nicht. Ich habe aber die Hoffnung, dass ich es über das Rote Kreuz schicken kann.« Sie befürchtete, diese Ankündigung könnte bei Astrid ungute Erinnerungen wecken.

Nach Einars Deportation hatte ihre älteste Tochter über das Rote Kreuz Pakete nach Deutschland geschickt. Von Einar hatten sie später erfahren, dass diese nie bei ihm angekommen waren. Um einen neuerlichen Wutausbruch zu verhindern, redete Kristine rasch weiter. »Aber das hat dich nicht zu kümmern.« Sie deutete auf die Waffeln. »Magst du dich auf einen Kaffee und Waffeln zu mir setzen? Marit kommt bestimmt auch bald.«

Astrid zögerte kurz. Dann nickte sie. »Ich gehe noch schnell ein Glas unserer Preiselbeermarmelade holen.«

Nachdem ihre Tochter die Küche verlassen hatte, nahm Kristine das Paket und trug es in die Speisekammer. Sie hoffte, wenn sie den Stein des Anstoßes entfernte, würde ihre Tochter den Streit gegenüber Marit nicht erwähnen.

Denn das Letzte, was sie gebrauchen konnte, war, dass Marit durch eine unabsichtliche Bemerkung das Geheimnis um Leifs Vater lüftete.

6. KAPITEL

Hamburg-Wandsbek, November 1946

Erschöpft ließ sich Erika auf eine Bank sinken. Es war ihr gleich, dass es eigentlich zu kalt dafür war. Ihre Füße schmerzten, dass sie selbst bei eisigem Frost eine Pause eingelegt hätte. Nachdem sie sich einige Minuten der Ruhe gegönnt hatte, winkelte sie ihr rechtes Bein an und legte es auf ihrem linken Oberschenkel ab. Mit einem resignierten Seufzer betrachtete sie ihre löchrige Schuhsohle.

Der Schuster würde sie wohl annehmen, aber wann bekäme sie sie zurück? Ohne Material ließ sich nun mal nichts reparieren. Und an neue Schuhe brauchte sie nicht einmal zu denken. Selbst wenn sie einen Bezugsschein bekäme, würde das nichts nützen. Die einzige Möglichkeit böte ein Tausch oder der Gang zum Schwarzmarkt. Aber gegen was sollte sie die Schuhe eintauschen? Sie besaß nichts. Und ihre Zigarettenration reichte nicht aus.

Vielleicht konnte sie Georg bitten, ob er ihr eine Holzsohle darunter nagelte. Aber müsste er dann den Schuh nicht mit die Tischlerei nehmen? Nein, die Möglichkeit konnte sie sich auch aus dem Kopf schlagen. Er fing dort erst nächste Woche an. Und als neuer Mitarbeiter gleich private Dinge zu erledigen, machte sicherlich keinen guten Eindruck. Zumal er die Stelle nur bekommen hatte, weil die Tochter des Tisch-

lermeisters ein großes Herz besaß. Warum wäre sie sonst persönlich zu Georg gegangen, um ihn zu überreden, seine Absage noch einmal zu überdenken? Jeder halbwegs vernünftige Mensch hätte mit den Achseln gezuckt und hätte gesagt, dann eben nicht, stellen wir halt jemand anderen ein.

Ärger quoll in Erika auf, als sie ihr Schicksal mit dem ihres Bruders verglich.

Sie rannte sich die Seele aus dem Leib und traf nur auf Ablehnung, während um die Arbeitskraft ihres Bruders gebuhlt wurde, als wäre er der einzige Tischler auf der Welt.

Eine leise Stimme in Erikas Hinterkopf raunte ihr zu, dass sie diesen Prozess selbst in Gang gesetzt hatte, indem sie Wilhelmine Schmidt um Hilfe für Georg gebeten hatte.

Und wenn sie ehrlich mit sich selbst war, hätte sie diese Hilfe auch haben können. Hatte Frau Schmidt ihr nicht angeboten, sich für sie einzusetzen? Doch in ihrem Beharren auf Unabhängigkeit hatte sie darauf verzichtet.

Diesen Entschluss bereute Erika nun. Die Angst, dass das Überwachungsnetz, das ihre Mutter und Wilhelmine Schmidt um sie gesponnen hatten, sich auch auf ihre Arbeit ausweitete, war angesichts der Misserfolge der vergangenen Tage verschwunden.

Erika lehnte sich zurück und schloss die Augen. Leichter Regen hatte eingesetzt, aber sie schenkte dem keine Beachtung. In ihrem Kopf spielte sich der Film der vergangenen Tage ab.

Von einem Geschäft zum anderen war sie gelaufen, hatte mehrere Stadtteile durchquert. Überall hatte sie gefragt, ob sie nicht eine Verkäuferin bräuchten. Und was war dabei herausgekommen? Eine durchlöcherte Schuhsohle.

Eine lähmende Müdigkeit ergriff von Erika Besitz. Die Vorstellung, sich jemals wieder von dieser Bank zu erheben, erschien ihr wie ein nicht zu bewältigender Kraftakt. So blieb sie sitzen, rührte sich selbst dann nicht, als der Regen stärker wurde.

»Mensch, Erika, was sitzt du denn hier im Regen?«, fragte eine Frauenstimme verwundert, um gleich darauf in Besorgnis umzuschlagen. »Geht es dir nicht gut? Bist du krank?«

Erika schlug langsam die Augen auf wie jemand, der aus tiefem Schlaf geweckt wurde. »Helga, was machst du denn um diese Uhrzeit hier?«

»Ich habe meine Mutter besucht. Sie ist vor zwei Tagen ins Krankenhaus gekommen.«

Erika richtete sich auf. »Das tut mir leid. Ich hoffe, es ist nichts Ernstes?«

»Ich…Sie…«, stammelte Helga wie ein kleines Kind, das seine ersten Sprechversuche unternahm.

So kannte Erika ihre Freundin nicht. Helga war immer jemand gewesen, der sich durch nichts aus der Ruhe bringen ließ. Mit ihrer unerschütterlichen Lebenslust, gepaart mit einem Sinn fürs Praktische, den sie sich auch in den schwierigsten Lebenslagen bewahrte, war sie für Erika stets ein Rettungsring gewesen. An ihr hatte sie sich festgeklammert, wenn sie selbst der Mut verlassen hatte. Besonders nach dem Tod ihrer Zwillingsschwester hatte es Tage gegeben, an denen Erika nicht den kleinsten Sinn mehr im Leben gesehen hatte. Helga war die Einzige gewesen, die es fertiggebracht hatte, diesen starren Kokon der Verzweiflung aufzubrechen. Zwar hatte auch sie es nicht vermocht, Erika gänzlich aus ihrer stumpfen Trauer zu reißen, aber es war ihr zumindest gelungen, ihr genug Ansporn zu geben, ihr Leben weiterzuleben.

Ihre tatkräftige und durch nichts zu erschütternde Freundin nun in einer derartigen Verfassung zu erleben, war für

Erika eine vollkommen neue Erfahrung, von der sie nicht wusste, wie sie ihr begegnen sollte. Hilflos kaute sie auf ihrer Unterlippe.

Nach einigen Momenten des Schweigens fing sich Helga zu Erikas großer Erleichterung jedoch wieder. Nachdem sie sich mit dem Ärmel über die Augen gefahren war und zweimal die Nase hochgezogen hatte, blickte sie Erika fragend an. »Du hast mir immer noch nicht gesagt, warum du hier im Regen sitzt.«

»Ich…ähm…« Nun war es Erika, die zu stammeln angefangen hatte.

»Oh, mein Gott. Ist bei dir etwa auch jemand im Krankenhaus? Hoffentlich nicht auch Tuberkulose?«

Erika sah ihre Freundin entsetzt an.

Helgas Mutter hatte Tuberkulose? Und sie glaubte, sie selbst hätte Probleme! Was war der Verlust eines Arbeitsplatzes gegen eine, in vielen Fällen, leider tödliche Krankheit?

»Das tut mir leid. Ist ihr Zustand sehr ernst?«

Helgas Augen fingen an zu glänzen, als wären die Regentropfen auch dort hineingelangt. »Die Ärzte sagen, sie müsste zur Kur. Die feuchte Luft ist Gift für sie.« Sie gab ein höhnisches Schnauben von sich. »Eine Kur? So etwas auch nur zu erwähnen, ist eine Unverschämtheit.«

»Und sonst gibt es nichts, was man tun kann?«

»Du weißt doch selbst, wie es ist. Es fehlt überall an allem. Selbst die wenigen Kalorien, die uns zustehen, bekommen wir meistens nicht. Und in den Krankenhäusern sieht es mit der Versorgung nicht viel besser aus.« Helga straffte die Schultern. »Genug von mir. Jetzt sag mir endlich, warum du hier wie ein Trauerkloß hockst und dich nassregnen lässt.«

Erika rang mit sich.

Stand es ihr zu, Helga noch mehr aufzubürden? Sollte sie nicht stattdessen diejenige sein, die dieses Mal Zuversicht ausstrahlte und ihrer Freundin eine Schulter zum Anlehnen bot?

»Wir sind alle gesund«, sagte sie schließlich. »Nur Vatern und sein Rheuma, aber das kennst du ja.«

Helga nickte, ohne ihren forschenden Blick von Erika zu nehmen, als begriffe sie, dass ihre Freundin ihr nicht alles erzählt hatte.

»Ach ja, meine Sohle ist jetzt ganz hinüber. Ein Loch reiht sich an das andere. Aber das ist auch nichts Neues, jedenfalls nicht in diesen Zeiten.«

»Dann solltest du erst recht zusehen, dass du bald nach Hause kommst. Mit nassen Füßen ist nicht zu spaßen.«

»Das stimmt.« Erika erhob sich.

Langsam setzten sich die beiden jungen Frauen in Bewegung. Jede hing ihren Gedanken nach, sodass entgegen der üblichen Gewohnheit die Luft zwischen ihnen vom Schweigen erfüllt war. Erika bemühte sich, jede noch so kleine Pfütze zu umgehen. Es half nicht viel. Sie spürte, wie sich die Nässe immer mehr in ihrem rechtem Schuh ausbreitete. Auch wenn sie sich einredete, dass es Schlimmeres gab, gelang es ihr nicht, das Gefühl des Unbehagens, das sie erfasst hatte, zu ignorieren.

»Könnte dein Vater dir nicht helfen?«, brach Helga, der Erikas ungelenker Gang nicht entgangen war, schließlich das Schweigen. »Auf der Werft gibt es doch Werkstätten. Und selbst wenn es nur eine Holzsohle ist. Alles ist besser als dieser Zustand.«

»Das ist doch nicht erlaubt!«

»Es ist eine Notlage. Wenn nicht sogar eine lebensbedrohliche. Nasse Füße können dich krank machen. Am Ende bekommst du noch eine Lungenentzündung und stirbst.«

Erika starrte ihre Freundin an.

Meinte Helga das ernst? Ihrem Gesicht nach zu urteilen schon. Ihrer Mutter musste es wirklich sehr schlecht gehen, wenn sie solche düsteren Bilder an die Wand malte.

»Selbst wenn Vatern sich dazu bereit erklärt, wird das wahrscheinlich nicht viel bringen. Die Werft wird demontiert. Befehl vom Engländer.«

»Naja, irgendwas wird schon noch da sein. Sonst müsste dein Vater nicht mehr in den Hafen.«

Erika verspürte wenig Lust, die Arbeit ihres Vaters weiter mit Helga zu erörtern.

Auch wenn die Annahme ihrer Freundin wohl stimmte, dass noch nicht alles demontiert war. Und wurden nicht gelegentlich auch kleinere Aufträge ausgeführt? Sie meinte sich zu erinnern, dass das hauptsächlich Reparaturen von Kesseln waren. Sicher war sie sich da allerdings nicht. Ihr Vater erzählte fast nichts von seiner Arbeit. Da hatte er während des Krieges noch mehr berichtet. Natürlich keine Einzelheiten. Der militärische Schiffbau hatte strenger Geheimhaltung unterlegen. Als wenn sie sich dafür interessierte! Wenn es nach ihr ginge, gehörte sämtliche Waffenproduktion verboten. Das würde die Menschen hoffentlich daran hindern, jemals wieder einen Krieg zu führen.

Wieder verspürte Erika dieses Gefühl von Leere in sich, das sie jedes Mal erfüllte, wenn sie an den Krieg dachte. Rasch verdrängte sie den Gedanken. »Georg hat eine Anstellung in einer Tischlerei gefunden. Stell dir mal vor, die Tochter vom Tischlermeister ist sogar extra zu ihm gekommen, um ihn zu überreden, bei ihnen anzufangen.«

»Das ist nicht wahr?« Helga war stehen geblieben und betrachtete Erika verblüfft. »Wer macht denn so was? Ich meine, es ist klar, dass Handwerker gebraucht werden. Bei den ganzen Zerstörungen in der Stadt. Aber so richtig ist der Wiederaufbau doch noch nicht in Gang gekommen.«

»Ich habe auch keine Ahnung. Unsere Vermieterin kennt den Tischlermeister und hat ein gutes Wort für Georg eingelegt.«

Helga schien diese Erklärung nicht zu überzeugen, denn sie starrte Erika immer noch neugierig an.

»Mehr kann ich dir auch nicht sagen«, beteuerte Erika, die sich nun ärgerte, das Thema überhaupt angeschnitten zu haben. Es rief ihr ihre eigene, von Ungewissheit geprägte Berufssituation wieder ins Gedächtnis.

Als Helga begriff, dass Erika dem Gesagten nichts mehr hinzufügen würde, zuckte sie mit den Schultern und ging weiter. Erneut herrschte Schweigen, bis es wieder Helga war, die zu sprechen begann. »Wollen wir morgen Abend ausgehen?« Sie sah auf Erikas Füße. »Natürlich nicht in diesen Schuhen. Ich kann meine Schwester fragen. Ich glaube, ihr habt die gleiche Schuhgröße. Sie leiht dir bestimmt für einen Abend ihre Schuhe.«

»Willst du nicht deine Mutter besuchen?«

»So früh komme ich morgen Abend nicht weg. Madam hält eine Teegesellschaft ab.« Helga verdrehte die Augen.

»Oh, dann wird es auch zu spät zum Weggehen.«

»Wo denkst du hin? Eine Ausgangssperre gibt es doch schon lange nicht mehr. Und wenn es zu spät wird, bitten wir einfach ein paar Tommies, uns nach Rahlstedt mitzunehmen.« Helga lachte angesichts von Erikas Gesichtsausdruck. »Sieh dich du nur an. Du siehst aus wie Rotkäppchen, das dem bösen Wolf begegnet ist.«

Erika unterließ es darauf hinzuweisen, dass Rotkäppchen in ihrer Arglosigkeit den Wolf nicht als solchen erkannt und daher auch keine Angst gezeigt hatte. Es erschien ihr wichtiger, ihre Freundin von ihrem Vorhaben abzubringen. »Das ist keine gute Idee«, war das Einzige, was ihr einfiel.

»Dann übernachten wir eben im Bahnhof und nehmen den ersten Zug in der Frühe.« Auch diese Ankündigung löste bei Erika Entsetzen aus.

Helga zeigte sich unbeeindruckt. »Ich muss einfach mal raus. Wir haben sechs Kriegsjahre überstanden. Und wofür? Um zu hungern, zu frieren und uns zu Tode zu husten? Nicht mit mir. Ich will leben. Und sei es nur an einem Abend der Woche.«

Erika dachte an Helgas Mutter, die todkrank im Krankenhaus lag, und verspürte Mitleid mit ihrer Freundin.

Helga hatte ihr so oft in der Vergangenheit beigestanden, da war es nur recht und billig, wenn sie ihr auch einmal unter die Arme griff. Aber musste sie dafür gleich im Bahnhof übernachten oder beim Feind mitfahren?

»Warum nehmen wir nicht einen anderen Abend?«, schlug sie vor. »Wo du nicht so lange arbeiten musst.«

»Wenn ich früher gehen kann, bin ich bei meiner Mutter im Krankenhaus.«

»Dann treffen wir uns direkt vor dem Krankenhaus.«

»Das wird doch noch später, Erika. Du musst nach Ladenschluss erst von Rahlstedt hierher.«

Bevor Erika noch darüber nachsinnen konnte, ob ihre Entscheidung richtig war, hatte sie Helga bereits von ihrer Entlassung und der darauffolgenden, erfolglosen Arbeitssuche erzählt. »Vatern hat recht. Ich hätte gleich zum Arbeitsamt gehen können«, schloss sie ihren Bericht.

Helga stemmte die Hände in die Hüften und musterte Erika streng. »Warum bist du nicht gleich zu mir gekommen?«

»Kannst du mir denn Arbeit geben?«

Zu Erikas Erstaunen nickte Helga. »Die Engländer holen jetzt ihre Familien nach Hamburg. Und da brauchen sie mehr Dienstpersonal. Nicht, dass sich Madam noch einen Fingernagel abbricht.« Sie grinste. »Nun, in dem Falle ist es nicht zu unserem Schaden. Denn Arbeit beim Engländer bedeutet, dass du immer mal wieder Lebensmittel zugesteckt bekommst.« Sie sah erneut auf Erikas Füße hinunter. »Und vielleicht bekommst du auch deine Schuhe repariert. Wer will schon ein Dienstmädchen, das immer auf die Nase fällt, weil es mit seiner kaputten Sohle überall hängenbleibt? Oder am Ende sogar barfuß geht.«

»Ich kann doch nicht beim Feind arbeiten!«

»Mein Gott, Erika. Der Krieg ist seit über einem Jahr vorbei. Wann geht das denn endlich auch mal in deinen Schädel rein?«

Erikas Miene wurde abweisend, als hätte Helga sich in den Feind verwandelt. »Ich habe meine Gründe. Wenn sie deine Schwester umgebracht hätten, würdest du das sicher genauso sehen.«

»Anneliese ist tot, das ist richtig. Aber nichts und niemand kann sie wieder lebendig machen. Und sie hätte sicher nicht gewollt, dass du wie ein Stockfisch rumläufst und dir selbst das Leben schwer machst.«

»Lass meine Schwester aus dem Spiel«, fauchte Erika, obwohl sie ihrer Freundin im Geheimen zustimmen musste. *Wenn sie bei dem Bombenangriff umgekommen wäre, hätte sie nicht gewollt, dass Anneliese wie ein Trauerkloß vor sich hin vegetierte. Sie hätte sich gewünscht, dass ihre Schwester ihr Leben lebte und glücklich wurde. Aber machte es einen glücklich, für die Besatzer zu arbeiten? Nein!*

»Dann geh eben zum Arbeitsamt«, sagte Helga unwirsch.

»Vielleicht hast du Glück und sie schicken dich wieder in eine Fabrik.«

Helga hatte gemeinsam mit Erika während des Krieges in der Waffenfabrik arbeiten müssen. Daher kannte sie deren Abneigung gegen diese Form von Arbeit aus eigener Anschauung. Mit ihrem Zureden und den wiederholten Verweisen auf mögliche Konsequenzen eines Fernbleibens von der Arbeit hatte sie Erika dazu gebracht, jeden Tag aufs Neue das Fabriktor zu durchschreiten.

An einem Tag hatte Erika wie so oft einer der in der Fabrik beschäftigten KZ-Gefangenen Brot zugesteckt. Dabei hatte sie nicht bemerkt, dass sich ihr die Vorarbeiterin genähert hatte. Helga war dies jedoch nicht entgangen. Rasch hatte sie etwas fallen gelassen und die Aufmerksamkeit der Vorarbeiterin damit auf sich gelenkt.

Wenn Erika sich diese für sie gefährliche Situation nun vor Augen rief, bereute sie die harten Worte, die sie ihrer Freundin ins Gesicht geschleudert hatte. »Es tut mir leid.«

Helga, zu deren bestechensten Eigenschaften es gehörte, nie nachtragend zu sein, lächelte. »Ich weiß, wie sehr dir Anneliese fehlt. Und ich hab es auch nur gut gemeint.«

»Das weiß ich. Aber eine Arbeit beim Engländer?«

»Du kannst es dir zumindest mal anschauen. Ich weiß von Frau Waters, dass ein Kollege ihres Mannes seine Frau in den nächsten Tagen erwartet. Die werden auch in Rahlstedt wohnen. Und suchen Dienstpersonal.«

In Erikas Magen bildete sich ein kalter Klumpen.

Was würde Anneliese sagen? Würde sie ihr zuraten?

»Es ist keine Entscheidung für die Ewigkeit«, sagte Helga. »Und Zwangsarbeit gibt es beim Engländer nicht. Du kannst also wieder gehen, wenn du möchtest. Und denk an die Lebensmittel, die du bekommst. Vielleicht auch Zigaretten.

Englische Zigaretten. Die sind auf dem Schwarzmarkt deutlich mehr wert als unsere.«

Hatte nicht auch ihre Mutter ihr geraten, sich eine Stelle beim Engländer zu suchen? Es war immerhin eine Notlage. Wer wusste, wie der Winter wurde? Das wenige, was sie für die Marken bekamen, reichte schon gegenwärtig nicht aus. Wie sollte es werden, wenn die Kälte kam? Im Übrigen würde sie für die Besatzer nur arbeiten. Es war nicht so, dass sie eine persönliche Beziehung einginge! Und wenn es zu schlimm wurde, kündigte sie eben wieder.

»Also gut, ich probiere es.«

Helga strahlte sie an, als wäre sie diejenige, für die Erika arbeiten würde. »Das ist ja famos. Ich bin überzeugt, du wirst es nicht bereuen.«

Diese Überzeugung teilte Erika nicht. Ihr war, als hätte sie sich bereit erklärt, ein Löwengehege zu betreten, in dem sie jederzeit der Gefahr ausgesetzt war, zerfleischt zu werden.

*

Hamburg-Rahlstedt, November 1946

»Mutter schreibt, dass Leif sich richtig gut entwickelt. Er lernt jetzt sogar Schlittschuh laufen.« Ein wehmütiger Ausdruck legte sich auf Ingrids Gesicht.

Wie lange war es her, dass sie selbst gelaufen war? Noch dazu auf der Bahn in Nidarø? Es musste sich um Jahre handeln. Und ob sie jemals wieder die Gelegenheit dazu fände, stand in den Sternen. In der Hektik des Packens hatte sie nicht daran gedacht, ihre Schlittschuhe mitzunehmen. Allerdings wäre dafür wohl auch kaum genug Platz im Koffer gewesen. Warme Kleidung und Windeln waren nun einmal wichtiger. Genützt hätten ihr die Schuhe sowieso nichts. Wo sollte sie in ihrer gegenwärtigen Lage noch die Kraft fürs Schlittschuhlaufen hernehmen? Dennoch war es selbst in diesem Elend ein schöne Vorstellung, sich auszumalen, wie sie über das Eis glitt. Oder einen vorbeiflitzenden Eisschnellläufer bewunderte.

Ingrid schloss für einen Moment die Augen und versetzte sich in eine längst vergangene Zeit zurück. Vor sich sah sie das Stadion von Nidarø, wo sie vor dem Krieg bei Wettbewerben die Eisschnellläufer angefeuert hatte.

Zusammen mit ihrem Bruder, seinen Freunden und ihrer Freundin Solveig hatte sie dort gestanden und das Spektakel genossen. Manchmal war auch ihre älteste Schwester Astrid mit ihren Freundinnen dazugekommen. Am schönsten war es aber gewesen, wenn sie selbst aufs Eis hatte gehen können. Gemeinsam mit Solveig hatte sie ihre Runden gedreht. Sich dabei manches Geplänkel mit ihrem Bruder und seinen Freunden geliefert, obwohl die großen Jungs meistens so getan hatten, als würden sie sie nicht bemerken.

Ingrids Herz zog sich zusammen wie bei jemandem, der alte Familienfotos betrachtete und feststellte, dass niemand der darauf Abgebildeten mehr am Leben war.

Was wohl aus Solveig geworden war? Mitglieder der norwegischen Nazipartei waren nach Kriegsende verhaftet worden. Auch Solveig und ihre Familie hatten da keine Ausnahme gebildet. Über ihr weiteres Schicksal wusste sie nichts. Wenn es jemanden gab, der ihr darüber Auskunft geben konnte, dann war es ihr Bruder, der Menschen wie die Aasens in den Gefängnissen bewacht hatte. Doch ihn zu fragen, wäre verlorene Mühe. Allein die Vorstellung, wenn er einen von ihr auf Deutsch verfassten Brief erhielt, in dem sie sich nach einem früheren Mitglied der Nasjonal Sam-

ling erkundigte, das zudem noch eine Beziehung mit einem deutschen Offizier gepflegt hatte, war lächerlich. Er würde den Brief nicht einmal öffnen, sondern ihn gleich vernichten. Es brächte auch nichts, wenn sie ihre Mutter bäte, die gewünschte Auskunft einzuholen. Arne würde sich auch ihr verweigern. Die letzten Monate zu Hause hatten klar gezeigt, wie verschwindend gering der Einfluss der Mutter noch war. Weder ihr Vater noch ihre Geschwister hatten sich einen Deut darum geschert, ob ihr Verhalten ihr gefiel oder nicht.

Ingrids Herz krampfte sich noch mehr zusammen, als sie sich des einsamen Kampfes entsann, den ihre Mutter um Evas und ihrer Willen ausgefochten hatte.

Ob es nun besser war, wo sie und Eva nicht mehr in Trondheim wohnten? Die Briefe ihrer Mutter schilderten ein ganz normales Familienleben. Oder mochte ihre Mutter ihr die Wahrheit nicht offenbaren? Hoffte sie immer noch darauf, dass ihr Vater und ihre Geschwister ihre Abneigung überwanden und sie und Eva wieder in die Familie aufnahmen? Selbst wenn sie es täten, was sie sehr bezweifelte, änderte es nichts. Sie saß an diesem Ort fest, konnte sich glücklich schätzen, wenn es ihr gelang, ihr Kind einigermaßen satt zu bekommen. Der einzige Lichtblick in diesem trostlosen und kräftezehrenden Alltag waren die Briefe ihrer Mutter. Nicht auszudenken, wenn die Besatzer auch von den in Deutschland eintreffenden Briefen verlangen würden, dass diese auf Deutsch geschrieben werden mussten!

Seit sie im Frühjahr den ersten Brief ihrer Mutter erhalten hatte, war es für Ingrid jedes Mal ein Festtag, wenn Post aus Norwegen kam. Zu ihrem großen Kummer durfte sie ihrer Mutter nicht auf Norwegisch antworten. Von einer unendlichen Frustration gequält saß sie da und versuchte, ihre Mitteilungen auf Deutsch zu verfassen. Die Sprache ging ihr im Herbst 1946 zwar viel flüssiger von der Hand, dennoch war es ihr, als müsste sie jedes Mal einen steilen Hügel erklimmen. Wenn sie oben angekommen war, hatte sie das meiste ihres Gepäcks verloren. Was auf Norwegisch eine ganze Seite eingenommen hätte, reduzierte sich auf Deutsch auf eine Handvoll Sätze. Und diese klangen in Ingrids Ohren steif und hölzern. Georg mochte sie nicht um Hilfe bitten. Zu sehr hatten seine Launen und seine mürrische Gereiztheit in den vergangenen Monaten ihr Leben bestimmt.

Ob es nun anders wurde, wo er endlich wieder Arbeit in seinem erlernten Beruf gefunden hatte?

Bisher hatte sie noch keine großen Veränderungen festgestellt. Es war vermutlich auch vermessen, zu erwarten, dass er nach einem langen Arbeitstag in einem für ihn neuen Betrieb am Abend noch Kraft zum Zuhören fand.

Nach seiner späten Heimkehr hatte Georg sich nach einem kurzen Willkommensgruß an den Tisch gesetzt und das wenige Essen schweigend in sich hinein geschaufelt. Nun lehnte er sich auf seinem Stuhl zurück und zündete sich eine Zigarette an. Als er merkte, wie Ingrids Blick sich auf die Zigarette heftete und diese nicht mehr losließ, verzog sich sein Mund ärgerlich. »Ich darf mir nach einem langen Arbeitstag wohl mal eine einzige Freude gönnen.«

Wie eine Diebin, die eines Einbruchs überführt wurde, fuhr Ingrid hoch. »Sicher«, beteuerte sie.

Georg ließ sich davon nicht besänftigen. »Gib es zu, du denkst, ich sollte gänzlich aufs Rauchen verzichten und alle Zigaretten für den Schwarzmarkt aufsparen.«

Ingrid dachte an ihre eigenen Zigaretten, die sie, sorgsam unter ihrer Wäsche versteckt, aufhob, um sie irgendwann gegen Kinderschuhe einzutauschen.

»Glaubst du wirklich, mit einer einzigen Zigarette kommst du dort weit? Auf dem Schwarzmarkt sind außerdem ganz andere Zigaretten gefragt. Ausländische, von den Tommies, noch besser von den Amis.«

»Kann ich deinen Teller abräumen?«, fragte Ingrid.

Von Ingrids offensichtlichem Desinteresse irritiert, nickte Georg nur. Ingrid erhob sich und nahm den Teller, um dann unschlüssig stehen zu bleiben. Jeder Gang in die Küche kam ihr vor, als beträte sie feindliches Territorium. Frieda Dombrowski übte ihre Oberhoheit über die Küche nach wie vor mit der eisernen Entschlossenheit einer Burgbewohnerin, die eine feindliche Belagerung abzuwehren hatte, aus. Dabei bediente sie sich eines großen Einfallsreichtums.

So erlaubte sie Ingrid durchaus, die Küche zu nutzen. Doch lagen die ihrer Untermieterin zugestandenen Zeiten oftmals genau in dem Zeitraum, in denen der Strom abgeschaltet war. Wenn Ingrid Frieda Dombrowski auf diesen Umstand hinwies, tat die Vermieterin erstaunt und behauptete, von den Stromsperren keine Kenntnis gehabt zu haben. Auch zu anderen Zeiten war sie nie um eine Ausrede verlegen, wenn es darum ging, Ingrid aus der Küche zu vertreiben. Sie schien einen eingebauten Radar zu besitzen, der regelmäßig, wenn Ingrid die Küche betrat, ausschlug. Dann dauerte es nicht lange, bis sie ebenfalls dort auftauchte und ein wichtiges Anliegen vorschützte, dessentwegen sie die Küche beziehungsweise den Herd dringend bräuchte.

Dieses sich beinahe täglich zutragende Spiel zerrte an Ingrids Nerven, die durch das lange Schlange stehen in den Geschäften und die Sorge, was sie ihrer Familie denn überhaupt noch zum Essen vorsetzen konnte, bereits sehr ausgefranst waren. In vielen Fällen bedurfte es Frieda Dombrowskis Störungen gar nicht. Der Anblick ihrer Vermieterin genügte, dass Ingrid die Küche verließ oder sie gar nicht erst betrat. Denn Frieda Dombrowski duldete beim Kochen niemanden neben sich, nicht einmal ihre Schwiegertochter.

Diese war eine bleiche, hagere Frau, die kaum den Mund aufmachte und Ingrid auch nach fast einem Jahr wie ein Wesen aus einer anderen Welt erschien. Es kam selten vor, dass sie überhaupt ein paar Worte wechselten. Wenn, handelte es sich meist um einen kurzen Austausch über das Wetter. Niemals wäre es Ingrid eingefallen, Hildegard Dombrowski um Unterstützung zu bitten. Nicht, weil sie befürchtete, diese würde ihr verweigert werden. Sie ging zu Recht davon aus, dass auch ein gutes Zureden ihrer Schwiegertochter Frieda Dombrowski nicht dazu bewegen würde, sich ihren Untermietern gegenüber auch nur ein wenig entgegenkommender zu verhalten.

So stand Ingrid nun da und überlegte, ob sie es wagen konnte, den Teller zum Abwaschen in die Küche zu bringen. Es war einer jener seltenen Tage gewesen, an denen sich ihre Vermieterin nicht hatte blicken lassen. Dennoch hatte Ingrid die gewohnte Hektik nicht verlassen, die sie stets beim Kochen begleitete. Immer wieder hatte sie über die Schulter geblickt, um sich zu vergewissern, dass Frieda Dombrowski nicht im Türrahmen stand und sie beobachtete. Zwar konnte sie in der Regel davon ausgehen, dass diese sich, und sei es durch ein ungeduldiges Stöhnen, bemerkbar machte. Doch Ingrids Nervosität hatte diese Erkenntnis keinen Abbruch getan. Sie kam sich bei jedem Aufenthalt in der Küche vor wie ein Kind, das einen den Erwachsenen vorbehaltenen Bereich betrat. Mit Georg sprach sie darüber nicht. Es lag nicht nur daran, dass Männer nach landläufiger Meinung in der Küche der Hausfrau nichts zu suchen hatten. Sie war von der Nutzlosigkeit eines solches Unterfangens überzeugt.

Zwar ärgerte sich auch Georg, wenn ihm wieder einmal eine kalte Mahlzeit serviert wurde. Doch die sich daraus ergebende Konsequenz, Frieda Dombrowski zur Rede zu stellen, zog er nie auch nur in Erwägung.

Ingrid entschied, dass sie den Abwasch auch am folgenden Morgen erledigen konnte, wenn sie das Frühstück zubereitete.

Vorausgesetzt, die Vermieterin ließe sie in die Küche.

Unvermittelt überfiel Ingrid eine derartig starke Müdigkeit, dass sie sich kaum noch auf den Beinen halten konnte. Rasch griff sie nach ihrem Strickzeug, um dem Drang zu widerstehen, sich ins Bett zu begeben, und setzte sich zu Georg. Der hatte seine Zeitung ganz dicht an die kleine Lampe auf dem Tisch geschoben und war in seine Lektüre vertieft. Ingrid überlegte, ob sie einen erneuten Versuch unternehmen durfte, ihm vom Brief ihrer Mutter zu berichten.

Immerhin beinhaltete er dieses Mal die Aussicht auf eine unerwartete Hilfe.

»Mutter hat uns geschickt ein Paket über das Rote Kreuz.«

Wie von Ingrid erhofft, brachte diese Ankündigung Georg dazu, seinen Kopf zu heben. »Da ist sie aber früh dran. Bis Weihnachten ist es noch eine Weile hin.«

»Sie wollte wohl sicher sein, dass es ankommt.«

Georg wandte sich wieder der Zeitung zu.

»Was in dem Paket drin ist?«, überlegte Ingrid laut.

»Hoffentlich etwas Warmes zum Anziehen«, erwiderte Georg, ohne von der Zeitung aufzuschauen.

»Ob wir dürfen schicken ihr auch ein Paket?«

»Selbst wenn, was willst du da hinein packen?«

»Du kannst machen etwas aus Holz.«

Georg hob den Kopf. »Ich, aus Holz?«, fragte er ungläubig.

»Warum nicht? In die Tischlerei ist sicher etwas Holz übrig.«

Georgs Gesichtszüge verhärteten sich. »Den Unsinn kannst du dir gleich wieder aus dem Kopf schlagen, Ingrid. Glaubst du, ich will meine Anstellung riskieren? Wenn, und ich sage extra wenn, ich etwas Holz vom Meister bekomme, und wir das nicht zum Heizen brauchen, dann mache ich Eva ein Geschenk daraus. Nichts gegen deine Familie, Ingrid, aber ich bezweifle, dass in Norwegen auch nur annähernd eine solche Not herrscht wie hier.« Er deutete auf ihr Strickzeug. »Warum strickst du ihnen nicht etwas?«

»Womit denn? Die Wolle, die ich bekomme von Lorenzens, ist genau abgezählt.«

Seit dem späten Frühjahr war Ingrid in Heimarbeit für ein Strickwarengeschäft in Rahlstedt tätig. Sie hatte sich diese Arbeit nicht selbst gesucht, sondern war vom Arbeitsamt dorthin vermittelt worden. Auch für Frauen, jedenfalls für diejenigen zwischen 15 und 50 Jahren, galt die Pflicht, sich beim Arbeitsamt zu registrieren und sich, wenn sie keine Erwerbstätigkeit vorweisen konnten, vermitteln zu lassen. Den Verweis auf Eva hatte das Arbeitsamt damit beantwortet, dass es Ingrid Heimarbeit zugewiesen hatte.

Ingrid hatte seit jeher gerne gestrickt. Es war in ihren Augen eigentlich keine Arbeit, sondern etwas, das, seit sie denken konnte, zu ihrem Leben dazugehörte. Sie kannte keine norwegische Frau, die nicht strickte. Und auch unter Zeitdruck hatte sie schon oft gestrickt, wenn es darum gegangen war, ein Weihnachts- oder Geburtstagsgeschenk fertigzustellen. Mit ihrer gegenwärtigen Arbeit war all das nicht vergleichbar. Zum ersten Mal in ihrem Leben musste sie sich regelrecht zwingen, die Nadeln in die Hand zu nehmen. Wenn sie jemand nach den Gründen gefragt hätte, hätte sie mit einer Antwort gezögert. Nicht, weil sie sich nicht getraut hätte, die Wahrheit zu offenbaren, sondern weil sie nicht hätte benennen können, woraus diese eigentlich bestand. War es die schlechte Wolle, die oftmals aus aufgeribbelten Zuckersäcken bestand? Oder lag es daran, dass Herr und Frau Lorenzen, die Besitzer des Wollwarengeschäfts, nie mit dem Abgelieferten zufrieden waren? Stets hatten sie etwas auszusetzen. Entweder entsprachen die abgelieferten Stücke nicht den Vorgaben oder Ingrid hatte zu wenig oder verspätet abgeliefert. Die Anlässe mochten sich ändern, die Kritik tat es nie. Der bloße Gedanke, sie würde auch nur einige Gramm Wolle für private Zwecke abzweigen, ließ Ingrids Puls in die Höhe schnellen.

»Aber ich soll mich am Holz der Tischlerei bedienen?«

»Du sagst das, als ob du stehlen willst.«

»Es ist auch nichts anderes als stehlen«, murrte Georg und blätterte eine Seite der Zeitung um.

»Du kannst doch fragen«, schlug Ingrid vor.

Georg seufzte. »Frag du doch, ob sie dir Wolle geben.«

»Das geht nicht.«

»Na, siehst du. Aber von mir verlangst du das.« Georg neigte den Kopf und betrachtete Ingrid nachdenklich. »Wann hast du eigentlich das letzte Mal Geld von den Lorenzens bekommen?«

Das erste Mal an diesem Abend hatte Ingrid das Gefühl, Georgs vollständige Aufmerksamkeit zu besitzen. Trotz des diffusen Lichts bohrte sich der Blick seiner meergrünen Augen in sie, als würde sich die Antwort auf seine Frage tief in ihrem Körper verbergen. »Die Lebensmittelkarten bekommen wir ohne Geld.«

»Das weiß ich. Aber darum geht es hier nicht. Also sag schon, wann haben sie dich das letzte Mal bezahlt?«

Ingrid betrachtete das Strickzeug in ihren Händen. Sie fühlte sich wie bei einer Prüfung, auf die sie sich nicht vorbereitet hatte.

»Hast du letzte Woche Geld bekommen?«, forschte Georg mit der unbarmherzigen Strenge eines Inquisitors weiter.

»Ich glaube schon. Oder nicht?«

»Mensch, Ingrid. Du musst doch wissen, ob du Geld bekommen hast, als du deine Arbeiten abgeliefert hast.«

»Ja, habe ich«, entgegnete Ingrid unsicher, als wäre sie vom Wahrheitsgehalt ihrer Aussage keineswegs überzeugt.

»Und stimmte die Summe?«

»Warum willst du wissen alles das?«

»Stimmte die Summe? Oder haben sie dir zu wenig gezahlt?« Wie ein Hund, der einen besonders saftigen Knochen entdeckt hatte, hatte sich Georg in dieses Verhör verbissen.

»Einige Arbeiten waren falsch. Für die haben sie nichts gezahlt.«

Auch mit dieser Erwiderung begnügte Georg sich nicht, sondern setzte seine Befragung unverdrossen fort. Am Ende stand die Erkenntnis, dass die Lorenzens Ingrid in mehr als einem Fall den vereinbarten Lohn schuldig geblieben waren.

»Die Sachen waren falsch«, bemühte sich Ingrid um eine Erklärung.

Georg mochte dies nicht gelten lassen. »Du hast alle Wolle verstrickt, oder?«

»Ja, schon.«

»Und waren die Sachen, die du abgeliefert hast, deiner Meinung nach richtig?«

So sehr sich Ingrid wünschte, die Frage zu verneinen, war sie nicht imstande, ihrem Mann ins Gesicht zu lügen. »Für mich schon. Aber ich…«

»Du wirst dort kündigen.«

Erschrocken sah Ingrid ihren Mann an. »Kündigen?«

»Es reicht schon, dass ich dir nicht mehr als dieses Zimmer bieten kann. Und wir kaum etwas zu essen haben. Aber für nichts musst du dich nicht schinden.«

Ingrid kam sich vor, als stünde sie an einem dunklen See, in den Georg sie nötigte, zu springen, ohne zu wissen, was sich unter der Oberfläche befand.

»Morgen gehst du zu Lorenzens und teilst ihnen mit, dass du nicht mehr für sie arbeitest.«

»Aber ich muss.«

»Du musst gar nichts. Wenn das Arbeitsamt Schwierigkeiten macht, werde ich denen mal erzählen, wie die Lorenzens ihr Geschäft betreiben.«

So ungern Ingrid ihrer Heimarbeit auch nachging, eine Kündigung war das Letzte, was sie im Sinn hatte. Sie schaffte es aber nicht, Georg von seiner Idee abzubringen.

»Wenn du nicht selbst gehst, tue ich es.«

Diese Ankündigung setzte er am folgenden Morgen in die Tat um. Auch Ingrids Weigerung, ihn zu begleiten, hielt ihn nicht davon ab, die bereits fertiggestellten Arbeiten und die noch verbliebene Wolle zu nehmen und damit zum Wollgeschäft zu gehen. Bei seiner Rückkehr spielte ein zufriedenes Lächeln um seine Mundwinkel. »Da musst du nicht mehr hin, Ingrid.«

Ingrid schenkte ihm nur ein mechanisches Nicken, das an eine Marionettenfigur erinnerte.

7. KAPITEL

Hamburg-Rahlstedt, Februar 1947

Mit langsamen Bewegungen faltete Erika das Laken zusammen. Danach nahm sie sich die Zeit, jede Falte behutsam auszustreichen, als wäre das Wäschestück aus feinster Spitze gewebt. Erst nachdem der Stoff so glatt war, als hätte sie ein heißes Bügeleisen darauf gehalten, legte sie ihn in den Schrank. Sie hätte nun gehen können. Die Zubereitung des Abendessens lag in der Verantwortung der Köchin und war zudem bereits abgeschlossen. Doch Erika konnte sich nicht zum Aufbruch entschließen.

Gab es nicht noch irgendetwas, das sie erledigen konnte?

Mit jedem Tag, den dieser Winter andauerte, fand Erika eine neue Aufgabe, der sie meinte, sich annehmen zu müssen. Als Ergebnis davon glänzte und funkelte das Haus, als würde die britische Familie, die es bewohnte, Besuch von einem Mitglied ihrer Königsfamilie erwarten. Alle diese Arbeiten erledigte Erika mit der Bedächtigkeit einer Angestellten, die einzig für den zeitlichen Aufwand bezahlt wurde. Zu ihrer Erleichterung hatte Mrs. Evans an ihrem Arbeitsstil nichts auszusetzen. Es schien vielmehr so, dass sie verstand, warum Erika die Anwesenheit in ihrem Haus über Gebühr ausdehnte. So bat sie sie des Öfteren darum, länger zu bleiben, um Näharbeiten zu erledigen. Beim ersten Mal war diese Bitte noch zögernd und mit einem schüchternen Lächeln geäußert worden, als befürchtete Mrs. Evans, damit ein Gesetz zu übertreten. Angesichts von Erikas kaum gezügelter Begeisterung klangen die folgenden Anfragen schon deutlich energischer.

Erika hätte mit Freuden jeden ihrer Abende für ihre Arbeitgeberin geopfert. Auch wenn es selbst an diesem Ort nicht richtig warm wurde, war es im Vergleich zum eiskalten Haus von Wilhelmine Schmidt das Paradies. Eine Frostwelle hatte Hamburg überrollt und nach und nach das öffentliche Leben zum Erliegen gebracht. Schulen und Behörden schlossen ebenso wie viele Fabriken. Denn es gab nichts mehr, womit man heizen konnte. Kohlezuteilungen fanden nur noch auf dem Papier statt. Reihenweise wurden Bäume gefällt. Überall in der Stadt waren die Spuren dieses Kahlschlags zu sehen. Doch das reichte nicht annähernd aus. In ihrer Verzweiflung verheizten viele Menschen ihre Möbel. Aber auch das bot nur kurzfristige Abhilfe. Wer konnte, blieb den ganzen Tag im Bett, die Decke bis über die Nasenspitze gezogen. Wenn Erika nach der Arbeit heimkehrte, hatten sich ihre Mutter und Wilhelmine Schmidt längst in ihre Betten begeben. Auch Heinrich hatte sich dort häuslich eingerichtet. Die Kälte hatte sein Rheuma in einem Maße verschlimmert, dass er sich kaum noch schmerzfrei bewegen konnte. Daher hatte ein Arzt ihn krankgeschrieben.

Erika hingegen stand unverdrossen jeden Morgen auf, um zur Arbeit zu gehen. Es war nicht nur die Aussicht auf ein wenig Wärme im Haus der Evans', die sie antrieb, sondern auch die Hoffnung, Peter Williams zu begegnen. Sie hätte dies niemals jemandem gegenüber, schon gar nicht sich selbst, zugegeben. Zu stark waren ihre Vorbehalte gegenüber den Besatzern, dass sie auch nur den Gedanken zugelassen hätte, einer von ihnen könnte herzliche Gefühle in ihr erwecken. Sie konnte allerdings nicht verhindern, dass es das sommersprossige Gesicht des jungen Briten war, das sie des Nachts in ihren Träumen sah. Wenn sie am Morgen erwachte, schob sie die Erinnerung an den Traum rasch beiseite, wie man es mit einer unangenehmen Sache tat, deren Erledigung man als zu mühsam erachtete. Die Schwierigkeit in Erikas Fall war jedoch, dass ihre Träume von Peter Williams keineswegs unangenehm waren. An manchem Morgen erwachte sie sogar mit einem Gefühl wohliger Wärme, was angesichts der eisigen Zimmertemperatur mehr als ungewöhnlich war. Sie weigerte sich, dem Bedeutung beizumessen. Die Kälte tat ihr den Gefallen, die Wärme derartig rasch zu vertreiben, dass Erika sich einreden konnte, sie nie empfunden zu haben. Ihre Gefühle ließen sich nicht so leicht ausmerzen. Sie schlummerten unter der Oberfläche, jederzeit bereit hervorzubrechen und Erikas Handeln zu bestimmen. So wie in diesem Augenblick, als sie, den Kopf seitlich geneigt, dem sich von draußen nähernden Motorengeräusch lauschte. Erst als der Motor ausgestellt wurde, kam wieder Leben in sie. Mit zittrigen Fingern fuhr sie sich in die Haare, um die lose in die Stirn fallenden Strähnen nach hinten zu streichen. Danach wanderten ihre Hände wieder nach unten, um über Rock und Schürze zu fahren und diese zu glätten. Beim Klang der tiefen Stimme von Major Evans atmete sie tief durch und machte sich auf den Weg ins Erdgeschoss.

Kam er heute vielleicht mit ins Haus?

Beim Geräusch von Erikas Schritten auf der Treppe unterbrach Major Evans das Gespräch mit seiner Frau und schenkte seiner jungen Angestellten ein freundliches Lächeln. Wie auch seine Frau hatte er kein einziges Mal seine Verwunderung darüber geäußert, dass sich Erikas Arbeitstage mit jeder Woche mehr in die Länge zogen.

»Guten Abend, Fräulein Reimers«, begrüßte er sie. Sein Deutsch war nahezu perfekt. Anfang der 1930er-Jahre hatte er ein Jahr in Heidelberg studiert. Nur sein Akzent verriet die britische Herkunft.

»Guten Abend, Major Evans«, erwiderte Erika den Gruß. Sie mochte ihren Arbeitgeber, wenn sie selbst es auch eher als wohlwollende Duldung bezeichnet hätte. Doch der ruhigen und freundlichen Art des britischen Offiziers konnte sie sich nicht entziehen. Am Anfang, wenn sie sich dabei ertappte, wie sie sein Lächeln erwiderte, hatte sie sich selbst mit dem Argument entschuldigt, dass er zumindest nicht der Royal Air Force angehörte und somit in keinster Weise für den Tod ihrer Schwester verantwortlich gemacht werden konnte.

Auch Mrs. Evans lächelte Erika nun an, bevor sie sich wieder an ihren Mann wandte. Sie konnte zwar ein wenig Deutsch, zog es aber vor, wenn ihr Mann zugegen war, ihn als Dolmetscher zu benutzen. So auch in diesem Falle. Nachdem seine Frau geendet hatte, räusperte sich Major Evans und sah Erika an.

In Erika gefror alles, als hätte die Kälte nun auch dieses Haus gänzlich in Beschlag genommen.

Sie wollten sie entlassen. Hatte sie nicht gut genug gearbeitet? Nein, das konnte es nicht sein. Wahrscheinlicher war es, dass der Major seinen Versetzungsbefehl bekommen hatte. Und was sollte dann aus ihr werden?

Vor Erika blitzte das Gesicht von Peter Williams auf. Rasch verdrängte sie es.

Sie bedauerte den Stellenverlust nicht wegen eines Engländers. So weit käme es noch! Nein, es war die Aussicht, in Zukunft rund um die Uhr der beißenden Kälte ausgesetzt zu sein, die sie ängstigte. Im Haus der Evans' war es zwar nicht so warm, dass sie ohne einen dicken Pullover auskäme, aber zumindest gefror das Essen nicht. Und auch das Essen war etwas, das sie vermissen würde. Meist steckte ihr die Köchin Lebensmittel zu, bevor sie sich auf den Heimweg machte.

»Fräulein Reimers, meine Frau und ich würden uns freuen, wenn Sie uns beim Abendessen Gesellschaft leisten.«

Erika starrte den Major an, als hätte er ihr eröffnet, dass er entgegen ihrer Annahme doch die Bombe abgeworfen hatte, die ihrer Schwester und ihrer Cousine den Tod gebracht hatte.

»Wenn Sie schon etwas vorhaben, verstehen wir das natürlich.«

Erika hatte ihre Fassung noch nicht wiedergefunden.

Sie war das Dienstmädchen! Wie kam sie dazu, mit ihren Arbeitgebern zu Abend zu essen? Ob das in England so üblich war?

»Frau Diekmann hätten wir selbstverständlich auch gefragt«, beteuerte Major Evans, als wäre er davon überzeugt, damit das Hindernis, das Erikas Zustimmung im Wege stand, zu beseitigen. »Aber wie ich von meiner Frau gehört habe, ist sie schon gegangen.«

»Ich kann auch nicht«, hörte sich Erika sagen, obgleich in ihr der Wunsch erwacht war, die Einladung anzunehmen. Bedeutete dies doch, dass sie diesen Abend nicht nur vor der schlimmsten Kälte geschützt war, sondern sich auch einmal satt essen konnte. Das Pflichtbewusstsein war allerdings ein strenger General. Der Gedanke an die Eltern in ihrem eisigen Haus, die sehnsüchtig auf die Lebensmittel warteten, die Erika ihnen mitbrachte, ließ sich nicht abschütteln. »Meine Eltern erwarten mich.«

»Das verstehen wir selbstverständlich, Fräulein Reimers.« Major Evans beugte sich erneut zu seiner Frau, die begonnen hatte, auf ihn einzureden. Die Unterhaltung wogte eine Weile hin und her, bevor Major Evans seufzte und sich an Erika wandte. »Können Sie gleich aufbrechen, Fräulein Reimers? Mein Fahrer wartet draußen, da ich ihm noch ein paar Papiere mitgeben muss. Er wird Sie nach Hause fahren.«

Dieses Mal war es Verblüffung, die Erikas Gesichtszüge entgleisen ließ.

»Ich weiß, es ist nicht erlaubt«, sagte Major Evans mit einem entschuldigenden Lächeln. »Aber angesichts dieser mörderischen Kälte dürfen meines Erachtens Ausnahmen gemacht werden. Schließlich müssen wir ja verhindern, dass Sie krank werden.«

Erika war nicht fähig, ihre Zustimmung in Worte zu fassen. Doch ihr Nicken schien Major Evans zu genügen. »Ich hole rasch die Papiere. Dann können Sie los. Nicht, dass uns Lance Corporal Williams noch erfriert.«

Zum ersten Mal seit Beginn der Kältewelle konnte der harsche Frost, der Erika beim Verlassen des Hauses entgegenschlug, ihr nichts anhaben. Ihre Aufmerksamkeit war einzig und allein auf den uniformierten Mann gerichtet, der bei ihrem Anblick aus dem Wagen sprang, um diesen herum eilte und die Tür der Beifahrerseite aufriss. Im fahlen Licht, das sich aus den Fenstern des Hauses ergoss, war sein Gesicht kaum auszumachen. Dennoch meinte Erika, es hätte sich zu einem Lächeln verzogen. Nach einem kurzen Gespräch mit Major Evans kehrte Peter Williams zum Wagen zurück.

Auf der Fahrt zum Haus von Wilhelmine Schmidt sah Erika starr geradeaus, als wäre sie diejenige, die hinter dem Steuer saß und den Wagen durch die Dunkelheit lenken musste. Dennoch glaubte sie zu spüren, dass Peter Williams gelegentlich zu ihr hinübersah. Erst als der Wagen vor dem Haus von Wilhelmine Schmidt hielt, wagte sie es, den Blick zu erwidern. Eine Weile sahen sich die beiden jungen Leute schweigend an, bis Erika den Mut zum Sprechen fand.

»Vielen Dank fürs nach Hause bringen.« Sie wusste von den kurzen Unterhaltungen, die sie in der Vergangenheit geführt hatten, dass Peter Williams ein wenig Deutsch sprach.

»Gerne, Miss Erika.« Der junge Engländer räusperte sich. »Ich …« Er verstummte, wobei Erika nicht ausmachen konnte, ob dies am fehlenden Wortschatz lag.

»Ich muss dann mal rein. Auf Wiedersehen, Herr Williams.« Erika hatte nach zwei vergeblichen Versuchen, die Rangbezeichnung des Soldaten auch nur annähernd richtig auszusprechen, beschlossen, diese wegzulassen. Weder Peter Williams noch Major Evans schienen sich daran zu stören.

Ehe Erika dazu kam, auch nur einen Fuß aus dem Wagen zu setzen, war Peter Williams bereits um das Auto herumgelaufen, um ihr die Tür aufzuhalten.

»Vielen Dank«, sagte Erika, deren Herz angesichts dieser Geste in einen noch lauteren Rhythmus verfallen war, als es das ohnehin schon in Gegenwart des jungen Engländers tat.

»Miss Erika?«

»Ja?«

»Ich … Ich möchte …« Peter Williams war erneut nicht in der Lage, einen vollständigen Satz hervorzubringen.

Angesichts der Nervosität ihres Gegenübers fand Erika zu ihrer sonst üblichen Ruhe zurück. Vielleicht war es aber auch die Selbstsicherheit einer Frau, die spürte, dass sie begehrt wurde, die ihre Anspannung verschwinden ließ. »Ich danke für die Fahrt. Gute Nacht, Herr Williams.« Erika drehte sich um und ging zum Haus.

Ihre Entschlossenheit färbte auf den jungen Soldaten ab. Er überwand seine Schüchternheit und hatte Erika in wenigen Schritten eingeholt. »Warten Sie, Miss Erika.«

Erika tat, als hätte sie ihn nicht gehört. Doch Peter Williams gab nicht auf. »Gehen Sie mit mir aus? Bitte.«

Erika blieb stehen. Auch wenn sie diese Frage im Geheimen erwartet hatte, war sie dennoch, wie sie nun laut ausgesprochen wurde, ein Schock für sie. Ihr Herz begann aufs Neue, seinen wilden Tanz aufzuführen.

»Bitte, Miss Erika. Sie machen große Freude mir.«

»Ich denke darüber nach, Herr Williams. Gute Nacht und bis morgen.«

Nachdem sie das Haus betreten und die Tür hinter sich geschlossen hatte, lehnte Erika sich dagegen. Ihre Beine fühlten sich an, als wären sie aus Pudding. Erst als ihr das sich entfernende Motorengeräusch verriet, dass der junge Engländer wegfuhr, setzte sie sich langsam in Bewegung.

»Wer war das?«, herrschte sie eine Stimme an.

Erschrocken fuhr Erika herum. Mit über der Brust verschränkten Armen stand ihre Mutter vor ihr und musterte sie mit einem strengen Blick, als wäre Erika ein kleines Kind, das etwas kaputt gemacht hatte.

»Der Fahrer von Major Evans hat mich nach Hause gebracht.«

»Ist das nicht verboten?«

»Ja, aber wegen der Kälte hat Major Evans eine Ausnahme gemacht.«

Margarete schnaubte. »Er hätte dir lieber einen Sack Kohlen mitgeben sollen.«

Erika schwenkte ihr Netz. »Ich habe wieder ein paar Lebensmittel bekommen.«

Margarete besänftigte dies jedoch in keiner Weise. »Und was ist mit Kohlen? Haben sie die auch mal rausgerückt, deine Tommies?«

»Erstens sind es nicht meine Tommies. Und zweitens

habe ich durchaus schon mal ein paar Briketts mitgebracht.«

»Ein paar Briketts! Die haben gerade mal ausgereicht, dass der Ofen lauwarm wurde. Wenn sie dir so wenig geben, kannst du auch ganz darauf verzichten.«

»Du bist ungerecht, Muttern. Die Evans haben auch nicht so viel Kohlen. Richtig warm wird es bei ihnen nie. Ich muss immer meine dicke Strickjacke anbehalten.«

»Da kommen mir ja gleich die Tränen, wenn es nicht so kalt wäre, dass sie alle eingefroren sind. Ich glaube kaum, dass deine Engländer den ganzen Tag im Wintermantel herumlaufen müssen.«

»Das Büro von Major Evans wird auch nicht geheizt. Wenn er nach Hause kommt, ist er immer ganz durchgefroren.«

»Nun zumindest kann er sich dann aufwärmen.«

»Was erwartest du eigentlich, Muttern? Der Engländer hat den Krieg gewonnen, den wir im Übrigen begonnen haben. Wir können nicht ernsthaft erwarten, dass sie nun wegen uns auf sämtliche Kohlen verzichten. Ich finde es schon bemerkenswert, dass sie ihre Büros nicht heizen.«

»Du hörst dich ja schlimmer an als Vatern. Haben sie dich einer Gehirnwäsche unterzogen? Hätte ich bloß nie zugestimmt, dass du dort anfängst zu arbeiten.«

»Ich bin volljährig, Muttern, und kann selbst entscheiden, wo und für wen ich arbeite.«

»Nun werd mal bloß nicht frech, junge Dame. In diesem Haus bestimmen immer noch deine Eltern.«

»Ich kann mir auch gerne etwas Eigenes suchen.«

»Bitte schön. Irgendwo in einer Baracke oder einem Kellerloch findet sich bestimmt noch ein Plätzchen.«

Darauf erwiderte Erika nichts.

Im Angesicht der nach wie vor herrschenden Wohnungsnot war es ein aussichtsloses Unterfangen, eine neue Unterkunft zu finden. Und in einer der vielen Nissenhütten, die überall in der Stadt errichtet worden waren, wollte sie ganz gewiss nicht enden. Die Schwester von Frau Diekmann, der Köchin der Evans', war gezwungen, mit ihrer Familie in einer derartigen Unterkunft zu leben. Vor Kurzem hatte ihr Frau Diekmann erzählt, dass in einer besonders kalten Nacht der Arm ihrer Nichte sogar an der Wand festgefroren war.

»Ich habe zumindest wieder Lebensmittel mitgebracht«, sagte Erika in versöhnlichem Ton und schwenkte erneut ihr Netz. »Habt ihr schon zu Abend gegessen?«

»Natürlich haben wir das. Auch wenn ich das nicht als Abendessen bezeichnen würde.«

»Dann hast du sicher nichts dagegen, noch mal Abendbrot zu essen.«

Froh darüber, den Streit mit ihrer Mutter entschärft zu haben, vergaß Erika die Auseinandersetzung bald. Spätestens, als sie im Bett war, kreisten ihre Gedanken nur noch um eins. Und das war die Frage, ob sie mit Peter Williams ausgehen sollte.

*

Hamburg-Neustadt, Februar 1947

»Oh, Fräulein Peters, ich habe Sie gar nicht gesehen. Bitte entschuldigen Sie.« Georg trat einen Schritt zurück und schob dabei den Sack mit den Sägespänen hinter einen Wandschrank. Der anhaltende Frost hatte das vermocht, was niemandem aus seiner Familie gelungen war. Georg hatte seine

Überzeugungen zurückgestellt und an diesem Tage etwas von den herumliegenden Sägespänen eingepackt.

Es war nur ein Tropfen auf den heißen Stein. Der Ofen würde damit wohl kaum richtig warm werden. Aber irgendetwas musste er schließlich tun. Er konnte nicht tatenlos zusehen, wie seine kleine Familie mit jedem Tag, den dieser Winter andauerte, stärker fror. Und Sägespäne mitzunehmen war ein deutlich geringeres Vergehen als der weit verbreitete Kohlenklau, der zudem die Gefahr von Verletzungen barg.

Dennoch konnte Georg nicht verhindern, dass ihn angesichts seiner Handlung Reue durchflutete. Doch die Aktion war nicht rückgängig zu machen. Gisela Peters stand immer noch vor ihm. Ungeachtet der Kälte bildeten sich auf Georgs Stirn kleine Schweißperlen.

Was hatte er sich nur dabei gedacht? Gewiss waren die Sägespäne eigentlich nur Abfall. Aber in diesen Zeiten konnte selbst der kleinste Abfall so wertvoll wie Gold sein. Und rechtlich gesehen war es in jedem Fall Diebstahl. Denn die Späne gehörte den Peters'. Daran änderte auch die Tatsache nichts, dass ihr Zimmer bei den Dombrowskis sich in eine Eishöhle verwandelt hatte, in der sogar der Inhalt des Nachttopfs gefror.

Wenn Gisela Peters ihrem Vater von seiner Tat berichtete, war er mit Sicherheit seine Arbeitsstelle los. Vielleicht würde Herr Peters ihn auch bei der Polizei melden. Er bezweifelte zwar, dass ihn angesichts der massenhaft stattfindenden Diebstähle eine harte Strafe erwartete. Aber alleine die Arbeit, die er so sehr mochte, zu verlieren, war eine mehr als bedrückende Aussicht. Und etwas Neues fände er garantiert nicht so schnell. Es war schon ein Wunder, dass sie ihn nicht längst entlassen hatten. Immerhin war er derjenige, der zuletzt eingestellt worden war. Und viel zu tun war wahrlich nicht. Wie auch? Die Kälte hatte beinahe das gesamte Leben zum Erliegen gebracht. Aufträge gab es genauso wenig wie das entsprechende Material, um sie auszuführen. Tischlermeister Peters war zwar ein Meister der Improvisation. Aber zaubern konnte auch er nicht. Wenn diese Kälte sich nicht bald verzog, würde es nicht lange dauern, bis auch die letzten Reserven zur Neige gingen.

»Ich mache mich dann mal auf den Heimweg«, sagte Georg in dem Versuch, sich aus der für ihn verfänglichen Situation unbeschadet herauszumanövrieren. Er tippte sich an die Mütze und ging an der Tochter des Tischlermeisters vorbei. Er war kaum zwei Meter weit gekommen, als diese hinter ihm herrief:

»Herr Reimers, haben Sie nicht etwas vergessen?«

Wie erstarrt blieb Georg stehen, während seine Gedanken wie die verzweifelten Passagiere eines zum Untergang geweihten Schiffes hin und her irrten.

Sollte er einfach gehen? Oder sich entschuldigen und auf Milde hoffen? Er konnte auch behaupten, nur aufgeräumt zu haben. Immerhin verließ er die Werkstatt ohne den Sack. Allerdings gehörte ihm dieser. Daher würde diese Erklärung wohl kaum überzeugend wirken.

Georgs Dilemma wurde dadurch gelöst, dass Gisela Peters um ihn herumging und ihm den Sack entgegenstreckte. Röte kroch über Georgs Antlitz, als hätten Feuerzungen daran geleckt.

»Ich …«, begann er, ohne zu wissen, wie er den Satz fortsetzen sollte.

»Der Sack gehört Ihnen, nicht wahr?« Um Gisela Peters' Mundwinkel zuckte es wie bei jemandem, der ein Lachen nur mit Mühe unterdrücken konnte.

In seiner ängstlichen Verwirrtheit bemerkte Georg davon

nichts. »Ja«, stieß er hervor, um gleich darauf den Blick zu Boden zu senken.

Wie konnte er offensichtliche Tatsachen leugnen? Was Fräulein Peters wohl nun von ihm dachte? Sicher hielt sie ihn für einen ausgemachten Trottel. Oder für einen Feigling, der nicht einmal den Mumm hatte, zu seinen Taten zu stehen. Zumindest gegen diesen Eindruck konnte er etwas tun.

Georg hob den Kopf und stellte sich gerade hin, als wäre er immer noch ein Soldat. »Ja, das ist mein Sack. Die Sägespäne darinnen gehören natürlich Ihnen beziehungsweise Ihrem Vater. Es tut mir sehr leid.« Während er sprach, starrte Georg die Wand hinter Gisela Peters an. So bekam er nicht mit, wie diese ihn belustigt anlächelte. »Ich weiß auch nicht, was in mich gefahren ist. Es ist nur so, unser Zimmer ist sehr kalt. Und wir haben nichts mehr zum Heizen.«

»Herr Reimers, Sie brauchen sich nicht zu entschuldigen. Bei dieser Kälte und dem Mangel an Heizmaterial ist das doch verständlich.«

Georgs Anspannung ließ nach. Zum ersten Mal wagte er es, Gisela Peters direkt anzusehen. Das Lächeln hatte ihr Gesicht verlassen. Stattdessen betrachtete sie ihn ernst. Unverzüglich versteifte Georgs Körper sich wieder.

»Was ich nicht verstehe, warum Sie nicht gefragt haben, Herr Reimers.« In Giselas Stimme schwang ein unverkennbarer Vorwurf mit.

»Ich … Es tut mir leid«, stotterte Georg.

»Haben Sie so wenig Vertrauen zu uns?«

»Vertrauen?«

»Haben Sie gedacht, wir wären so hartherzig, dass wir Ihnen nicht ein wenig Sägespäne gönnen?«

»Ich weiß nicht, ich …« In Georgs Kopf herrschte erneut ein Durcheinander, das ihn zu keiner klaren Aussage befähigte.

»Ich hätte Sie anders eingeschätzt, Herr Reimers.« Nun war es Enttäuschung, die aus Giselas Tonfall herausklang.

»Es tut mir sehr leid.« Verzweifelt überlegte Georg, was er noch sagen konnte.

»Ich vergebe Ihnen. Aber nur unter einer Bedingung.«

»Und die wäre?«

»Sie begleiten mich heute Abend.«

»Ich …«, stammelte Georg, während sich seine Wangen aufs Neue rötlich verfärbten. »Meine Frau …«

Gisela schenkte ihm ein Lächeln, das in Georg unvermittelt das Gefühl weckte, seinen Mund auf ihre Lippen zu pressen. »Kann Ihre Frau nicht einmal einen Abend auf Sie verzichten?« Gisela reckte den Sack mit den Sägespänen ein wenig höher. »Immerhin schulden Sie mir eine Wiedergutmachung.«

Verlegen rieb sich Georg den Nacken.

»Es ist nur ein Abend, Herr Reimers. Und Sie werden es nicht bereuen. Es gibt richtigen Schnaps zu trinken. Und warm ist es auch.«

Georg redete sich ein, keine Wahl zu haben, wenn er seinen Arbeitsplatz behalten wollte. »Gut, ich kann aber nicht lange bleiben. Ich muss schließlich nach Rahlstedt raus. Und ich will nicht, dass meine Frau sich Sorgen macht.«

»Das verstehe ich, Herr Reimers. Ich verspreche, Sie können gehen, wann immer Sie möchten.«

*

Hamburg-Rahlstedt, Februar 1947

»Was machst du hier?«, fragte Ingrid erstaunt.

»Darf ich reinkommen?« Erika warf einen Blick über die Schulter zu Frieda Dombrowski, die sie argwöhnisch musterte, als befürchtete sie, Erika wäre gekommen, um sie auszurauben.

»Aber natürlich.« Rasch verschloss Ingrid die Tür, nachdem Erika den Raum betreten hatte.

»Es tut mir leid, aber wir haben fast nichts zum Heizen«, entschuldigte sie sich, als sie sah, wie Erika ihre Arme enger an den Körper presste.

»Ich hätte nicht gedacht, dass es irgendwo noch kälter sein kann als bei uns.« Eine weiße Atemwolke quoll beim Sprechen aus Erikas Mund. »Wie haltet ihr das nur aus?« Sie schaute zum Bett. Von Eva war fast nichts zu sehen. Eine wollene Mütze bedeckte das blonde Haar, während der Rest des Körpers von mehreren Decken verhüllt wurde.

»Was sollen wir machen?« Ingrid zuckte hilflos mit den Schultern. »Es gibt nichts zum Heizen.«

»Könnt ihr nicht wenigstens ein anderes Zimmer bekommen? Ihr habt hier drei Außenwände. Selbst wenn ihr was zum Heizen hättet, würde das Zimmer bei diesen Temperaturen nicht richtig warm werden.«

Ingrid dachte daran, wie Georg Frieda Dombrowski im untertänigen Tonfall eines Dieners gebeten hatte, ob sie nicht für die Dauer der Kältewelle ein anderes Zimmer bekommen könnten. Nachdem dieses Ansinnen abgelehnt worden war, hatte Georg die Zimmerwirtin angefleht, ihnen wenigstens für die Nacht eine andere Unterbringung zu gewähren. Er hatte vorgeschlagen, dass sie auf Matratzen im Wohnzimmer schlafen könnten. Doch Frieda Dombrowski hatte darauf beharrt, dass sich die Kälte in keinem der Zimmer von der im Raum der Reimers' unterschied. Danach hatte sie sich abgewandt und war davongegangen.

Auch wenn Ingrid sich gewünscht hätte, dass Georgs Auftreten ein wenig entschiedener gewesen wäre, bezweifelte sie, dass es irgendetwas am Ausgang der Unterhaltung geändert hätte. Sie mochte ihrer Schwägerin all dies jedoch nicht erklären. Es lag nicht daran, dass sie befürchtete, diese würde ihr nicht glauben. Doch die lang anhaltende Kälte, die sich, neben dem Hunger, als neuer Dauergast in ihrem Leben eingerichtet hatte, entzog ihr so viel Energie, dass sie selbst längere Unterhaltungen anstrengten.

»Es gibt keine anderen Zimmer«, erklärte sie daher nur, um das Gespräch dann rasch in eine andere Richtung zu lenken. »Gibt es einen Grund für deine Kommen? Bei der Frost geht man doch nur raus, wenn man muss.«

Erika holte eine kleine Flasche aus ihrer Handtasche und reichte sie Ingrid. »Das ist Hustensaft für Eva. Ich habe heute Morgen Georg getroffen. Er hat mir erzählt, dass sie stark hustet.«

Als hätte das kleine Mädchen die Worte seiner Tante gehört, fing es an zu husten. Ingrid eilte zum Bett und zog eine der Decken, die sich über Evas Gesicht gelegt hatte, beiseite. Erika trat neben sie. Eine Weile beobachteten die beiden Frauen schweigend das hustende Mädchen.

»Willst du ihr nicht vom Saft geben?«, flüsterte Erika irgendwann.

Ingrid schüttelte den Kopf. »Der Husten ist nicht so schlimm, dass sie aufwacht. Sie braucht ihren Schlaf. Manchmal ist die Kälte so schlimm, dass sie nicht kann einschlafen.«

Als der Husten langsam nachließ, verließen die Frauen ihren Platz neben dem Bett und gingen zum Tisch hinüber. Ingrid überlegte, ob sie Erika zum Sitzen auffordern durfte, wo sie ihr nichts außer einer rohen Steckrübe anbieten konnte.

Frieda Dombrowski hatte es an diesem Tag wieder einmal vermocht, Ingrid am Betreten der Küche zu hindern.

Selbst einen Tee hatte sie nicht aufbrühen dürfen. Sie hatte Eva den letzten Rest Brot mit Margarine bestrichen und zum Abendessen vorgesetzt. Da sie ihre Tochter wegen der Hustenanfälle nicht allein lassen wollte, hatte sie nach Evas Einschlafen keinen erneuten Versuch unternehmen können, die Küche aufzusuchen.

Wenn wenigstens Georg zu Hause gewesen wäre. Wo er nur steckte?

Die Sorge breitete ihre Flügel in Ingrid aus. »Hat Georg gesagt heute Morgen, dass er kommt später?«

Erika sah sich im Zimmer um, als müsste sie sich erst vergewissern, dass ihr Bruder tatsächlich nicht anwesend war. »Nein, hat er nicht«, sagte sie dann. »Aber er kommt sicher bald. Bei dieser Kälte ist es ein Wunder, wenn überhaupt noch ein Zug fährt.«

»Ja, du hast recht.« Erikas Worte hatten Ingrids Sorge nicht zerstreut, aber ihr war derartig kalt, dass sie es nicht fertigbrachte, mögliche Gründe für Georgs Abwesenheit mit ihrer Schwägerin zu erörtern. »Vielen Dank für der Hustensaft. Das ist sehr nett von dir. Ich weiß nicht, was ich kann geben dafür.«

»Oh, nein«, rief Erika, um sich sogleich die Hand vor den Mund zu halten. Mit angehaltenem Atem lauschte sie, ob Eva wach geworden war. »Du brauchst mir nichts zu geben«, flüsterte sie. »Eva ist meine Nichte. Für sie würde ich alles tun.«

»Aber Hustensaft ist wertvoll. Das bekommt man nicht umsonst.«

»Du vergisst, für wen ich arbeite. Als ich Frau Evans von Evas Husten erzählt habe, hat sie mir sofort den Saft gegeben. Ich habe nicht mal drum bitten müssen. Also mach dir keine Gedanken.«

Unter normalen Umständen wäre es Ingrid unangenehm

gewesen, ein derartig wertvolles Geschenk von einer Fremden anzunehmen, ohne dieser nicht zumindest eine Gegenleistung dafür zu geben. Doch die Umstände waren nicht normal, sodass Ingrid in diesem Fall Erika nur bat, ihrer Arbeitgeberin ihren Dank auszurichten.

»Das mache ich«, versprach Erika. »Ich könnte euch auch etwas Lebensmittel bringen«, fuhr sie fort, nachdem ihr Blick auf die rohe Steckrübe gefallen war, die Ingrid im Begriff gewesen war zu essen, als Erika geklopft hatte.

»Das geht nicht«, widersprach Ingrid.

Hustensaft für ein krankes Kind annehmen, war das eine. Aber Lebensmittel geschenkt bekommen? Wie sollte sie das Georg erklären? Auch wenn er es nicht laut aussprach, wusste sie, wie sehr er es hasste, von der Gnade anderer abhängig zu sein.

Mit einem Schauder dachte sie an ihren Streit vor einigen Tagen zurück. Nicht ahnend, welche Wirkung sie damit auslöste, hatte Ingrid ihm von ihrem Ausflug zur Kaserne erzählt. Dort hatte sie in den Mülltonnen nach Essbarem gesucht und war tatsächlich fündig geworden. Auch einige auf den Boden geworfene Kippen britischer Zigaretten hatte sie aufgelesen und mitgenommen. Sie war nicht die Einzige gewesen, die dies getan hatte. Das hatte Georg genauso wenig beeindruckt wie die Ausbeute, die sie von ihrem Ausflug mitgebracht hatte. »Wir sind keine Bettler«, hatte er sie angeschrien.

»Das ist kein Problem«, versicherte ihr Erika. »Die Evans wissen von der Not, die überall herrscht. Nur mit Kohlen wird es schwierig.«

»Bitte, Erika, der Hustensaft reicht.«

»Bei der Kälte wird der nicht viel bringen. Kann Georg nicht Holz besorgen?«

Ingrid hob die Achseln. »Ich glaube, es gibt nicht viel.«

»Wem sagst du das?«, seufzte Erika. »Selbst bei den Evans wird es nicht richtig warm. Na ja, im Gegensatz zu diesem Eispalast schon. Im Ernst, Ingrid. Das geht so nicht. Bei dieser Kälte werdet ihr alle krank.« Sie sah zum Bett. »Wenn ihr es nicht schon seid.«

»Alle frieren.«

»Das mag stimmen. Aber nicht alle so wie ihr.«

»Was sollen wir denn tun? Kohlen klauen?«

»Warum nicht?« Die Frage war einem spontanen Impuls geschuldet. Doch als sie in der Welt war, begann sie unverzüglich, ein Eigenleben zu entfalten. »Das sollten wir wirklich. Hast du nicht den Kölner Kardinal gehört? Er hat gesagt, wenn es um das eigene Überleben geht, darf man auch stehlen. Natürlich nur so viel, wie man tatsächlich braucht.«

»Wie vorstellst du dir das? Sollen wir einbrechen in einen Kohlenladen?«

»Nein. Das würde nicht viel bringen. Ich bezweifle, dass die viele Kohlen haben. Aber es gibt doch Einrichtungen, die Kohlen bekommen. Wie das Stromwerk oder die Besatzer. Wobei die ihre Büros auch nicht mehr heizen.«

»Du willst ins Stromwerk einbrechen?«, fragte Ingrid ungläubig.

»Natürlich nicht, du Dummerchen. Aber irgendwo müssen die ihre Kohlen ja herkriegen. Daher gehen wir dorthin, wo sie angeliefert werden.«

Ingrid sah ihre Schwägerin verständnislos an. Derartig energiegeladen hatte sie Erika noch nie erlebt. Die Lebenslust schien regelrecht Funken um sie zu schlagen.

Ob das nur an der Arbeit für die Engländer lag? Oder war Erika etwa verliebt?

Ingrid kam nicht dazu, weiter über diese Fragen nachzudenken, denn Eva begann wieder zu husten. Es war ein heftiger Anfall, der Ingrid sogleich zu ihrem Bett hasten ließ.

»Das ist die Kälte«, raunte Erika ihr zu, nachdem aus dem Husten irgendwann ein leises Röcheln geworden war. »Also, was ist, gehen wir Kohlen klauen oder nicht?«

Ingrid betrachtete das vom Husten gerötete Gesicht ihrer Tochter.

Was hatte der Kardinal gesagt? Wenn es um das eigene Überleben ging, war auch Stehlen erlaubt. Das galt sicher in noch stärkerem Maße im Falle eines Kindes. Und war sie als Mutter nicht verpflichtet, alles Menschenmögliche zu tun, dass es ihrem Kind gutging?

»Also gut, gehen wir Kohlen klauen.«

*

Hamburg-St.Pauli, Februar 1947

Irgendwann im Laufe dieses Abends war Georg das Gefühl für Raum und Zeit abhandengekommen. Er fühlte sich seltsam schwerelos, als wäre er an einem Ort jenseits aller Wirklichkeit gelandet. Immer wieder fielen ihm die Augen zu. Das Einzige, was ihn aus diesem Zustand der Benommenheit riss, war sein Glas, das niemals leer zu werden schien.

Am Anfang hatte er sich vorgenommen, nur einen Schluck der Höflichkeit halber zu trinken. Doch als die klare Flüssigkeit seine Kehle hinabrann und diese zum Brennen brachte, vergaß er seinen Vorsatz.

Das war etwas gänzlich anderes als der Rübenschnaps, den er einst auf dem Schwarzmarkt erstanden hatte. Und in diesem Falle hatte er dafür noch nicht mal etwas hergeben müssen.

Georg war es, als wäre er im Paradies angekommen. Dieser Eindruck wurde dadurch verstärkt, dass es in diesem Hinterzimmer angenehm warm war. So waren sämtliche Vorbehalte geschwunden, als wären Alkohol und Wärme zwei reißende Flüsse, die sie wie kleine Boote mit sich gerissen hatten. Bald hatte er ganz vergessen, dass er diesen Abend so bald als möglich hatte beenden wollen.

Schon beim Erreichen der Reeperbahn hatte ihn eine innere Stimme zur Umkehr gemahnt, da es sich nicht schickte, als verheirateter Mann mit einer anderen Frau, die zudem noch sehr attraktiv war, den Abend auf dieser Vergnügungsmeile zu verbringen. Georg hatte jedoch nicht gewagt, der Stimme nachzugeben. Zu groß war die Furcht, Gisela Peters könnte ihrem Vater von den Sägespänen erzählen. So war er der Tochter seines Chefs weiter gefolgt.

Auch das Viertel um die Reeperbahn war, wie viele andere Teile der Stadt, von den Zerstörungen durch die Bombenangriffe gezeichnet. Dennoch pulsierte das Leben. Wenn auch aufgrund der eisigen Kälte in deutlich schwächerem Maße. Aber getreu dem Motto, wie schlimm die Zeiten auch sein mochten, amüsiert wurde sich immer, war die kleine Kneipe, in die Gisela Georg geführt hatte, auch an diesem Abend gefüllt.

Zu Georgs Verwunderung durchquerte Gisela den Schankraum mit einer Zielstrebigkeit, als befände sie sich an diesem Ort zu Hause. Bevor er sie fragen konnte, wohin sie gingen, erreichten sie das Hinterzimmer, wo drei Männer und eine Frau sie erwarteten. Georgs Blick fiel als Erstes auf die auf dem Tisch aufgereihten Flaschen. Sein Instinkt riet ihm, angesichts dieses zur Schau gestellten Reichtums, der durch die im Zimmer herrschende Wärme verstärkt wurde, augenblicklich den Rückzug anzutreten. Als hätte sie dies gespürt, legte Gisela ihre Hand auf seinen Arm und sah ihn aus ihren großen blauen Augen bittend an. Georg verwarf den Gedanken an Aufbruch.

Er wäre sich zudem sehr schäbig vorgekommen, wenn er Gisela in dieser Umgebung allein zurückgelassen hätte. Die drei Männer hatten bei ihm die Alarmglocken schrillen lassen. Er hatte nicht geahnt, dass es im zerstörten und hungernden Hamburg noch solche gut genährten Menschen gab. Auch ihre Kleidung zeugte von einer exquisiten Qualität, die Georg lange nicht mehr gesehen hatte. In ihrer Gegenwart kam er sich seltsam befangen vor, wie ein ärmlicher Bauer vom Lande, der bei reichen Verwandten in der Stadt zu Besuch war. Sie begrüßten ihn allerdings mit einer Herzlichkeit, als hätten sie seine Ankunft kaum erwarten können. Georgs Bedenken wurden dadurch nicht gemindert. Wie ein wachsamer Hund, der sein Frauchen beschützte, blieb er dicht an Giselas Seite und wählte, als sie sich am Tisch niederließen, den Platz neben ihr. Die amüsierten Blicke der drei Männer ignorierte er dabei. Stattdessen beugte er sich zu Gisela und erkundigte sich mit gesenkter Stimme nach dem Grund dieses Zusammentreffens. Gisela blieb ihm eine Antwort schuldig. Mit einem kecken Lächeln hielt sie einem der Männer, einem großen, grobschlächtigen Kerl, dessen rechte Wange von einer Narbe durchzogen wurde, ihr Glas hin. Ungefragt schenkte der Mann auch Georg ein. Bei dem einen Glas blieb es nicht, bis Georg sich in diesem Zustand angenehmer Entrücktheit befand, in dem alle Probleme und Nöte vergessen waren.

»Ich glaube, du solltest langsam aufhören«, drang wie aus weiter Ferne Giselas helle Stimme an sein Ohr. »Sonst schaffst du den Rückweg nicht mehr. Am Ende ruft deine Frau noch die Polizei.«

Wer?, hätte Georg beinahe gefragt. Doch seine Zunge schien ihm nicht mehr zu gehorchen.

»Lass den armen Jungen in Ruhe, Gisela«, dröhnte ein tiefer Bass durch den Raum. »Der freut sich, wenn er dem Alltag mal ein paar Stunden entfliehen kann.«

»Aber was machen wir, wenn er uns zusammenbricht?«

»Du machst dir zu viele Sorgen, meine Kleine. Ein Matrose bricht nicht so schnell zusammen. Der verträgt einiges.«

Woher wussten sie, dass er bei der Marine gewesen war? Hatte er ihnen davon erzählt?

Lange hielt Georg sich mit dieser Frage nicht auf. Der Schlaf streckte seine Arme nach ihm aus. Er wurde erst wieder wach, als sich ein Schwall Wasser über ihn ergoss. Mit einem dumpfen Schrei fuhr er in die Höhe und stieß dabei mit dem Knie gegen die Tischplatte.

»Na, da is er ja«, sagte die Bassstimme.

Georg blickte sich um. Auf dem Tisch standen immer noch die Flaschen, nun allerdings fast zur Gänze geleert. Von den übrigen Anwesenden war einzig noch der grobschlächtige Mann mit der Narbe da, der Georg nun mit einem breiten Grinsen musterte. Unbehagen stieg in Georg auf. Er fühlte sich, als wäre ihm etwas Entscheidendes entgangen.

»Na, komm, Junge. Ich fahr dich nach Hause«, bot sein Gegenüber an.

»Wo ist Gisela?«

»Zu Hause, vermute ich. Es is mitten in der Nacht.«

Was hatte er sich nur dabei gedacht, derartig stark dem Alkohol zuzusprechen? Was Gisela wohl von ihm denken mochte? Hoffentlich war sie wenigstens gut zu Hause angekommen. Nicht auszudenken, wenn ihr etwas passiert war. Was sollte er dann ihrem Vater erzählen?

»Mach dir keine Sorgen, min Jung«, sagte der Mann mit der Narbe, als könnte er Georgs Gedanken lesen. »Alfred hat sie und Käthe nach Hause gebracht. Denkst du, ich lass zwei so hübsche Dinger allein durch die Nacht laufen?« Er schnalzte mit der Zunge. »So, und jetzt will ich los, damit ich diese Nacht auch noch 'ne Mütze Schlaf bekomme. Hoffe nur, Alfred hat den Wagen zurückgebracht.« Er ging zur Tür, wo er sich zu Georg, der immer noch am Tisch saß, umdrehte. »Oder willst du lieber laufen?«

»Ich wohne in Rahlstedt.«

Der Mann mit der Narbe stieß ein dröhnendes Lachen aus. »Das weiß ich, min Jung. Aber du hast Glück. Ich hab heute meinen großzügigen Tag. Wobei es ja eigentlich Nacht heißen müsste.« Eine neue Lachsalve erschütterte die Luft. »Wie dem auch sei. Wenn du mal den Hintern hochbequemen würdest, fahre ich dich sogar bis nach Rahlstedt raus.«

Georg beschloss, seine Bedenken beiseitezuschieben.

Bei dieser Kälte mitten in der Nacht von der Reeperbahn bis nach Rahlstedt zu laufen, konnte kaum weniger gefährlich sein, als sich von einem fremden Mann im Auto mitnehmen zu lassen. Moment mal! Wer besaß denn in diesen Zeiten ein Auto? Engländer war der Mann sicher nicht. Er kam überhaupt nicht aus dem Ausland. Seinem Tonfall lag eindeutig ein Hamburger Akzent zugrunde. Nur die Kleidung und die Leibesfülle passten nicht.

Wieder hatte Georg das Gefühl, etwas Entscheidendes übersehen zu haben. Er kam aber nicht dazu, darüber nachzugrübeln. Der Mann mit der Narbe hatte den Raum verlassen. Leicht schwankend folgte Georg ihm. Draußen traf ihn die Kälte mit der Wucht eines Vorschlaghammers. Er hatte das Gefühl, sämtliche Luft würde aus seinen Lungen gepresst. Keuchend blieb er stehen. Doch die Pause währte nicht lange. Schon setzte er sich wieder in Bewegung, dem Mann mit der Narbe folgend, der in der Dunkelheit nur noch ein schwacher Schatten war. Als sie den Wagen erreicht hatten, kam es Georg vor, sie hätten statt einiger Hundert Meter eine stundenlange Wanderung zurückgelegt. Von der Anstrengung gezeichnet, ließ er sich erleichtert auf den Beifahrersitz sinken.

»So'n Auto is doch etwas Schönes«, lachte der Mann mit der Narbe.

Georg war nicht imstande, etwas zu erwidern. Seine Lungen schmerzten nach wie vor. Und in seinem Kopf drehte sich alles, als hätte er mehrere Runden auf einem schnell kreisenden Karussell verbracht. Der Mann mit der Narbe schien allerdings auch keine Antwort zu erwarten. Leise vor sich hin summend, startete er den Motor und fuhr los. Erst nachdem sie etwa eine Viertelstunde unterwegs waren, sprach er Georg wieder an. »Du musst nich glauben, dass ich das für jeden mache.«

Georg war zu beschäftigt damit, seiner Übelkeit Herr zu werden, um etwas darauf zu erwidern.

»Aber du gefällst mir«, redete der Mann mit der Narbe weiter. »Mit der richtigen Einstellung kannst du es weit bringen.«

Georg schloss die Augen und bemühte sich, durch die Nase zu atmen.

Sich im Auto eines fremden Mannes zu erbrechen, wäre die Krönung eines mehr als peinlichen Abends.

Der Wagen hüpfte durch ein Schlagloch. Georg verspürte ein saures Brennen im Rachen. »Könnten Sie bitte kurz anhalten?«, krächzte er.

Abrupt hielt der Wagen. Georg schaffte es gerade noch, die Tür zu öffnen, bevor er sich übergeben musste.

»Steig wenigstens aus, min Jung. Sonst is es hier drinn'n bald so kalt wie draußen.«

Georg missachtete die Anweisung. Selbst wenn er gewollt hätte, hätten seine Beine ihm den Dienst verweigert. Nachdem er sich ein weiteres Mal übergeben hatte, zog er ein Taschentuch hervor, um sich damit den Mund abzuwischen. Danach ließ er sich schwer atmend zurück auf den Sitz sinken. Mit einem ärgerlichen Knurren stieg der Mann mit der Narbe aus, um die Tür auf Georgs Seite zu schließen.

»Mit dir hab ich mir ja was Schönes eingebrockt«, brummte er, nachdem er hinter dem Steuer Platz genommen hatte.

»Tut mir leid«, murmelte Georg.

»Und so was will 'n Seemann sein. Bist wohl auf'm Ruderboot mitgefahren.«

Georg gab keine Antwort. Erschöpft von den Anstrengungen des Tages und der durchzechten Nacht sehnte er sich nur noch nach seinem Bett. Mit einem Ruck setzte er sich auf.

Die Sägespäne! Wo war der Sack geblieben? Er hatte ihn mitgenommen, als er Gisela nach St. Pauli begleitet hatte.

Er wandte sich um. Das Einzige, was er damit erreichte, war, dass es sich in seinem Kopf erneut zu drehen begann. Schnell ließ er sich wieder in den Sitz fallen.

Dem Mann mit der Narbe war Georgs Bewegung nicht entgangen. »Wenn du den Sack suchst, der ist hinten im Kofferraum.«

Erleichtert atmete Georg auf.

Wenn es auch nicht viel war, so reichte es hoffentlich aus, um Ingrid und Eva einmal eine frostfreie Nacht zu schenken.

Mit einem Schlag war Georg hellwach.

Was Ingrid wohl von ihm dachte, dass er so spät heimkehrte?

Beim Gedanken an seine Frau durchzuckten Georg die Schläge des schlechten Gewissens.

Sie machte sich sicherlich große Sorgen. Ob sie die Polizei gerufen hatte? Nein, das war nicht zu vermuten. Und selbst wenn, die würden nichts unternehmen. Schließlich war er nur ein paar Stunden überfällig.

Diese Einsicht half allerdings nicht, Georgs Gewissensqualen zu beseitigen. Als der Wagen endlich vor dem Haus der Dombrowskis hielt, wäre Georg am liebsten sitzen geblieben. Doch der Mann mit der Narbe war schon aus dem Wagen gesprungen. Schweren Herzens öffnete Georg die Tür und stieg aus.

»Hier, für dich.«

Ein Sack wurde ihm in die Hand gedrückt. Georg taumelte kurz. »Was ist da drin? Vorhin war der viel leichter.«

»Gisela hat mir vertellt, dass ihr nichts zu heizen habt.«

Wie kam Fräulein Peters dazu, einem ihm fremden Mann von seinen privaten Angelegenheiten zu erzählen?

»Das ist sehr nett, aber das kann ich nicht annehmen.«

»Junge, Junge. Meinst du nich, dass es für falsch verstandenen Stolz etwas zu kalt is?«

»Ein solches Geschenk kann ich nicht annehmen«, entgegnete Georg steif und machte Anstalten, dem Mann den Sack wieder in die Hand zu drücken.

»Das is dein Sack und nich meiner.«

Georg war sich bewusst, dass er wahrscheinlich eine Dummheit beging. Aber alles in ihm sträubte sich dagegen, von diesem fremden Mann, der ihm irgendwie unheimlich war, ein so kostbares Geschenk anzunehmen. Vom Gewicht und der Form des Sacks schloss er darauf, dass es sich bei dessen Inhalt um Kohlebriketts handelte. »Ich kann so etwas nicht annehmen«, beharrte er trotzig.

»Du hast ja doch Mumm in den Knochen, min Jung. Aber in diesem Fall ist er leider fehlgeleitet. Denn ich sorge für meine Leute. Ob ihnen das passt oder nicht. Im Übrigen brauchst du dir keine Gedanken zu machen. Du bekommst die Kohlen nicht umsonst.«

»Ich habe aber nichts, was ich Ihnen dafür geben kann.«

Der Mann mit der Narbe lachte. »Oh doch, das hast du.«

»Und was?«

Der Mann klopfte ihm auf die Schulter. »Das wirst du noch früh genug erfahren. Jetzt sieh erst mal zu, dass du reinkommst. Erfrierungen nutzen weder dir noch mir was.«

Einen Moment verharrte Georg völlig regungslos. Er fühlte sich, als hätte eine große Spinne ihr Netz über ihn ausgeworfen. Als er sich wieder so weit gefangen hatte, um sprechen zu können, hatte der Mann mit der Narbe bereits den Motor angelassen und fuhr davon.

8. KAPITEL

In der Nähe eines Bahnhofs in Hamburg, Februar 1947

»Was hast du Georg eigentlich erzählt, wo du hingehst?«, erkundigte sich Erika neugierig.

Ingrid zog den Schal, der Mund und Nase bedeckte, ein wenig hinunter. Die eisige Luft, die auf die freigelegten Hautstellen traf, ließ sie erschauern. »Georg kommt immer nach Hause sehr spät. Der merkt gar nicht, dass ich war weg.«

Anfangs hatte Ingrid sich unbehaglich gefühlt, ihren Ausflug vor Georg zu verschweigen. Doch dann hatte sie sich gesagt, dass es einem guten Zweck geschuldet war.

Georg hätte niemals seine Zustimmung gegeben. Selbst wenn ihr ganzer Körper von Frostbeulen überzogen wäre, würde er darauf beharren, dass es verboten war, Kohlen zu stehlen. Oder etwa nicht?

Sie entsann sich des Sacks mit Kohlebriketts, den Georg vor einigen Tagen mitgebracht hatte. Er hatte ihn unter dem Bett versteckt und Ingrid eingeschärft, die darin enthaltene Kohle nur herauszuholen, wenn sie sich davon überzeugt hatte, dass Frieda Dombrowski nicht in der Nähe war. Die Zimmerwirtin besaß die Angewohnheit, nicht zu warten, bis sie hereingebeten wurde, sondern die Tür gleich nach dem Anklopfen zu öffnen.

Auch wenn sie sich bemüht hatten, sparsam zu sein, war die Kohle rasch zur Neige gegangen. Der große Ofen benötigte viel Heizmaterial, um wenigstens lauwarm zu werden. Und nachdem sie einmal in einem halbwegs warmen Zimmer gesessen hatten, war es ihnen unmöglich geworden, darauf zu verzichten. Als Ergebnis davon befand sich im Sack nur noch ein kleiner Rest des schwarzen Goldes.

»Und du meinst, das klappt?«, fragte Erika in zweifelndem Tonfall. »Was machst du, wenn er heute ausnahmsweise mal früher zu Hause ist?«

»Dann sagen ich, dass ich war einkaufen.« Ingrid zog wieder den Schal bis vor die Nase.

»Wie du meinst.« Erika folgte dem Beispiel ihrer Schwägerin. Die Kälte brannte regelrecht in ihrer Lunge und ließ das Bedürfnis, weiter mit Ingrid zu diskutieren, schwinden.

Als die beiden Frauen die Bahngleise erreicht hatten, blieben sie beim Anblick der vielen Menschen wie angewurzelt stehen.

»Wo kommen die denn alle her?«, fragte Erika entgeistert.

»Wir gehen«, sagte Ingrid und drehte den Kinderwagen mit Eva bereits in die Richtung, aus der sie gekommen waren.

»Halt! Warte, Ingrid. So schnell lassen wir uns nicht ins Bockshorn jagen.«

»Das hat kein Sinn. Siehst du nicht, wie viele es sind?«

Erika blickte sich um wie ein General, der die Lage auf dem Schlachtfeld sondierte. »Es könnte sogar von Vorteil sein, wenn es so viele sind. Wenn die Polizei auftaucht, wird sie nicht alle verhaften können.«

»Polizei?«, fragte Ingrid entsetzt. Sie blickte auf den Kinderwagen, in dem Eva saß und die vielen Menschen um sich herum mit großen Augen betrachtete. Zum Schutz vor der Kälte hatte Ingrid ihr sämtliche Kleidungsstücke angezogen, die sie besaß. Sie ähnelte ein wenig einer Mumie, denn auch bei ihr war der Schal bis über die Nase gezogen. Nur die Augen, Schlitzen gleich, waren zu erkennen.

»Mach dir keine Sorgen«, beruhigte Erika sie. »Frauen und Kinder lassen sie wieder laufen.«

»Bist du sicher?«

»Ja«, log Erika, die es um jeden Preis vermeiden wollte, allein zurückzubleiben.

In der Ferne ertönte ein Pfeifen. »Er kommt«, schrie jemand. Als wäre der Startschuss für ein Rennen gefallen, stoben alle auseinander, um sich, so gut es ging, zu verstecken. Auch Ingrid schob in großer Eile den Kinderwagen die Böschung hinunter.

»Wie willst du stehlen Kohle?«, erkundigte sie sich mit leiser Stimme bei Erika, die ihr gefolgt war.

Die Augen fest auf die über ihr verlaufenden Gleise gerichtet, umriss Erika grob ihren Plan.

»Du willst klettern auf Zug?«, fragte Ingrid entgeistert.

»Der Zug wird auf diesem Abschnitt langsamer. Da ist das kein Problem.«

Erikas Worte beschwichtigten Ingrid nicht. Doch der Lärm des näherkommenden Zuges machte es ihr unmöglich, weitere Bedenken zu äußern. Als die Lokomotive vorbeigefahren war, begannen die Menschen, die Böschung hinaufzuklettern.Yı Erika tat es ihnen gleich.

»Kommst du?«, rief sie ihrer Schwägerin zu.

»Was ist mit Eva?«

»Die klaut schon keiner. Außerdem dauert es nicht lange.«

Ingrid kämpfte mit sich. Dann dachte sie daran, wie sehr sich der Husten ihrer Tochter gebessert hatte, seitdem sie das Zimmer hatten heizen können. Mit einem flauen Gefühl im Magen folgte sie Erika. Oben angekommen, sah sie sich suchend um, bis sie ihre Schwägerin entdeckte, die im Begriff war, auf einen der Waggons zu klettern.

»Aufsammeln«, brüllte sie Ingrid zu und fing an, Kohlestücke hinabzuwerfen.

Zunächst stand Ingrid regungslos da. Erst als sie sah, wie sich ein Mann nach der Kohle bückte, setzte sie sich in Bewegung. Sie lief zum Waggon, um diesem dann zu folgen und dabei die von Erika in einem unaufhörlichen Fluss nach unten geworfene Kohle aufzusammeln.

»Die Polente. Schnell weg«, schrie auf einmal jemand.

In diesem Moment wurde Ingrid der sich nähernden Pfiffe und Rufe gewahr. »Polizei«, rief sie. In ihrer Stimme schwang ein panischer Unterton mit. Alles in ihr drängte danach, rasch wegzulaufen. Sie blickte nach oben. Erleichtert erkannte sie, dass Erika dabei war, die sich außen am Waggon befindliche eiserne Treppe hinabzuklettern. Sie streckte die Hand nach ihr aus. Dabei achtete sie nicht auf den Untergrund, sodass sie über einen kleinen Erdhügel stolperte und hinfiel. Ein stechender Schmerz fuhr in ihren Knöchel. Sie biss die Zähne zusammen und richtete sich auf. Als sie den verletzten Fuß aufsetzte, wurde der Schmerz so stark, dass ihr kurz die Luft wegblieb.

»Wir müssen hier weg.« Erika griff nach dem Sack mit der Kohle, den Ingrid im Fallen unter sich begraben hatte, und stieg die Böschung hinunter. Als sie merkte, dass Ingrid ihr nicht folgte, drehte sie sich um. »Beeil dich. Die Polizei ist gleich da.«

Ingrid blickte in Richtung Bahnhof und sah, wie sich ihnen mehrere Polizisten näherten. So schnell es ihr schmerzender Knöchel zuließ, ging sie ihrer Schwägerin nach. Beim Kinderwagen angekommen, hatte sie das Gefühl, keinen Schritt mehr gehen, geschweige denn laufen zu können. Ihr

Knöchel pochte, als würde jemand unablässig ein Messer in ihn stoßen. Doch Erika war nicht gewillt, ihrer Schwägerin Ruhe zu gönnen. Sie stopfte den Sack zu Eva in den Kinderwagen. Dann griff sie die Haltestange und schob den Wagen im Eiltempo Richtung Straße.

Der Weg in die Kaiser-Wilhelm-Straße erschien Ingrid unendlich. Dank der Anstrengung und der Schmerzen spürte sie zwar die Kälte kaum, aber jeder Schritt war wie ein Gang über glühende Kohlen. Als sie endlich am Haus der Dombrowskis ankamen, schwitzte Ingrid das erste Mal seit sehr langer Zeit.

»Oh, oh.« Erika deutete auf das Erkerzimmer, aus dessen Fenster schwacher Lichtschein in den Garten fiel.

Der schmerzende Knöchel hatte Ingrid ihre Angst, Georg könnte von ihrem Ausflug Kenntnis erlangen, vergessen lassen. Nun, wo sie, an den Kinderwagen gelehnt, dastand, kroch sie wieder hervor. »Wir sagen, wir waren einkaufen.«

»Und was machen wir mit den Kohlen? Die gibt es in keinem Laden.«

In diesem Moment öffnete sich die Haustür und Georg trat heraus. Zunächst schien er die Frauen und den Kinderwagen nicht zu bemerken. Er ging zur Straße und blickte sich nach allen Seiten um. Dabei fiel sein Blick auf die wie Statuen verharrenden Frauen. Schweigend starrte er sie an, als müsste er sich vergewissern, dass seine Augen ihn nicht trogen, bevor er mit großen Schritten auf sie zukam. »Na endlich! Es ist schon fast dunkel.«

»Wir …«, begann Ingrid und sah hilflos zu ihrer Schwägerin.

»Wir haben dafür gesorgt, dass deine Tochter nicht erfriert«, erklärte Erika und zog den Sack aus dem Kinderwagen.

Georg betrachtete seine Schwester, als wäre sie eine ihm Unbekannte. Dann nahm er den Sack und stopfte ihn hastig zurück. »Bist du verrückt?«, zischte er. »Wenn die Dombrowski das mitbekommt, ruft sie die Polizei.« Er nahm den Kinderwagen und schob ihn zum Haus. Den beiden Frauen blieb nichts anderes übrig, als ihm zu folgen. Erika erwog zwar, die Gelegenheit zu nutzen und sich auf den Heimweg zu machen. Aber die Aussicht, ihn ohne die so mühsam beschaffte Kohle antreten zu müssen, wog schwerer als ein Streit mit ihrem Bruder. Dass dieser Streit kam, davon war Erika überzeugt. Auch wenn sie in der Dämmerung Georgs Gesichtsausdruck nicht genau hatte erkennen können, hatte sie gespürt, wie die Wut in ihrem Bruder tobte.

Er war kein Mensch, der zum Jähzorn neigte. Wenn er wütend wurde, war es meist eine kalte Wut, die dafür aber eine umso verheerendere Wirkung entfaltete. Es war, als zöge er sich an einen Ort zurück, der für keinerlei Argumente mehr zugänglich war.

Auch dieses Mal war es so. Kaum hatte Erika die Zimmertür hinter sich geschlossen, stand Georg schon vor ihr. »Wo habt ihr die Kohle her?«, fragte er streng.

Erika erwog, ihm zu erzählen, dass sie sie von ihren britischen Arbeitgebern erhalten hatte.

Selbst wenn Georg ihr das abnahm, würde das seinen Zorn wohl kaum beschwichtigen. Er hatte schließlich sein Missfallen darüber, dass sie für die Engländer arbeitete, mehr als einmal deutlich gemacht.

Ingrid, die auf einem der Stühle Platz genommen hatte, antwortete an ihrer Stelle. »Vom Zug.«

Wenn auch aus jeweils unterschiedlichen Gründen starrten sowohl Georg als auch Erika sie fassungslos an.

»Ein Zug?«, wiederholte Georg.

»Ein Kohlezug«, sagte Ingrid und beugte sich vor, um vorsichtig ihren Stiefel aufzuschnüren.

Georg sah seine Schwester an. »Wie bekommt man Kohle aus einem Zug? Die werden doch sicher bewacht.«

Erika kam sich vor wie eine Fliege, die an einem Stück Leim klebte und sich nicht davon befreien konnte.

Egal, was sie sagte, den Streit gewänne sie niemals. Warum nur musste Ingrid den Zug erwähnen?

Erika ärgerte sich nun, dass sie ihre Schwägerin mitgenommen hatte.

»Wirst du mir irgendwann auch mal antworten?«, fragte Georg ungeduldig, die Augen nach wie vor auf Erika gerichtet, als wäre sie der einzige Mensch im Raum.

Erika seufzte und berichtete von ihrem Abenteuer. Sie versuchte, sich möglichst kurzzufassen und erwähnte die Tatsache, dass sie auf einen fahrenden Waggon geklettert war, nur beiläufig. Diese Strategie zeitigte allerdings nicht den erhofften Erfolg. Wie ein auf Beute lauernder Kater stürzte sich Georg genau auf diesen Sachverhalt.

»Du bist auf einen fahrenden Zug gestiegen?«

»Er war sehr langsam«, warf Ingrid im Bemühen, ihrer Schwägerin zu helfen, ein.

Georg schenkte ihr keine Beachtung. »Hast du überhaupt eine Ahnung davon, wie gefährlich so etwas ist?«, herrschte er seine Schwester an. »Du hättest dabei draufgehen können.«

»Ich denke, es ist wahrscheinlicher, dass ich bei dieser Kälte draufgehe, als dabei, auf einen sehr langsam fahrenden Waggon zu klettern.« Dem Wort »sehr« verlieh Erika eine besondere Betonung.

Georgs Ärger ließ sich davon nicht besänftigen. »Und du

wagst es auch noch, meine Frau und meine Tochter damit hineinzuziehen? Du solltest dich schämen.«

»Wenn sich einer schämen muss, dann du«, entgegnete Erika aufgebracht. Sie gab sich nicht länger Mühe, leise zu sein.

Sollte die Dombrowski doch alles mithören. Was fiel ihrem Bruder ein, sie als selbstsüchtige Frau, der das Leben anderer nichts bedeutete, hinzustellen?

»Wie du richtig gesagt hast, ist es deine Familie. Und was tust du? Lässt sie hier erfrieren. Wenn du ein richtiger Mann wärst, wärst du heute auf den Waggon geklettert und nicht ich.«

Ingrid verfolgte stumm die Auseinandersetzung der Geschwister. Es drängte sie, Erika davon zu berichten, dass Georg durchaus für Heizmaterial gesorgt hatte. Doch ihr Instinkt riet ihr, sich zurückzuhalten.

»Wie kannst du es wagen, so etwas zu sagen?«, brüllte Georg seine Schwester an. Seine sonst übliche Zurückhaltung war verschwunden. »Wenn du ein Mann wärst, dann würde ich … dann würde ich …«

»Na, sag schon«, forderte ihn Erika auf.

Georg schwieg. Nur sein sich auf und ab bewegender Brustkorb verriet seine Erregung.

»Wenn ich ein Mann wäre, würdest du mir eine langen«, redete Erika weiter. »Das macht ihr ja immer. Wenn euch etwas nicht passt, greift ihr zu Gewalt.«

Georg starrte seine Schwester mit ungläubigem Blick an, ohne etwas zu erwidern.

Erika fühlte sich unwohl.

Georg sah sie an, als hätte sie sich vor seinen Augen in ein Monster verwandelt. War sie zu weit gegangen? Aber es hatte sie geärgert, dass er ihr Vorwürfe dafür gemacht hatte, dass sie ihnen das Überleben sichern wollte.

Sicher hatte er sich in seiner männlichen Ehre angegriffen gefühlt, dass eine Frau diese Aufgabe erfüllt hatte. Das verstand sie. So waren Männer nun einmal gestrickt. Es war das Beste, nicht noch weiter in dieser Wunde herumzustochern. Entschuldigen konnte sie sich allerdings nicht. Dafür fühlte sie sich zu sehr im Recht.

»Es ist spät«, sagte Erika, um einen neutralen Tonfall bemüht. »Ich sollte endlich nach Hause.«

»Ich muss Eva auch ins Bett bringen«, sagte Ingrid und erhob sich von ihrem Platz. Als sie den verletzten Knöchel belastete, zuckte sie zusammen.

Georg war das nicht entgangen. »Was ist mit deinem Fuß?«

»Oh, nichts weiter«, murmelte Ingrid und ging zum Schrank, wo sie das Brot aufbewahrten. Um den verletzten Fuß möglichst wenig zu belasten, ähnelte ihr Gang eher einem hüpfenden Humpeln.

»Wie ist das passiert?«, wollte Georg von Erika wissen.

»Sie ist umgeknickt.«

»War sie mit auf dem Waggon?«

In Erika regte sich neuer Ärger.

Was fiel ihrem Bruder ein, sich wie ein Polizist bei einem Verhör aufzuführen?

»Natürlich nicht«, entgegnete sie gereizt. »Und ich habe sie auch nicht gezwungen mitzukommen. Das war ihre eigene Entscheidung.« Sie wartete darauf, dass Ingrid ihre Aussage bestätigte. Doch diese schwieg. Wieder wallte Ärger in Erika auf, der sich dieses Mal gegen ihre Schwägerin richtete.

Wie konnte Ingrid einfach so dastehen und zulassen, dass sie in dieser Weise von Georg angegriffen wurde?

Es war nicht so, dass Ingrid Erikas missliche Situation gleichgültig ließ. Sie wusste nur nicht, wie sie ihr zu Hilfe kommen sollte.

Es stand außer Frage, den Sack mit Kohlen zu erwähnen, den Georg mitgebracht hatte. Und war die Sache mit dem Kohlenklau nicht Erikas Idee gewesen? Hätte ihre Schwägerin nicht so auf sie eingeredet, wäre sie nicht mitgegangen. Auf der anderen Seite hatte Erika Eva zuliebe so gehandelt. Konnte sie ihr daher einen Vorwurf machen?

Ingrid fühlte sich innerlich zerrissen. Zudem war sie in einem Stadium der Erschöpfung angekommen, dass sie sich regelrecht zwingen musste, nicht dem Wunsch nachzugeben und sich auf dem Bett auszustrecken.

Doch ihre Tochter brauchte etwas zu essen.

Da ihre Kraft nicht mehr ausreichte, um den Gang in die Küche zu wagen, begnügte sich Ingrid damit, ihrer Tochter ein Stück Maisbrot abzuschneiden und dünn mit Margarine zu bestreichen. Anderes Brot war nur noch auf dem Schwarzmarkt erhältlich. Am Anfang hatte Eva sich geweigert, dieses gelbliche, süßlich schmeckende Brot zu essen, das kaum, wenn man das Messer ansetzte, zu bröckeln anfing. Auch gutes Zureden hatte nicht geholfen. Irgendwann war der Hunger allerdings zu mächtig geworden und hatte sie zum Nachgeben gebracht.

»Seit wann steht ihr beiden euch eigentlich so nahe, dass ihr gemeinsam auf Diebestour geht?«, fragte Georg.

Wieder wartete Erika darauf, dass Ingrid etwas sagte. Deren Schweigen hielt jedoch an. Erika seufzte. »Wir sind Schwägerinnen«, erklärte sie.

»Das weiß ich. Aber bisher hatte ich nicht den Eindruck, dass du und Mutter euch besonders über meine Heirat gefreut habt.«

Erika spürte, wie die Erschöpfung langsam, aber stetig das Regiment in ihrem Körper übernahm.

Wenn sie an diesem Tag noch nach Hause wollte, sollte sie zusehen, dass sie aufbrach.

»Füllst du mir bitte ein paar Kohlen ab? Ich bin hundemüde und will nur noch ins Bett.«

Georg holte den Sack aus dem an der Wand stehenden Kinderwagen und reichte ihn seiner Schwester. »Bitte schön.«

»Was soll das?«, fragte Erika verdutzt.

»Deine Kohle. Du willst doch aufbrechen.«

»Es ist auch eure Kohle. Ohne Ingrid hätte ich nicht so viel zusammenbekommen.« Erika sah, wie sich das Gesicht ihres Bruders bei dieser Äußerung verdüsterte. »Denk wenigstens an deine Tochter. Oder willst du, dass sie weiter friert und hustet?«

»Natürlich nicht. Aber ich möchte auch nicht, dass sie Diebe als Verwandte hat.«

Erika schüttelte den Kopf. »Deine Rechtschaffenheit in allen Ehren, aber manchmal gibt es Situationen, die es erfordern, dass man über seinen Schatten springt.«

Georg dachte an den Abend auf St. Pauli zurück.

Hatte er dort nicht auch etwas Unerlaubtes getan? Den Alkohol, den er getrunken hatte, gab es nur auf dem Schwarzmarkt. Dort zu handeln, war verboten. Und was war mit den Kohlen, die er von dem Mann mit der Narbe geschenkt bekommen hatte? Die waren sicherlich auch nicht auf legalem Wege erworben worden.

Georg wurde nach wie vor von Reue geplagt, dass er die Kohle angenommen hatte.

Wenn er wirklich ein Mann von Anstand wäre, hätte er das Geschenk zurückgewiesen. Wie viel Überzeugungskraft es ihn auch gekostet hätte. In der Nacht mochte er vielleicht noch zu betrunken dafür gewesen sein. Aber für den folgenden Tag galt diese Entschuldigung nicht mehr. Er hätte den Sack nehmen und ihn zurückgeben müssen. Zwar kannte er weder Name noch Adresse des Mannes mit der Narbe. Aber auch dies war keine Entschuldigung. Er hätte entweder in der Kneipe oder bei Gisela Peters nachfragen können. Das hatte er nicht getan. Stattdessen hatte er die Kohlen verwendet. Hatte er daher das Recht, seiner Schwester Vorwürfe zu machen?

Zumindest hatte er niemanden in Gefahr gebracht.

Erneut glomm Wut in Georg auf. »Nichts ist es wert, Leben aufs Spiel zu setzen.«

»Uns ist nichts passiert.«

»Das hätte auch anders sein können. Glaub mal nicht, dass es bei diesen Aktionen noch nie zu Unfällen gekommen ist. Und hast du schon mal daran gedacht, dass euch die Polizei hätte erwischen können? Was wäre dann aus Eva geworden?«

»Eva war nicht mit auf dem Waggon. Nicht einmal mit an den Gleisen.« Erika konnte verstehen, dass Georg sich um seine Familie sorgte. Dennoch war sie nicht gewillt, sich von ihm in dieser Form abkanzeln zu lassen.

Georg war blass geworden. »Ihr habt sie alleine zurückgelassen?«

»Wir hätten sie wohl kaum mit an die Gleise nehmen können«, entgegnete Erika spitz. Dennoch konnte sie nicht verhindern, dass Schuldgefühle in ihr aufstiegen.

Aber was hätten sie tun sollen? Sie hätten Eva nicht allein zu Hause lassen können.

Deine Mutter hätte bestimmt auf sie aufgepasst, raunte eine innere Stimme Erika zu.

In diesem Fall hätte sie ihrer Mutter erzählen müssen, wohin sie gingen und vor allem, warum sie Eva nicht dahin begleiten konnte. Sie bezweifelte, dass die Reaktion ihrer Mutter viel anders als die von Georg ausgefallen wäre.

»In Zukunft hältst du dich bitte von meiner Familie fern«, knurrte Georg.

»Was soll das heißen?«

»Das heißt, ich will dich hier nicht mehr sehen.« Georg drückte seiner Schwester den Sack mit der Kohle in die Hand. »Und jetzt nimm dein Diebesgut und geh.«

Erika sah zu ihrer Schwägerin, die ihr den Rücken zuwandte. »Siehst du das genauso, Ingrid?«, konnte Erika es dennoch nicht lassen zu fragen.

»Ingrid ist meine Frau. Natürlich sieht sie das genauso.«

Erika beobachtete ihre Schwägerin aufmerksam. Als eine Reaktion ausblieb, nahm sie den Sack und ging zur Tür. »Dann friert euch doch zu Tode.«

*

Trondheim, Februar 1947

»Guten Abend«, klang es direkt in ihr Ohr.

Kristine fuhr zusammen. Sie war dermaßen vertieft in ihre Lektüre gewesen, dass sie nicht mitbekommen hatte, wie ihr Mann die Küche betreten hatte. »Musst du mich so erschrecken?«, fuhr sie ihn an, um sich sogleich über ihren Tonfall zu ärgern.

Sie hörte sich an wie ein aufsässiges Kind, das etwas ausgefressen hatte. Dabei hatte Nils sie nur begrüßt.

»Das muss ja etwas ganz Interessantes sein, was du da liest. Du warst ganz versunken.«

Kristine biss sich auf die Unterlippe.

Was sollte sie tun? Wenn sie den Brief wegsteckte, würde ihr Mann mit Sicherheit misstrauisch werden.

Ehe sie zu einer Entscheidung gelangt war, beugte sich Nils bereits über das Stück Papier. »Wer hat dir denn geschrieben?«, erkundigte er sich neugierig.

Als er erkannte, dass der Brief in einer fremden Sprache, noch dazu in der der ehemaligen Besatzer Norwegens abgefasst war, verdunkelten sich seine Augen. Er nahm den Brief zwischen die Fingerspitzen, als müsste er sich überwinden, ihn anzufassen, und hielt ihn seiner Frau vors Gesicht. »Was ist das?«

»Ein Brief.«

»Das sehe ich. Willst du mich für dumm verkaufen?«

»Es ist mein Brief«, wies Kristine ihren Mann in kühlem Ton zurecht.

»Das musst du mir nicht erzählen. Glaubst du, ich bekomme Briefe auf Deutsch? Die Frage ist allerdings, warum du sie bekommst.«

Kristine stieß einen tiefen Seufzer aus wie jemand, der einer Arbeit überdrüssig geworden war, sie aber dennoch zu leisten hatte. »Kannst du dir das nicht denken?«

»Ach, ist sie jetzt schon so tief gesunken, dass sie dir nur noch auf Deutsch schreibt?«, fragte Nils höhnisch. Er wartete die Antwort seiner Frau nicht ab. »Schämst du dich nicht, dich zu so etwas herzugeben?«

Kristine erwog kurz, ihrem Mann zu erklären, warum der Brief ihrer Tochter auf Deutsch verfasst war. Doch der Ärger, dass Nils nicht einmal Ingrids Namen in den Mund nahm, überwog. »Sie hat immer noch einen Namen«, herrschte sie ihn an. »Und ist immer noch deine Tochter.«

Nils schaute sie überrascht an. Dann fing er an zu lachen.

Irritiert betrachtete Kristine ihn. »Ich wüsste nicht, was daran lustig ist.«

Nils' Lachen verstummte. »Wenn der Name dein einziges Problem ist, kann ich ihn gerne nennen. Ingrid.« Er spuckte das letzte Wort förmlich aus. »Zufrieden?«

»Ingrid ist deine Tochter.«

»Nein, ist sie nicht. Nicht mehr. Sie hat unsere Familie verraten, indem sie sich mit dem Feind eingelassen hat. Wenn du das immer noch nicht begreifst, kann ich dir auch nicht helfen.«

»Sie hat sich verliebt.«

Nun war es an Nils, einen tiefen Seufzer auszustoßen. »Ich gebe es auf. Wenn du unbedingt mit unseren Feinden gemeinsame Sache machen willst, bitte. Ich halte mich da raus.« Er hob die Hände, um seiner Aussage Nachdruck zu verleihen.

Kristine war nicht bereit, es dabei bewenden zu lassen. »Ingrid ist unsere Tochter und niemals der Feind.«

»Natürlich ist sie das. Sie hat einen Deutschen geheiratet, hat ein deutsches Kind, lebt in Deutschland und schreibt nun sogar Briefe auf Deutsch.«

»Warum ist sie denn nach Deutschland gegangen? Weil Norwegen sie vertrieben hat.«

»Da kommen mir ja gleich die Tränen«, spottete Nils. »Ich kann mich nicht erinnern, dass jemand sie gezwungen hat, mit einem von unseren Besatzern ein Kind zu bekommen und ihn sogar zu heiraten.«

»Du hast selbst gesehen, wie die Mädchen behandelt wurden, denen vorgeworfen wurde, eine Beziehung mit einem Deutschen gehabt zu haben. Und im Übrigen ist die Besatzung seit fast zwei Jahren vorbei.«

Nils beugte sich hinunter und schob sein Gesicht dicht

an das seiner Frau. »Sie mag vorbei sein, vergessen ist sie noch lange nicht.«

Kristine sah den Schmerz in den Augen ihres Mannes und vergaß ihren Zorn.

Nils waren schlimme Dinge widerfahren. Die Gestapo hatte ihn verhaftet, gefoltert und ins Gefängnis gesteckt. Als er nach Hause gekommen war, hatte sie ihn zuerst nicht wiedererkannt. Auch sein Wesen hatte sich verändert. Es war, als hätte die Gestapohaft jegliche Antriebskraft und Selbstsicherheit aus ihm herausgesaugt. Zwar hatte er sich langsam erholt, aber der Alte war er erst geworden, nachdem die Deutschen kapituliert hatten.

Sie konnte daher durchaus verstehen, dass er auf alles Deutsche nicht gut zu sprechen war und der Anblick deutscher Wörter die Schrecken, die ihm widerfahren waren, lebendig machte. Aber er war ein erwachsener Mann und Familienvater. Warum verstand er nicht, dass Ingrid unschuldig an seinem und ihrer aller Leid war?

»Unsere Tochter ist auch nicht vergessen«, erklärte Kristine. »Auch wenn sie weit weg von uns ist.«

»Unsere Familie ist hier in Trondheim und nicht im Land von Massenmördern.«

Kristine wurde angesichts dieser Äußerung blass um die Nasenspitze. »Du redest wie Astrid. Warum geht es nicht in eure verdammten Schädel rein, dass Ingrid mit diesem ganzen Morden nichts zu tun hat? Und ihr Mann auch nicht.«

»Wie kannst du das wissen? Die lügen doch alle. Wie sie in Nürnberg dagesessen und behauptet haben, von nichts gewusst zu haben. Übel wird einem davon.« Nils richtete sich auf. »Aber bitte, wenn du dich weiterhin mit einer Verräterin abgeben möchtest, mach das. Nur lass mich damit in Ruhe.«

»Nils, Ingrid ist deine Tochter. Ich dachte eigentlich, das hättest du verstanden. Immerhin hast du ihr zum Abschied eine Decke geschenkt.«

»Jeder macht mal Fehler.«

Schockiert starrte Kristine ihren Mann an.

Derartig hasserfüllt hatte sie ihn lange nicht mehr erlebt. Ob Astrid dahintersteckte? Dabei hatte sie eigentlich den Eindruck, ihre Tochter hätte endlich Frieden mit der Vergangenheit geschlossen. Nicht, dass sie ihrer Schwester vergeben hätte. Aber es schien sie zumindest nicht mehr groß zu kümmern. Ihr Augenmerk war auf die Gegenwart und Zukunft gerichtet. Erst recht, seit Einar sich entschlossen hatte, in die Kommunalpolitik zu gehen.

»Was ist bloß in dich gefahren? Warum kannst du dich nach fast zwei Jahren Frieden nicht ein bisschen versöhnlich zeigen?«

»Ich soll mich versöhnlich zeigen?«, rief Nils aufgebracht. »Nach allem, was die Deutschen uns und unserem Land angetan haben?«

»Das ist Vergangenheit. Uns geht es allen wieder gut. Sieh dir Einar an. Er strotzt nur so vor Leben.«

Nils beugte sich erneut zu seiner Frau hinab. »So gut geht es nicht jedem. Ich habe heute einen alten Schulfreund getroffen. Dessen Sohn ist vor drei Wochen an den Folgen seiner KZ-Haft gestorben. Du siehst also, vorbei ist die Besatzung noch lange nicht.«

»Das tut mir sehr leid. Aber Ingrid und Georg haben damit nichts zu tun.« Kristine kam sich vor wie ein Papagei, der unablässig die gleichen Worte wiederholte.

Nils schnaubte. »Dir ist einfach nicht zu helfen.« Er wandte sich ab, um die Küche zu verlassen. Vor der Tür drehte er sich um. »Ich möchte in meinem Haus nichts Deutsches haben. Wenn du unbedingt die Briefe dieser Verräterin lesen musst, tu das bitte woanders.«

*

Hamburg-Rahlstedt, Februar 1947

»Bitte schön.« Etwas Weiches wurde Erika in den Schoß gelegt. »Es ist kalt. Sie frieren«, sagte Peter Williams.

Erikas Hände strichen über die Decke. »Vielen Dank. Das ist sehr nett von Ihnen.«

Peter war stets um sie besorgt. Er brachte ihr nicht nur oft kleine Geschenke mit, sondern nahm auch Anteil an ihrem Leben. Es war keine bloße Höflichkeit, wenn er sich nach ihrem Befinden erkundigte. Er hörte ihr richtig zu. Das sah sie daran, was er ihr mitbrachte.

An einem Tag hatte Erika dem jungen Engländer beispielsweise erzählt, wie lange es her war, dass sie zuletzt Fleisch gegessen hatte. Sie hatte das so dahingesagt, ohne ein bestimmtes Ziel damit zu verfolgen. Umso erstaunter war sie am folgenden Tag gewesen, als Peter Williams ihr eine Dose getrocknetes Rindfleisch geschenkt hatte. Sie hatte sie zunächst nicht annehmen wollen. Es war ihr richtig unangenehm gewesen. Zudem hatte sie die Befürchtung gehegt, Peter könnte sie für jemanden halten, der die Nähe eines anderen einzig um des eigenen Vorteils willen suchte. Peter hatte sich jedoch geweigert, die Dose zurückzunehmen. Im Folgenden war sie vorsichtiger geworden, was sie dem jungen Engländer aus ihrem von Nöten geprägten Alltag erzählte. Das hielt Peter aber nicht davon ab, ihr weiterhin Geschenke mitzubringen. Oder wie in diesem Falle dafür zu sorgen, dass sie es behaglicher hatte.

Er behandelt mich, als wäre ich etwas Besonderes.

Unvermittelt breitete sich ein warmes Gefühl in Erika aus, das in ihr den Wunsch weckte, sich zu Peter Williams hinüberzubeugen und ihm einen Kuss zu geben. Sie widerstand dem Impuls. Der Grund lag nicht nur darin, dass Peter sich auf die Straße vor ihnen konzentrieren musste. Sie fürchtete auch die Folgen, die eine derartige Aktion hätte.

»Die Kälte scheint einfach kein Ende zu nehmen«, sagte sie im Versuch, sich abzulenken. Sie schlug die Decke auseinander und breitete sie über ihren Beinen aus.

Zumindest erwartete sie kein eiskaltes Haus, wenn sie heimkehrte.

Ihren Eltern und Wilhelmine Schmidt gegenüber hatte Erika behauptet, dass der Sack mit der Kohle von ihren britischen Arbeitgebern stammte. Zu ihrer Überraschung hatte sich ihre Mutter darüber nicht gefreut.

»Wie konntest du das nur annehmen?«, hatte sie Erika gefragt.

»Aber du hast selbst gesagt, sie sollen mir Kohlen geben.«

»Wie stehen wir denn jetzt da? Wie die Bettler.«

»Ich kann die Kohlen auch zurückbringen«, sagte Erika verärgert. »Es ist ja nicht so, dass wir sie bräuchten. Wir können auch weiter frieren. Wenn wir Glück haben, holen wir uns alle eine Tuberkulose so wie Helgas Mutter.«

»Wie redest du denn mit deiner Mutter?«, empörte sich Margarete. »So etwas verbitte ich mir.«

Wie bei ihrem Streit mit Georg war Erika zunächst erstaunt über ihr eigenes Verhalten.

Was war nur in sie gefahren? Ihre Mutter hatte recht. In einem derartigen Tonfall redete man nicht mit seinen Eltern. Aber sie war das alles so leid. Warum konnten sie nicht einfach dankbar sein, dass sie sich zum Handeln entschieden hatte? Wollten sie lieber krank werden oder sogar sterben? Nur um einiger Prinzipien willen?

Erika spürte, dass ihre Mutter eine Entschuldigung von ihr erwartete. Doch dazu konnte sie sich nicht durchringen.

Heinrich, der bis dahin schweigend zugehört hatte, mischte sich in die Unterhaltung ein. »Grete, Erika hat es nur gut gemeint. Und im Übrigen hat sie recht. Du hast sie wirklich aufgefordert, sich vom Engländer Kohlen statt Geld geben zu lassen.« Er sah, dass seine Frau protestieren wollte, und hob die Hand. »Das ist natürlich noch lange kein Grund, dass Erika in diesem Ton mit dir spricht.« Er blinzelte seiner Tochter verschwörerisch zu. »Ich bin überzeugt, sie hat das nicht so gemeint und entschuldigt sich bei dir. Diese Kälte macht uns doch alle mürbe.«

Ein starkes Gefühl der Zuneigung wallte in Erika auf. In diesem Moment fühlte sie sich ihrem Vater so nahe wie kaum jemals zuvor in ihrem Leben. Bisher war es stets Georg gewesen, der die engste Bindung zu ihm gepflegt hatte, während Erika und ihre Schwester von jeher der Mutter nahegestanden hatten.

»Vater hat recht. Die Kälte setzt mir zu. Es tut mir sehr leid, Mutter.«

Heinrich berührte seine Frau sanft mit dem Ellbogen. Diese verstand den Wink.

»Schon gut, mein Kind. Du hast es gut gemeint. Und es ist ja nicht so, dass du die Kohle geklaut hättest.«

Erika war für die Dunkelheit, die aufgrund der Stromsperre im Haus herrschte, dankbar. Sie hoffte, im schwachen Schein der Talglampe würde niemand die Röte sehen, die ihr ins Gesicht gestiegen war.

»Vielen Dank noch einmal für den Tipp mit dem Zug«, sagte sie nun zu Peter Williams.

Der junge Soldat sah sie kurz an, bevor er den Blick wieder nach vorn wandte. »Dann es hat geklappt?«

»Ja.« Erika fühlte, dass der junge Engländer gerne noch mehr über ihr Abenteuer erfahren würde. Doch zu weiteren Auskünften war sie nicht bereit.

»Gut.«

Erika hörte das Zögern in Peters Stimme. »Ich hoffe, Sie haben keinen Ärger bekommen?«, erkundigte sie sich.

Zunächst hatte Erika es nicht glauben können, als der junge Soldat ihr, scheinbar beiläufig, mitgeteilt hatte, wann und wo der nächste Zug mit Kohlen erwartet wurde.

»Sie brauchen Kohle?«, hatte Peter Williams sie mit einem eindringlichen Funkeln in den Augen gefragt. »Ich weiß, wann der Zug kommt. Vielleicht Ihr Bruder will wissen auch.«

Es war nicht nur Dankbarkeit, die Erika in jenem Augenblick empfunden hatte. Ihr Magen hatte sich angefühlt, als wenn ein Schwarm Schmetterlinge darin seine Kreise zog. Sie hatte sich jedoch nichts anmerken lassen, sondern in einem geschäftsmäßigen Ton, als erhielte sie täglich derartige Informationen, ihren Dank bekundet.

»Nein, ich nicht habe«, beantwortete Peter Williams ihre Frage. »Und wenn, für Sie tue ich es gerne.«

Was Peter wohl dazu sagen würde, wenn er erfuhr, dass es nicht ihr Bruder war, der die Kohlen gestohlen hatte? Würde er sie dafür auch verurteilen? Wohl nicht für die Tat an sich. Denn sonst hätte er ihr nicht verraten, wann der Zug käme. Ihm musste klar gewesen sein, dass er ihr damit die Möglichkeit eröffnete, Kohlen zu stehlen. Und das taten viele. Es war ein regelrechter Volkssport geworden.

Doch war es üblich, dass Frauen auf die Waggons kletterten? Sie hatte keine, außer sich selbst, das tun sehen. Aller-

dings hatte sie auch nicht groß auf die Menschen um sich herum geachtet. Dennoch war es sicher ratsam, Peter im Glauben zu lassen, Georg wäre derjenige gewesen, der den Diebstahl begangen hatte. Die Gefahr einer Begegnung der beiden bestand nicht.

Schmerz durchzuckte Erika bei der Erinnerung an das letzte Zusammentreffen mit ihrem Bruder.

Hatte er seine Worte ernst gemeint? Wollte er sie wirklich nicht mehr wiedersehen? Es waren ein paar Tage seit ihrem Streit vergangen. Er war nicht gekommen, um sich zu entschuldigen. Auch Ingrid hatte sich nicht blicken lassen.

Erneut stieg Groll in Erika auf.

Wie hieß es so schön? Der erste Eindruck täuschte nie. Sie hatte Ingrid gleich bei der ersten Begegnung nicht leiden können. Warum hatte sie diesem Gefühl nicht vertraut?

Es war Evas wegen. Die Kleine hatte sie mit ihrem Lächeln und ihrer lieben Art um den Finger gewickelt. Ihretwegen bereute sie auch nicht, was sie getan hatte. Es wäre nur schön gewesen, wenn auch Evas Eltern das Wohlergehen ihrer Tochter in gleichem Maße am Herzen läge. Anstatt sich darum zu kümmern, dass ihre Tochter nicht fror, schlossen sie den einzigen Menschen, für den Evas Wohlergehen wirklich an erster Stelle stand, aus ihrem Leben aus.

»Alles in Ordnung?«, erkundigte sich Peter Williams.

Der Mann schien jede ihre Stimmungen zu spüren, dachte Erika. Erneut durchströmte sie ein Gefühl der Wärme, das den Ärger und Groll vertrieb.

»Ja. Ich bin nur müde.«

»Bald Frühling. Dann besser.«

»Das wollen wir hoffen. Manchmal habe ich das Gefühl, die Kälte vergeht nie.«

»Wenn Frühling, Sie dann gehen mit mir aus?«

Seit Peter Williams Erika das erste Mal gefragt hatte, ob sie mit ihm ausginge, hatte er seine Bitte noch einige Male wiederholt. Erika war es zusehends schwerer gefallen, ihn zu vertrösten. Je besser sie ihn kennenlernte, desto größer wurde ihr Wunsch, mehr als nur eine kurze Autofahrt mit ihm zu verbringen.

Wann immer es sich zeitlich ergab, bestand Major Evans darauf, dass Peter Williams Erika heimfuhr. Mit jeder Fahrt hatten die beiden jungen Leute ein wenig mehr von ihrer Schüchternheit abgestreift. Zwar ließen die gegenseitigen Sprachschwierigkeiten, Erikas Englisch war noch weitaus schlechter als Peters Deutsch, eine längere Unterhaltung nicht zu. Aber davon ließen sie sich nicht entmutigen.

Erika hatte in Erfahrung gebracht, dass Peter aus Liverpool stammte, wo auch seine Eltern lebten. Sein einziger Bruder war während eines Heimaturlaubs in London bei einem Bombenangriff ums Leben gekommen. Der Schmerz darüber war seiner Stimme deutlich anzumerken, als er Erika davon berichtet hatte. Erika hatte sogleich an ihre Schwester denken müssen. Zu ihrem Erstaunen schien Peter aber weder Hass noch Verbitterung gegenüber den Deutschen zu fühlen.

Oder lag es an ihr? War er fähig, zwischen einer einzelnen Person und dem großen Ganzen zu trennen?

Peter räusperte sich und erinnerte Erika damit daran, dass er noch eine Antwort von ihr erwartete.

»Wenn es wärmer wird, gehe ich mit Ihnen aus, versprochen.« Erikas Herz klopfte so laut, dass sie befürchtete, Peter Williams könnte es auch hören.

War es richtig, dass sie ihre Einwilligung gab? Helga hatte gesagt, dass der Krieg zu Ende und der Engländer nicht mehr der Feind war. Das stimmte sicherlich. Dennoch gab es noch so vieles, das sie trennte.

Du gehst nur mit ihm aus. Das bedeutet nicht, dass du ihn gleich heiratest, meldete sich Erikas innere Stimme.

Wer redete denn von Heirat? Peter und sie waren gute Bekannte, mehr nicht. Und das blieb auch so. Auch wenn Frieden herrschte, gehörten sie nach wie vor getrennten Lagern an. Und es war erst wenige Jahre her, dass ihre Geschwister von Angehörigen der jeweils anderen Nation umgebracht worden waren.

Gleichwohl wollte sich das Entsetzen, das Erika noch bis vor wenigen Wochen bei der bloßen Vorstellung, sie könnte einen englischen Soldaten heiraten, verspürt hatte, dieses Mal nicht einstellen.

*

Hamburg-Neustadt, Februar 1947

»Herr Reimers, hätten Sie kurz Zeit? Ich bräuchte Ihre Hilfe.« Gisela Peters war neben Georg getreten und schenkte ihm jenes Lächeln, das Georg stets an einen Engel erinnerte.

»Selbstverständlich, Fräulein Peters. Was soll ich tun?«

»Eine der Schranktüren in meinem Büro klemmt.«

»Ich kümmere mich gleich darum.«

»Vielen Dank. Ich warte dann auf Sie.«

Während Gisela Peters sich auf den Weg in ihr kleines Büro machte, das das Vorzimmer des väterlichen Büros bildete, setzte das Getuschel ein.

»Na, an dem scheint sie ja einen Narren gefressen zu haben.«

»Verstehe ich nicht. Was ist denn an dem schon Besonderes?«

»Na ja, er sieht gut aus.«

»Du hast wohl was auf den Augen. Wer sieht denn in dem ganzen Elend noch gut aus außer ein paar Schiebern oder Tommies?«

»Auf jeden Fall hätte sie den Krause fragen sollen, ob er ihr hilft. Der ist am längsten im Betrieb.«

»Wenn's nun aber gar nicht um etwas Handwerkliches geht? Da ist sie mit dem jungen Reimers besser bedient als mit dem alten Krause.«

Gackerndes Gelächter, wenn auch gedämpft, ertönte.

Georg drückte die Schultern nach hinten, während er bestrebt war, die Bemerkungen zu überhören. Doch je mehr er sich bemühte, desto lauter drangen sie an sein Ohr. Das Ergebnis war, dass seine Schultern noch ein wenig weiter nach hinten wanderten, während sein Kinn sich nach vorne schob.

»Welche Tür klemmt denn?«, fragte er, nachdem er das Vorzimmer betreten hatte.

»Die rechte.« Gisela Peters deutete auf einen an der Wand stehenden Aktenschrank.

Während Georg zum Schrank ging, schloss Gisela die Bürotür.

»Es tut mir leid, aber ich kann nichts feststellen.« Wie zum Beweis öffnete und schloss Georg die Tür zweimal.

Gisela stellte eine zerknirschte Miene zur Schau. »Vorhin ging sie kaum auf.«

»Ja, nun geht sie ja wieder«, sagte Georg verlegen. »Dann mache ich mich mal wieder an die Arbeit.«

»Oh, bitte. Könnten Sie nicht noch einmal nachprüfen, ob mit dem Schrank wirklich alles in Ordnung ist?«

Georg starrte Gisela verblüfft an.

Wenn er es nicht besser wüsste, würde er denken, sie triebe ein Spiel mit ihm. Die Schranktür ließ sich ohne Probleme öffnen und schließen. Daran würde sich auch beim nächsten Nachschauen nichts ändern.

Dennoch tat Georg das, worum ihn die Tochter des Tischlermeisters gebeten hatte. Wie er vorausgesehen hatte, klemmte die Tür auch dieses Mal nicht.

»Ach, jetzt fällt es mir wieder ein«, sagte Gisela und fasste sich an die Wange. »Das lag bestimmt am Sack.«

Fragend sah Georg sie an.

»Ich hatte ihn heute Morgen in den Schrank gestellt. Wahrscheinlich ließ sich die Tür deshalb so schwer schließen.«

Georg warf einen Blick in den Schrank. Er konnte nur Akten erkennen. Ganz unten befand sich ein freies Fach.

»Nein, nein. Ich habe ihn unter meinen Schreibtisch gestellt. Es soll schließlich nicht jeder mitkriegen.« Sie blinzelte Georg zu und deutete auf ihren Schreibtisch.

Als dieser sie nur ratlos anschaute, lachte sie. »Na, Sie sind mir ja einer. Von Willi nehmen Sie die Kohlen, aber von mir nicht.«

Georg erstarrte.

Sie wusste von den Kohlen?

»Sie sehen aus, als hätten Sie ein Gespenst gesehen«, schmunzelte Gisela. »Haben Sie neulich Nacht so viel getrunken, dass Sie sich an nichts mehr erinnern können?«

Georg errötete wie ein kleiner Schuljunge, als er sich der durchzechten Nacht entsann.

Er hatte sich nicht einmal bei Fräulein Peters für sein Verhalten entschuldigt. Anscheinend schien sie ihm das jedoch nicht krummzunehmen.

»Es tut mir sehr leid …«

Gisela unterbrach ihn. »Das ist doch Schnee von gestern. Wobei ich trotzdem hoffe, dass Ihnen der Abend gefallen hat?«

Georg war unschlüssig, was er sagen sollte. Er wollte die Tochter seines Chefs nicht vor den Kopf stoßen. »Ich … Ja.«

»Das ist gut.« Gisela warf ihm ihr strahlendes Lächeln zu, das Georg stets das Gefühl gab, die Luft im Raum würde sich um einige Grad erwärmen. »Dann kommen Sie nächstes Mal also wieder mit?«

»Ich …« Georg kam sich vor wie eine Maus, die in eine Falle getappt war.

Was er auch tat, irgendjemanden würde er verärgern. Ingrid war sehr aufgebracht gewesen, dass er erst mitten in der Nacht nach Hause gekommen war. Eigentlich konnte man eher von Aufgelöstsein sprechen. So sehr ihm das zugesetzt hatte, konnte er ihr das nicht mal verübeln. Wenn er daran dachte, wie viel Sorgen er sich gemacht hatte, als sie und Eva bei seiner Rückkehr von der Arbeit nicht zu Hause gewesen waren. Und da war es gerade mal früher Abend gewesen.

Doch konnte er ihr sagen, dass er mit Gisela Peters ausging? Nein, das war unmöglich. Sie zöge nur die falschen Schlüsse daraus. Wenn er es ihr allerdings verschwieg, machte sie sich wieder Sorgen.

Doch was geschah, wenn er die Bitte von Fräulein Peters ablehnte? Auch wenn er erst wenige Monate in der Tischlerei arbeitete, hatte er mitbekommen, wie sehr Herr Peters an seiner Tochter hing. Und immerhin hatte Fräulein Peters es geschafft, dass ihr Vater ihn trotz seiner anfänglichen Absage einstellte. Bedeutete das im Umkehrschluss, dass ihr Einfluss auch ausreichte, seine Entlassung durchzusetzen?

Wo sollte er eine neue Anstellung finden? Bei dieser Kälte stellte niemand ein. Er konnte sowieso froh sein, dass Herr Peters ihn bei der schlechten Auftragslage noch nicht entlassen hatte.

»Nun, vielleicht überzeugt Sie das hier.« Gisela Peters bückte sich und zog einen Sack unter ihrem Schreibtisch hervor. Er war etwas kleiner als der, in dem Georg zuerst die Sägespäne und dann die Kohlen transportiert hatte.

»Fräulein Peters, ähm, ich kann das nicht.«

»Was können Sie nicht? Die Kohlen annehmen oder mich nach St. Pauli begleiten?«

»Beides. Der Abend war sehr schön. Und es tut mir sehr leid, dass ich so viel getrunken habe, dass ich Sie nicht nach Hause bringen konnte.«

»Ach, da machen Sie sich mal keine Gedanken. Alfred hat mich sicher heimgebracht. So komfortabel hätte ich das bei Ihnen nicht gehabt. Oh, entschuldigen Sie. Ich wollte Ihnen nicht zu nahe treten.«

»Sie müssen sich nicht entschuldigen. Ich bin froh, dass Sie gut nach Hause gekommen sind.«

»Gut, nachdem wir das geklärt haben, bleibt nur noch die Frage offen, warum Sie keine Kohlen wollen. Sind Sie ein Eskimo, der niemals friert?«

Georg lachte. »Nein, natürlich nicht. Ich friere genauso wie alle anderen.«

»Dann verstehe ich nicht, warum Sie die Kohlen nicht nehmen.«

»Fräulein Peters, es war sehr nett von Ihrem Bekannten, mir welche zu schenken. Aber ich hätte sie nicht annehmen dürfen.«

»Und warum nicht?«

»Weil …weil … es nicht richtig ist.«

»Aber frieren ist richtig?«

»Selbstverständlich nicht. Aber ich kenne Ihren Bekannten doch gar nicht. Wie kann ich da etwas so Wertvolles annehmen?«

»Den Schnaps von Willi haben Sie jedenfalls getrunken. Der ist auch wertvoll.«

In die Stimme von Gisela Peters hatte sich ein scharfer Ton geschlichen, der Georg nicht entgangen war. Er errötete noch stärker. »Das war auch nicht richtig.«

»Im Allgemeinen bin ich eine gute Menschenkennerin, Herr Reimers. Ihr Vater war mir sehr sympathisch. Und er hat sich sehr für Sie eingesetzt. Da habe ich mir gesagt, wer einen solchen Vater hat, muss etwas Besonderes sein. Aus diesem Grunde bin ich extra nach Rahlstedt rausgefahren, um Sie zu überreden, doch bei uns anzufangen. Und mein Gefühl hat mich zunächst auch nicht getrogen. Sie haben sich zu einem unserer fleißigsten Mitarbeiter entwickelt.« Sie machte eine Pause, als wollte sie Georg die Gelegenheit zum Sprechen geben. Als dieser sie nicht nutzte, sprach sie weiter. »Aber so wie es aussieht, kann man sich nicht auf Sie verlassen.«

»Fräulein Peters, bitte. Ich …« Georg brach ab.

Wie sollte er der Tochter des Tischlermeisters nur deutlich machen, wie wichtig ihm die Arbeit in der Tischlerei war, er sich aber nicht in der Lage sah, derartig wertvolle Geschenke anzunehmen?

War es überhaupt ein Geschenk? Hatte dieser Willi nicht davon gesprochen, dass er von ihm eine Gegenleistung erwartete?

So sehr Georg sich anstrengte, der genaue Verlauf des Gesprächs wollte ihm nicht mehr einfallen.

»Da Sie ja schon mal einen Fehler erkannt und behoben haben, gebe ich Ihnen noch eine Chance. Sie haben bis morgen Zeit, sich zu überlegen, ob Sie die Kohlen möchten oder nicht.«

Georg war sich bewusst, dass er diesen Vorschlag ablehnen musste, wenn er seinen Überzeugungen treu bleiben wollte.

Was würde sich bis morgen ändern? Nichts.

Anstatt diesem Impuls zu folgen, nickte er. »Gut, ich werde darüber nachdenken.«

Auf dem Weg nach Hause fragte er sich, ob er Ingrid von dem Gespräch berichten sollte. Die Nacht auf St. Pauli hatte er ihr gegenüber so dargestellt, dass er nach der Arbeit einen alten Schulfreund getroffen hatte, der ihn zu dem Kneipenbesuch eingeladen und ihm die Kohlen im Gegenzug für eine noch auszuführende Reparatur geschenkt hatte.

Konnte er diesen Schulfreund noch einmal als Ausrede benutzen? Doch würde das sein Problem lösen? Ging es nicht vielmehr darum, ob er einem Fremden verpflichtet sein wollte?

Am liebsten hätte Georg auf der Stelle kehrtgemacht, um Gisela mitzuteilen, dass er weder diese noch andere Kohlen anzunehmen gedachte. Doch er war schon in Rahlstedt angekommen. Schweren Herzens zwang er sich, den Weg in die Kaiser-Wilhelm-Straße einzuschlagen und nicht in die Stadt zurückzufahren.

Noch bevor er das Haus betreten hatte, hörte er das Kindergeschrei. Er beschleunigte seine Schritte, erfüllt von der Angst, Eva könnte etwas zugestoßen sein.

»So geht das aber nicht, Herr Reimers«, empfing ihn Frieda Dombrowski im Flur. »Ihre Tochter schreit seit Stunden wie am Spieß. Als wenn wir nicht genug an dem Hunger und der Kälte zu tragen haben. Wenn Sie das nicht in den Griff kriegen, müssen Sie sich eine andere Bleibe suchen.«

»Ich kümmere mich darum, Frau Dombrowski«, versprach Georg und öffnete hastig die Tür zu ihrem Zimmer.

»Was ist denn los?«, fragte er Ingrid, die einen völlig aufgewühlten Anblick bot. Die Haare standen ihr vom Kopf, als wäre sie mit den Händen unzählige Male hindurchgefahren. Der Mantel war schief geknöpft wie bei jemandem, der sich in großer Eile befunden hatte.

Auf dem Bett saß Eva, das kleine Gesicht krebsrot vom Schreien. Der Anblick ihres Vaters beruhigte sie zunächst. Ingrid nutzte die Stille, um Georg den Grund für das Geschrei des kleinen Mädchens zu verraten. »Sie friert und schreit die ganze Zeit, dass ich es warm machen soll.«

»Haben wir denn gar nichts mehr?«

»Nein. Du hast mitgegeben Erika die ganze Kohle. Und das Reisig ist alle.«

Nachdem Eva erkannt hatte, dass ihr Vater nichts zum Heizen mitgebracht hatte, fing sie wieder an zu schreien.

»Wird sie nicht irgendwann müde?« Georg musste sich zu Ingrid beugen und ihr die Frage ins Ohr brüllen.

»Wir brauchen was zum Heizen. Was ist mit der Schulkamerad von dir? Kannst du bitten ihn um neue Kohle?«

»Ingrid, das war eine Ausnahme.«

»Bitte, Georg«, flehte Ingrid.

»Wie stellst du dir das vor? Soll ich ihn um Kohle anbetteln?«

»Es ist eine Not. Tu es für deine Tochter.«

Unvermittelt verstummte das Geschrei. Erleichtert atmeten Ingrid und Georg auf. Auch die Nacht und der folgende Tag verliefen ruhig. Fast schon ein wenig zu ruhig, wie Ingrid fand. Sie dachte allerdings nicht weiter darüber nach. Nachdem die Kälte erneut Einzug in ihr Zimmer gehalten hatte, erschien ihr das Frieren noch unerträglicher geworden zu sein. Es war, als hätte ihr Körper seine schützende Hülle verloren. Erst als Evas Schweigen sich dahingehend ausdehnte, dass nicht ein einziger Laut mehr über ihre Lippen drang, wurde Ingrid von Unruhe erfasst. Diese steigerte sich zu einer regelrechten Panik, als das kleine Mädchen am darauffolgenden Morgen teilnahmslos im Bett lag und Ingrid mit leerem Blick anstarrte.

»Georg«, rief Ingrid und rüttelte ihren Mann wach.

»Was ist?«, murmelte dieser schlaftrunken, um sogleich hellwach zu werden, als Ingrid ihm den Sachverhalt schilderte.

»Es ist die Kälte, Georg.«

»Wir haben es doch auch geschafft, bevor wir die Kohlen hatten.«

»Dieses Mal ist das anders.« Ingrid deutete auf ihre Tochter. »Sieh sie an. Sie reagiert nicht. Nicht mal bei der Husten war das so schlimm.«

»Das wird schon wieder«, sagte Georg, obwohl auch ihn beim Anblick von Eva Angst überkam.

»Und wenn nicht?« Ingrid fing an zu weinen.

»Ingrid.« Georg tätschelte sie unbeholfen. »Mach dir keine Sorgen. Ich gehe los und suche Reisig.«

»Das reicht nicht. Der Ofen wird nicht warm davon.«

»Was soll ich denn tun?«

»Warum kannst du nicht gehen zu deinem Schulfreund und holen neue Kohlen?«

Eine Schraubzange schien sich um Georgs Brust zu schließen. »Also gut, ich versuche es«, hörte er sich sagen.

9. KAPITEL

Niedersachsen, nahe der Zonengrenze, März 1947

Mit einem konzentrierten Ausdruck im Gesicht starrte Georg durch die Scheibe der Fahrerkabine, während seine Hände das Lenkrad so fest umklammerten, dass die Muskelstränge weiß hervortraten. Es war lange her, dass er selbst am Steuer gesessen hatte. Am Anfang hatte er sich dagegen gesträubt, den Lieferwagen zu fahren. Inzwischen war er dankbar dafür. Die ungewohnte Tätigkeit verlangte ihm eine derartig starke Aufmerksamkeit ab, dass er nicht dazu kam, darüber nachzudenken, was er im Begriff war zu tun. Für ihn existierten in diesem Moment nur die Straße vor ihm und der Wagen, den er darauf sicher zum Zielort zu befördern hatte. Das Rascheln vom Beifahrersitz ignorierte er ebenso wie den Duft nach Schinken, der unvermittelt die Fahrerkabine erfüllte. Wobei Letzteres ihm deutlich mehr Disziplin abforderte.

»Willst du was?«, fragte Alfred.

Georg schüttelte den Kopf. Er konnte allerdings nicht verhindern, dass sein Magen bei dem unvertrauten Geruch zu knurren anfing.

»Du solltest aber was essen.« Wie um seine Worte zu unterstreichen, biss Alfred in sein Schinkenbrot. »Das wird eine lange Nacht«, fügte er mit vollem Mund hinzu. Er schluckte den Bissen hinunter und wiederholte den Satz.

»Vielleicht später.«

»Später ist vielleicht keine Gelegenheit mehr. Bei diesen Straßenverhältnissen brauchen wir länger als gedacht.«

Auch wenn tagsüber das Thermometer vereinzelt Plusgrade aufwies, hatte die Kälte noch lange nicht den Rückzug angetreten. Die vereisten Straßen stellten eine große Herausforderung dar, selbst für geübtere Fahrer als Georg. Als Alfred ihn nach einer weiteren Stunde Fahrt anwies, vor einem Gasthaus zu halten, war Georgs Nacken so steif, als wäre er aus Stahl gegossen.

Der Wagen war kaum zum Stehen gekommen, da öffnete Alfred bereits die Tür und kletterte heraus. Georg war sich bewusst, dass Willis Freund und Mitarbeiter von ihm erwartete, es ihm gleichzutun. Doch sein ganzer Körper war in einen Zustand der Starre gefallen. Einzig sein Kopf bewegte sich. Allerdings nur, um nach vorne auf das Lenkrad zu sinken. In der Position verharrte Georg, als von außen an die Scheibe der Fahrertür geklopft wurde. Erst als zum Klopfen ein Rufen hinzukam, hob er langsam den Kopf. Hinter seinen Schläfen pochte es mittlerweile so stark, dass ihm regelrecht übel war. Dennoch zwang er sich, die Tür zu öffnen und vorsichtig auszusteigen.

»Na, mit dir hab ich mir ja was Schönes aufgeladen«, empfing ihn Alfred mit grollender Stimme.

Georg kam es gar nicht in den Sinn, sich zu verteidigen. Er schlug die Tür zu und lehnte sich gegen den Wagen.

Alfred betrachtete ihn mit einem Kopfschütteln. »Was der Willi bloß an dir findet, möcht ich wissen.«

Georg zwang sich, tief durch die Nase ein- und durch den Mund auszuatmen, um das Gefühl von Benommenheit loszuwerden.

»Wenn du länger so dastehst, frierst du fest«, nörgelte

Alfred. Als eine Reaktion von Georgs Seite ausblieb, verzog sich sein Mund zu einer Grimasse der Verachtung. »Mensch, bist du 'n Weichei. 'N paar Stunden Fahren und schon haut es dich aus den Latschen.«

»Geht gleich wieder«, murmelte Georg.

»Das will ich hoffen. Wir sind nämlich spät dran.« Alfred sah zum Gasthaus hinüber. »Ich geh da rein und klär alles. Und wenn ich zurückkomme, hast du dich zusammengerissen.« Er trat zu Georg und drückte ein kleines, in Papier eingewickeltes Päckchen gegen dessen Brust. »So, das isst du jetzt. Verstanden? Zwing mich nicht, dir das Brot nach meiner Rückkehr in den Mund zu stopfen. Ich hab nämlich nicht die geringste Lust, wegen dir Ärger zu bekommen. Und den gibt es, wenn das Unternehmen baden geht. Wobei Ärger untertrieben ist. Willi wird uns den Arsch aufreißen.« Er wandte sich ab und stapfte zum Gasthaus.

Langsam wickelte Georg das Schinkenbrot aus, das Alfred ihm gegeben hatte. Unter anderen Umständen hätte er diese lang entbehrte Delikatesse genossen. Aber in diesem Augenblick hätte er auch Pappe essen können, so wenig schmeckte er davon. Gleichwohl tat ihm der kleine Imbiss gut. Er spürte, wie die Übelkeit nachließ. Auch das Pochen in seinem Kopf wurde weniger. Als er fertig gegessen hatte, zündete er sich eine Zigarette an und spazierte mit gemächlichen Schritten um den Lieferwagen herum. Die Gedanken, die durch das konzentrierte Autofahren in Schach gehalten worden waren, meldeten sich zurück.

Wie hatte er nur so weit sinken können, dass er zum Handlanger eines Schiebers geworden war?

Denn dass Willi Jensen, der Mann mit der Narbe, zum Kreis der berüchtigten Schwarzmarkthändler gehörte, die in Saus und Braus lebten, während der Rest von Hamburg fror und hungerte, war eine unbestreitbare Tatsache. Er war nur zu naiv gewesen, um das zu erkennen. Oder hatte er es nicht erkennen wollen, weil es bedeutet hätte, auf den Alkohol und die Kohlen zu verzichten?

Georg schämte sich bei der Erinnerung daran, wie er sich willig in das Spiel, das Gisela Peters und Willi Jensen mit ihm gespielt hatten, hatte hineinziehen lassen. Im Nachhinein war es ihm unbegreiflich, wie wenig Widerstand er geleistet hatte.

Es war wegen Eva. Welcher Vater fühlte sich nicht verpflichtet, dafür zu sorgen, dass es seinem Kind gut ging? Welche anderen Möglichkeiten hatten sich ihm schon geboten? Sie besaßen nicht einmal eigene Möbel, die sie hätten verfeuern können. Er hätte höchstens Kohlen stehlen können, wie es seine Schwester und Ingrid getan hatten. In dem Falle hätte er sich allerdings erst recht zum Dieb gemacht. Ganz abgesehen davon, wie gefährlich derartige Aktionen waren. Doch selbst wenn er sich dazu hätte durchringen können, wäre das noch lange kein Garant für einen Erfolg gewesen. Schon gar nicht seit die Versorgungslage noch katastrophaler geworden war. Es wurde überall gemunkelt, dass die Kohlenzüge auch unterwegs von Polizisten begleitet wurden. Wenn denn überhaupt einer in Hamburg eintraf. Nein, da war die Zusammenarbeit mit dem Schwarzmarkthändler sicherer und Erfolg versprechender.

Diese Erkenntnis trug allerdings nicht dazu bei, Georgs Gewissensqualen zu lindern.

Was sollte er tun? Seine kleine Familie verließ sich darauf, dass er etwas zum Heizen heimbrachte.

Zudem war es zum Aussteigen längst zu spät. Willi Jensen hatte ihm klar zu verstehen gegeben, dass die Kohlen kein Geschenk waren und er unter allen Umständen eine Gegenleistung dafür erwartete.

Bei der Erinnerung an die Unterhaltung mit dem Schwarzmarkthändler übermannte Georg von Neuem Beklemmung.

Zunächst war ihm Willi Jensen mit der ihm eigenen jovialen Freundlichkeit begegnet. Als ihm jedoch aufging, dass Georg nicht gewillt war, seine Pläne mitzutragen, hatte sich ein gefährliches Glitzern in seine Augen geschlichen. Georg hatte an ein wildes Tier denken müssen, das seine Beute ins Visier genommen hatte und nicht gewillt war, von ihr abzulassen.

»Du bist also jemand, der nur nimmt, aber nicht gibt?«, hatte Willi Jensen gefragt.

»Natürlich nicht«, beeilte Georg sich zu erwidern. »Wenn ich irgendwelche Reparaturen für Sie ausführen kann, mach ich das sehr gerne.«

Willi Jensen warf den Kopf zurück und lachte laut. »Glaubst du, ich mach mir die ganze Mühe für ein paar Tischlerarbeiten?«

Georg fühlte sich wie damals, als sein Lehrer laut im Klassenzimmer verkündet hatte, dass Georg zu den beiden Schülern gehörte, die als Einzige nicht der Hitlerjugend beigetreten waren. Da der andere Schüler an jenem Tag krank gewesen war, hatte Georg die Häme und den Spott allein ertragen müssen.

Er war aber kein Schuljunge mehr, sondern ein erwachsener Mann. Und die Nazis glücklicherweise nicht mehr an der Macht.

»Sie erwarten also von mir, dass ich zum Verbrecher werde?«, fragte Georg indigniert.

Willi Jensen schnalzte missbilligend mit der Zunge. »Merk dir eins, min Jung. Niemand von uns ist ein Verbrecher. Wir mögen uns nicht immer an die Gesetze halten. Aber wir sind keine Verbrecher. Wir bringen niemanden um und rauben keinen aus.« Er beäugte Georg mit einem abschätzigen Blick. »Und zur Gewalt greifen wir nur, wenn es um unseren Schutz geht.«

Georg begriff, dass es für ihn kein Entkommen gab.

Wenn er sich weigerte, Willi Jensens Auftrag auszuführen, würde der Schwarzmarkthändler seine Handlanger losschicken. Egal, wie sehr er sich vorsähe, sie würden ihn finden und zusammenschlagen. Die einzige Möglichkeit, die ihm blieb, war eine Flucht. Doch wohin sollte er gehen? Willi Jensens Arme schienen unendlich weit zu reichen. Wie es aussah, besaß er Verbindungen in die sowjetische Zone. Nicht, dass er einen Umzug dorthin auch nur eine Sekunde in Erwägung zog. Wer wollte schon freiwillig zu den Russen?

Willi Jensen deutete Georgs Schweigen als Zeichen, dass seine unterschwellige Drohung ihre beabsichtigte Wirkung entfaltet hatte. Zufrieden lächelnd, zündete er sich eine Zigarette an. Nachdem er den Rauch in einem Kringel nach oben geblasen hatte, richteten sich seine blassblauen Augen wieder auf Georg. »Also, was is, machst du's nun, oder nicht?«

Georg schluckte. »Ja.«

Unzählige Male hatte er seitdem den Drang verspürt, seine Zusage zurückzuziehen. Stets hatte die Angst den Kampf gegen die Moral gewonnen. Nicht nur die Angst vor einer möglichen Rache Willi Jensens, sondern auch die Angst vor der Kälte, die wieder Einzug bei ihnen hielte, wenn die Kohlelieferungen wegfielen.

Daher stand er nun in einem entlegenen Dorf im Harz, bereit, illegal die Zonengrenze zu überqueren, um für Willi Jensen Alkohol zu schmuggeln. Was wohl Ingrid dazu sagen mochte, wenn sie davon erfuhr? Nicht, dass das jemals geschähe. Dafür würde er alles in seiner Macht Stehende tun.

Als Begründung für seine zweitägige Abwesenheit hatte Georg sich erneut jenes erdachten Schulfreundes bedient. Angeblich war dieser Schulfreund in den Harz gezogen. Wenn er von ihm Kohlen bekommen wollte, müsste er dorthin reisen. Glücklicherweise würde er jemanden kennen, der ihn mitnehmen könnte.

Zu Georgs Erstaunen hatte Ingrid diese wild zusammengeschusterte Erklärung nicht in Frage gestellt. Sie hatte ihn nur gebeten, vorsichtig zu sein.

Konnte es sein, dass Hunger und Kälte ihnen allen den Verstand geraubt hatten? Wie war sonst diese gleichmütige Hinnahme von allem, was nicht das eigene Überleben betraf, zu erklären? Die Bereitschaft, alles zu tun, um eben jenes Überleben zu sichern.

Schritte knirschten im Schnee. Hastig nahm Georg einen letzten Zug von seiner Zigarette, bevor er sie auf den Boden warf und mit dem Fuß austrat.

»Na, geht's dir besser?«, erkundigte sich Alfred in einem Ton, der deutlich machte, dass er nur ein »Ja« als Antwort gelten ließe.

Georg tat ihm den Gefallen. »Viel besser. Vielen Dank fürs Schinkenbrot. Das hat gutgetan.«

»Sag ich doch«, grunzte Alfred. »Nächstes Mal hörst du gleich auf mich.« Er rieb sich die Hände. »Wir sind zum Glück noch nicht zu spät. Also lass uns gleich aufbrechen.« Er ging zur Beifahrerseite und stieg ein.

Georg bückte sich, um den Zigarettenstummel aufzuheben und in die Tasche zu stecken. Dann kletterte auch er in den Wagen.

*

Hamburg-St.Pauli, März 1947

So unauffällig wie möglich ließ Ingrid den Blick umherschweifen. Sie entdeckte nichts, was darauf hindeutete, dass sich an diesem Ort ein Schwarzmarkt befand. Zwar waren ihrem Dafürhalten nach für diesen trüben und kalten Wintertag ungewöhnlich viele Menschen unterwegs. Keiner von ihnen schien jedoch seiner Umgebung Beachtung zu zollen.

War sie in der falschen Straße gelandet? Ihr Deutsch wurde immer besser. Aber manche Straßen- und Ortsnamen klangen in ihren Ohren so seltsam, dass sie nicht vermochte, sie richtig wiederzugeben. Daher konnte es gut sein, dass die Frau, die sie vor mehreren Minuten nach dem Weg gefragt hatte, sie unabsichtlich in die falsche Straße geschickt hatte.

Oder hatten sich die Frauen im Lebensmittelladen, deren Gespräch sie heimlich mitangehört hatte, geirrt? War der Schwarzmarkt ganz woanders? Aber wo? Sie konnte wohl kaum einen der anderen Passanten fragen. Schließlich standen auf Schwarzmarkthandel Strafen.

Enttäuschung stieg in Ingrid auf.

Sollte sie vergeblich gekommen sein? Möglicherweise war es der falsche Tag, und der Schwarzmarkt fand an einem anderen Wochentag statt. Sie könnte morgen einen neuen Versuch unternehmen. Aber was war, wenn sie der falschen Adresse gefolgt war? Dann hätte sie auch morgen keinen Erfolg.

Wen gab es, den sie fragen konnte? Wohl kaum Frau Dombrowski. Vielleicht deren Schwiegertochter. Doch bestand dann nicht die Gefahr, dass sie ihrer Schwiegermutter davon berichtete? Frau Dombrowski würde keine Sekunde zögern und Georg darüber unterrichten, was seine Ehefrau hinter seinem Rücken trieb. Und dass ihr Mann mit ihrer Entschei-

dung, zum Schwarzmarkt zu gehen, nicht einverstanden sein würde, war leider mehr als wahrscheinlich. Daher hatte sie seine Abwesenheit genutzt, um nach St. Pauli zu fahren.

Ingrid schaute sich um. An der Situation um sie herum schien sich nichts geändert zu haben.

Oder doch? Standen dort hinten nicht zwei Männer, die einen Tausch vornahmen?

Ingrid kniff die Augen zusammen, um zu erkennen, was sie in den Händen hatten.

»Seife, schöne, duftende Seife«, klang es unvermittelt neben ihr.

Sie drehte sich um und sah sich einem kleinen, schmächtigen Mann gegenüber, dessen zerschlissener Mantel von der Not seines Trägers zeugte.

»Ich brauche eine Salbe für meine Tochter.« Ingrid deutete auf den Kinderwagen. »Sie hat einen Hautausschlag.«

Bevor sie nach St.Pauli aufgebrochen war, hatte sich Ingrid das Wörterbuch, das Georg während seiner Stationierung in Norwegen zum Erlernen der norwegischen Sprache gedient hatte, zur Hand genommen. Wieder und wieder war sie die Worte durchgegangen, die sie auf dem Schwarzmarkt zu sagen gedachte.

»Was haben Sie dafür anzubieten?«, erkundigte sich der Mann im routinierten Ton eines Geschäftsmannes.

Ingrid zog einen Zettel aus der Manteltasche und hielt ihn ihrem Gegenüber hin. »Diese Salbe brauche ich.«

Der Mann warf nur einen flüchtigen Blick auf das Stück Papier, um dann seine Frage zu wiederholen.

»Einen Moment.« Eifrig kramte Ingrid in ihrer Handtasche.

Wo war denn nur die Kette geblieben?

Sie versuchte nicht daran zu denken, wie viel ihr dieses

Schmuckstück bedeutete. Ihre Eltern hatten es ihr zur Konfirmation geschenkt. Seitdem hatte sie die Kette fast keinen Tag abgelegt.

Es war praktisch das Einzige von Wert, was sie besaß. Bis sie genug Zigaretten zusammengespart hatte, um sich die Salbe leisten zu können, würde es Monate dauern.

Der Mann neben wurde ihr unruhig. »Haben Sie nun was zum Tauschen oder nicht?«

»Ja, einen Augenblick noch.« Endlich hatte Ingrid die Kette gefunden und zog sie aus der Tasche. Sie musste allerdings feststellen, dass die Hände ihres Gegenübers nach wie vor leer waren. »Wo ist die Salbe?«

»Nicht so laut«, zischte der Mann. »Hier sind überall Polizeispitzel.«

Die Erwähnung der Polizei ließ Ingrid erschrocken zusammenzucken. Hektisch vergewisserte sie sich, ob in ihrer Nähe einer der gefürchteten Ordnungshüter lauerte. Da spürte sie, wie ihr die Kette aus der Hand gerissen wurde. Zu überrascht von dem Überfall vermochte sie nicht, nur einen einzigen Laut auszustoßen. Mit der Benommenheit eines Boxers, der einen besonders harten Schlag hatte einstecken müssen, stand sie da und sah dem Mann nach. Bald konnte sie ihn in der Menge nicht mehr ausmachen. Tränen stiegen ihr in die Augen.

Was sollte sie nun tun?

Es war nicht so sehr der Verlust der Kette, der Ingrid quälte.

Auch wenn es schmerzlich war, hatte sie doch gewusst, dass sie sie würde hergeben müssen, wenn sie eine heilende Salbe für Evas Hautausschlag bekommen wollte. Daran war jedoch nicht mehr zu denken. Ohne einen nennenswerten Tauschgegenstand war alle Mühe vergeblich.

»Was machen wir nur, mein Schatz?«, fragte sie auf Norwegisch. Es war seit Langem das erste Mal, dass sie wieder ihre Muttersprache verwendete. Sie hatte allerdings zu leise gesprochen, als dass Eva sie hätte verstehen können.

Nachdem sie einige Minuten so verharrt hatte, setzte Ingrid sich langsam in Bewegung. Von ihrer Verzweiflung völlig gefangen genommen, achtete sie nicht auf den Weg. Erst als der Kinderwagen gegen ein Hindernis stieß, schaute sie auf. »Entschul…« Das Wort blieb ihr förmlich im Hals stecken, als sie erkannte, wen sie beinahe umgefahren hatte.

»Ingrid«, rief Heinrich überrascht, um sich danach gleich besorgt umzusehen, als fürchtete er, allein das Ausrufen eines Namens stempelte ihn zum Verdächtigen ab. »Was machst du denn hier?«, erkundigte er sich in gedämpftem Ton.

Ingrid überlegte, was sie ihrem Schwiegervater erzählen sollte. Doch ihr Kummer war zu groß, um Platz für das Erfinden von Geschichten zu lassen.

Mit einem Ächzen hockte sich Heinrich neben den Kinderwagen, um Eva zu begrüßen. Das kleine Mädchen sah ihn mit verschreckten Augen an. Heinrich ließ sich davon nicht beirren und redete mit leiser, freundlicher Stimme auf seine Enkelin ein. Nach und nach begann Eva sich zu entspannen, bis ein Lächeln über ihr Gesicht glitt, dem ein glucksendes Lachen nachfolgte.

Ingrid, die die Szene wortlos beobachtet hatte, kamen die Tränen. Erschrocken sah Heinrich zu ihr auf, um sich dann, so schnell es sein Rheuma zuließ, zu erheben.

»Was ist denn, min Deern?«

Als hätte er mit dieser Frage eine Schleuse geöffnet, brach das eben Erlebte wie eine Sturzflut aus Ingrid heraus. »Und Eva braucht die Salbe«, schloss sie ihren Bericht.

Heinrich zog ein Taschentuch aus der Hosentasche und

reichte es seiner Schwiegertochter. »Nun wisch dir erst mal die Tränen ab«, bat er. »Sonst frieren die noch fest.«

Dankbar griff Ingrid nach dem Tuch. Nachdem sie sich Wangen und Augen getrocknet hatte, schnäuzte sie sich, um danach das Tuch unschlüssig von einer Hand in die andere wandern zu lassen.

»Behalt es ruhig«, sagte Heinrich. »Falls du noch mal weinen musst. Was ich natürlich nicht hoffe.« Er beugte sich über den Kinderwagen und strich sanft mit dem Zeigefinger über Evas Wange. »Wir finden schon eine Salbe für dich«, versprach er.

Ingrid rührte Heinrichs Anteilnahme, wenn sie auch bezweifelte, dass seine Worte mehr als einen vorübergehenden Trost bedeuteten.

»Und was machst du hier?«, fragte sie ihren Schwiegervater.

Heinrich richtete sich auf. »Grete braucht neue Schuhe.«

Ingrids Blick glitt an Heinrich hinab. Sie konnte nichts ausmachen, was darauf hindeutete, dass er Erfolg gehabt hatte. Heinrich bestätigte ihre Vermutung. »Bisher hatte ich kein Glück.«

»Ja, dann will ich nicht dich mehr aufhalten.« Unvermittelt schämte sich Ingrid ihres Gefühlsausbruchs. »Viel Glück und Grüße nach Hause.«

Flüchtig überlegte Ingrid, ob Erika ihren Eltern von dem Streit mit Georg erzählt hatte. Doch ihre Verzweiflung über den Diebstahl der Kette war nach wie vor zu groß, um diesem Gedanken Raum zu geben.

»Ingrid, warte«, rief Heinrich. »Was ist mit der Salbe?«

Ingrid hob die Achseln. »Ich weiß nicht. Ich muss gehen zu anderer Arzt. Vielleicht der hat eine.«

Heinrich musterte seine Enkelin. »Ist es sehr schlimm?«

Ingrid zögerte. »Ja, schon«, sagte sie dann.

»Warst du mit ihr im Krankenhaus? Die haben andere Möglichkeiten als ein einzelner Arzt.«

»So krank ist sie nicht«, beteuerte Ingrid, bei der die Krankenhausaufenthalte von Mann und Tochter von vor über einem Jahr tiefe Spuren hinterlassen hatten. Seitdem war ein Krankenhaus für sie ein Ort, den es, außer wenn Lebensgefahr bestand, tunlichst zu meiden galt.

»Na, viel an Medikamenten werden die wohl auch nicht haben bei der schlechten Versorgungslage.« Heinrich kratzte sich am Kinn. »Was für eine Salbe brauchst du genau?«

Ingrid zog den Zettel aus der Manteltasche. »Der Arzt hat geschrieben mir auf.«

»Dann versuchen wir unser Glück.«

»Aber …«

Heinrich wollte keinen Einwand gelten lassen. »Eva ist wichtiger als Schuhe. Das wird Grete genauso sehen.«

Ein warmes Gefühl der Dankbarkeit durchströmte Ingrid. Heinrich wiegelte ihre Dankesworte jedoch ab. »Bedank dich erst, min Deern, wenn wir die Salbe haben.«

Nach über einer Stunde Hin- und Herlaufen blieben sie erschöpft stehen.

»Ich glaube nicht, dass wir heute Erfolg haben«, meinte Heinrich resigniert.

Ingrid fühlte, wie Tränen in ihr aufstiegen.

»Mach dir keine Sorgen, wir finden schon eine Lösung«, sagte Heinrich schnell.

»Aber wo?«

Nachdenklich rieb sich Heinrich das Kinn. »Wir könnten zum Hauptbahnhof. Dort soll auch ein großer Schwarzmarkt sein.« Unvermutet trat ein entschlossener Ausdruck in seine Augen. »Nein, ich weiß etwas viel Besseres. Wir bitten Erika, ihre Engländer zu fragen. Wenn jemand an so etwas herankommt, dann sie.«

Ingrid verspürte ein unangenehmes Kribbeln im Bauch bei der Vorstellung, ihrer Schwägerin gegenübertreten zu müssen.

Es geht um Eva, ermahnte sie sich. *Dahinter hatte alles andere zurückzustehen.*

»Gut, fragen wir sie.«

*

Im Harz, Sowjetische Zone, März 1947

»Das ist zu wenig«, stellte Alfred fest, nachdem er die Flaschen durchgezählt hatte.

»Mehr haben wir nicht«, beschied ihm ein großer, bulliger Mann.

Er und drei weitere Männer hatten Alfred und Georg in einem kleinen verfallenen Haus am Waldrand erwartet. Die Begrüßung war denkbar knapp ausgefallen. Jedem der Anwesenden war deutlich anzumerken, dass es ihn einzig des Geschäftes wegen an diesen Ort verschlagen hatte. Von Anfang an hatten sich die vier Männer auf Alfred konzentriert. Georg war das nur recht gewesen. Handeln und Verkaufen lagen ihm nicht. Er war glücklich, wenn er ein Stück Holz in den Händen halten durfte, das er bearbeiten konnte.

»Wir haben beim letzten Mal vereinbart, dass es beim nächsten Mal 20 Flaschen mehr sein sollen. Es sind aber nur zehn«, beschwerte sich Alfred.

Georg unterzog die vier Männer einer unauffälligen Musterung. Auch wenn der große Bullige allein aufgrund seiner

Statur der Gefährlichste zu sein schien, wirkten auch seine drei Begleiter nicht wie Männer, die eine körperliche Auseinandersetzung scheuten. Das unangenehme Gefühl, das seit Überschreiten der Zonengrenze wie Pech an Georg klebte, verstärkte sich.

Zwei gegen Vier. Das war eine denkbar ungünstige Ausgangslage.

Georg ließ seinen Blick durch das Zimmer wandern, als wäre er gekommen, um dessen Einrichtung zu bewundern. Dabei blieb seine Aufmerksamkeit auf die Unterhaltung gerichtet, die an Schärfe zunahm.

Der Bullige verschränkte die Arme vor der breiten Brust. »Du warst doch gar nicht dabei. Woher willst du denn wissen, wie viele Flaschen wir vereinbart haben?«

»Mein Chef hat mir gesagt, dass ich 70 abholen soll«, erwiderte Alfred, die Unterlippe wie ein trotziges Kleinkind vorgewölbt.

»Dann hast du anscheinend nicht zugehört.« Der Bullige spuckte auf den durchgetretenen Boden. »Entweder nimmst du nun die 60 Flaschen oder nicht. Wir haben nicht die ganze Nacht Zeit.«

Vor der Tür zum Flur standen zwei Männer. Die schied also als Fluchtweg aus. Und an eine Flucht durch die Fenster war schon gar nicht zu denken. Bevor sie nur halb hindurch wären, hätten die Männer sie gepackt. Die einzige Möglichkeit bliebe die Tür zum Nachbarraum. Allerdings wussten sie nicht, was oder wer sich dort verbarg. Der Fußboden in diesem Zimmer wirkte schon nicht sehr vertrauenerweckend.

Während Georg sich mit möglichen Fluchtwegen beschäftigte, unternahm Alfred einen weiteren Versuch, die von ihm verlangte Anzahl Flaschen ausgehändigt zu bekommen.

»Ihr glaubt doch nicht, dass mein Chef noch mal mit euch Geschäfte macht, wenn ihr euch nicht an die Vereinbarungen haltet.«

Der Bullige lachte höhnisch. »Dann soll er sich jemand anderen suchen. Wir werden ihn nicht daran hindern. Für unseren Schnaps finden wir auch woanders Abnehmer. In der amerikanischen Zone sind sie ganz wild drauf.«

Diese Antwort hatte Alfred nicht erwartet. Er schluckte, sodass sein Adamsapfel auf und ab hüpfte. Georg fiel zum ersten Mal auf, wie jung er war. Bisher hatte Alfreds schneidiges Auftreten ihn vermuten lassen, er wäre mindestens so alt wie er selbst, Mitte 20, wenn nicht sogar älter. Nun konnte er nicht umhin, sich zu fragen, ob Alfred überhaupt das 20. Lebensjahr vollendet hatte.

»Also gut, dann nehmen wir die 60 Flaschen«, teilte Alfred dem Bulligen mit. Man hörte ihm an, wie viel Überwindung ihn diese Aussage kostete.

Der Bullige grunzte. »Na bitte, warum nicht gleich so.«

»Dann könnt ihr sie einpacken«, sagte Alfred.

Die rechte Augenbraue des Bulligen hob sich ein kleines Stück in die Höhe, was seinem Gesicht etwas Gespensterhaftes verlieh.

»Bitte«, setzte Alfred hinzu.

Der Bullige lachte. Es war kein freundliches Lachen. Dann sah er seine Begleiter an. »Sind wir Packmamsells?«

Die drei schüttelten unisono die Köpfe. Wenn die Lage nicht so ernst gewesen wäre, hätte Georg gegrinst. Die Männer wirkten auf ihn wie dressierte Affen. Dennoch hütete er sich davor, sie zu unterschätzen.

Ein Wort des Bulligen und sie würden zum Angriff übergehen.

Er trat dicht an Alfred heran. »Wir sollten uns nicht mit

ihnen anlegen«, raunte er ihm zu. »Lass uns die Flaschen einpacken und verschwinden.«

Alfred war jedoch nicht gewillt, ein weiteres Mal nachzugeben. Er verschränkte die Arme vor der Brust. Aufgrund der Tatsache, dass er deutlich kleiner und schmaler war als der Bullige, wirkte diese Pose aber nur wie der verzweifelte Versuch eines Kindes, die Aufmerksamkeit eines Erwachsenen für sich zu gewinnen. »Beim letzten Mal waren die Flaschen eingepackt.«

»Sagt wer?«, fragte der Bullige belustigt.

»Mein Chef.«

»Dann soll der kommen und die Flaschen abholen.«

Aufs Neue erweckte Alfred den Eindruck eines verunsicherten Jünglings. Georg nutzte die Gelegenheit, um ihn im Flüsterton aufzufordern, sich auf den Zweck ihrer Reise zu besinnen. »Das Wichtigste ist, dass wir den Schnaps mitbringen. Stell dir vor, was Willi sagt, wenn wir ohne den nach Hamburg kommen.«

Wenn sie wieder nach Hamburg kämen. Im Moment würde er darauf keine Wette abschließen.

Die Erwähnung des Schwarzmarkthändlers schien Eindruck bei Alfred zu hinterlassen. »Also gut, packen wir eben selbst ein«, sagte er mürrisch. »Wo sind die Kisten?«, erkundigte er sich bei dem Bulligen.

Der deutete mit dem Kinn in eine der Zimmerecken. Dort lagen neben einem Strohhaufen mehrere größere Säcke.

»Ich sehe keine Kisten.«

Der Bullige zuckte mit den Schultern. »Holz ist eben kostbar.«

»Das verstößt gegen die Abmachung«, empörte sich Alfred. »Wir bringen die Flaschen und die Kisten mit, die ihr mit dem Schnaps füllt.«

»Sieh es mal so. Wir gehen ein enormes Risiko ein. Was glaubst du, was der Russe mit uns macht, wenn er uns erwischt?«

»Und du glaubst, uns würde nichts passieren?« Alfreds Stimme war um einige Oktaven lauter geworden. »Ich verlange auf der Stelle, dass ihr uns die Kisten zurückgebt, in denen wir heute die leeren Flaschen mitgebracht haben.«

»Die sind fürs nächste Mal. Oder will dein Chef keinen Schnaps mehr bei uns kaufen? Braucht ihr nur zu sagen.«

»Was ist mit den Kisten vom letzten Mal geschehen?«

Der Bullige sah ihn mit der ernsten Miene eines Richters an, der einem Angeklagten sein Urteil verkündete. »Der Winter ist auch bei uns kalt.«

Alfreds Gesicht spiegelte ein Wechselbad von Gefühlen wider. In rascher Folge wechselten sich Zorn und Unsicherheit, gefolgt von Ärger und Vorsicht ab. Am Ende gewannen Zorn und Ärger die Oberhand. »Jetzt reicht's«, brüllte er und zog eine Pistole aus der Tasche, mit der er auf den Bulligen zielte. Die Hand, die die Waffe hielt, zitterte jedoch leicht. Diese verräterische Bewegung entging auch dem Bulligen nicht.

»Und jetzt willst du uns alle erschießen?«, fragte er spöttisch, ohne dabei den Blick von der Waffe zu nehmen.

»Ich verlange die Kisten«, schrie Alfred.

Gefangen in seiner eigenen Unsicherheit beobachtete Georg die Situation.

Sollte er eingreifen? Es war ausgeschlossen, dass Alfred sich gegen die vier durchsetzte. Selbst wenn er einen von ihnen erwischte, würden sich die anderen auf ihn stürzen, noch bevor er einen zweiten Schuss abfeuern konnte. Wenn er denn überhaupt einen der Männer erwischte. So wie es aussah, war es wahrscheinlicher, dass er eine der Wände traf.

Was nicht unbedingt das Schlechteste war. Er legte keinen Wert darauf, von den Russen verhaftet zu werden. Und dazu käme es unweigerlich, wenn Alfred einen der Männer verletzte oder sogar tötete. Die anderen drei würden ein derartiges Geschrei veranstalten, dass sie, noch bevor sie das Dorf verlassen hätten, verhaftet würden.

In diesem Punkt erwies sich Georgs Sorge als unbegründet. Alfred kam nicht dazu, auch nur einen einzigen Schuss abzugeben. Mit einer derartig schnellen Bewegung, dass Georg nicht hätte sagen können, welches seiner Beine er benutzt hatte, trat der Bullige Alfred die Waffe aus der Hand. Anschließend versetzte er ihm einen Kinnhaken, der Alfred ins Wanken brachte. Ein wohlplatzierter Hieb in den Magen brachte ihn schließlich zu Fall. Der Bullige beließ es nicht dabei, sondern verabreichte dem sich am Boden zusammenkrümmenden Alfred einen kräftigen Tritt in die Seite, was diesen endgültig außer Gefecht setzte.

»Was ist mit dir?«, fragte der Bullige Georg.

Wie in Trance hatte Georg das Geschehen verfolgt. Nun schreckte er hoch. »Mit mir?«

»Machst du auch Ärger?«

Georg schüttelte den Kopf.

»Das will ich dir auch geraten haben.« Der Bullige massierte sich die Finger seiner Schlaghand. »Sag deinem Chef, wenn er mir noch mal so einen Armleuchter schickt, war's das mit der Zusammenarbeit.«

Georg nickte. »Was ist mit dem Schnaps?«

Der Bullige hob die Achseln. »Wenn ihr bezahlt, gehört er euch.«

Georg sah zu Alfred, der immer noch benommen auf dem Boden lag. Dann straffte er die Schultern.

Das Wichtigste war, dass sie sicher in die britische Zone

zurückkehrten. Aber wenn sie den Schnaps dabeihätten, wäre das bestimmt auch kein Fehler.

»Einverstanden«, sagte er.

Er händigte dem Bulligen die aus Hamburg mitgebrachten Zigaretten aus. Zu seiner Erleichterung verließen die Männer daraufhin das Haus. Nicht ohne ihm vorher eine Warnung mit auf den Weg zu geben. »An deiner Stelle würde ich mich beeilen. An der Grenze ist bald Wachwechsel.«

Georg verstand die versteckte Botschaft und machte sich unverzüglich daran, die Säcke zunächst mit Stroh zu befüllen, um dann dazwischen die Flaschen zu stecken. Er arbeitete so hastig, dass ihm eine der Flaschen aus der Hand glitt und auf dem Boden zerschellte. Das Geräusch weckte Alfred, der in eine Art Halbschlaf gefallen war. Benommen richtete er den Oberkörper auf und sah sich blinzelnd im Raum um. Als sein Blick an Georg hängen blieb, stutzte er. »Was machst du da?« Seine Stimme klang rau, als litte er an einer Erkältung.

»Einpacken«, erklärte Georg ihm lapidar und verstaute die nächste Flasche in einem der Säcke.

»Wo sind die anderen?«

»Weg. Und das sind wir hoffentlich auch bald. Anscheinend ist es nicht mehr lange hin bis zum Wachwechsel an der Grenze.«

Mühsam kämpfte sich Alfred auf die Beine, um sich danach suchend im Zimmer umzusehen. »Wo ist meine Waffe? Haben die Schweinesäcke sie etwa mitgenommen?«

»Unterm Tisch.«

Nachdem Alfred die Pistole aufgehoben hatte, machte er sich als Erstes daran, sie zu überprüfen. In Georg stieg Ärger auf. »Dafür haben wir keine Zeit. Anscheinend hast du mich nicht verstanden. An der Grenze ist bald Wachwechsel. Oder hast du die nächste Schicht auch bestochen?«

»Nein, habe ich nicht«, knurrte Alfred missmutig und steckte die Waffe weg. Anschließend machte er sich daran, die bereits fertigen Säcke nach draußen zum Lieferwagen zu schleppen. Als er nach der zweiten Fuhre zurückkam, ging sein Atem so schnell, als wäre er mehrere Kilometer gerannt. »Wo sind die Zigaretten?«, stieß er keuchend hervor.

Georg verschloss den letzten Sack. »Die habe ich gegen den Schnaps eingetauscht. So wie es vereinbart war. Oder bist du scharf darauf, Willi Jensen zu erklären, warum wir ohne Schnaps heimkommen?«

Alfreds Ärger konnte er damit nicht besänftigen. Vor Wut bebend ging dieser auf Georg zu und bohrte ihm den Zeigefinger in die Brust. »Aber doch nicht alle«, schrie er.

»Das hast du mir nicht gesagt«, antwortete Georg ruhig, obwohl sich sein Magen vor Angst zusammenkrampfte.

Würde Alfred zur Waffe greifen? Den Schnaps konnte er auch allein nach Hamburg fahren. Willi Jensen würde er erzählen, dass es einen Unfall gegeben hatte. Damit wäre die Sache erledigt. Niemand würde irgendwelche Nachforschungen anstellen. Allein schon die Zonengrenze verhinderte dies.

Alfred starrte ihn an. Dann zog er seine Hand zurück. »Scheißtag«, knurrte er. »Und wie sollen wir jetzt die Russen bestechen?«

»Ich dachte, das haben wir auf dem Hinweg gemacht.«

Georg hatte den Grenzpolizisten nicht in die Augen schauen können, als er ihnen die Zigaretten heimlich zugesteckt hatte. Selten zuvor hatte er sich so geschämt.

»Das reicht nicht«, sagte Alfred düster. »Jedenfalls können wir das Risiko nicht eingehen.«

»Und nun?«

Einige Herzschläge lang schwiegen die beiden Männer.

»Und wenn wir die Posten umgehen?«, schlug Georg vor. Der Wunsch, nach Hamburg zurückzukehren, war so übermächtig, dass er bereit war, dafür jedes Wagnis einzugehen.

»Kennst du dich denn in der Gegend aus?«

»Nein, ich hatte gehofft, du. Du warst schon mal mit.«

Alfred schnaubte. »Einmal. Und da war es genauso dunkel wie jetzt.«

»Es gehen doch immer wieder heimlich Menschen über die Grenze. Die werden sicher von jemandem geführt.«

»Das mag ja gut sein, du Schlaumeier. Aber wo willst du so einen Lotsen finden? Willst du bei jedem Haus im Dorf anklopfen und danach fragen?«

»Nein, natürlich nicht. Aber wir wissen ja, in welche Richtung wir müssen. Vielleicht stoßen wir zufällig auf jemanden.« Noch während er sprach, war sich Georg bewusst, wie jämmerlich sein Plan klang.

»Selbst wenn wir jemanden finden, was ich bezweifle, was machen wir mit dem Schnaps, wenn wir zu Fuß gehen? Um deine Worte von vorhin zu wiederholen. Was wird Willi sagen, wenn wir ohne Schnaps nach Hamburg zurückkommen?«

»Wir erzählen ihm, dass die Russen ihn uns abgenommen haben.«

»Und uns haben sie laufen gelassen?« Alfred war seine Skepsis deutlich anzuhören. »Das funktioniert nicht.«

»Somit bleibt nur, auf unser Glück zu vertrauen und uns allein in die britische Zone zu schlagen.«

Und so machten sie es. Es wurde eine Fahrt, die Georg nie vergäße.

Es war dunkel im Wald. Nur gelegentlich brach ein dünner Mondstrahl durch die Bäume, der kaum ausreichte, um auch nur einen halben Meter weit zu sehen. Georg hätte sich nicht gewundert, wenn er gegen einen Baum führe. Aus Furcht vor Grenzpatrouillen bestand Alfred darauf, dass sie die Scheinwerfer ausgeschaltet ließen. Als Georg darauf hinwies, dass er in diesem Falle nicht für ihre Sicherheit garantieren könnte, schrie Alfred ihn an, dass er ihn nicht zum Sprechen mitgenommen hätte. Georg entsann sich Alfreds Waffe und verkniff sich eine weitere Bemerkung. Mit dem anbrechenden Grau der morgendlichen Dämmerung wurde die Sicht besser. Allerdings stieg auch ihre Angst vor einer Entdeckung.

»Wenn mir mal irgendjemand sagen könnte, ob wir die Grenze schon überquert haben«, murmelte Alfred mehrere Male. Eingedenk seiner bisherigen Erfahrungen entschied sich Georg, ihn zu ignorieren. Die Sonne war schon aufgegangen, als sie endlich einen Ort erreichten.

»Halt mal an«, sagte Alfred, als ihnen auf der Straße ein Mann entgegenkam. Georg kam der Aufforderung nach. Die Augen misstrauisch zusammengekniffen, betrachtete der Mann ihren Wagen, als hätte er ein solches Gefährt noch nie zuvor gesehen.

»Entschuldigen Sie«, rief Alfred ihm im freundlichen Ton eines Touristen, der auf der Suche nach einer bestimmten Sehenswürdigkeit war, zu. »Ist das hier die britische Zone?«

Die Augen des Mannes verengten sich noch mehr. »Was seid ihr denn für welche?«

Zu Georgs Verwunderung ließ Alfred sich davon nicht beirren. Im gleichbleibenden freundlichen Ton wiederholte er seine Frage.

»Ja, das ist die britische Zone«, brummte der Mann und taxierte den Wagen wie jemand, der darüber nachdachte, die Polizei zu rufen.

»Vielen Dank«, sagte Alfred liebenswürdig. Den Mann nach wie vor anlächelnd, zischte er Georg zu: »Fahr los.«

Georg zögerte keine Sekunde, und schon rollten sie die Straße Richtung Dorfausgang entlang.

»Das haben wir doch bestens hinbekommen«, frohlockte Alfred, als sie nach mehreren Stunden Fahrt Hamburg erreichten. »Willi wird stolz auf uns sein.«

Georg war zu müde, um darauf etwas zu entgegnen. Allerdings hätte er auch in ausgeruhtem Zustand kaum gewusst, was er hätte sagen können, ohne Alfred gegen sich aufzubringen. Keinesfalls hätte er in die Lobeshymne mit einstimmen können. Auch wenn sie ihren Auftrag erfüllt hatten, empfand Georg keinerlei Befriedigung. Nicht einmal Erleichterung mochte sich bei ihm einstellen, dass sie unversehrt zurückgekommen waren. Zu mächtig war die Ahnung, dass dieser Albtraum nicht der letzte gewesen war.

*

Hamburg-Rahlstedt, März 1947

»Wie kann ich danken dir?«, fragte Ingrid ihre Schwägerin.

»Lass man«, erwiderte Erika verlegen. »Das war keine große Sache.«

»Oh doch«, widersprach Ingrid. »Dein Vater und ich waren lange auf der Schwarzmarkt und nirgendwo war die Salbe zu finden.«

»Warum bist du nicht gleich zu mir gekommen?« Noch bevor sie sie ganz ausgesprochen hatte, bedauerte Erika, die Frage gestellt zu haben.

Was sollte Ingrid darauf antworten? Es war offensichtlich, warum sie nicht gekommen war. Georg hatte es ihr verboten.

Je öfter Erika über den Streit mit Georg und Ingrid nachgedacht hatte, desto mehr war sie zu der Überzeugung gelangt, dass Ingrid daran keine Schuld traf. Natürlich hätte sie sich gewünscht, dass ihre Schwägerin ihr in der Auseinandersetzung beigestanden hätte. Aber sie hatte im Nachhinein begriffen, dass Ingrid es nicht gewagt hatte, sich offen gegen ihren Mann zu stellen.

Jedes Mal, wenn Erika auf die Szene am Abend des Kohlenklaus zurückgeblickt hatte, war ihr Ingrid ängstlicher und abhängiger von Georgs Wohlwollen erschienen. Für Erika war diese Einsicht eine erstaunliche Entwicklung, denn schließlich hatte sie ihrer Schwägerin lange ablehnend gegenübergestanden und ihr zudem unterstellt, Georg seiner Familie zu entfremden. Woher diese neue Milde kam, hätte Erika selbst nicht benennen können. Vielleicht hatte Georgs Verhalten an jenem Abend ihr die Augen darüber geöffnet, wer in dieser Ehe letztendlich die Entscheidungen traf. Vielleicht war es auch der Ärger darüber, dass Georg nicht einmal Evas Gesundheit als hinreichenden Grund für einen Kohlendiebstahl erachtet hatte. Erika liebte ihre Nichte nach wie vor abgöttisch und hätte alles für sie getan. Daher hatte sie keine Sekunde gezögert, als Heinrich sie darum gebeten hatte, Mrs. Evans nach einer Salbe für Evas Hautausschlag zu fragen. Zu ihrer großen Freude hatte ihre Arbeitgeberin sogleich ihren Mann angerufen, um ihm den Sachverhalt zu schildern. Dieser hatte am Abend die Salbe mitgebracht, die Erika nun ihrer Schwägerin ausgehändigt hatte.

»Ich hatte Angst, du bist böse auf mich«, beantwortete Ingrid nach längerem Schweigen Erikas Frage.

»Aber nein. Und selbst wenn, Eva helfe ich immer.« Erika ging zu ihrer Nichte, die auf dem Bett saß und mit ihrer Puppe spielte.

Ingrid beobachtete, wie die beiden sich unterhielten und dabei die Puppe zwischen sich hin und her wandern ließen. Eine Träne löste sich aus ihrem Augenwinkel und lief ihre Wange hinab. Eine weitere folgte. Rasch verrieb Ingrid sie mit ihrer Hand.

Wieso weinte sie denn? Es gab keinen Grund dafür. Ihre Schwägerin zürnte ihr allem Anschein nicht, dass sie ihr bei dem Streit mit Georg nicht beigesprungen war und sie Georgs Wut hatte alleine ertragen lassen. Ihre Tochter hatte endlich die Salbe gegen den Hautausschlag bekommen. Das Einzige, was ihr zu ihrem momentanen Glück fehlte, war, dass Georg gesund von seiner Reise zurückkehrte. Ein wenig quälte sie das schlechte Gewissen, dass sie ihn überredet hatte, eine derartig lange Fahrt auf sich zu nehmen. Schließlich fuhren die Züge mehr als unregelmäßig und waren mit Sicherheit überfüllter als früher.

Ein lautes Hupen von draußen riss Ingrid aus ihren Gedanken.

»Oh, wie dumm von mir. Ich habe die Zeit ganz vergessen«, rief Erika. Rasch zog sie Eva in eine feste Umarmung. »Meine Süße, mach's gut. Wir sehen uns ganz bald, versprochen. Vielleicht habe ich dann sogar Schokolade für dich.«

Mit großen Augen sah Eva sie an.

»Du weißt wahrscheinlich nicht mal, was Schokolade ist, du armes Kind.« Erika drückte ihrer Nichte einen Kuss auf den Scheitel und erhob sich vom Bett.

Zu Ingrids Verwunderung verabschiedete sie sich nicht sogleich, sondern prüfte den Sitz ihrer Frisur, um danach die Falten ihres Rocks zu glätten. »Du siehst gut aus«, konnte Ingrid sich nicht verkneifen zu sagen.

Erika errötete. »Vielen Dank.« Sie griff nach ihrer Tasche. »Wenn ihr etwas braucht, sagt Bescheid. Alles kann ich nicht besorgen. Aber wenn es um Eva geht, scheuen die Evans keine Mühen.« Nachdenklich blickte sie ihre Nichte an. »Vielleicht kann ich sie einmal mitnehmen. Ich bin sicher, Mrs. Evans würde sich freuen.«

»Wenn du meinst.« Ingrid war sich da nicht so sicher. *Was wollte eine Engländerin mit einem deutschen Kleinkind? Sich überzeugen, dass sie die Salbe auch benutzte und ihre Eltern sie nicht auf dem Schwarzmarkt verkauft hatten?*

Erneut wurde vor dem Haus gehupt. »Ich muss wirklich los«, sagte Erika und eilte zur Tür. »Tschüss, ihr beiden, bis bald.« Sie öffnete die Tür und fand sich Frieda Dombrowski gegenüber, die sie böse anfunkelte.

»Können Sie Ihrem Tommy mal sagen, dass er gefälligst mit dem Hupen aufhören soll? Die ganze Nachbarschaft weckt er damit auf.«

»Na, so spät ist es ja noch nicht«, entgegnete Erika kühl. »Im Übrigen, wenn es Sie stört, gehen Sie selbst zu ihm und sagen ihm das. Mein Tommy ist er nämlich nicht.« Erika betete darum, dass ihr nicht erneut die verräterische Röte ins Gesicht gestiegen war.

Es hätte allerdings keinen Unterschied gemacht. Wenn Frieda Dombrowski sich einmal eine Meinung gebildet hatte, blieb sie in der Regel dabei. In diesem Falle ging sie zurecht davon aus, dass zwischen Erika und dem jungen englischen Soldaten vor ihrem Haus eine Verbindung bestehen musste. »Nicht?«, fragte sie ebenso kühl zurück. »Er wartet also nicht auf Sie? Dann habe ich wohl etwas mit den Augen. Ich meine, ich habe vor einer halben Stunde eine junge Frau, die komischerweise genauso aussah wie Sie, aus dem Auto steigen sehen.« Ein lauernder Ausdruck trat in ihr Gesicht. »Sie wissen, dass er Sie eigentlich nicht mitnehmen darf?«

Zunächst war es Furcht, die Erika verspürte. Furcht

davor, was mit Peter Williams geschähe, wenn Frieda Dombrowski ihre Beobachtung meldete. Lange hielt die Furcht nicht vor.

Wem sollte es die alte Vettel melden? Die deutsche Polizei war nicht zuständig. Und ob die Alte bei der Kaserne etwas erreichte, war mehr als fraglich. Mit Sicherheit sprach sie nicht einmal Englisch.

Erika schenkte der Zimmerwirtin ein spöttisches Lächeln. »Es ist erstaunlich, wie sehr Sie sich für Ihre Mitmenschen interessieren. Da sollte ich wohl meinen Arbeitgeber, Major Evans, einmal bitten, in den Akten der Gestapo nach Ihnen zu suchen. Ich bin sicher, unter den Denunzianten wird er fündig.«

Frieda Dombrowskis Gesichtsfarbe changierte von Weiß zu Rot. »Das ist ja wohl die Höhe«, ereiferte sie sich. »Was fällt euch jungen Dingern bloß ein? Nur weil ihr für die Besatzer die Beine breit macht, glaubt ihr, euch alles erlauben zu können.«

Erikas Zorn erreichte neue Höhen. »Da war es unter den Nazis wohl besser? Da wurden solche, die den Mund aufgemacht haben, eingesperrt.«

»Erika.« Ingrid zupfte sie am Ärmel.

»Was ist denn? Kann man nicht mal die Wahrheit sagen?«

»Es hat schon wieder gehupt.«

»Oh«, entfuhr es Erika. Der Zorn auf Frieda Dombrowski wurde von der Sorge abgelöst, dass Peter Williams ihretwegen zu spät käme. »Ich gehe. Tschüss, Ingrid.« Ohne Frieda Dombrowski auch nur eines Blickes zu würdigen, verließ Erika das Haus.

»Tut mir leid«, rief sie Peter Williams entgegen, der bei ihrem Erscheinen aus dem Wagen gesprungen war und ihr die Beifahrertür aufhielt. Zu ihrer Erleichterung schien ihr der junge Engländer ihr Zuspätkommen nicht übel zu nehmen.

»I am sorry, ich muss entschuldigen mich.« Er bedachte sie mit einem kläglichen Lächeln. »Aber ich bekomme Ärger, wenn ich komme zu spät. Und dann kann ich gehen nicht mit Ihnen aus morgen.«

»Wir gehen morgen aus?«, fragte Erika verwundert, während sich ihr Herzschlag augenblicklich beschleunigte.

»Sie haben gesagt, wenn es wird wärmer, dann wir gehen aus.«

»Aber es ist immer noch kalt.«

»Heute es regnet und nicht schneit.«

Erika musste schmunzeln. Der Eifer, mit dem Lance Corporal Williams ihre Verabredung einforderte, imponierte ihr. Dergleichen hatte sie noch nie zuvor erlebt. Hatte sie sich am Anfang durch sein hartnäckiges Werben gelegentlich bedrängt gefühlt, genoss sie es nun. Das bedeutete allerdings nicht, dass es ihr nicht auch gefiel, den jungen Engländer ein wenig zu quälen. »Es ist noch kein Frühling«, sagte sie, sich dabei um eine ernste Miene bemühend.

Enttäuscht bogen sich Peter Williams' Mundwinkel nach unten. »Dann wir warten. Aber wenn Frühling da, dann bestimmt wir gehen aus?«

Erika gelang es nicht, ihr Lächeln länger zu unterdrücken. »Der offizielle Frühlingsanfang ist ja diese Woche. Da können wir das wohl gelten lassen.«

Peter Williams sah sie verwirrt an, als hätte er ihre Worte nicht verstanden.

»Oder wollen Sie nicht mehr mit mir ausgehen?«

»Of course, Miss Erika. Natürlich. Diese Woche?« Sein Gesicht strahlte wie das eines Kindes an Weihnachten.

»Diese Woche.«

In einigen Metern Entfernung verfolgte Georg die Szene mit einer Mischung aus Unglauben und Verärgerung. Es drängte ihn, zum Wagen zu gehen, Erika am Arm zu packen und sie zu fragen, was sie glaubte, dort zu tun. Doch die durch die Jahre als Soldat erworbene Selbstdisziplin ließ ihn auf seinem Beobachtungsposten verharren.

Seine privaten Angelegenheiten vor den Augen der Nachbarschaft und vor allem denjenigen der Dombrowski zu waschen, war das Letzte, was er wollte. Zumal an dem Erfolg eines solches Unternehmens erhebliche Zweifel bestanden. Bei ihrem Streit hatte Erika eindeutig gezeigt, wie widerborstig sie geworden war. Nun kannte er den Grund dafür.

Georg wartete, bis der Wagen weggefahren war. Erst danach machte er sich auf den Weg zum Haus.

»Na endlich«, empfing ihn Ingrid. Sie schlang ihre Arme um ihn und vergrub das Gesicht an seiner Schulter. »Ich habe gehabt Sorgen, dass passiert dir etwas.«

In Gedanken bei seiner Schwester ließ Georg die Umarmung steif über sich ergehen. Stirnrunzelnd löste Ingrid sich von ihm. »Geht es gut mit dir?«

»Erika war hier?«

»Ja, wieso? Sie hat gebracht Salbe für Eva.«

»Sie ist mit einem Tommy weggefahren.«

»Die Salbe ist von Erikas englische Chef.«

Georg rief sich das Gesicht des jungen Engländers, mit dem sich seine Schwester so angelegentlich unterhalten hatte, ins Gedächtnis. »Für einen Chef sah er sehr jung aus.«

»Vielleicht sein Fahrer.«

»Deutsche dürfen nicht beim Tommy mitfahren.«

Ingrid fühlte sich an die Unterhaltung mit Frau Dombrowski erinnert. »Das ist Sache von Erika«, sagte sie ungehalten.

»Nicht, wenn sie vor unserem Haus beim Tommy einsteigt. Was glaubst du, wie sich die Dombrowski das Maul zerreißt.«

»Freust du dich gar nicht, dass wir haben Salbe für Eva?«

»Dafür brauchen wir die Tommies nicht.«

»Ich habe keine bekommen. Nirgendwo. Nicht mal auf Schwarzmarkt.«

»Du warst auf dem Schwarzmarkt?«

»Ja«, erwiderte Ingrid vorsichtig angesichts von Georgs barschem Ton.

»Habe ich dir nicht gesagt, wie gefährlich das dort sein kann?«

Ingrid nickte zögerlich.

Sie verstand, dass Georg sich Sorgen machte. Aber ihr war ja nichts geschehen. Und sie hatten die Salbe nun mal dringend gebraucht.

»Und du bist trotzdem gegangen?«

»Evas Haut wurde schlimmer. Und du warst nicht da.«

»Ach, jetzt ist es meine Schuld.« Georgs Tonfall wurde beißender. »Wer hat mich denn bedrängt, dass ich diese Reise machen soll? Häh? Wer war das?«

»Ich nicht habe gedrängt.«

»Nein? Du hast mich nicht angefleht, zu meinem alten Schulfreund zu fahren, weil wir unbedingt Kohlen brauchen?«

»Ich denken, wünschen du.« In ihrer Verwirrung waren Ingrids Deutschkenntnisse zu einem kümmerlichen Haufen zusammengeschmolzen, von dem sie nicht wusste, ob er nur annähernd das abbildete, was sie hatte sagen wollen.

»Ach, lass mich in Ruhe. Ich gehe ins Bett. Das habe ich mir verdient nach den ganzen Strapazen.«

Ingrid fragte sich, was an ihrem Verhalten falsch gewesen war.

Hatte sie ihn wirklich zu etwas Schlimmem angestiftet? Aber was war falsch daran, wenn man in Zeiten, wo selbst drinnen die Temperaturen kaum den Gefrierpunkt überschritten, sich etwas zum Heizen besorgte? Oder hatte Georg nur seinen Ärger über Erika an ihr ausgelassen? Das mochte sicherlich eine Rolle gespielt haben. Doch in erster Linie war er über sie wütend gewesen. In Zukunft würde sie sich daher davor hüten, ihn zu irgendetwas zu überreden.

10. KAPITEL

Trondheim, Mai 1947

»Nein, wie siehst du denn aus?« In gespieltem Entsetzen schlug Kristine die Hände über dem Kopf zusammen.

Leif, der Kristines Geste nicht zu deuten vermochte, trat verlegen von einem Fuß auf den anderen. »Es tut mir leid«, nuschelte er. Mit dreckverkrusteten Händen rieb er über seine Hose, als könnte er auf diese Weise den sie zierenden Riss ungeschehen machen.

»Er konnte nichts dafür, Großmutter«, kam Per Halvorsen seinem Freund zu Hilfe. »Die Andersen-Jungen waren hinter uns her.«

Kristine stemmte die Hände in die Hüften. »Na, da werde ich mit deren Mutter ein Wörtchen reden müssen.«

Per sah seine Großmutter entsetzt an. »Das darfst du nicht«, rief er.

Kristine hob die Augenbrauen, während sie sich insgeheim das Lachen verbeißen musste. »Und warum nicht?«, fragte sie scheinbar ernst.

»Weil das eine Angelegenheit der Jungs ist«, ertönte Nils' Bassstimme. Er trat neben die beiden Jungen und zwinkerte ihnen zu. »Großmütter brauchen schließlich nicht alles zu wissen.«

Während Per das Zwinkern seines Großvaters erwiderte,

schien Leif nach wie vor abzuwägen, ob ihm seine zerrissene Hose Ärger einhandeln würde. Erneut fingerte er an dem Riss entlang, der sich fast über die gesamte Rückseite des Kleidungsstücks erstreckte. »Mama wird traurig sein. Sie hat nicht so viel Geld.« Leif verstummte, als befürchtete er, unabsichtlich ein Geheimnis verraten zu haben.

Sowohl Per als auch Nils schauten Kristine erwartungsvoll an. Doch diese war damit beschäftigt, ihren Mann einer forschenden Musterung zu unterziehen.

»Du siehst blass aus«, konstatierte sie. In ihrem Ton schwang Sorge mit.

Nils starrte sie einen Moment verwirrt an. »Mir geht es gut«, knurrte er unwirsch. »Wem es nicht gut geht, das ist dieser Junge hier.« Er nickte mit dem Kopf in Leifs Richtung. »Und das wird sich nicht ändern, wenn nicht jemand seine Hose flickt, bevor ihn seine Mutter abholt.«

Nun war es Kristines Gesicht, über das sich ein Ausdruck der Verwirrung legte.

»Möchtest du, dass Leif Ärger bekommt?«, fragte Nils ungeduldig.

Kristine schüttelte sich kurz, wie jemand, der aus einem Tagtraum gerissen wurde. »Wer bekommt Ärger?«

Per bedachte seine Großmutter mit einem nachsichtigen Lächeln, das ihn um einiges älter wirken ließ. »Leif hat Angst, dass seine Mutter schimpft, wenn sie die kaputte Hose sieht. Daher haben wir gedacht …« Er verstummte hilflos und verwandelte sich wieder in den siebenjährigen Jungen, der er war.

»Wir haben uns gedacht«, sprang Nils seinem Enkel bei, »dass du diejenige bist, die das verhindern kann. Bei deinen Nähkünsten merkt Leifs Mutter nicht mal, dass die Hose kaputt war.«

»Diesen Riss würde jeder bemerken. So etwas kann selbst die beste Näherin nicht ungeschehen machen.« Angesichts von Leifs betrübter Miene beeilte sich Kristine, ihm zu versichern, dass sie selbstverständlich bereit wäre, sich des schadhaften Kleidungsstücks anzunehmen. »Es wird nicht wie neu aussehen. Aber ich kenne keinen Jungen, der nicht mindestens eine geflickte Hose besitzt.« Sie warf ihrem Enkel einen Blick zu, in dem sehr viel Zärtlichkeit lag. Per erwiderte den Blick mit einem verschmitzten Grinsen, das von der Nähe zwischen Großmutter und Enkel zeugte.

»Kannst du nun die Hose nähen oder nicht?« Nils' Tonfall war aufs Neue von Ungeduld durchsetzt. »Ich möchte meinen Feierabend nämlich nicht damit zubringen, mir im Flur die Beine in den Bauch zu stehen.«

Kristine rollte mit den Augen. »Wenn er nach der Arbeit nicht gleich seine Pfeife rauchen darf, wird er ungemütlich.« Ihr neckender Ton verriet, dass sie ihrem Mann sein Verhalten nicht nachtrug.

»Darf ich dir deine Pfeife stopfen?«, rief Per. Er wartete die Antwort seines Großvaters nicht ab, sondern lief sogleich los.

Kristine fasste nach Leifs Hand. »So, und wir gehen in die Küche. Du bekommst ein Glas Milch und einen Keks. Wenn Per mit dem Pfeifestopfen fertig ist, wird er dir eine seiner Hosen holen. Die ist zwar zu groß, aber für eine Stunde wird es gehen. Bis dahin sollte ich deine Hose fertig haben.«

Leif schenkte Kristine ein Lächeln, in dem sich seine grenzenlose Bewunderung für seine Pflegemutter spiegelte.

Nils legte ihm die Hand auf die Schulter. »Was hältst du davon, wenn du die Wartezeit nutzt und Tante Kristine ein Bild malst?«, flüsterte er ihm ins Ohr.

Leif nickte eifrig. »Das mache ich.«

Wenig später saßen sie um den Küchentisch versammelt, die Kinder, zu denen sich Kjell gesellt hatte, jedes ein Glas Milch vor sich und einen Keks in der Hand, während die Erwachsenen Kaffee tranken.

»Ich frage mich, wann sie endlich die Rationierung von Kaffee aufheben.« Nils verzog angewidert sein Gesicht und stellte seine Tasse ab.

»Aber Nils«, mahnte seine Frau. »Wir trinken das Zeug nun schon so lange. Da solltest du dich langsam dran gewöhnt haben.«

Nils' Blick umwölkte sich. »Das mit dem lange stimmt, das mit dem Gewöhnen nicht. An dieses Zeug kann man sich nicht gewöhnen.« Sein Gesicht verdüsterte sich noch mehr. »Wir haben es endlich geschafft, die letzten Hunnen aus dem Land zu befördern, aber die Folgen ihrer Herrschaft werden wir wohl noch lange spüren.«

»Zumindest rauchst du wieder richtigen Tabak«, warf Kristine ein. »Und richtiges Mehl gibt es auch, sogar ohne Marken.«

»Ja, ich weiß«, sagte Nils mürrisch. »Aber das meiste ist immer noch nicht frei verkäuflich.« Er deutete auf die Milchgläser der Kinder. »Selbst die Kleinsten werden dadurch tagtäglich daran erinnert, was die Deutschen uns und unserem Land angetan haben.«

Kristine seufzte.

Wie kam es nur, dass die meisten ihrer Unterhaltungen bei den Deutschen und der Besatzung endeten? Gewiss waren die Folgen ihrer Herrschaft nach wie vor zu spüren. Aber im Vergleich zur Besatzung ging es ihnen geradezu paradiesisch. Die Versorgungslage verbesserte sich, wenn auch nur langsam. Doch das Allerwichtigste war, dass sie frei waren. Keine Mutter musste mehr um das Leben ihrer Kinder fürchten.

Unwillkürlich wanderten Kristines Gedanken zu ihrer jüngsten Tochter.

Wann sich die Versorgungslage in Hamburg wohl endlich verbesserte? Ingrid schrieb kaum etwas darüber. Gerade das Verschweigen verriet ihr jedoch, dass es um Tochter und Enkelin nach wie vor nicht gut stand. Wenigstens in ihrer Ehe schien Ingrid glücklich zu sein. Wie oft hatte sie nicht davon geschrieben, wie sehr sich Georg um sie und Eva bemühte? Er nahm sogar lange und unbequeme Reisen auf sich, um dafür zu sorgen, dass sie nicht froren. Zumindest von dieser Sorge sollten sie befreit sein. In Hamburg war der Frühling sicher viel weiter fortgeschritten als in Trondheim.

»Soll ich Leif eine Hose holen?«, erkundigte sich Per und fuhr mit der Zunge um seinen Mund, um die Milchreste abzulecken. »Seine Mutter kommt bestimmt bald.«

Nils zog seine Taschenuhr hervor. »Das ist eine hervorragende Idee, mein Junge.«

Kristine beugte sich vor und erschrak angesichts der angezeigten Zeit. »So spät schon? Da müssen wir uns sputen.«

»Bin unterwegs, Großmutter.«

Kristine hatte gerade erst das Geschirr abgeräumt, da stand Per vor ihr und reichte ihr eine seiner Hosen.

»Du bist aber schnell«, staunte Kristine und nahm ihm die Hose ab.

Per nickte stolz. »In meiner Klasse bin ich der Schnellste.«

Kristine strich ihm zärtlich über das Haar. »Danke für die Hose. Wenn Leif sich umgezogen hat, könnt ihr drei draußen spielen gehen.«

Leif warf einen verunsicherten Blick in Nils' Richtung. Diesen trieb jedoch nicht der Gedanke an ein zu malendes Kinderbild um. Abwechselnd betrachtete er die Hose und

Leif. »Wenn du ihn nicht zum Gespött der Leute machen willst, solltest du ihm die Hose zubinden.«

»Selbstverständlich«, erwiderte Kristine gekränkt. »Ich muss nur sehen, was ich dafür nehmen kann.«

»Irgendwo habe ich ein Stück alte Schnur.« Nils erhob sich.

»Bleib sitzen, Großvater«, rief Kjell. »Wir haben eine Schnur oben. Die holen wir.« An Geschwindigkeit seinem Bruder in nichts nachstehend, rannte Kjell aus der Küche. Per folgte ihm auf dem Fuß. Bevor er den Raum verließ, drehte er sich um. »Leif kann sich schon umziehen. Dann haben wir mehr Zeit zum Spielen.«

Nils ließ sich auf die Küchenbank fallen. »Was haben wir für tüchtige Enkelkinder, Kristine.«

Kristine nickte lächelnd. »Ich geh mein Nähzeug holen.« Sie machte sich auf den Weg in die Wohnstube, wo sie den vergangenen Abend damit zugebracht hatte, Strümpfe zu stopfen. Als sie in die Küche zurückkehrte, war es, als beträte sie ein vollkommen fremdes Haus. Auch wenn sich die Einrichtung nicht verändert hatte, hatten es doch die Menschen getan, die sie zurückgelassen hatte.

Wie ein drohender Racheengel hatte sich Nils vor Leif aufgebaut und starrte ihn mit einer derartig wutentbrannten Miene an, als hätte er den Jungen eines Verbrechens überführt. Mit schreckgeweiteten Augen sah das Kind zu ihm auf, während es um seine Lippen verräterisch zuckte.

»Antworte mir gefälligst«, brüllte Nils und wedelte mit einem Gegenstand vor Leifs Gesicht hin und her. »Wer ist das?«

Kristine kniff die Augen zusammen, um zu erkennen, was ihr Mann in den Händen hielt.

Es schien ein Foto zu sein. Ein reichlich zerknittertes Foto. Aber warum regte sich Nils dermaßen über ein Foto auf?

Kristine hielt sich nicht lange mit Grübeln auf. Zu groß war ihr Bestreben, dem völlig verängstigten Leif beizustehen.

»Was ist denn hier los?« Sie schob sich an ihrem Mann vorbei und zog den bebenden Jungen in ihre Arme. Dankbar vergrub Leif den Kopf in ihrer Kittelschürze.

»Was soll das?« Vorwurfsvoll blickte Kristine ihren Mann an. »Wie kannst du das Kind so erschrecken?«

Nils' Brust hob und senkte sich wie ein in schnellem Tempo getretener Blasebalg. Anklagend streckte er seiner Frau das Foto entgegen.

»Ein Foto, na und? Das können wir wieder glätten.«

Nils sah seine Frau an, als wäre ihm der Sinn ihrer Worte nicht begreiflich.

Kristine drückte Leif, dessen Körper nach wie vor von unterdrückten Schluchzern geschüttelt wurde, enger an sich. »Ich bin sicher, Leif hat das nicht absichtlich gemacht. Und im Übrigen ist das nichts, was einen derartigen Ausbruch rechtfertigt.« Ihr Blick bohrte sich in den ihres Mannes. »Da haben wir wohl deutlich schlimmere Dinge erlebt.«

Wenn ihre Worte dazu gedacht waren, den Zorn ihres Mannes zu besänftigten, musste sie erleben, dass das Gegenteil eintrat. Seine Empörung steigerte sich.

»Natürlich haben wir schlimmere Dinge erlebt.« Seine Stimme überschlug sich fast. »Unser Sohn musste fliehen, damit die Deutschen ihn nicht umbringen. Unser Schwiegersohn ist fast in einem ihrer Lager verreckt. Und auch meine Wenigkeit hatte das zweifelhafte Vergnügen, die Bekanntschaft ihrer Polizei zu machen.« Er schluckte so heftig, dass sein Adamsapfel auf und ab hüpfte.

»Das wissen wir, Nils«, sagte Kristine leise. »Aber was hat das mit Leif und dem Foto zu tun?«

Wortlos hielt Nils ihr das Foto so dicht vors Gesicht, dass

sie instinktiv zu blinzeln begann. Dennoch konnte sie das darauf Dargestellte nur schemenhaft erkennen.

»Einen Moment.« Sie nahm ihrem Mann das Bild ab und hielt es ein Stück von ihrem Gesicht weg. Ihr Mund formte sich zu einem offenen O. Gleichzeitig fing es in ihrem Kopf fieberhaft an zu arbeiten.

Wie kam ihr Mann an dieses Foto? Hatte Leif es ihm gegeben? Aber woher hatte dieser es? Als wenn das eine Rolle spielte. Das Einzige, was von Belang war, war, wie sie es schaffen konnte, seinen Zorn zu entkräften.

Sie konnte versuchen, dem Offensichtlichen, das sich nicht leugnen ließ, seine Bedeutung zu nehmen. Es zu einer harmlosen und zufälligen Angelegenheit erklären.

Sie bekam allerdings keine Gelegenheit, ihren Plan umzusetzen. Flankiert von Kjell und Per betrat Leifs Mutter die Küche.

»Seht mal, wen wir gefunden haben«, verkündete Per stolz, als wäre Marit ein entlaufenes Haustier, das er auf der Straße aufgesammelt hatte.

»Guten Tag«, grüßte Marit mit dem für sie charakteristischen scheuen Lächeln, das ihr die Züge eines jungen Mädchens verlieh. »Ich konnte heute früher Schluss machen. Und da habe ich gedacht …« Ihr Lächeln verschwand auf einen Schlag, als sie das tränenverschmierte Gesicht ihres Sohnes entdeckte, der beim Klang ihrer Stimme den Kopf gehoben hatte. Ihre gesamte Aufmerksamkeit darauf richtend, ihn zu trösten, nahm sie die von Spannung erfüllte Luft in der Bakkenschen Küche ebenso wenig wahr wie die zerrissene Hose ihres Sohnes. Bei ihm angekommen, ging sie in die Hocke und strich ihm zärtlich über die nasse Wange. »Hast du dir wehgetan?«

Noch unter dem Schock des zuvor Erlebten stehend, war Leif nicht zu einer Antwort fähig. In stummer Verzweiflung sah er seine Mutter an. Einige Augenblicke verharrten die beiden in ihren jeweiligen Positionen, als warteten sie auf die Erlaubnis, einander in die Arme zu fallen. Dann erhob Marit sich und richtete den Blick fragend auf Kristine.

»Er hat sich nicht verletzt«, stieß diese in heiserem Ton hervor, der nicht half, Marits Besorgnis zu dämpfen.

»War er ungezogen? Hat er etwas kaputt gemacht? Ich bin sicher, das hat er nicht mit Absicht gemacht.« Als hätte jemand einen Vorhang beiseitegeschoben, wurde Marit sich unvermittelt der sie umgebenden Anspannung bewusst.

Nils stand mit versteinerter Miene da, die Lippen zu einem schmalen Strich zusammengepresst. Doch in seinen Augen tobte das Feuer der Wut. Verunsichert wich Marit einen Schritt zurück.

»Leif, was hast du gemacht?«, fragte sie mit unnatürlich hoher Stimme.

»Er hat gar nichts gemacht«, erwiderte Kristine. Das Foto hatte sie bei Marits Ankunft in die Tasche ihrer Kittelschürze gesteckt, als hoffte sie, mit dem Stein des Anstoßes auch Nils' Zorn verschwinden zu lassen. Ein Blick in das Gesicht ihres Mannes genügte jedoch, um diese Hoffnung wie einen Luftballon, in den jemand eine Nadel gestochen hatte, zum Platzen zu bringen.

Wie kam er dazu, seine Wut an einem unschuldigen Kind auszulassen? Wenn er auch seine Enkelin in den Monaten ihres Zusammenlebens nicht ansatzweise mit derselben Zuneigung bedachte, wie er es bei Kjell und Per tat, so war er ihr gegenüber doch niemals ausfallend oder grob geworden.

In ihr begann sich Zorn zu regen, dessen Ausmaße ihr selbst nicht geheuer waren. Niemals zuvor hatte sie den Drang verspürt, ihrem Mann ins Gesicht zu schlagen.

»Können wir mit Leif draußen spielen gehen?«, drang

Pers Stimme durch das Knäuel aus Wut, das Kristines sonst stets zuverlässig funktionierende Maschine aus Verständnis, Ausgleich und Vernunft außer Gefecht gesetzt hatte. Noch unter dem Schock dieser ihr ungewohnten unbändigen Wut auf einen Menschen, der ihr so nah wie kaum ein zweiter stand, war sie nicht in der Lage, ihrem Enkel eine Antwort zu geben. Das übernahm Nils für sie.

»Ihr geht mit diesem Deutschenbalg nirgendwo hin«, blaffte er seinen Enkel barsch an.

Per starrte seinen Großvater verstört an. Dann drehte er sich um und entfloh der Küche, als wäre ihm ein Verfolger auf den Fersen. Kjell setzte ihm unverzüglich nach.

Bei Nils' Worten war Marits Gesicht sämtliche Farbe entwichen. Sie schwankte kurz, fing sich aber wieder. »Wie kommen Sie dazu, so über meinen Sohn zu reden?«, fragte sie Nils mit zittriger Stimme, die ihm die letzte Bestätigung für seine Vermutung lieferte. Nicht, dass er eine solche gebraucht hätte.

Bereits beim Anblick des Fotos, das Marit in einer Umarmung mit einem deutschen Soldaten zeigte, dessen Gesichtszüge denen von Leif in auffälliger Weise ähnelten, hatte sein Urteil festgestanden. Sie hatten dem Feind, der ihnen nur Leid und Unglück beschert hatte, Einlass in ihr Zuhause, ihren Rückzugsort vor den Schrecknissen der Welt, verschafft. Für Nils war es nicht von Belang, dass es sich in diesem Falle um ein kleines Kind handelte. Die deutsche Uniform war wie ein Hebel, der einen Prozess in Gang gesetzt hatte, der sich nicht mehr steuern ließ, selbst wenn Nils dies gewollt hätte. Diesen Wunsch besaß er jedoch gar nicht.

Hatte er seiner jüngsten Tochter ob ihrer Beziehung mit einem deutschen Soldaten und des daraus hervorgegangenen Kindes eisige Verachtung entgegengebracht, war es nun eine Mischung aus explosiver Wut und vernichtendem Hass, die sich seiner bemächtigt hatte. Deren gewaltige Sprengkraft entlud sich über Leif und seiner Mutter.

»Ich rede so, wie es mir passt«, fauchte er Marit an. »Wie komme ich dazu, mir von einer Deutschenschlampe Vorhaltungen machen zu lassen?«

Marit schien regelrecht in sich zusammenzufallen und erinnerte mehr an ein verschrecktes Kind als an eine junge Frau, die ein Kind zur Welt gebracht hatte. Auch bei Leif zeigte Nils' Angriff auf seine Mutter Wirkung. Als hätte er sich in ein Kleinkind zurückverwandelt, kauerte er sich auf den Boden und versteckte den Kopf unter Kristines Kittelschürze.

»Was fällt dir ein?«, herrschte Kristine ihren Mann an. »In diesem Haus gebraucht niemand solche Worte. Du entschuldigst dich gefälligst sofort bei Marit und Leif.« Sie bückte sich, um Leif unter ihrer Schürze hervorzuziehen. Doch der Junge klammerte sich an ihren Beinen fest, als wären diese das Einzige, was ihn davon abhalten konnte, in einer tosenden See unterzugehen.

»Sieh, was du angerichtet hast«, schrie Kristine. »Du hast ein unschuldiges Kind zu Tode erschreckt. Du bist ja schlimmer als die Deutschen.« Sie hatte ihren Vorwurf kaum ausgesprochen, da bereute sie ihn auch schon.

Wie kam sie dazu, Nils eine solche Ungeheuerlichkeit vorzuwerfen? Auch wenn sie sein Verhalten in keinster Weise billigte, war es noch lange kein Grund, ihn mit Mördern und Folterern in einen Topf zu werfen.

Für einen flüchtigen Augenblick streifte Kristine der Hauch eines schlechten Gewissens, dass sie die Deutschen allesamt zu Verbrechern erklärt hatte.

Nils hatte der Angriff seiner Frau wie ein Geschoss, das aus dem Hinterhalt abgefeuert wurde, getroffen. Kurz musste er um Fassung ringen. Dieser Augenblick der Unsicherheit verging rasch. Aufs Neue begann die Wut zu brodeln, stärker und heftiger als zuvor. »Wie kannst du es wagen, mich mit diesem Abschaum zu vergleichen?«, brüllte er seine Frau so laut an, dass Leif die Hände auf die Ohren presste.

»Was ist denn hier los?« Unbemerkt von den anderen hatte Astrid die Küche betreten. »Euer Gebrüll hört man bis auf die Straße.« Fragend wanderte ihr Blick von einem Anwesenden zum nächsten. Während Marit wie eine reuige Sünderin den Kopf gesenkt hatte und am Saum ihrer Jacke nestelte, waren Kristines Augen einzig auf ihren Mann gerichtet, als wäre nur er es, der sich in diesem Raum aufhielt.

»Was ist um Himmels willen passiert?«, ließ Astrid nicht locker. »Und warum hockt Leif wie ein verschrecktes Kätzchen unter deinem Rock, Mutter?«

»Eine Deutschenschlampe und ihren Bastard haben wir in unser Haus und unser Leben gelassen.« Selbst wenn Nils nicht mehr brüllte, war seine Stimme laut genug, dass die Nachbarn, wenn sie denn zu Hause waren, Zeugen der Unterhaltung wurden. Ihn kümmerte das nicht weiter. Seine Wut hatte eine Stufe erreicht, in der es schwerlich etwas gab, das sie zügeln konnte. Erst recht nicht die Aussicht auf mögliches Gerede in der Nachbarschaft. Zu sehr fühlte er sich im Recht mit seinen Anschuldigungen und Vorwürfen, als dass er eine Verurteilung dieser fürchtete. Er war überzeugt, dass ihm die allermeisten beipflichten würden. Zumindest seine Tochter erfüllte diese Erwartung.

Nachdem sie den Zustand des Schocks und der Verwirrung verlassen hatte, bemächtigte sich auch Astrids eine Wut, die sie, anders als ihr Vater, zunächst zügeln konnte. »Ist das wahr, Mutter?«, unternahm sie die Mühe, eine Bestätigung der väterlichen Vorwürfe zu erhalten. »Ist diese Frau wirklich eine Deutschenschlampe?« Ihr Blick streifte Marits zusammengeduckte Gestalt, die dastand, als erwartete sie jeden Augenblick niedergeschlagen zu werden, nur flüchtig. Doch er reichte aus, um Marit die Grimasse des Ekels erkennen zu lassen, in die sich Astrids Gesicht verwandelt hatte.

*

Hamburg-Wandsbek, Mai 1947

»Wir schließen bald. Wenn Sie noch etwas bestellen wollen, sollten Sie sich beeilen.« Als eine Reaktion ausblieb, zuckte der Kellner gleichgültig die Achseln und entfernte sich.

»Wenn du sagen, ich nicht fahren soll, dann ich nicht fahren«, sagte Peter Williams und berührte behutsam Erikas auf dem Tisch liegende Hand, als wäre diese aus dünnem Glas.

»Natürlich musst du fahren«, versicherte ihm Erika, ohne dabei ihre Hand auch nur einen Millimeter zu bewegen. »Wie lange hast du deine Eltern nicht mehr gesehen?«

»Ich nicht weiß. Wenn ich mit dir bin zusammen, dann weiß ich nur, dass ich nicht möchte dich verlassen.«

Auch Erika sehnte sich in beinahe jeder Minute, die sie nicht zusammen verbrachten, nach dem englischen Soldaten. Sie hätte dies allerdings niemandem eingestanden, am wenigstens sich selbst. Ihrem Dafürhalten nach war Peter Williams nur ein guter Freund, der Licht und Freude in ihren von Sorgen und Nöten geprägten Alltag brachte. Er verkörperte eine andere Welt, in der es keinen Hunger, keine Kälte und keine löchrigen Schuhe gab.

»Alle Soldaten fahren mal nach Hause.« Sie setzte ein betont fröhliches Gesicht auf. »Denk doch mal, wie sehr deine Eltern enttäuscht wären, wenn du nicht kommst. Sie freuen sich bestimmt sehr auf dich.«

»Das stimmt«, gestand Peter, wenn auch zögernd, ein. »Ich freuen mich auch auf sie. Aber noch mehr freuen ich mich auf das Wiedersehen mit dir.« Zärtlich fuhr er mit dem Daumen über Erikas Hand. Die leichte Berührung sandte Stromstöße durch Erikas Körper. Am liebsten hätte sie ihren Stuhl neben den von Peter gezogen und ihren Kopf an seine Schulter gelehnt.

Nein, viel lieber wollte sie ihn küssen. Am liebsten die ganze Nacht lang.

Mit einem Ruck richtete sich Erika auf und entzog Peter ihre Hand.

Wie kam sie dazu, solche Gedanken zu hegen? Sie war eine Deutsche und Peter ein Besatzungssoldat. Eine solche Beziehung hatte keine Zukunft. Wenn sie mit ihm ausging, dann nur, weil sie ihn mochte und gerne Zeit mit ihm verbrachte. Er war ein feiner Kerl. Heiratsmaterial, wie ihre Freundin Helga sagen würde. Wenn er heiratete, dann sicher nicht sie. Letztlich würde er sich eine Engländerin suchen. Gleich und gleich gesellte sich nun mal gerne.

Im Augenblick wirkte Peter Williams allerdings nicht wie jemand, der auch nur einen Gedanken an eine andere Frau verschwendete. Sein Blick ruhte unverwandt auf Erika, als wäre sie der einzige Mensch auf der Welt, für den er Gefühle hegte.

»Wenn ich entscheiden, dann du kommen mit.«

»Ich in England? Bei deinen Eltern?« Erika lachte auf. »Das lass man lieber. Die werden alles andere als begeistert sein, eine Deutsche in ihrem Haus zu empfangen.«

Peter sah sie ernst an. »Nicht irgendeine Deutsche. Die Frau, die ich liebe.«

Für einen Moment hatte Erika das Gefühl, dass die Welt sich aufhörte zu drehen. Der Stimmenlärm um sie herum wurde zu einem fernen Rauschen, das kaum an ihr Ohr drang. Erwartungsvoll beobachtete Peter sie. Erikas Herz klopfte so laut, dass sie glaubte, er müsste es hören.

Wenn sie ehrlich war, hatte sie sich die erste Liebeserklärung ihres Lebens ein wenig anders vorgestellt. Sie war zwar kein besonders romantischer Mensch, aber quasi beiläufig in einem lauten Café die Liebe erklärt zu bekommen, entsprach nicht ansatzweise ihren Vorstellungen. Wobei sie ehrlicherweise zugeben musste, dass sie sich noch nie Gedanken darüber gemacht hatte. Wenn sie es getan hätte, wäre dieses Café allerdings nicht der Ort gewesen, den sie gewählt hätte.

Was erwartete Peter von ihr? Sollte sie ihm auch die Liebe erklären? Zwar hatten sie sich mehrmals geküsst, aber immer nur kurz zum Abschied.

Angesichts von Erikas Schweigen nahm Peters Gesicht einen Ausdruck trauriger Wehmut an, der an einen Jungen erinnerte, der allein auf einem Bahnhof zurückgelassen worden war und wusste, dass niemand käme, um ihn abzuholen.

Erika verspürte einen Stich im Herzen, dass sie ihm das, wonach er sich sehnte, nicht geben konnte.

»Wir schließen jetzt.« Der Kellner stand wieder neben ihrem Tisch. »Wenn ich bitte kassieren dürfte.«

»Selbstverständlich.« Peter zog seine Geldbörse hervor.

Auf dem Nachhauseweg schwiegen sie. Dieses Schweigen hielt an, als sie das Haus von Frau Schmidt erreicht hatten. Erika kam es vor, als wären sie als zwei gänzlich andere Menschen zurückgekehrt. Das heitere Einvernehmen, das ihren Hinweg geprägt hatte, war verschwunden. An seine Stelle war eine ängstliche Distanziertheit getreten, wie bei zwei flüchtigen Bekannten, die den anderen zu wenig kannten, um zu wissen, wie sie ein Gespräch beginnen konnten.

Endlich räusperte sich Peter. »Gehen wir wieder aus, wenn ich bin zurück?«

Eine Erleichterung durchflutete Erika, über deren Bedeutung sie nicht weiter nachdenken mochte. »Sehr gerne.« Sie legte eine besondere Inbrunst in ihre Worte, wie um zu beweisen, dass ihr Peter sehr am Herzen lag.

Peter lächelte. Es wirkte ein wenig müde. »Dann wir sehen uns bei Major und Mrs. Evans, wenn ich bin zurück.«

»Sehr gerne.« Erika hätte sich am liebsten geohrfeigt. *Sie plapperte wie ein törichtes Schulmädchen. Warum erklärte sie Peter nicht, wie sehr sie seine Worte berührt hatten? Dass noch niemand zuvor ihr seine Liebe gestanden hatte und es für sie ein ganz besonderer Moment gewesen war. Dass sie sich noch nicht imstande sah, diese zu erwidern. Vielleicht später. Wenn ihre Beziehung eine Zukunft hatte. Aber ganz sicher nicht zu diesem Zeitpunkt.*

Keinen dieser Gedanken teilte Erika dem jungen Engländer mit. Sie konnte es nicht. Zu groß waren Unsicherheit und Verwirrung.

Peter Williams seufzte tief. »Auf Wiedersehen, Erika. Pass auf dich auf.«

»Du auf dich auch.« Erika wartete, ob Peter sich vorbeugen und sie küssen würde. Er tat es nicht. Entgegen seiner üblichen Gewohnheit unternahm er keine Anstalten, aus dem Wagen zu steigen und ihr die Tür aufzuhalten. Erika schluckte. Tränen brannten in ihren Augen. Hastig öffnete sie die Tür und stieg aus. »Auf Wiedersehen«, krächzte sie, bevor sie die Tür zuschlug. Ohne in ihre Richtung zu blicken, fuhr Peter Williams davon.

*

Hamburg-Neustadt, Mai 1947

»Können Sie nicht jemanden anderen nehmen?«, fragte Georg. In seinem Magen rumorte es, als hätte er etwas Verdorbenes gegessen.

»Ich möchte aber dich, min Jung«, sagte Willi Jensen und nahm einen tiefen Zug seiner Zigarre.

Sie saßen gemeinsam mit Gisela Peters im Büro des Tischlermeisters. Gisela hatte hinter dem Schreibtisch ihres Vaters Platz genommen und verfolgte wie eine Theaterbesucherin die sich auf der anderen Tischseite abspielende Unterhaltung. Vor ihr ausgebreitet lagen einige Papiere. Ihr Vater war bereits gegangen. Auch die übrigen Mitarbeiter hatten ihr Tagwerk beendet. Einzig Georg war auf Bitten von Gisela geblieben, da ein wichtiger Kunde erwartet würde, dessen fachliche Fragen sie selbst nicht beantworten könnte. Georg war die Sache zwar suspekt gewesen, aber er hatte nicht gewagt, seine Bedenken offen auszusprechen. Zu groß war seine Furcht, im Fall der Fälle von den Peters als der alleinig Schuldige für den illegalen Schwarzmarkthandel, den sie mit Willi Jensen betrieben, präsentiert zu werden.

Georg glaubte zwar nicht, dass der Tischlermeister selbst in die illegalen Geschäfte eingeweiht war. Seit einem Herzanfall im vergangenen Jahr schien er noch nicht wieder der Alte geworden zu sein. Das schloss Georg aus den Unterhaltungen der Kollegen, die ihn länger kannten.

War er früher der Alleinherrscher gewesen, der sich stets die unbedingte Kontrolle über sämtliche Vorgänge im Betrieb ausbat, übertrug er nun immer mehr der anfallenden Büroarbeit seiner Tochter. Zwar kam er täglich in den Betrieb und behielt sich das letzte Wort vor, wenn es um wichtige Entscheidungen ging. Doch der allwissende König der Tischlerei war er längst nicht mehr.

Und selbst wenn Herr Peters von den illegalen Geschäften wusste, gäbe er niemals seiner Tochter dafür die Schuld. In seinen Augen war sie ein Abbild von Tugend und Pflichtbewusstsein, das zu keinem Verbrechen fähig war. Er würde stattdessen behaupten, dass sie von den Männern, nicht zuletzt ihm, Georg, fehlgeleitet worden war.

Georg unterzog Gisela einer unauffälligen Musterung.

Er konnte ihrem Vater keinen Vorwurf machen. Mit ihrem engelsgleichen Gesicht verkörperte sie wie keine Zweite Unschuld und Liebreiz. Niemand, nicht einmal der hartgesottenste Polizist, käme auf die Idee, sie eines Verbrechens zu bezichtigen.

War es denn ein Verbrechen, das sie begingen? Es war illegal. Das stand außer Frage. Aber war alles, was das Gesetz für illegal erklärte, ein Verbrechen? Wie stand es mit der Pflicht eines Familienvaters, seine Familie zu versorgen?

Immer wenn die Zweifel und Gewissensbisse Georg zu quälen begannen, sagte er sich, dass er es für seine Familie tat. Dass er wie Millionen anderer dafür sorgte, dass sie diese Notzeit lebend überstanden.

Ob es Kohlenklau, Hamstern oder das Ausnutzen persönlicher Beziehungen bis hin zum Kaufen und Verkaufen auf dem Schwarzmarkt waren, jeder von ihnen war in dieses System des Unerlaubten verstrickt. Jedenfalls jeder, der diesen Höllenwinter lebend überstanden hatte. Und auch wenn die Kälte vorbei war, die Not war es nicht. Mochten sie auch nicht mehr frieren, der Hunger war nach wie vor ein untrennbarer Bestandteil ihres Lebens, ebenso wie der Mangel an beinahe allem anderen Lebensnotwendigen. Aus diesem Grunde saß er in diesem Raum zusammen mit Willi

Jensen. Wobei offensichtlich war, dass der Schwarzmarkthändler sein Geschäft nicht aus der Not heraus betrieb. Er erweckte auch nicht den Eindruck eines treusorgenden Familienvaters, wenn er überhaupt eine Familie besaß.

Georg betrachtete Willi Jensen, wie er, entspannt zurückgelehnt, seine Zigarre genoss. Es wirkte beinahe so, als fasste der Schwarzmarkthändler Georgs Bitte, sich aus dem Geschäft zurückziehen zu dürfen, als Teil eines Spiels auf, dessen positiver Ausgang für ihn von vornherein feststand.

So leicht gebe ich mich nicht geschlagen, dachte Georg. *Das bin ich mir selbst und meiner Familie schuldig.*

Wenn er auch überzeugt war, dass die Gelassenheit des Schwarzmarkthändlers sich schlagartig in etwas Gefährliches verwandeln konnte, sähe er sein Imperium als bedroht an, wagte er einen erneuten Versuch, seiner Selbstachtung neue Nahrung zu verschaffen.

»Sie haben bestimmt jede Menge Leute, die für Sie arbeiten. Da können Sie auf mich verzichten.«

Willi Jensen nahm einen letzten Zug von seiner Zigarre, bevor er sie in einem auf dem Schreibtisch stehenden Aschenbecher ausdrückte. »Du hast mir doch versichert, dass er absolut zuverlässig ist«, sagte er vorwurfsvoll zu Gisela.

»Das ist er auch.« Gisela schenkte Georg eines ihrer betörenden Lächeln, die regelmäßig ein Flattern in seiner Brust auslösten. Auch dieses Mal war es nicht anders. Georg vergaß für einen Augenblick sein Unbehagen und erwiderte ihr Lächeln.

Willi Jensen lachte leise. »Den hast du in der Hand. Was täte ich nur ohne dich, Gisela?«

Georgs Lächeln war wie ausradiert.

Spielten die beiden nur ihr Spiel mit ihm? Wurde er zu einer willenlosen Marionette degradiert, die sie nach Belieben herumkommandieren durften? Nicht mit ihm.

Georg erhob sich. »Ich steige aus«, verkündete er in kaltem Ton und ging zur Tür.

Verblüfft sahen sich Gisela und der Schwarzmarkthändler an. »Nicht so hastig, min Jung«, sagte Willi Jensen. »An deiner Stelle würde ich mir diesen Schritt gut überlegen. Denk an deine Familie.«

Georg drehte sich um. »Wollen Sie mir drohen?«

Willi Jensen legte die Hand auf die Brust und lächelte Georg freundlich an. »Wer, ich? Aber nicht doch!«

»Das klang aber so.«

Auch wenn er diesen Kampf wohl kaum gewänne, würde er wenigstens dafür sorgen, dass er mit Anstand unterging. Willi Jensen und Gisela Peters sollten merken, dass sie nicht alles mit ihm machen konnten. Und er kein Schoßhündchen war, das man nach Belieben rufen konnte und das sich mit einem liebreizenden Lächeln und einigen Leckereien bestechen ließ.

Willi Jensen war aufgestanden und kam zu Georg herüber. »Min Jung, ich meine es nur gut mit dir.« Er legte Georg den Arm um die Schulter. »Nicht wahr, Gisela? Mir liegt das Wohl meiner Mitmenschen immer am Herzen.«

»Georg«, sagte Gisela im begütigenden Ton einer Lehrerin, die einen aufsässigen Schüler durch Sanftmut statt Strenge zu bändigen versuchte. »Denken Sie daran, was Willi alles für Sie getan hat. Wie glauben Sie, hätte Ihre Familie den Winter ohne die Kohlen überstanden?«

Das war eine Sache, die sich Georg auch unzählige Male gefragt hatte.

Wie viele Menschen waren krank geworden, ernsthaft

krank? Die Krankenhäuser waren überfüllt gewesen. Manche hatten es nicht geschafft und waren gestorben.

Gisela erkannte, dass sie mit ihrer Frage einen wunden Punkt bei Georg getroffen hatte. »Das ist doch etwas, für das man dankbar zu sein hat«, streute sie Salz in die Wunde. »Und nicht, wenn man die Hilfe nicht mehr braucht, sich brüsk abwendet. Und wer sagt, dass der nächste Winter nicht wieder so wird? Was machen Sie dann?«

»Dann wird sich die Versorgungslage gebessert haben«, erwiderte Georg. Er merkte, wie wenig Überzeugungskraft seiner Aussage zugrunde lag.

Gisela blickte ihn aus ihren großen Augen traurig an, als wäre es ihre Familie, um deren Wohlergehen sie sich sorgte. »Und wenn nicht? Wir haben zwar die Bizone, aber das ist noch lange kein Garant, dass es besser wird. Die Ernährungslage hat sich jedenfalls noch nicht verbessert. Und können Sie es wirklich verantworten, dass Ihre kleine Tochter leidet, wenn Sie es in der Hand haben, das zu ändern?«

Georg probierte zu schlucken. Doch seine Kehle war wie ausgetrocknet. Er begriff, dass Gisela ihn zu manipulieren versuchte, indem sie das, was ihm am meisten am Herzen lag, seine Familie, gegen ihn verwendete. Er sah sich allerdings nicht imstande, sich dem zu widersetzen. Denn es waren nicht so sehr Willi Jensens Drohungen gewesen, die ihn bisher davon abgehalten hatten, aus dem Geschäft auszusteigen. Es war die Befürchtung, wieder hilf- und mittellos dazustehen, nicht fähig zu sein, das zu tun, was seiner Ansicht nach die Aufgabe eines Ehemanns und Vaters war, seine Familie zu schützen und zu versorgen. Zwar hätte er nicht abgestritten, dass ihm das, was Willi Jensen ihm antun könnte, nicht ängstigte. Doch die Angst um seine Familie wog ungleich stärker. Er fühlte sich verantwortlich für sie.

Er hatte Ingrid aus einem, wenn auch nicht sorgenfreien, aber zumindest erträglichen Dasein gerissen. Mochte die Versorgungslage in Norwegen auch nicht üppig gewesen sein, war sie kein Vergleich mit der Not und der Zerstörung, der er sie und Eva in Hamburg ausgesetzt hatte. Er war verantwortlich. Daran gab es nichts zu rütteln.

»Was soll ich dies Mal tun?«, fragte er Willi Jensen.

Der Schwarzmarkthändler strahlte ihn an, als hätte Georg ihm seinen sehnlichsten Wunsch erfüllt. »Das Gleiche wie immer. Wir brauchen Schnaps.«

*

Trondheim, Mai 1947

»Nils, bitte.« Kristine merkte nicht, wie sie schrie. Hektisch klopfte sie mit ihren zitternden Händen auf die Wangen ihres Mannes, der totenbleich und regungslos auf dem Küchenboden lag.

»Du hast ihn umgebracht«, fuhr Astrid sie unbeherrscht an. »Du und diese Deutschenhure mit ihrem Bastard.« Sie hockte auf der anderen Seite von Nils und strich ihm mit fahrigen Bewegungen durchs Haar. »Vater, bitte. Komm zu dir. Sie sind weg. Der Feind hat das Haus verlassen.«

Nachdem sich Nils mitten im heftigsten Streit unvermittelt an die Brust gefasst und kurz darauf umgekippt war, waren Frau und Tochter nicht von seiner Seite gewichen. Marit hatte angeboten, einen Arzt zu holen. Astrid hatte sie jedoch angebrüllt, dass sie verschwinden sollte, sonst würde sie die Polizei auf sie hetzen. Marit hatte einen fragenden

Blick zu Kristine geworfen, die nur Augen für ihren Mann gehabt hatte. So hatte Marit ihren Sohn an die Hand genommen und war gegangen.

»Nils, bitte komm zu dir«, unternahm Kristine einen weiteren Anlauf, zu ihrem Mann durchzudringen. Es war erneut vergeblich. Nils' Augen blieben geschlossen. Tränen begannen Kristines Wangen hinabzuströmen und tropften auf Nils hinab. Auch das brachte ihn nicht zu sich. Immer mehr Tränen quollen hervor. »Nils, bitte verlass mich nicht.« Kristines Stimme war nur noch ein Flüstern. Sie hatte das Klopfen aufgegeben und knetete ihre Hände stattdessen in einer Geste panischer Verzweiflung.

Astrid war noch nicht bereit, von ihrem Vater abzulassen. Unablässig berührte sie ihn, schüttelte ihn und sprach mit ihm, mal leise und zärtlich, mal laut und fordernd. Nichts hatte Erfolg. Nils regte sich nicht.

Im Hausflur waren Stimmen zu hören. Die beiden Frauen waren jedoch zu tief in Trauer und Verzweiflung versunken, dass sie dem Beachtung zollten. Erst als eine tiefe Männerstimme sie aufforderte, von Nils wegzutreten, sahen sie auf. Ein Mann mittleren Alters, einen kleinen Koffer in der Hand, stand zu Nils' Füßen. Unverzüglich rückten beide Frauen zur Seite, die Gesichter von neuer Hoffnung erhellt. Doch dieses Licht erlosch so schnell, wie es gekommen war. Nachdem der Arzt Nils' Puls gefühlt hatte und mit einem Stethoskop seine Brust abgehört hatte, richtete er sich mit ernster Miene auf.

»Es tut mir leid. Er ist tot.«

Ungläubig starrte Astrid auf ihren Vater. Dann beugte sie sich über ihn und nahm sein Gesicht zwischen ihre Hände, um es leicht zu schütteln. »Nein«, schrie sie. »Nein!«

»Frau Halvorsen, bitte.« Der Arzt berührte sanft ihren

Arm. Astrid ließ sich nicht beruhigen. Wieder und wieder schrie sie wie ein verwundetes Tier, das in einer Falle gefangen war.

Hilflos sah der Arzt zu Kristine hinüber. Statuengleich kniete diese auf dem Küchenboden. Nur die Tränen rannen unablässig wie ein nicht versiegender Strom ihre Wangen hinab. Der Arzt, der die Familie Bakken lange und gut kannte, wusste nicht, was er tun sollte. Suchend sah er sich um. Doch Marit, die ihn hergebracht hatte, war nach der Feststellung von Nils' Tod gegangen. Als der Arzt begriff, dass er auf sich allein gestellt war, bemühte er sich aufs Neue, die nach wie vor hysterische Astrid zu beruhigen. Ob es an ihm lag oder ob Astrids Stimme keine Kraft mehr hatte, ihr Brüllen verstummte. Erleichtert wischte sich der Arzt mit einem Taschentuch über die Stirn. »Frau Bakken, Frau Halvorsen. Mein aufrichtiges Beileid.«

»Vielen Dank, Dr. Hansen.« Kristine hatte sich gefangen. Sie stand auf und schüttelte dem Arzt die Hand.

Auch Astrid hatte sich erhoben, konnte ihre Augen aber nicht von ihrem Vater abwenden. Sie schien nach wie vor nicht fähig zu begreifen, dass er tot war.

»Ich würde Ihrer Tochter gerne etwas zur Beruhigung geben«, sagte der Arzt zu Kristine, als wäre Astrid ein kleines Mädchen, dem kein Mitspracherecht zustand.

»Ich brauche nichts zur Beruhigung«, knurrte Astrid. »Mein Vater ist tot. Da darf ich wohl außer mir sein.«

»Sicher, Frau Halvorsen«, sagte Dr. Hansen beschwichtigend. »So etwas wirft jeden aus der Bahn.«

Astrid sah Kristine an. »Vor allem, wenn es die eigene Mutter ist, die ihn umgebracht hat.«

*

Hamburg-Rahlstedt, Mai 1947

»Na, du kommst ja mal wieder spät«, empfing Margarete Reimers ihre Tochter nach Betreten des Hauses.

Erika, in Gedanken bei Peter Williams, fuhr erschrocken zusammen. »Mein Gott, Mutter. Was hast du mich erschreckt.«

»Scheinst wohl ein schlechtes Gewissen zu haben.«

»Weswegen sollte ich ein schlechtes Gewissen haben?«, entgegnete Erika. Sie konnte nicht verhindern, dass sich in ihrer Brust Unruhe ausbreitete.

Dabei gab es nichts, weswegen sie sich zu schämen brauchte. Sie hatte den Abend mit einem netten, jungen Mann verbracht und dabei die Grenzen des guten Anstands in keiner Weise überschritten. Sicher, sie hatte ihren Eltern nicht gesagt, mit wem sie ausging. Aber welche erwachsene Tochter erzählte ihren Eltern alles?

»Das war doch wieder dieser Engländer, mit dem du dich triffst?« Margarete Reimers kannte ihre Tochter so gut wie sonst niemand. Ihr war nicht entgangen, wie sich deren düstere Stimmung, seit sie bei den Besatzern angefangen hatte zu arbeiten, mehr und mehr aufgehellt hatte. Die Schwermut, die Erika nach dem Tod Annelieses an den Tag gelegt hatte, hatte einer Leichtigkeit Platz gemacht, die Margarete noch nie zuvor an ihrer Tochter erlebt hatte. Für sie stand fest, dass sie sich verliebt hatte.

Das war an sich nichts Verwerfliches. Sie gönnte ihrer Tochter jedes Glück der Welt.

Noch immer plagten Margarete Schuldgefühle, dass sie es gewesen war, die Anneliese überredet hatte, bei ihrer Cousine zu übernachten anstatt mit ihrer Schwester auszugehen. Aus ihrer Sicht hatte sie Erika das für sie Kostbarste genommen, ihre Zwillingsschwester. Dass sie selbst dieser Verlust unermesslich hart getroffen hatte, war in Margaretes Augen nur eine gerechte Strafe dafür, dass sie ihre Tochter in den Tod geschickt hatte.

Ein zweites Mal würde ihr das nicht passieren. Wenn es auch sicher nicht um Leben und Tod ging, war sie keineswegs gewillt, tatenlos zuzusehen, wie sich Erikas Glück in Unglück verwandelte. Denn dass der Engländer ihre Tochter am Ende sitzen ließ, war so gewiss wie das Amen in der Kirche. Und wer wusste, ob sich die Schwermut, der Erika unweigerlich verfiele, noch einmal heben ließ?

»Glaubst du, ich merke das nicht? So ein englisches Auto fällt doch auf.« Margarete schürzte die Lippen. »Du weißt hoffentlich, dass du dich damit auf gefährliches Eis begibst.«

Erika, deren Nerven nach dem misslungenen Abend mit Peter Williams mehr als angespannt waren, funkelte ihre Mutter wütend an. »Mein Liebesleben geht nur mich etwas an.«

»Nein, Erika. Wir sind deine Familie. Zudem wohnen wir unter demselben Dach. Was soll ich sagen, wenn die Nachbarn anfangen zu tuscheln, dass unsere Tochter ein englisches Flittchen geworden ist?«

»Wenn das deine einzige Sorge im Leben ist, kann ich dich beruhigen«, sagte Erika spitz. »Ich habe keine Beziehung, weder mit einem Engländer noch mit einem anderen.«

Margarete sah ihre Tochter streng an. »Lüg mich nicht an, Erika. Du bist in den vergangenen Wochen sehr oft spät nach Hause gekommen. Und erzähl mir nicht, dass deine englische Familie dich gezwungen hat, so lange zu arbeiten.«

»Führst du Listen darüber, wann und wie lange ich weg bin? Ich dachte, die Nazis wären Geschichte.«

Es geschah so schnell, dass Erika keine Gelegenheit hatte, der mütterlichen Ohrfeige auszuweichen. »Untersteh dich, mich mit diesem Abschaum zu vergleichen«, schrie Margarete. »Ich bin deine Mutter und mache mir Sorgen um dich.«

»Was ist denn hier los?«, erklang Heinrichs müde Stimme vom Ende des Flurs. »Ihr weckt ja mit eurem Lärm die ganze Nachbarschaft auf.«

Erika presste schweigend die Hand gegen ihre schmerzende Wange.

Sollte die Mutter doch sehen, wie sie dem Vater die Situation erklärte.

Heinrich betrachtete seine Tochter. Besonders lange ruhte sein Blick auf ihrer Wange. »Hast du unsere Tochter etwa geschlagen, Grete?«, fragte er ungläubig.

Ohne darauf einzugehen, erzählte Margarete ihrem Mann von ihrer Vermutung, ihre Tochter hätte eine Beziehung mit einem englischen Soldaten. »Und sie lügt mich auch noch an und behauptet, sie hätte nichts mit ihm. Dabei fährt er beinahe täglich mit seinem Wagen hier vor. Selbst spätabends«, schloss sie ihren Bericht. »Da darf man sich als Mutter wohl Sorgen machen.« Sie blickte ihre Tochter abschätzig an. »Was glaubst du, wo das endet? Heiraten wird er dich nicht. Wenn er zurück in England ist, stehst du da mit einem schlechten Ruf und womöglich einem englischen Balg. Welcher anständige Mann nimmt dich dann noch?«

»Wie oft soll ich das noch sagen? Ich habe nichts mit einem Engländer.«

Selbst wenn diese Aussage ein wenig von der Wahrheit abwich, ganz gelogen war sie nicht. Eine richtige Beziehung hatten sie nicht, oder? Und überhaupt, wer wusste, wie es zwischen ihnen nach Peters Rückkehr sein würde. Zwar hatte er gesagt, dass er sie wiedersehen wollte. Aber wenn sie wirklich eine echte Beziehung hätten, hätte Peter sie zum Abschied geküsst. Oder etwa nicht?

»Lass die Deern in Ruhe, Grete. Wenn sie sagt, sie hat nichts mit einem Engländer, dann hat sie nichts mit einem. Und ein bisschen amüsieren ist erlaubt. Das haben wir in unserer Jugend nicht anders gehalten.« Heinrich legte einen Arm um seine Frau und drückte ihr einen sanften Kuss auf die Lippen.

»Ich hab ja nicht gesagt, dass sie jeden Abend bei uns hocken soll, Heinrich. Aber man weiß doch, wie schnell ein Ruf ruiniert ist.«

»Mach dir nicht immer so ’n Kopf, Grete. Unsere Erika ist ein anständiges Mädchen.«

»Na, dein Wort in Gottes Ohr, Heinrich.« Margarete wandte sich an ihre Tochter. »Ich will nur dein Bestes, Kind.«

»Das weiß ich, Mutter«, entgegnete Erika in versöhnlichem Ton. Ihr war einzig daran gelegen, sich zurückziehen zu können. »Du kannst mir vertrauen. Ich werde mich mit keinem der Besatzer einlassen.«

11. KAPITEL

Hamburg-Rahlstedt, Mai 1947

Mit tränennassen Augen starrte Ingrid auf das Telegramm in ihren Händen. Dabei hatten sich ihr die in ihm enthaltenen Worte längst eingebrannt.

Ihr Vater war tot. Woran er gestorben war, verriet das Telegramm nicht. Nur, dass es plötzlich geschehen war. War die Todesursache denn von Belang? Das Einzige, was zählte, war, dass ihr Vater nicht mehr lebte. Nie mehr bekäme sie die Gelegenheit, mit ihm zu sprechen. Begraben war jegliche Hoffnung auf Versöhnung. Zwar hatte er ihr nie geschrieben, nicht einmal einen kurzen Gruß unter einen der Briefe der Mutter gekritzelt. Aber bedeutete das, dass sie ihm gleichgültig war, dass er sie nach wie vor verachtete? Wann hatte er jemals jemandem einen Brief geschrieben? Sie konnte sich an keine Gelegenheit erinnern. Und hatte die Mutter nicht stets in den vergangenen Monaten von ihm grüßen lassen?

Ein neuer Schluchzer entwich Ingrids Kehle. Unvermittelt legte sich eine kleine Hand auf ihren Arm. »Mama, warum weinst du?«

Ingrid sah auf und blickte in ein von Angst gezeichnetes Kindergesicht. Sie schluckte krampfhaft und wischte mit dem Ärmel über die Augen. »Mach dir keine Sorge, Eva. Mama ist ein bisschen traurig, aber es wird besser gleich.«

Ingrid überlegte, ob sie ihrer Tochter vom Tod des Großvaters erzählen sollte.

Doch wem nutzte das? Eva konnte sich nicht an ihren norwegischen Großvater erinnern. Und was sollte sie tun, wenn sie Fragen nach ihm stellte? Sollte sie lügen? Aber würde Eva das nicht durchschauen? Sie war noch nicht einmal drei Jahre alt, besaß jedoch ein feines Gespür für die Stimmungen der Erwachsenen. In Gegenwart von Frau Dombrowski beispielsweise verhielt sie sich stets still und unauffällig, als wüsste sie, dass sie diese nicht verärgern durfte.

Doch wie konnte sie ihrer Tochter die Wahrheit zumuten? Was würde es bei ihr auslösen, wenn sie erführe, dass ihr Großvater sich nie für sie interessiert hatte, sie sogar für einen unverzeihlichen Fehler gehalten hatte? Oder hatte er dies bereut? Sie hatten sich seit über eineinhalb Jahren nicht gesehen, keinen direkten Kontakt gehabt. Es war durchaus möglich, dass sich seine Einstellung geändert hatte. Es spielte keine Rolle mehr. Eva bekäme niemals Gelegenheit, eine Beziehung zu ihm aufzubauen.

Von Neuem ergoss sich ein Bach aus Tränen auf das bereits durchfeuchtete Telegramm.

»Was ist denn um Himmels willen passiert?« Georg war ins Zimmer getreten und betrachtete bestürzt die sich ihm darbietende Szene aus mütterlicher Verzweiflung und kindlicher Angst.

Beim Klang der väterlichen Stimme war Evas Kopf herumgeschnellt. Nun lief sie auf ihn zu und ließ sich in die Arme nehmen.

»Was ist geschehen, Ingrid?«, erkundigte sich Georg in eindringlichem Ton, während er gleichzeitig seiner Tochter sanft über die Haare strich.

Statt einer Antwort streckte Ingrid ihrem Mann das Telegramm entgegen. Georg nahm es und überflog die wenigen Zeilen. »Aus Norwegen.« Erneut huschten seine Augen über das Telegramm. »Dein Vater. Er ist tot. Bei dem Datum handelt es sich wohl um die Beerdigung?«

Ingrid nickte stumm. Weitere Tränen flossen.

»Das tut mir sehr leid.« Seine Tochter weiterhin im Arm haltend, ließ sich Georg neben seiner Frau auf dem Bett nieder und legte den freien Arm um ihre Schultern. Nachdem er sie eine Weile hatte weinen lassen, löste er sich schließlich von ihr und zog ein Taschentuch aus der Hose, das er ihr reichte.

Geräuschvoll putzte sich Ingrid die Nase, um dann Mann und Tochter entschuldigend anzulächeln. »Es tut mir leid.«

»Das muss dir doch nicht leidtun«, beruhigte Georg sie. »Dein Vater ist gestorben. Da darf man traurig sein.«

Eva lugte vorsichtig zu ihrer Mutter hinüber, als erwartete sie, dass diese jeden Moment wieder in Tränen ausbräche.

»Entschuldigung, mein Schatz.« Ingrid strich mit dem Finger über die weiche Wange des Kindes. »Du musst nicht erschrecken.«

»Wer ist tot?«, fragte Eva.

»Jemand, den Mama kannte von damals.«

Georg blickte seine Frau überrascht an.

»Ein alter Onkel«, erklärte Ingrid an ihre Tochter gewandt. »Ich war traurig. Aber das ist nun Schluss.« Erneut zwang sie sich zu einem Lächeln. »Wollen wir machen einen Spaziergang? Das Wetter ist so schön.«

Georg öffnete den Mund, um ihn angesichts Ingrids eindringlichen Blicks sogleich zu schließen. »Gut, machen wir einen Spaziergang.«

Erst nachdem Eva am Abend eingeschlafen war, fand Georg Gelegenheit, mit seiner Frau über die Nachricht aus Norwegen zu sprechen. Auf ihre Weigerung, Eva die Wahrheit über deren Großvater zu offenbaren, ging er nicht ein.

Auch wenn er selbst anders vorgegangen wäre, konnte er Ingrids Verhalten verstehen. Auf ihrer Reise nach Hamburg hatte sie ihm anvertraut, wie belastend die vorangegangenen Monate zu Hause für sie gewesen waren. Sie hatte ihm keine Einzelheiten berichtet und er hatte nicht nachfragen wollen. So viel hatte er jedoch verstanden, dass, abgesehen von ihrer Mutter, alle in ihrer Familie gegen die Verbindung mit einem Deutschen gewesen waren. Dennoch schien Ingrids Kummer davon zu zeugen, dass die Bande zu ihrer Familie nach wie vor sehr stark waren.

»Nimmst du Eva mit?«

»Wohin mit?«

»Na, zur Beerdigung, wohin sonst.«

Für Georg stand außer Frage, dass seine Frau zur Beerdigung führe.

Familie war Familie. Daran war nicht zu rütteln. Was auch geschehen sein mochte, der Tod begrub alles unter sich. Versah Streitereien mit dem Etikett der Belanglosigkeit, ließ einen den Ärger der Vergangenheit vergessen. Wie sehr er sich auch mit seinen Eltern und Erika entzweien mochte, zu ihrer Beerdigung würde er in jedem Fall gehen.

Unvermittelt packte Georg ein Gefühl der Reue.

War er zu hart zu Erika gewesen? Hatte sie nicht wie er selbst nur das Beste für ihre Familie gewollt?

Zwar hielt er es für unverantwortlich, dass sie Ingrid und Eva mit zu ihrer halsbrecherischen Aktion genommen hatte. Aber war das Ganze nicht in guter Absicht geschehen? Erika liebte ihre Nichte über alles. Niemals hätte sie ihr wissentlich ein Leid zugefügt. Und war es nicht auch seine Schuld?

Wenn er seiner Verantwortung als Familienvater nachgekommen wäre, hätte seine Schwester sich nicht verpflichtet gefühlt, Kohlen klauen zu gehen.

Georg entschied, sich bei der nächstbietenden Gelegenheit mit seiner Schwester auszusöhnen.

Doch bevor er dies täte, hatte er sich um seine Frau zu kümmern.

»Du solltest gleich morgen los und dir einen Pass besorgen. Und eine Reiseerlaubnis.« Er fuhr mit dem Zeigefinger hinter seinem rechten Ohr hin und her. »Jedenfalls alles, was man braucht, um nach Norwegen reisen zu können.«

»Du denkst wirklich, ich soll reisen?«

»Warum nicht? Es ist dein Vater. Wenn deine Familie dich nicht sehen will, hätten sie dir wohl kaum das Datum der Beerdigung mitgeteilt.«

Ingrid zögerte.

Georg hatte recht. Wenn ihre Mutter, von der das Telegramm mit an Sicherheit grenzender Wahrscheinlichkeit stammte, nicht gewollt hätte, dass sie käme, hätte sie sie nur über den Tod, nicht aber über die Beisetzung informiert.

Diese Überlegung half allerdings nicht, Ingrids Widerwillen gegenüber einer Reise in den hohen Norden kleiner werden zu lassen.

Wie würden ihre Geschwister reagieren, wenn sie mit einem Mal vor ihnen stünde? Würde Astrid ihr immer noch voller Hass begegnen und Arne sie für sämtliche Verbrechen der Deutschen verantwortlich machen?

»Wenn du Eva nicht mitnehmen möchtest, was ich angesichts dieser langen Reise verstehen kann, finden wir sicher eine Lösung.«

»Du willst fragen die Dombrowski?«

Georg zuckte zusammen. »Oh Gott, nein. Lieber lasse

ich mich krankschreiben und bleibe selbst den ganzen Tag bei Eva.«

»Aber wen wir fragen können?«

»Meine Mutter.« Angesichts von Ingrids fassungsloser Miene wurde Georg ärgerlich. »Denkst du, sie tut Eva etwas?«, fragte er barsch. »Eva ist ihre Enkelin. Niemals würde sie ihr ein Leid antun.«

»Natürlich nicht«, bemühte sich Ingrid, den Ärger ihres Mannes zu besänftigen. »Aber …« Sie rang nach Worten.

»Aber du möchtest es nicht. Und warum nicht? Willst du Eva lieber jemand Fremdem anvertrauen?«

»Nein«, erwiderte Ingrid, entsetzt, dass Georg so etwas auch nur in Erwägung ziehen konnte.

»Wir könnten sowieso niemanden bezahlen.« Georg rieb mit der Hand über sein Gesicht. »Dann nimm sie eben mit.«

Vor Ingrids geistigem Auge tauchte eine Begebenheit aus dem Sommer von vor zwei Jahren auf.

Ihre Neffen hatten sich nicht nur geweigert, mit ihrer Cousine zu spielen. Sie hatten auch ihre Bausteine abgewaschen, weil ein Deutschenkind sie angefasst hatte und sie dadurch angeblich böse geworden waren.

Ein Schwindel bemächtigte sich Ingrids. »Ich kann nicht nehmen sie mit«, stieß sie gepresst hervor.

»Dann fragen wir meine Mutter?«

Welche Wahl blieb ihr? Wenn Georg meinte, Eva seiner Mutter anvertrauen zu können, sollte sie ihm vertrauen. Schließlich liebte er Eva und wollte nur ihr Bestes. Auch wenn sie Georgs Eltern nur selten sahen, war es nicht von der Hand zu weisen, dass seine Mutter sich Eva gegenüber stets herzlich gezeigt hatte.

»Ja, wir tun es.«

*

Hamburg-Rahlstedt, Mai 1947

Erschöpft ließ Ingrid sich auf eine Bank sinken. Den Kinderwagen mit Eva zog sie dicht neben sich. Wenngleich ihre Tochter gut laufen konnte, hatte Ingrid es vorgezogen, sie in Anbetracht der langen Strecken, die sie zurückzulegen hatten, im Kinderwagen zu fahren.

Des langen Sitzens überdrüssig war Eva allerdings unleidlich geworden. »Ich will laufen, Mama.«

Ingrid nickte nur mechanisch, ohne Anstalten zu machen, das Geschirr, das ihre Tochter an den Wagen band, zu lösen. Eva wiederholte ihre Forderung, doch Ingrids Augen glitten blicklos umher. In ihr war eine Leere, als wäre etwas in ihrem Inneren unwiderruflich zerbrochen. Vergessen waren sämtliches Zaudern und Zögern, die sie beim Gedanken an eine Reise nach Norwegen befallen hatten. Es war ausschließlich von Belang, dass sie diese Reise nicht antreten durfte. Wer letztendlich hinter diesem Entschluss stand, ob es die britischen oder die norwegischen Behörden waren, hatte sie vergessen.

Welche Wichtigkeit hatte es schon, wer entschieden hatte, dass sie ihrem Vater nicht die letzte Ehre erweisen durfte. Sie ließen sie nicht reisen. Das war das Einzige, was zählte.

»Mama, ich will raus.« Eva zog energisch an der Befestigung, die sie an den Wagen band.

»Nicht am Bahnhof. Das ist gefährlich.« Ingrid sah ihre Tochter beim Sprechen nicht an. Sie mochte niemanden mehr ansehen.

Was würde Georg sagen, wenn er die Neuigkeit erführe? Sollte sie ihm überhaupt davon erzählen?

Beim Gedanken, ihrem Mann von ihren missglückten Ämtergängen zu berichten, überfiel Ingrid ein Gefühl der

Scham, als trüge sie die Schuld für die verweigerte Reiseerlaubnis.

Eva bäumte sich in ihrem Sitz auf. »Will raus«, schrie sie so laut, dass zwei vorbeigehende Passanten sich nach ihr umdrehten.

Unter anderen Umständen hätte Ingrid sich sogleich bemüht, ihre Tochter zu beruhigen. Es war ihr zutiefst verhasst, Aufsehen zu erregen. In ihrer gegenwärtigen Verfassung war sie jedoch weder für Blicke noch für Getuschel empfänglich. Alles schien weit entrückt, als würde sie ein dicker Vorhang von ihrer Umgebung trennen. Erst als eine ältere Frau sie am Ärmel zog, erwachte Ingrid aus diesem Zustand der Entrückung.

»Ja?«

Die ältere Frau deutete auf den Kinderwagen. »Sie sollten sich mal um Ihre Kleine kümmern.«

Unvermittelt wurde Ingrid gewahr, dass sich eine kleine Gruppe Menschen um sie und Eva versammelt hatte.

»Natürlich. Selbstverständlich.« Peinlich berührt erhob Ingrid sich von der Bank und beugte sich über den Kinderwagen, in dem ihre Tochter mit inzwischen krebsrotem Gesicht saß und sich unaufhörlich abmühte, das Geschirr abzustreifen.

»Alles gut, mein Schatz«, sagte sie auf Norwegisch. Der Rückfall in ihre Muttersprache erfolgte instinktiv. »Du darfst gleich laufen. Nur auf dem Bahnhof ist es zu gefährlich. Da sind zu viele Menschen. Am Ende fällst du noch auf die Gleise.« Ingrid griff in ihre Handtasche und zog ein Stück Wurst hervor, das sie ihrer Tochter reichte. Unverzüglich gab Eva ihren Protest auf.

Ingrid durchzuckten die Schläge des schlechten Gewissens.

Eva verspeiste in diesem Moment die Fleischration einer ganzen Woche. Was wohl Georg dazu sagen würde?

Ingrid bekam keine Gelegenheit, sich weiter mit dieser Frage zu beschäftigen. Hinter ihr hatte jemand die Polizei erwähnt. Das ließ sie augenblicklich herumfahren.

Die anfangs kleine Gruppe war mittlerweile deutlich angewachsen. Die meisten von ihnen beäugten Ingrid, als wäre sie ein exotisches Tier, von dem niemand wusste, ob es gefährlich war. Ehe Ingrid dazukam, über ihr weiteres Vorgehen nachzudenken, näherte sich ein Polizist. Ein kollektives Aufseufzen begleitete sein Auftauchen.

»Was ist denn hier los?«, erkundigte er sich und ließ seinen Blick abwechselnd über Ingrid, den Kinderwagen und die Menschenansammlung schweifen. Als ihm aufging, dass sämtliche Augen auf Ingrid und dem Kinderwagen ruhten, maß er Ingrid prüfend. Ihre blasse Gesichtsfarbe brachte ihn dazu, sorgenvoll die Stirn zu runzeln. »Ist Ihnen nicht wohl, gnädige Frau? Brauchen Sie Hilfe?«

Ingrid schüttelte den Kopf. Zum Sprechen war sie nicht imstande.

Die ältere Frau, die Ingrid am Ärmel gezogen hatte, hatte ihre Zurückhaltung überwunden und ging auf den Polizisten zu. Mit gesenkter Stimme begann sie, auf ihn einzureden. Ingrid verstand nur Bruchstücke. Doch diese reichten aus, um sie vor Angst frösteln zu lassen.

Die Frau hielt sie für eine gefährliche Ausländerin, die ihrem Kind schaden wollte?

Ingrids Finger krampften sich um die Stange des Kinderwagens. Sie focht einen harten Kampf mit sich aus, ob sie bleiben oder fliehen sollte.

Was würde ihr eine Flucht nutzen? Mit dem Kinderwagen war sie nicht sonderlich schnell. Noch bevor sie den

Ausgang des Bahnhofs erreicht hätte, hätte der Polizist sie eingeholt.

Warum nur hatte sie sich nicht gleich nach der Ankunft des Zuges auf den Nachhauseweg gemacht? Sie wusste doch, dass Eva ungern lange Zeit im Kinderwagen saß, erst recht, wenn es um sie herum so viel zu entdecken gab. Bisher hatte sie allerdings nie ein derartiges Theater veranstaltet.

Ingrid überkam Wut auf ihre Tochter, die genüsslich die Wurst verspeiste und von der Aufregung um sie herum wenig Notiz nahm. Größere Wut empfand sie jedoch auf sich selbst.

Warum nur hatte sie Norwegisch geredet? Sie hatte sich doch fest vorgenommen, immer und überall mit ihrer Tochter Deutsch zu reden.

Der Polizist unterbrach den Wortschwall der älteren Frau und kam zu Ingrid herüber. Bevor er sie ansprach, räusperte er sich zweimal. »Entschuldigen Sie, gnädige Frau«, sagte er betont langsam. »Dürfte ich bitte Ihren Ausweis sehen?«

»Natürlich.« Hektisch kramte Ingrid in ihrer Handtasche. Doch das verlangte Stück Papier ließ sich nicht finden. Ihre Bewegungen wurden fahriger, während eine feine Röte ihr Gesicht überzog. »Ich gleich haben.«

»Lassen Sie mich mal«, sagte der Polizist, als die Handtasche zu guter Letzt auf den Boden fiel.

Ehe Ingrid etwas erwidern konnte, hatte er sich bereits gebückt und die Tasche aufgehoben. Als wäre er ein gut abgerichteter Spürhund, zeitigte seine Suche nach wenigen Sekunden Erfolg. »Na, da haben wir das gute Stück ja.« Er lächelte Ingrid an. Deren Anspannung war zu groß, um das Lächeln zu erwidern.

»Ein deutscher Ausweis.« Der Polizist hielt den Ausweis ein wenig von sich weg, als ginge es darum, ihn den Umstehenden zu präsentieren.

»Aber sie hat nicht Deutsch gesprochen«, warf die ältere Frau, die sich offensichtlich in ihrer Ehre gekränkt fühlte, ein. »Und wenn ich nicht eingegriffen hätte, hätte sich das Kind losgerissen.«

Der Polizist ignorierte die Einwände. »Sie kommen aus Norwegen?«, fragte er Ingrid freundlich.

Ingrid nickte zögernd, wie es jemand tat, der der Freundlichkeit eines anderen nicht über den Weg traute.

»Mein Bruder war in Norwegen stationiert. Schönes Land. Und nette Menschen.« Der Polizist strahlte, als wäre er selbst derjenige, der dies erlebt hatte.

Ingrid war sich nicht sicher, wie sie reagieren sollte.

War die Gefahr vorüber? Durfte sie gehen?

Die Menschenansammlung hatte sich mittlerweile aufgelöst. Nur die ältere Frau und zwei Jugendliche waren zurückgeblieben. Als der Polizist sie zum Gehen aufforderte, schlossen sie sich den anderen an.

Der Polizist gab Ingrid den Ausweis zurück. »Nichts für ungut, Frau Reimers. Aber wir sind verpflichtet, allem nachzugehen.« Er schenkte Eva ein breites Lächeln. »Und der Deern geht es auch wieder gut, wie ich sehe. Hat wohl nur Hunger gehabt.« Er tippte sich an die Mütze und ging.

Erst als sie die Uniform nicht mehr erkennen konnte, erlaubte sich Ingrid einen tiefen Seufzer auszustoßen. Dann stopfte sie rasch ihren Ausweis in die Handtasche und verließ den Bahnhof.

Die Aufregung hatte sie ihren Kummer über die verweigerte Reise nach Norwegen vorübergehend vergessen lassen. Nun, wo sie, Eva an der einen Hand haltend, mit der anderen den Kinderwagen schiebend, die Landstraße entlangging, meldete er sich mit ungleich größerer Wucht zurück. Ein Gefühl verzweifelter Einsamkeit bemächtigte sich Ingrids. Sie kam sich vor wie eine Gefangene, der eine lebenslange Haftstrafe verkündet worden war.

Wer wusste, ob und wann sie jemals eine Reiseerlaubnis erhielte. Ihre Mutter konnte dann auch tot sein. Auch wenn sie keine Greisin war, hatte der Tod des Vaters gezeigt, dass der Tod sich nicht um das Alter scherte.

Ingrid blieb stehen. Der Schmerz in ihrer Brust war so mächtig geworden, dass er ihr die Luft abschnürte.

»Können wir besuchen Tante Erika?« Erwartungsvoll sah Eva zu ihrer Mutter hoch.

Ingrid blinzelte, um die aufkommenden Tränen zurückzudrängen. »Zu Tante Erika?«

»Ja, es ist so lange her.«

Ingrid hatte schon den Mund geöffnet, um ihre Tochter auf den Sonntag zu vertrösten, in der Hoffnung, sie hätte diesen Wunsch bis dahin vergessen. Denn sie befürchtete, dass sich an Georgs ablehnender Haltung gegenüber seiner Schwester in absehbarer Zukunft nichts ändern würde. Und nach einem Streit mit ihrem Ehemann stand ihr in ihrer gegenwärtigen Verfassung nicht der Sinn. Doch die Erwähnung des Namens ihrer Schwägerin hatte Ingrid auf eine Idee gebracht.

Konnte sie nicht Erika bitten, sich für sie bei den Engländern einzusetzen? Sie schien ein gutes Verhältnis zu ihnen zu haben, wenn sie sogar Medizin erhielt und in ihren Autos mitfahren durfte. Vielleicht konnte sie auf diesem Weg erreichen, dass ihr die Einreise nach Norwegen gestattet wurde.

Würde Erika sich zu einer derartigen Hilfe bereit erklären? Es ging in diesem Fall weder um Eva noch um Fragen der Gesundheit.

Sollte sie lieber zunächst mit Georg sprechen, ihn ein weiteres Mal bitten, sich um seiner Tochter willen mit seiner

Schwester auszusöhnen? Doch wenn seine Sturheit so groß war, dass sie ihm ein Nachgeben unmöglich machte? Wäre sie dann imstande, zu Erika zu gehen und sie um Hilfe zu bitten?

»Das ist ein gutes Vorschlag.« Seit dem Vorfall im Bahnhof achtete Ingrid bei jedem Wort, das sie an ihre Tochter richtete, darauf, es auf Deutsch zu sprechen. »Wir gehen zu Tante Erika.«

*

Hamburg-Rahlstedt, Mai 1947

»Was machst du denn hier?«, fragte Erika erstaunt.

»Ich habe mir gedacht, ich heitere dich ein bisschen auf, jetzt, wo dein Tommy weg ist.«

»Er ist nicht mein Tommy«, entgegnete Erika indigniert und warf einen Blick über die Schulter, um sich zu vergewissern, dass niemand im Haus der Evans' Helgas Worte gehört hatte.

»Nicht? Habt ihr euch etwa getrennt?«

Erika öffnete das Gartentor, um zu ihrer Freundin auf die Straße zu treten. »Wir haben uns nicht getrennt. Denn wir waren nie zusammen.«

Helga schnaubte. »Dann willst du mich also nicht mehr als Freundin?«

»Wie kommst du denn auf die Idee?« Während des Sprechens hatte Erika sich in Bewegung gesetzt. »Natürlich will ich dich als Freundin.«

»Aber wenn du mit keinem Tommy zusammen bist, warum hattest du nie Zeit, wenn ich mal mit dir weggehen wollte?«

»Ich …« Erika blickte erneut zum Haus. Doch sie waren schon zu weit entfernt, dass sie jemand, selbst wenn er sich im Garten aufhielte, gehört hätte.

»Du hast mir beim letzten Mal, als ich gefragt hab, gesagt, du gehst mit dem Fahrer von deinem Engländer aus«, setzte Helga ihr Verhör fort.

»Ich war mit Peter aus.«

Verwirrt schüttelte Helga den Kopf. »Jetzt verstehe ich gar nichts mehr.«

»Peter und ich sind gute Freunde, mehr nicht. Wir waren ein paar Mal aus, haben uns amüsiert.« Erikas Ton wurde schärfer. »Du hast mir selbst mal gesagt, ich soll das Leben genießen. Und das hab ich getan.«

»Sieht er so fürchterlich aus?«

»Wer?«

»Na, dein Engländer.« Als sie sah, dass Erika zum Protest ansetzte, hob Helga eine Hand. »Der Engländer, mit dem du aus warst. Der Fahrer vom Major.«

»Nein, tut er nicht. Im Gegenteil.« Erika verstand nicht, worauf die Frage ihrer Freundin abzielte.

Helgas Daumen hob sich. »Er sieht gut aus.« Der Zeigefinger folgte. »Er hat dich nicht gezwungen, mit ihm wegzugehen.« Fragend hob sie eine Augenbraue.

»Nein, hat er nicht. Was soll das Ganze? Ich bin müde und will nach Hause.«

Helga hob den dritten Finger. »Du bist regelmäßig mit ihm ausgegangen. So oft, dass du für deine Freundin keine Zeit mehr hattest.« Der vierte Finger folgte. »Und hast dich amüsiert, denn sonst hättest du dich nicht wieder mit ihm getroffen.« Der letzte Finger der Hand wanderte in die Höhe. »Und nun, wo er weg ist, überfällt dich abgrundtiefe Traurigkeit, die dich so müde macht, dass du nur noch ins Bett willst.«

Erika stemmte die Hände in die Luft. »Du bist ja schlimmer als meine Mutter.«

Helga zuckte mit den Schultern. »Ich sage nur, wie es ist. Aber genug davon. Hast du nun Lust mit mir auszugehen?«

»Nach dem Verhör, dem du mich gerade unterzogen hast?«

»Das war kein Verhör, sondern eine Feststellung von Tatsachen. Aber lassen wir das. Ich hab keine Lust auf Ärger. Heute will ich mich amüsieren.« Helgas Gesicht hatte einen trotzigen Ausdruck angenommen.

»So schlimm zu Hause?«, fragte Erika mitfühlend.

Seit dem Tod der Mutter hatte sich Helgas Vater mehr und mehr in einen gewalttätigen Tyrannen verwandelt. Der nichtigste Anlass reichte aus, um ihn die Hand gegen Helga und ihre jüngeren Geschwister erheben zu lassen. Nur wenn seine Schwester zu Besuch kam, nahm er sich zusammen.

Helgas Tante wohnte in Bergedorf zur Untermiete. Sie war unverheiratet und arbeitete als Kellnerin in einer Gaststätte. Daher war es ihr nur selten möglich, den Weg nach Wandsbek auf sich zu nehmen. Wenn sie es tat, war es für Helga jedes Mal ein Festtag. Nur dann konnte sie ohne schlechtes Gewissen losziehen.

Erika rang mit sich. Im Grunde verspürte sie wenig Lust auf eine Unternehmung. Andererseits mochte sie ihre Freundin nicht vor den Kopf stoßen.

Hatte sie wirklich jedes Mal abgelehnt, wenn Helga mit ihr weggehen wollte?

Beschämt musste Erika zugeben, dass sie in den vergangenen Wochen ihre Freundin vernachlässigt hatte. Noch schlimmer war für sie jedoch das Eingeständnis, dass es ihr nicht einmal aufgefallen war.

Hatte Peter Williams dermaßen ihr Denken und Handeln beherrscht?

Einen flüchtigen Augenblick lang überkam Erika der Gedanke, vielleicht doch verliebt zu sein.

Unsinn, wies sie sich sogleich zurecht. *Nur weil man gerne und oft Zeit mit jemandem verbrachte, bedeutete dies nicht, dass man verliebt war. Es war das Neue und Unbekannte, das sie gereizt hatte. Mehr nicht. Welche Frau mochte es nicht, wenn ihr Bewunderung entgegengebracht wurde? Wenn sie sich dabei jedes Mal verlieben würde, käme sie zu nichts anderem mehr.*

Sie würde Helga beweisen, dass sie mit Peter Williams nur Freundschaft verband. Es war zwar schade, dass er nicht da war und sie nicht mit ihm ausgehen konnte, aber sie verzehrte sich ganz sicher nicht vor Sehnsucht nach ihm.

Mit einem beschwingten Lächeln auf den Lippen hängte sie sich bei ihrer Freundin ein. »Lass uns in die Stadt fahren und Spaß haben.«

*

Hamburg-Neustadt, Mai 1947

»Es ist wirklich wichtig, Georg«, beschwor Gisela ihn. »Zwei Mann sind ausgefallen. Und Willi braucht die Lieferung dringend.«

»Warum kann er nicht selbst fahren?«

Georg hatte sich zwar damit abgefunden, dass er sich fürs Erste nicht aus den Fängen von Willi Jensen befreien konnte. Wie ein willenloses Werkzeug mochte er sich dennoch nicht benutzen lassen.

Willi Jensen und Gisela Peters sollten merken, dass sie nicht alles mit ihm machen konnten.

»Willi hat eine wichtige Verabredung, die er nicht absagen kann«, beantwortete Gisela Georgs Frage. »Er braucht dich.« Die langen schwarzen Wimpern senkten sich. »Und der Betrieb braucht dich auch.«

»Der Betrieb?« Durch die unvermutete Erwähnung der Tischlerei entging es Georgs Aufmerksamkeit, dass Gisela ihn einfach geduzt hatte.

Gisela drehte den Kopf zur Seite. »Willi hilft uns doch mit den Aufträgen«, erklärte sie leise.

»Mit den Aufträgen?«, wiederholte Georg verständnislos.

Gisela wandte sich ihm zu. »Wie glaubst du, können wir sonst den Betrieb aufrechterhalten? Solange wegen Materialmangels und fehlender Fachkräfte keine Häuser gebaut werden, braucht auch niemand Fenster und Türen, von Möbeln mal ganz zu schweigen. Und selbst wenn, Holz ist ebenfalls knapp und gibt es zudem nur nach einem langwierigen Zuteilungsverfahren.« Sie lächelte müde. »Aber was quäle ich dich damit. Es reicht, wenn Vater und ich uns darüber den Kopf zerbrechen.«

Georg durchfuhr ein Stich der Reue, als wäre er für die angesprochenen Probleme verantwortlich. »Wie kann ich helfen?«

Giselas Augen leuchteten auf, sodass sie Georg wieder an einen Engel erinnerte. »Ohne dich kann Willi seine Lieferung abschreiben. Und wenn man erst einmal den Ruf der Unzuverlässigkeit weg hat, ist man schnell abgemeldet. Schließlich gibt es noch andere, die im selben Geschäftsbereich tätig sind.«

Gisela hielt inne. Georg benötigte allerdings keine weitere Erklärung, um die Zusammenhänge dieses eng miteinander verwobenen Konstrukts von Schwarzmarkthandel und Tischlerei zumindest ansatzweise zu erfassen.

Wenn Willi Jensens Ruf angeschlagen war, würde sein Stern

am Schwarzmarkthimmel sinken und neue Sterne aufsteigen. Angesichts von Giselas Sorge war davon auszugehen, dass die Konkurrenz nicht unerheblich war. Und wenn Willi Jensens Schiff unterging, konnte er der Tischlerei nicht mehr helfen. Sie hatten ohnehin sehr wenig zu tun. Bei noch weniger Arbeit wären Entlassungen unvermeidlich. Und die zuletzt Eingestellten wären die Ersten, die gehen müssten.

»Also gut, ich mach's.«

Gisela stieß einen kleinen Freudenschrei aus. Dann fiel sie Georg um den Hals und küsste ihn auf die Wange. Überrascht von dieser Vertraulichkeit stand dieser wie erstarrt da.

»Du bist ein Schatz«, sagte Gisela und rückte zu Georgs Erleichterung wieder von ihm ab. »Was täten wir nur ohne dich?«

»Naja«, stammelte Georg. In seinem Kopf herrschte ein Durcheinander, als hätte er sich einen Rausch angetrunken.

»Im Ernst, Georg. Wir verdanken dir sehr viel.« Gisela strahlte ihn an. »Ich werde mich bei Willi dafür einsetzen, dass du dieses Mal eine besonders große Belohnung erhältst.«

Georg wollte widersprechen, wollte sich dem Schwarzmarkthändler nicht noch mehr verpflichtet fühlen. Er war jedoch nicht fähig, einen klaren Gedanken zu fassen.

Gisela schien dies nicht zu bemerken. »Ich geh schnell die Wegzehrung holen, die ich für dich vorbereitet habe. Ich hoffe, du bist nicht zu müde. Du musst schließlich die ganze Nacht fahren. Und das ohne Begleitung. Am liebsten würde ich mitkommen.« Sie verstummte und legte nachdenklich einen Finger an die Unterlippe. »Nein, das geht nicht«, sagte sie dann bedauernd. »Aber was stehe ich hier und rede? Du musst los.« Raschen Schrittes machte sie sich auf den Weg zu ihrem Büro. »Du kannst schon in den Hof gehen. Dieses Mal nimmst du unseren Wagen«, rief sie Georg im Laufen zu.

Als sie einige Minuten später zurückkehrte und Georg an derselben Stelle vorfand, riss sie erschrocken die Augen auf. »Ist der Wagen geklaut worden?«

»Was?« Georg fuhr zusammen. »Welcher Wagen?«

Giselas Strahlen wich einem Ausdruck von Verärgerung. »Hast du es dir etwa anders überlegt?«

Als Georgs Miene weiterhin Verständnislosigkeit widerspiegelte, erlosch Giselas Ärger. An seine Stelle trat erneut das übermütige Funkeln, das ihre Augen Georgs Meinung nach wie zwei helle Edelsteine glänzen ließ. Sie stellte sich auf die Zehenspitzen und küsste Georg aufs Neue auf die Wange. Anders als beim ersten Mal platzierte sie den Kuss sehr nahe an seinem Mundwinkel. »Du bist ein Träumer, weißt du das?« Ihre Stimme war nur ein Flüstern. »Aber es hilft nichts«, fuhr sie in normaler Lautstärke fort. »Wenn wir Willis Geschäft nicht ruinieren wollen, musst du dich auf den Weg machen.« Sie reichte ihm einige in Papier eingeschlagene belegte Brotscheiben und eine Flasche mit Wasser. »Damit du unterwegs nicht verhungerst und verdurstest.«

Georg betrachtete die beiden Dinge. »Ich soll gleich losfahren?«

Gisela seufzte. Es klang mehr amüsiert als ungehalten. »Du hast überhaupt nicht zugehört, nicht wahr? Naja, erkläre ich es dir eben noch mal.«

»Ich muss meiner Frau Bescheid geben, sonst sorgt sie sich«, meinte Georg, nachdem Gisela ihm die letzten Instruktionen erteilt hatte.

»Dazu ist keine Zeit mehr.«

»Aber ich komme erst morgen wieder.«

»Das ist doch nicht deine erste Fahrt. Bei den Vorteilen, die dir das bringt, hat deine Frau sicher Verständnis.«

Georg mochte Gisela nicht erklären, dass Ingrid keinerlei Kenntnis von seiner Tätigkeit für Willi Jensen hatte.

»Sie wird sich trotzdem Sorgen machen«, beharrte er. »Am Ende ruft sie noch die Polizei.«

Gisela kaute auf ihrer Unterlippe. »Ich hab's«, rief sie. »Ich gehe zu ihr und gebe ihr Bescheid.«

Georg fühlte sich wie jemand, dessen sorgfältig errichtetes Kartenhaus dabei war, in sich zusammenzufallen.

»Nein, lass man«, sagte er hastig, im verzweifelten Versuch, das Unvermeidliche aufzuhalten. »Das wird schon gehen.«

»Aber du hast recht. Wir können deine Frau nicht im Ungewissen lassen.« Gisela tätschelte Georgs Arm wie eine wohlmeinende Tante. »Mach dir keine Sorgen. Ich kümmere mich darum.«

»Aber sie weiß nichts von …« Georg schluckte. »Sie weiß nichts vom Schwarzmarkt.«

Verwundert starrte Gisela ihn an.

»Ich wollte sie damit nicht belasten«, fühlte Georg sich bemüßigt, sein Verhalten zu rechtfertigen.

»Aha.« Giselas Miene verriet nichts von ihren Gefühlen.

»Dann würde sie sich noch mehr Sorgen machen.«

»Du musst mir das nicht erklären, Georg. Wie du mit deiner Frau umgehst, ist deine Entscheidung.« Gisela hatte ihr Lächeln wiedergefunden. Es hatte sogar an Strahlkraft hinzugewonnen. »Ich verspreche dir, dass ich deine Arbeit für Willi nicht erwähnen werde.«

»Aber was willst du sagen, wenn sie fragt, wo ich bin?« Ohne dass es ihm bewusst war, war auch Georg zum vertraulichen Du übergegangen.

»Wir hatten einen auswärtigen Auftrag, wo du mit dem Wagen hingefahren bist. Da der immer Schwierigkeiten macht, hast du dich vermutlich deswegen verspätet. Solltest du ihn nicht repariert bekommen, könnte es sogar sein, dass du bis zum nächsten Tag warten musst, um jemanden zu finden, der ihn flottmacht. So wäre es schon mal einem Kollegen von dir ergangen.«

Georg staunte.

Wie schaffte Gisela es, sich in derart kurzer Zeit eine solch überzeugende Geschichte auszudenken?

»Wollen wir es so machen?« Auffordernd sah Gisela Georg an.

»Ja«, stimmte Georg schweren Herzens zu.

12. KAPITEL

Hamburger Innenstadt, Mai 1947

Erika fühlte sich so schwindelig, als wäre sie unablässig im Kreis herumgewirbelt.

»Noch einen?«, nuschelte der englische Soldat neben ihr und schwenkte eine Flasche hin und her.

Erika wollte den Kopf schütteln, musste die Bewegung jedoch abbrechen, als eine Welle von Übelkeit sie überrollte. Sie presste die Lippen so fest aufeinander, dass diese weiß hervortraten, konnte das Aufstoßen aber nicht verhindern.

Der Soldat lachte, als hätte Erika einen besonders guten Witz erzählt. »Du bist süß«, grölte er und beugte sich vor, um sie auf den Mund zu küssen.

Unter anderen Umständen wäre Erika spätestens in diesem Moment aufgestanden und hätte das Lokal verlassen. Ihr betrunkener Zustand hatte ihr Urteilsvermögen allerdings außer Gefecht gesetzt. Daher fuhr sie sich nur mit der Hand über den Mund, um die feuchte Nässe abzuwischen. Währenddessen füllte der Soldat ihr Glas ein weiteres Mal an diesem Abend bis unter den Rand, um es anschließend an Erikas Lippen zu führen. »Trink, Süße, trink.«

Von immer stärkerer Übelkeit gepeinigt, schlug Erika unwirsch nach dem Glas, dessen Inhalt sich daraufhin über ihren Rock ergoss.

»Oh.« Überrascht starrte der Soldat auf den nassen Fleck. Dann begann er, mit den Händen über den Stoff zu reiben. »Ich machen weg.«

Mehr einem Reflex geschuldet als einer bewussten Handlung zog Erika an den Händen, um sie dazu zu bewegen, von ihr abzulassen. Es nützte nichts. Die Hände rieben noch stärker über den Rock. Eine Alarmglocke schrillte in Erikas Kopf, deren Klang so laut war, dass sie den Nebel ihrer Benommenheit durchschnitt.

»Aufhören«, rief sie. Als die Aufforderung keine Wirkung zeigte, erhob sich ihre Stimme. »Ich habe gesagt, aufhören.«

Die Gäste an den umliegenden Tischen unterbrachen ihre Unterhaltung und sahen zu ihr hinüber.

»Was ist los, Erika?« Helgas Worte glichen mehr einem Lallen und waren kaum zu verstehen.

Erika hätte die Frage ohnehin nicht beantwortet. Sie war zu sehr damit beschäftigt, die Hände des Soldaten abzuschütteln. Nachdem ihr dies gelungen war, erhob sie sich, musste sich aber sogleich an der Tischkante festhalten, um nicht das Gleichgewicht zu verlieren.

»Wohin gehst du, Süße?« Der englische Soldat schien ihr die Zurückweisung nicht übel zu nehmen.

»Nach Hause.« Erika war zwar von einem Zustand der Nüchternheit weit entfernt. Aber sie war zumindest in der Lage, ihre Umgebung bewusst in sich aufzunehmen. Beim Anblick der auf dem Tisch aufgereihten Flaschen stieg es erneut sauer in ihr auf. Sie griff nach ihrer Handtasche. »Kommst du, Helga? Es ist spät.«

Die Angesprochene vergrub ihre Nase am Hals des englischen Soldaten, auf dessen Schoss sie saß, und antwortete nicht.

»Helga«, unternahm Erika einen neuen Versuch, zu ihrer Freundin durchzudringen. »Wir müssen nach Hause.«

Endlich hob Helga den Kopf und starrte Erika aus trüben Augen an. »Müssen wir gar nicht. Wir sind eben erst angekommen.«

Erika schüttelte den Kopf, was dazu führte, dass sie sich erneut der Tischkante als Stütze bedienen musste. »Wir müssen nach Hause.«

»Bleib, Süße.« Der englische Soldat, der versucht hatte, Erika den Schnaps einzuflößen, erhob sich. Auch bei ihm hatte der Alkoholgenuss Spuren hinterlassen. Sein Körper geriet in Schieflage, kaum dass er stand. Um nicht das Gleichgewicht zu verlieren, fasste er nach Erika. In einer für ihren betrunkenen Zustand beachtenswert schnellen Reaktion wich Erika zur Seite, sodass der Soldat einem Sturz nicht entgehen konnte. Zu seinem Glück versperrte ihm der Stuhl, auf dem Erika gesessen hatte, den Weg. Wie eine Marionette, deren Fäden man losgelassen hatte, fiel er darüber. Bestürzt betrachtete Erika ihn. Dann meldete sich erneut ihr Instinkt. Ohne sich darum zu kümmern, ob Helga ihr folgte, verließ sie so schnell, wie es ihre kraftlosen Beine erlaubten, den Raum.

Draußen auf der Straße blieb sie stehen. Nach der stickigen Luft im Lokal hatte sie das Gefühl, eine andere Welt zu betreten. Sie schloss die Augen und atmete tief ein und aus. Die Benommenheit löste sich immer mehr auf.

Wie hatte sie sich nur so aufführen können? Zum Glück hatte sie niemanden im Lokal gekannt. Außer Helga natürlich. Aber die war in einem noch schlimmeren Zustand als sie gewesen.

Hatte sie dem Tommy ihren Namen gesagt? Oder ihm von Peter erzählt?

Angestrengt durchforstete Erika ihr Gehirn, doch eine Erinnerung mochte sich nicht einstellen.

Nicht auszudenken, wenn die beiden sich kannten. Sie könnte Peter nie wieder unter die Augen treten, wenn er von ihrem Auftritt erführe.

Unvermittelt verschwanden alle Gedanken an Peter Williams und ihr Verhalten an diesem Abend. Erikas gesamte Aufmerksamkeit wurde von den sich nähernden Fahrzeugen in Anspruch genommen, die wenige Meter von ihr entfernt zum Stehen kamen. Mehrere Männer in Uniform sprangen heraus und kamen mit raschen Schritten auf das Lokal zu. Während Erika darüber nachgrübelte, was das zu bedeuten hatte, wurde sie bereits am Arm gepackt und zu einem der Wagen geführt. Das Ganze wirkte auf sie derart unwirklich, dass ihr gar nicht einfiel zu protestieren. Erst als sich weitere Frauen zu ihr gesellten, unter ihnen Helga, begriff sie, dass es sich nicht um ein Spiel handelte. Eine der Frauen schrie dem Polizisten, der sie ziemlich unsanft in den Wagen stieß, unflätige Worte zu, auf die dieser mit einem höhnischen Lachen reagierte. Eine weitere Frau schluchzte laut vor sich hin. Schockiert verfolgte Erika das Geschehen um sich. Erst als der Wagen anfuhr, fand sie sich imstande, sich nach dem Grund ihrer Verhaftung, denn nichts anderes schien es ihrer Meinung nach zu sein, zu erkundigen. Sie musste ihre Frage mehrmals stellen, bevor sie eine Antwort erhielt.

»Die Tommys haben Angst um ihre Jungs«, erklärte ihr die Frau neben ihr, deren Stimme seltsam heiser klang, als litte sie unter einer Halsentzündung.

Für einen irrwitzigen Moment lang ging Erika davon aus, dass einzig und allein ihr Verhalten im Lokal den Anlass dafür geliefert hatte. Sie kam aber nicht dazu, Reue zu empfinden, denn die Frau redete weiter. »Mach dir keine Sorgen. Wenn sie uns untersucht haben und nichts finden, dürfen wir wieder gehen.«

Die Frau sprach darüber, als wäre es ein alltäglicher Vorgang, wie die Austeilung neuer Marken.

»Haben Sie das schon mal miterlebt?«, fragte Erika, die die unterkühlte Lässigkeit der Frau faszinierte und zugleich abstieß.

»Aber ja. Es ist nicht schön, aber so ist nun mal die Welt.«

»Ich habe aber gar nichts gemacht«, beteuerte Erika, als wäre die fremde Frau diejenige, die ihre Verhaftung veranlasst hatte. »Meine Freundin und ich sind nur ausgegangen. Na ja, wir haben zwei englische Soldaten getroffen, mit denen wir etwas getrunken haben. Aber mehr nicht.«

»Glaub mir, Süße, es reicht schon, wenn sie dich in einem Lokal erwischen, in dem ihre Jungs verkehren. Dann, klick, und du bist erst mal weg vom Fenster. Doch wie gesagt, wenn du sauber bist, bist du spätestens morgen zu Hause.«

Zu Hause. Was würden ihre Eltern, vor allem ihre Mutter, sagen, wenn sie diese Nacht nicht nach Hause kam? Würden sie zur Polizei gehen? Wenn ja, erzählte ihnen der Polizist dann, warum ihre Tochter verhaftet worden war?

Das saure Brennen in Erikas Mund verschärfte sich.

»Reicht es nicht aus, wenn ich ihnen erkläre, dass meine Freundin und ich mit den Soldaten nur etwas getrunken haben?«

Die fremde Frau gab ein Lachen von sich, das an das Geräusch rasselnder Ketten erinnerte. »Wie alt bist du eigentlich?«

»22. Wieso?«

»Du klingst wie ein kleines Mädchen.« Die Frau wurde ernst. »Dein erstes Mal in der großen Stadt, wie?«

»Ich komme aus Rahlstedt. Na ja, eigentlich aus Hamm, aber die Bomben …« Erikas Stimme verlor sich.

»Verstehe«, sagte die Frau in mitfühlendem Ton. »Alles verloren, hm?«

Erika fühlte, wie etwas gegen ihre Hand stieß.

»Willst du? Ist 'ne englische.«

Ohne es zu wollen, schlossen sich Erikas Finger um die Zigarette. »Danke.«

»Rauch sie lieber gleich, bevor sie sie dir nachher wegnehmen.« Eine Flamme blitzte auf und näherte sich Erikas Gesicht.

»Wir können hier drin doch nicht rauchen.«

»Warum nicht? Verhaftet sind wir schon.« Die Frau stieß ihr rasselndes Lachen aus.

Erika ließ sich Feuer geben und nahm vorsichtig einen Zug von der Zigarette. Sogleich fing sie an zu husten.

Die Frau neben ihr klopfte ihr auf den Rücken. »Deine erste?«

»Ja«, krächzte Erika.

Wieder ließ die Frau ihr rasselndes Lachen erklingen. »Dein erster Tommy, deine erste Verhaftung und deine erste Zigarette. Ganz schön viel für einen Abend.«

Kurz überlegte Erika, der fremden Frau zu erzählen, dass es keineswegs der erste Abend gewesen war, den sie mit einem Mitglied der Besatzungsmacht verbracht hatte. Doch ein neuer Gedanke hatte begonnen, sich Raum zu verschaffen. »Sie haben gesagt, die Tommys machen sich Sorgen um ihre Jungs.«

»Ja, das habe ich gesagt«, bestätigte die Frau. Sie klang belustigt.

»Dann gibt die Polizei den Tommys unsere Namen?«

»Wenn sie die nicht schon wissen. Schließlich waren welche von ihrer Militärpolizei dabei. Die machen solche Razzien immer zusammen.«

In Erikas Kehle stieg es so sauer auf, dass es ihr dieses Mal nicht gelang, es hinunterzuschlucken. Sie schaffte es nur noch, sich vornüberzubeugen, damit das Erbrochene nicht auf ihrer Kleidung landete. Sogleich setzte ein von Geräuschen des Ekels durchsetzter Proteststurm ein. Erika kümmerte es nicht. Genauso wenig nahm sie wahr, wie ihr die Zigarette aus der Hand genommen wurde. Ihr gesamtes Denken und Fühlen kreiste einzig um die Frage, wie Peter Williams reagieren würde, wenn er von ihrer Verhaftung erführe.

*

Hamburg-Rahlstedt, Mai 1947

Je weiter der Tag vorrückte, ohne dass es von Georg ein Lebenszeichen gab, desto enger schlossen sich die Kreise der Panik um Ingrids Innerstes. Mit tränenblinden Augen sah sie aus dem Fenster ihres Zimmers, ihr Körper jederzeit bereit, seine Starre zu durchbrechen und bei Georgs Erscheinen am Gartentor aus dem Haus zu stürzen.

Ihrer Tochter hatte Ingrid Georgs Ausbleiben am vergangenen Abend damit erklärt, dass dieser länger arbeiten müsste und sie ihn daher vor dem Schlafengehen nicht mehr zu sehen bekam. Zu diesem Zeitpunkt hatte sie selbst an diese Erklärung geglaubt, gab es doch keine Möglichkeit, ihr kurzfristig eine Nachricht zukommen zu lassen. Als der Abend verstrichen und die Nacht hereingebrochen war, war die Angst gekommen. Zunächst nur in winzig kleinen Schritten, die, je weiter die Nacht vorgerückt war, immer größer geworden waren.

Seit dem frühen Morgen befand sich Ingrid in einem Zustand nervöser Aufgelöstheit, der es ihr unmöglich machte, ihrer Tochter eine neue Lüge aufzutischen. Evas zunehmende Fragen nach dem Grund dafür hatte sie unkommentiert gelassen, bis es aus ihr herausgeplatzt war und sie ihre Tochter angeschrien hatte, den Mund zu halten. Als Eva nach einer Pause erneut zu fragen begonnen hatte, hatte sie sich nicht beherrschen können und dem kleinen Mädchen ins Gesicht geschlagen. Es hatte ihr hinterher leidgetan, dennoch hatte sie sich zu einer Entschuldigung nicht durchringen können.

Die gewünschte Wirkung hatte die Aktion allerdings gezeigt. Eva war zu verängstigt, um weitere Fragen zu stellen. Sie saß auf ihrem Bett und spielte mit ihrer Puppe, mit der sie sich im Flüsterton unterhielt.

Währenddessen spielten sich im Kopf ihrer Mutter die unterschiedlichsten Szenarien ab, die alle damit endeten, dass Georg entweder schwer verletzt im Krankenhaus lag oder sogar tot war.

Hätte sie in dem Fall nicht jemand benachrichtigt? Sie war die ganze Zeit zu Hause gewesen. Oder war jemand schon am gestrigen Tag gekommen? Sie waren spät zurückgekehrt, da sie noch zu Erika gegangen waren.

Die Erinnerung an den Besuch lenkte Ingrid für einen Augenblick von ihren Sorgen ab. Sie hatte Erika nicht angetroffen und Margarete hatte auch ihr nicht sagen können, wann sie wiederkäme. Beim Anblick der Miene aus Missfallen und Verachtung, die ihre Schwiegermutter zur Schau gestellt hatte, hatte Ingrid ihre Schwägerin leidgetan.

Ihre Schwiegermutter war überzeugt gewesen, dass Erika sich mit einem britischen Soldaten eingelassen hatte. Es hätte nicht viel gefehlt und sie hätte sie als Flittchen beschimpft.

Die Zeiten und Umstände mochten andere sein, aber eine Frau hatte immer noch nicht das Recht, ihrem Herzen zu folgen.

Ingrid fühlte sich in ihre eigene Vergangenheit zurückversetzt, in der ihre Liebe zu Georg auf Hass und Verachtung gestoßen war. Das lenkte ihre Gedanken augenblicklich zurück zu ihrem Ehemann und dessen nicht erklärbarer Abwesenheit. Ihr Herz fing so heftig an zu schlagen, als wollte es ihre Brust sprengen.

Sie musste etwas tun, sonst würde sie wahnsinnig werden.

»Wir machen einen Ausflug«, teilte sie Eva mit.

Sie würden zur Tischlerei fahren. Dort könnte man ihnen zumindest mitteilen, ob Georg einen Arbeitsunfall erlitten hatte. Wenn nicht, bliebe ihr immer noch der Gang zur Polizei.

In der Tischlerei konnte ihr jedoch niemand über Georgs Verbleib Auskunft geben.

»Es tut mir leid, Frau Reimers«, sagte Tischlermeister Peters ernst. »Aber Ihr Mann ist heute nicht bei der Arbeit erschienen.«

Die Panik drohte Ingrid die Luft abzuschnüren. »Sie wissen, wo er können sein?«, würgte sie unter Mühen hervor.

Herr Peters schüttelte bedauernd den Kopf. »Mir ist sein Fernbleiben selbst ein Rätsel. So kenne ich Ihren Mann nicht. Er ist sonst einer unserer zuverlässigsten Mitarbeiter.«

»Es haben passiert etwas mit ihm.« Ingrids Stimme war zu einem Piepsen geworden.

Herr Peters kam hinter seinem Schreibtisch hervor. Mit väterlicher Besorgnis nahm er Ingrids Arm und führte sie zu einem der beiden Besucherstühle. »Ich würde Ihnen gerne etwas anbieten, aber meine Tochter ist nicht da.« Er sah zu Eva, die, an den Haaren ihrer Puppe zupfend, verlegen dastand. »Aber für dich habe ich etwas. Warum setzt du dich nicht auf den anderen Stuhl, während ich es hole?«

Eva gehorchte der Aufforderung, allerdings erst, nachdem der Tischlermeister den Raum verlassen hatte. Als er zurückkehrte, trug er in der Hand einen kleinen Holzhund, den er Eva mit einem Lächeln reichte. »Der ist für dich.« Zögernd griff Eva nach dem Geschenk. »Du kannst ihn behalten«, sagte Herr Peters.

»Nein, das können wir nicht nehmen an.«

»Frau Reimers, bitte lassen Sie mich Ihrer Tochter eine Freude machen.« Der Tischlermeister sprach langsam und bedächtig, als könnte er auf diese Weise sicherstellen, dass Ingrid seine Worte verstand.

Ingrid wollte erneut protestieren, besann sich aber.

Der Mann war Georgs Arbeitgeber. Es wäre unhöflich, sein Geschenk zurückzuweisen.

»Vielen Dank.« Auffordernd sah sie ihre Tochter an. »Was sagst du, wenn du bekommst ein Geschenk?«

»Danke schön«, flüsterte Eva.

»Da nich für, min Deern.« Aus dem Lächeln des Tischlermeisters wurde Ernst. »Hat Ihr Mann Ihnen gegenüber etwas angedeutet?«, fragte er Ingrid. »Irgendetwas gesagt, wo er hin will? Vielleicht einen Bekannten besuchen?«

»Nein. Er ging zur Arbeit und kam nicht zurück.«

»Verstehe.« Herr Peters rieb sich das Kinn. »Am besten warten wir ab. Er wird schon auftauchen.«

»Vielleicht er hatte einen Unfall.«

»Nun malen Sie mal nich gleich den Teufel an die Wand, Frau Reimers.« Als er erkannte, dass Ingrid seine Worte nicht verstanden hatte, seufzte er. »Ich glaube nicht, dass Ihrem Mann etwas passiert ist.«

»Wie können Sie wissen das?«

»Frau Reimers.« Herr Peters beugte sich über den Schreibtisch. »Könnte es sein, dass Ihr Mann …« Er machte eine Pause.

»Mein Mann ist zuverlässig. Sie haben selbst gesagt es.«

»Ja, Frau Reimers. Das ist er. Aber das heißt nicht, dass er nicht auch mal über die Stränge schlägt.« Ingrids erneute Verständnislosigkeit entlockte ihm einen weiteren Seufzer. »Gehen Sie nach Hause, Frau Reimers. Ich bin sicher, Ihr Mann kommt bald.«

»Ich sollen nicht gehen zur Polizei?«

»Aber Frau Reimers.« Entsetzen zeigte sich auf dem Gesicht des älteren Mannes. »Ihr Mann ist kein kleines Kind. Er kann auf sich selbst aufpassen.«

Ingrid ließ sich davon nicht überzeugen. »Dann Krankenhaus?«

»Wenn er morgen nicht aufgetaucht ist, können Sie etwas unternehmen. Nur weil ein Mann mal einen Abend nicht nach Hause kommt, heißt das nicht gleich, dass etwas Schlimmes passiert ist.«

Prüfend musterte der Tischlermeister Ingrid, als erwöge er, ob er ihr seine Vermutung anvertrauen durfte. Seiner Ansicht nach hatte sein Geselle entweder eine geheime Liebschaft oder mit seinen Kameraden einen feuchtfröhlichen Abend verbracht.

Möglich war eine Mischung aus beidem. Viele waren beschädigt aus dem Krieg heimgekehrt und ertränkten ihre Sorgen in Alkohol. Zwar hatte er Georg Reimers bisher nicht zu dieser Gruppe gezählt. Aber wer wusste schon, wie es im Inneren eines Menschen aussah? Das war schließlich seine Privatsache. Wenn es allerdings Auswirkungen auf seine Arbeit hatte … Nun gut, er war kein Unmensch.

»Gehen Sie nach Hause, Frau Reimers. Ich bin sicher, Ihr Mann kommt bald.« Der Tischlermeister erhob sich. »Wenn Sie mich bitte entschuldigen. Die Arbeit ruft.«

Ingrid begriff, dass sie keine weitere Hilfe erwarten konnte, und stand ebenfalls auf. Nachdem sie sich noch einmal für das Holzspielzeug bedankt hatte, verließ sie mit Eva an der Hand das Büro.

Was sollte sie tun? Den Ratschlag von Herrn Peters beherzigen und in ihr Zimmer zurückkehren? Auch wenn er es nicht ausgesprochen hatte, war es offensichtlich, dass Georgs Chef davon ausging, Georg hätte eine Geliebte.

Das Bild von Georg, in eine leidenschaftliche Umarmung mit einer anderen Frau versunken, flackerte vor Ingrid auf. Die Gesichtszüge der Frau ähnelten sehr stark denen von Gisela Peters. Ingrid war der jungen Frau bisher erst einmal begegnet. Dennoch hatte sich ihr Giselas Aussehen wie ein unauslöschlicher Abdruck eingebrannt.

Nein, das war Unsinn. Georg würde sie nicht betrügen, nicht einmal mit einer solchen Schönheit wie Gisela Peters.

Dennoch blieben leise Zweifel über die Art der Beziehung zwischen Georg und der Tochter des Tischlermeisters bestehen. Diese erhielten neue Nahrung, als ein kleiner, drahtiger Mann, der ungefähr in Ingrids Alter sein musste, zu ihr trat.

Nachdem er sich vergewissert hatte, dass niemand ihm gefolgt war, sprach er sie an. »Frau Reimers?«

Ingrid, die im Begriff war, den Kinderwagen ins Freie zu schieben, hielt verblüfft inne. »Ja?«

»Nicht hier drinnen«, raunte der Mann und öffnete die Tür zum Hof. Draußen verschaffte er sich Gewissheit, dass es keine unliebsamen Beobachter gab, bevor er sich an Ingrid wandte. »Sie suchen Ihren Mann?«

»Ja. Sie wissen, wo er ist?«

»Das nicht.« Aufs Neue sah der Mann sich um. »Aber Sie sollten mal Fräulein Peters fragen.«

Ingrids Eifersucht wurde neues Leben eingehaucht. Aber noch war sie nicht bereit, sich ihr ganz hinzugeben. »Fräulein Peters ist nicht hier«, erwiderte sie in einem, wie sie hoffte, möglichst kühlen Ton. »Und der Vater weiß nichts.«

Der Mann stieß ein verächtliches Schnauben aus. »Natürlich nicht. Der hat nicht den Schimmer einer Ahnung, was seine Tochter hinter seinem Rücken so treibt.«

»Mein Mann ist ehrlich«, versicherte Ingrid mit leicht stockender Stimme. Es fiel ihr immens schwer, die Fassade der Gelassenheit aufrechtzuerhalten.

Als Antwort erhielt sie ein erneutes Schnauben. »Wer ist schon ehrlich?« Der Blick des Mannes fiel auf Eva, die im Kinderwagen saß und ihre Puppe auf dem Holzhund reiten ließ. »Ihre Kleine vielleicht. Aber sonst? Wer ehrlich ist, landet auf dem Friedhof.« Er schaute sich ein weiteres Mal um und senkte die Stimme dann so weit, dass Ingrid einen Schritt nähertreten musste, um ihn zu verstehen.

»Die kleine Peters hat sich mit einem vom Schwarzmarkt eingelassen. Und Georg Reimers hat sie hineingezogen.«

»Schwarzmarkt?«

Georg und der Schwarzmarkt? Ausgeschlossen. Eher hatte er eine Beziehung mit dieser Peters, als dass er seine Grundsätze aufgab und kriminell wurde. Denn nichts anderes war der Schwarzmarkthandel in seinen Augen.

»Die haben gedacht, niemand bekommt was mit.« Georgs Kollege grinste stolz. »Aber ich halte meine Augen und Ohren immer und überall offen. Das ist sozusagen eine Frage des Überlebens.«

Ingrid stieß die frohlockende Selbstzufriedenheit des Mannes ab. Sie brachte es jedoch nicht fertig, sich abzuwenden.

»Die haben gedacht, ich wäre längst gegangen. War ich eigentlich auch. Aber dann habe ich auf der Straße diesen Mann gesehen, wie er in den Hof gebogen ist. Da hab ich mir gesagt, Horst, da ist irgendetwas im Busch. Also habe ich kehrtgemacht und bin hinterher.« Wie um den Stolz auf die eigene Pfiffigkeit zu unterstreichen, schraubte der Tischlergeselle sich ein Stückchen in die Höhe und drückte die Brust heraus. »Gleich ins Büro ist der marschiert. Als wäre er ein wichtiger Kunde. Und wenig später hat die Peters den Georg dazugeholt. Der war auch da. Als wenn das abgesprochen war.«

»Hat der Mann gesagt, dass er kommt von Schwarzmarkt?«

»Natürlich nicht! Aber das sieht man doch.«

Ingrid hätte sich zu gerne erkundigt, woran man das sehen konnte. Aber sie fürchtete, für dumm gehalten zu werden, und schwieg.

»Na denn, ich muss wieder. Nicht auszudenken, wenn jemand mitbekommt, dass ich hier mit Ihnen stehe und über die Tochter vom Chef quatsche. Wenn der Peters das erfährt, schmeißt er mich hochkant raus. Auf sein Goldlöckchen lässt er nichts kommen.« Georgs Kollege tippte sich an die Stirn.

»Bitte, Herr …«, rief Ingrid.

»Pst! Nicht so laut. Oder wollen Sie, dass ich Ärger kriege?«

»Nein, Entschuldigung. Aber Herr …«

»Horst genügt.«

»Gut, Horst.« Vorsichtig tastete Ingrid sich durch das unvertraute Wort, dessen Aussprache im Norwegischen eine ganz andere war.

»Bitte machen Sie schnell. Ich will keinen Ärger riskieren.«

»Was ist mit mein Mann? Wissen Sie, wo er ist?«

»Genau weiß ich das nicht«, musste Horst zugeben. Doch gleich darauf blitzte etwas in seinen Augen auf. Ingrid konnte nicht sagen, ob es Schadenfreude oder erneut der Stolz auf die eigene Gewitztheit war. »Gehen Sie zum Schwarzmarkt und fragen dort nach Willi. So heißt der Kerl nämlich. So, jetzt muss ich wirklich rein.« Er winkte Eva kurz zu und verschwand in der Tischlerei.

*

Hamburg-Rahlstedt, Mai 1947

Erikas linke Wange brannte, doch sie spürte den Schmerz kaum. Müdigkeit und Erschöpfung, gepaart mit einer abgrundtiefen Verzweiflung, waren zu starke Gegner, um eine andere Empfindung zuzulassen.

»Ich hätte nie gedacht, dass meine Tochter mal zu einem Flittchen wird«, empörte sich Margarete. Dunkle Ringe unter den Augen verrieten, dass sie in der Nacht zuvor keinen Schlaf bekommen hatte.

»Selbst wenn das stimmt, ist das kein Grund, deine erwachsene Tochter zu schlagen, Grete.« Missbilligend schnalzte Heinrich mit der Zunge.

»Sie hat sich eben Sorgen gemacht«, fühlte sich Wilhelmine Schmidt bemüßigt, das Vorgehen ihrer Freundin und Mitbewohnerin zu rechtfertigen. Vorwurfsvoll musterte sie Erika. »Was ist das auch für ein Benehmen. Die ganze Nacht fortzubleiben.«

»Ich bin sicher, es gibt einen guten Grund.« Heinrich lächelte seine Tochter begütigend an. »Und ich bin sicher, dass Erika ihn uns verraten wird. Aber erst einmal geben wir der Deern was zu essen. Du siehst aus, als hättest du nicht mal gefrühstückt. Stimmt's?«

Erika nickte stumm. In ihrem Hals saß ein Kloß, so dick und breit, dass sie das Gefühl hatte, nie mehr sprechen zu können.

»Dann macht Muttern dir ein Brot. Auch wenn's nach wie vor nur dieses krümelige gibt, sieht die Welt danach bestimmt besser aus.«

Wenn sie Kraft für eine Gefühlsregung hätte aufbringen können, hätte Erika ob der väterlichen Zuversicht gelacht.

Wann hatte sie zuletzt Sorgen gehabt, die ein Stück Brot hätte kurieren können? Aber Vatern meinte es gut, daher würde sie ihn nicht vor den Kopf stoßen. Das Essen bot zudem die Möglichkeit, das Strafgericht ein wenig aufzuschieben. Kommen würde es, daran bestand kein Zweifel. Aber dann würde sie ihm wenigstens gestärkt gegenübertreten und nicht mit diesem flauen Gefühl von Benommenheit.

Die vergangenen Stunden hatten Erika hart zugesetzt.

War das wirklich sie gewesen, die gezwungen worden war, sich auszuziehen, um sich auf Geschlechtskrankheiten untersuchen zu lassen? Auch wenn alle höflich mit ihr umgegangen waren, war es erniedrigend gewesen. Sie war sich so klein und hilflos vorgekommen, der Gnade Fremder ausgeliefert, die darüber entschieden, ob sie gehen durfte oder nicht.

Erikas Gedanken wanderten zu Helga.

Hätte sie auf die Freundin warten sollen? Aber sie war so erleichtert gewesen, als ihr gesagt worden war, dass sie entlassen war, dass sie ihr Glück nicht auf die Probe hatte stellen wollen. Sie konnte nur hoffen, dass Helga dafür Verständnis aufbrachte. Im Übrigen war sie es gewesen, die darauf bestanden hatte, im Lokal bei den Engländern zu bleiben.

»So, min Deern, jetzt gibt's was zu essen.« Heinrich umfasste seine Tochter und führte sie in die Küche.

Als Erika den letzten Bissen ihrer Brotscheibe heruntergewürgt hatte, verstand Margarete dies als Signal, erneut einen Schwall vorwurfsvoller Anklagen über ihre Tochter ergießen zu dürfen.

»Nie hätte ich gedacht, dass es mal so weit kommt. Meine Tochter treibt sich die ganze Nacht, wer weiß wo, rum. Und wenn sie dann nach Hause kommt, stinkt sie wie 'ne ganze Kneipe.«

»Grete, nun lass man«, unternahm Heinrich den Versuch, seine Frau zu besänftigen. »Die Deern ist jung und die Zeiten sind hart. Da darf man sich mal amüsieren.«

»Aber nicht so! Wer nimmt sie denn nach einem solchen Auftritt noch?«

»Da muss ich Grete recht geben, Heinrich«, mischte sich Wilhelmine ein. »Der gute Ruf ist das wichtigste Kapital einer jungen Frau – wenn sie kein Vermögen besitzt.«

»Wo hast du das denn her? Aus einem Roman?« Heinrich lachte, aber es klang nicht sehr fröhlich.

Unangenehm berührt blickte Erika auf ihren Teller.

Vatern war so lieb. Und was tat sie? Trat sein Vertrauen mit Füßen. Denn ihr Verhalten am gestrigen Abend war wirklich verabscheuenswürdig gewesen. Die Mutter hatte ganz recht, wenn sie ihr vorwarf, sich wie ein Flittchen benommen zu haben. Welche anständige deutsche Frau führte sich so auf? Ließ sich betrunken machen und wurde von der Sitte und den Tommys verhaftet.

Erika empfand ob der Ereignisse Ekel und Hass auf sich selbst.

Warum hatte sie nicht ihrem Instinkt vertraut und sich von den Besatzern ferngehalten, statt sich wie eine Dirne von deren Verlockungen verführen zu lassen? Hieß es nicht zu Recht, Schuster, bleib bei deinen Leisten? Aber sie hatte nicht hören wollen. Und nun musste sie den Preis für ihre Unbedachtheit bezahlen. Wer wusste, ob sie nach der Verhaftung nicht auf irgendeiner Liste stand.

Erika beschloss in diesem Moment, sich in Zukunft von allem Britischen fernzuhalten. Den Gedanken an Peter Williams und seine Liebeserklärung blendete sie ebenso energisch aus wie die Erinnerungen an die Freundlichkeiten, die Major Evans und seine Frau ihr erwiesen hatten.

Die konkrete Ausgestaltung des Plans verschob sie indes auf einen späteren Zeitpunkt. Ihre Kraft reichte kaum aus, sich aufrecht zu halten. So ließ sie das nicht nachlassende Trommelfeuer an Vorwürfen und Verurteilungen nahezu unbewegt über sich ergehen.

Margarete schien die ausbleibende Reaktion ihrer Tochter regelrecht anzuspornen. Immer erregter und lauter wurden ihre Ausbrüche. Heinrichs Bitten um Mäßigung schenkte sie dabei nicht die geringste Beachtung. »Ich habe dich immer und immer wieder gewarnt. Lass dich nicht mit dem Engländer ein. Eine anständige deutsche Frau ist nicht käuflich.«

Wie ein aufgezogenes Spielzeugtier unterstrich Wilhelmine Schmidt die Worte ihrer Freundin mit einem unablässigen Nicken.

»Und was machst du?«, fuhr Margarete fort. »Gehst hin und lässt dich mit ihnen ein. Und da das anscheinend nicht ausreicht, betrinkst du dich wie eine gemeine Hafendirne. Schämen muss man sich für dich. Zum Glück muss deine Schwester das nicht mehr erleben. Ihr wäre das Herz gebrochen.«

Die Erwähnung ihrer Zwillingsschwester durchbrach Erikas Fassade teilnahmsloser Hinnahme. »Lass Anni aus dem Spiel«, zischte sie ihre Mutter an.

»Ach, wir können ja doch sprechen! Dann geruhst du vielleicht, uns endlich mal zu sagen, wo du gewesen bist und wieso du riechst, als hättest du in Schnaps gebadet.«

»Es ist wirklich unverantwortlich, was du deinen Eltern antust.« Wilhelmine rümpfte ihre Knollennase. »Deiner Schwester wäre das mit Sicherheit nicht passiert.«

Nun war es um Erikas Fassung endgültig geschehen. Sie stand so schnell auf, dass ihr Stuhl nach hinten kippte und auf dem Boden aufschlug. Der Knall ließ alle, außer Erika, zusammenzucken. Diese war nur auf Wilhelmine fixiert. Mit zwei Schritten war sie bei ihr und baute sich wie ein Racheengel vor der sitzenden Frau auf.

»Was fällt dir ein, du alte Vettel?« Müdigkeit und die Folgen des Alkoholrausches nahmen ihrer Stimme die Schärfe. Dennoch wich Wilhelmine zurück, als hätte sie einen Schlag erhalten. »Du hast Anni überhaupt nicht gekannt und meinst, über sie urteilen zu können.«

Wilhelmines Mund öffnete und schloss sich in rascher Folge, als wäre sie ein auf dem Trockenen gestrandeter Fisch.

»Wenn du Anni noch einmal erwähnst, wirst du das bereuen.« Um ihre Drohung zu unterstreichen, hob sich Erikas Hand, allerdings so langsam, dass es nicht sonderlich überzeugend wirkte.

Gleichwohl gab Wilhelmine ein erschrecktes Japsen von sich. »Grete«, krächzte sie wie ein verschrecktes Kind.

Die Angesprochene war bereits auf den Beinen und verabreichte ihrer Tochter die zweite Ohrfeige des Tages. Augenblicklich schwoll die leicht gerötete Wange an.

»Ich hasse dich«, schrie Erika ihre Mutter an. »Ich hasse euch alle.«

»Raus.« Margaretes Stimme stand der ihrer Tochter an Lautstärke in nichts nach. »Verlass sofort dieses Haus. Geh zu deinem Engländer, wo du hingehörst.«

»Grete!«

Heinrichs Ruf verhallte ungehört. Wie ein wütender Stier starrte Margarete ihre Tochter an, die den Blick zu erwidern versuchte. Der glasige Ausdruck ihrer Augen untergrub die Wirkung.

»So leid es mir tut, Heinrich«, sagte Wilhelmine mit zittriger Stimme. »Aber so einem verdorbenen Menschen kann ich in meinem Haus keine Zuflucht gewähren.« Sie sah Erika böse an. »Du bist eine Schande für deine Eltern und für unser ganzes deutsches Volk.«

»Die Schande sind Sie. Mischen sich in alles ein und plappern dabei irgendeinen Unsinn nach, den Ihnen meine Mutter vorsetzt. Sie waren wohl eine ganz Überzeugte, wie? Haben Ihre Nachbarn ans Messer geliefert und sich gut gefühlt.«

»Aber, aber …«, stammelte Wilhelmine.

Mit hartem Griff umfasste Margarete den Arm ihrer Tochter und zog sie aus der Küche. »Jetzt reicht's, du kleines Flittchen. Du verlässt auf der Stelle dieses Haus.«

»Grete, nein.« Mit hilflos erhobenen Händen folgte Heinrich Frau und Tochter in den Flur.

Zunächst versuchte Erika, sich aus der mütterlichen Umklammerung zu befreien. Dann siegte jedoch ihr Stolz. »Bitte schön, ich gehe«, blaffte sie ihre Mutter an. »In einem Haus, wo ich so beleidigt werde, möchte ich nicht mehr wohnen.«

Sie machte einen großen Schritt nach vorne. Margarete, von der Bewegung überrascht, lockerte ihren Griff, sodass es für Erika ein Leichtes war, sich loszureißen. Mit Schwung riss sie die Haustür auf, nur um sogleich zurückzuweichen.

Die beiden Schwägerinnen betrachteten sich verblüfft. Dann fingen sie gleichzeitig an zu reden, um danach gemeinsam dem Schweigen zu verfallen.

»Tante Erika. Sieh, was ich habe bekommen.« Eva nutzte die Stille, um ihrer Tante den kleinen Holzhund zu präsentieren.

Erika blinzelte wie jemand, der Schwierigkeiten hatte, sich zurechtzufinden.

»Stören wir?« Ingrid lugte an ihrer Schwägerin vorbei in den Flur, wo Margarete und Heinrich das Geschehen an der Tür in ratloser Unbeweglichkeit verfolgten.

Die Ruhe als Zeichen für Erikas Fortgang auffassend, gesellte sich Wilhelmine zu ihnen. Bei Erikas Anblick spiegelte sich Erstaunen auf ihrem Gesicht. »Du bist noch hier?«

Ingrid wich zur Seite. »Du musst gehen zur Arbeit?«

Auch wenn sie nicht davon ausgegangen war, Erika anzutreffen, machte sich Enttäuschung in Ingrid breit. Ungeachtet ihrer durchaus konfliktbeladenen Vergangenheit, fühlte sie sich ihrer Schwägerin weitaus mehr verbunden als ihrer Schwiegermutter. Daher hätte sie es vorgezogen, Eva in Erikas Obhut lassen zu können, während sie selbst sich auf die Suche nach Georg begab.

»Ich …« Vor Erika hatte sich ein Abgrund aufgetan, von dem sie nicht wusste, wie sie ihn überqueren sollte.

Sollte sie ihren Entschluss tatsächlich umsetzen und das Haus endgültig verlassen? Wohin konnte sie gehen? Zu den Evans? Nein, das war nicht länger möglich.

Erika rieb sich die Schläfen, hinter denen sich ein stechender Schmerz auszubreiten begann.

»Nein, sie geht nicht zur Arbeit«, beantwortete Margarete die Frage ihrer Schwiegertochter. »Sie wollte natürlich, pflichtbewusst wie sie ist. Aber in ihrem Zustand geht das nicht.«

»Du bist krank?« Ingrid musterte Erikas blasses Gesicht,

aus dem einzig die linke Wange wie ein rot leuchtender Hügel hervortrat. »Du hast gehabt Unfall!«, rief sie entsetzt.

Heinrich warf seiner Frau einen vielsagenden Blick zu, den diese geflissentlich übersah.

»Ja, das hatte sie. Ein unangenehmes Zusammentreffen mit einem Engländer.« Bekümmert senkten sich Margaretes Mundwinkel nach unten. »Aber was kann man machen? Die haben nun mal das Sagen und können mit einem machen, was sie wollen.«

Unter anderen Umständen hätten sowohl Erika als auch Heinrich gegen eine derartige Sichtweise protestiert. Doch beide waren zu schockiert von Margaretes abrupter Verwandlung, dass es ihnen nicht in den Sinn kam, deren Ansicht in Frage zu stellen.

Auch Wilhelmine Schmidt war von dem Sinneswandel ihrer Freundin mehr als überrascht. Erst als Margarete eine leichte Kopfbewegung in Richtung ihrer Schwiegertochter machte, verstand sie, dass die Auseinandersetzung vor dieser geheim gehalten werden sollte. Sogleich beeilte sie sich, ihre Freundin dabei zu unterstützen. »Und nun will die Arme zur Arbeit gehen. Dabei haben wir ihr gesagt, dass sie ins Bett gehört. In diesem Zustand kann nicht mal der Engländer jemanden zur Arbeit zwingen.«

Zu sehr mit ihren eigenen Sorgen belastet, nahm Ingrid die nach wie vor bestehende Spannung, die zwischen den beiden älteren Frauen und Erika herrschte, nicht wahr. Daher schenkte sie deren Aussagen Glauben. »Du sollen trotzdem gehen zur Polizei«, schlug sie ihrer Schwägerin vor. »Auch wenn es ist ein Engländer. Die können die Engländer sagen Bescheid.«

»Es ist nicht so schlimm«, sagte Erika hastig. »Das ist ein hübscher Hund, Eva. Hat den dein Vater gemacht?«

»Nein, Papa ist weg.«

»Wie weg?«

Ingrid spürte, wie sie zu schwitzen anfing. »Er ist nicht weg.« Sie bemühte sich, ihrer Stimme Zuversicht zu verleihen. »Er …«

Sollte sie sagen, dass nichts geschehen war? Aber dann musste sie sich eine Erklärung dafür ausdenken, warum sie eine Betreuung für Eva brauchte. Warum war sie bloß wie ein kopfloses Huhn losgestürmt?

»Warum sagt die Kleine dann, dass er weg ist?«, fragte Margarete und beäugte ihre Schwiegertochter voller Misstrauen.

»Er macht eine Reise.«

»Eine Reise?«

Ingrids Schwitzen verstärkte sich.

Warum hatte sie nicht bedacht, dass Eva in Gegenwart ihrer Tante stets ihre Schüchternheit verlor? Sicher, sie hatte nicht angenommen, dass Erika zu Hause war. Aber auch zu Margarete und Heinrich hatte ihre Tochter ein durchaus als herzlich zu bezeichnendes Verhältnis. Daher hätte sie damit rechnen müssen, dass Eva von ihrem Besuch in der Tischlerei erzählte.

Als hätte Eva die Gedanken ihrer Mutter gelesen, begann sie loszuplappern. »Wir waren bei Papas Arbeit. Auch sein Chef weiß nicht, wo er ist. Dann hatte er mich der Hund geschenkt.« Wie zum Beweis streckte Eva ihrer Tante den Hund entgegen.

»Das war sehr nett.« Erika nahm den Hund und betrachtete ihn von allen Seiten, als wäre er ein Kunstwerk, dessen Wert es zu schätzen galt.

»Warum bitten wir deine Schwiegertochter nicht hinein?«, schlug Wilhelmine vor. »Ich bin zwar sicher, dass die Nachbarn an dem Schauspiel Freude haben, aber …« Sie musste nicht weiterreden.

»Aber natürlich. Entschuldige«, rief Margarete. »Wo war ich nur mit meinen Gedanken?«

»Ich muss gehen«, sagte Ingrid. »Ich muss zu Arzt.« Sanft schob sie ihre Tochter ein Stückchen nach vorne. »Ich habe gehofft, dass Eva kann hierbleiben?«

»Aber natürlich!«

Erika fragte sich unwillkürlich, ob sie nicht zu begeistert klang. Aber sie sah in der Betreuung ihrer Nichte einen höchst willkommenen Aufschub. Mit jeder Minute, die verstrich, graute ihr mehr davor, einen Schritt ins Unbekannte tun.

»Ich werde Mutters Ratschlag beherzigen und mich hinlegen. Du kannst mir Gesellschaft leisten und deinen Mittagsschlaf bei mir machen.« Erika lächelte ihre Nichte an und gab ihr den Hund zurück.

Auch Margarete schien nicht länger daran gelegen zu sein, ihre Tochter aus dem Haus zu werfen. »Das ist eine gute Idee. Aber zuerst muss das Kind etwas essen. Du hast ihr bestimmt noch kein Mittag gemacht?«

»Ich … wir waren …«

»Das habe ich mir gedacht.« Abschätzig stülpten sich Margaretes Lippen zusammen.

Da Ingrid in ihrer gegenwärtigen Lage keinen anderen Ausweg sah, als ihre Tochter bei Georgs Familie zu lassen, nickte sie bloß.

»Dann komm mal her.« Lächelnd streckte Margarete ihrer Enkelin die Hand entgegen. Wie ein Hund seinem Herrchen folgte Wilhelmine den beiden in die Küche. Nachdem er die beiden jungen Frauen, die ihren Platz im Türrahmen nicht verlassen hatten, einer nachdenklichen Musterung unterzogen hatte, verließ auch Heinrich den Flur.

»Jetzt sag schnell«, flüsterte Erika. »Was ist passiert?«

»Passiert?«

»Du kommst doch sonst nicht mitten am Tag vorbei, um Eva bei uns abzugeben. Bist du wirklich so krank?«

Ingrid erwog, die Frage ihrer Schwägerin zu bejahen. Dann siegte der verzweifelte Wunsch, sich jemandem anvertrauen zu können. So berichtete sie ihrer Schwägerin von den Ereignissen der vergangenen Stunden.

»Du sollst Georg auf dem Schwarzmarkt suchen?«, erkundigte sich Erika ungläubig.

»Der Kollege von Georg hat gesagt das.«

»Das ist Unsinn. Mein rechtschaffener Bruder und der Schwarzmarkt!« Erika lachte auf.

»Denkst du, dass er hatte Unfall?«

Erikas Lachen erstarb, als sie die Angst in den Augen ihrer Schwägerin sah. Sogleich fühlte sie sich verpflichtet, diese zu zerstreuen. »Bestimmt nicht. Georg ist alt genug, um auf sich aufzupassen. Und wenn er sich bei der Arbeit verletzt hätte, hätten die in der Tischlerei dir das gesagt.«

»Aber wo ist er?«

Erika vergegenwärtigte sich das eben Erfahrene.

Warum war es nicht vorstellbar, dass Georg sich mit einem Schwarzmarkthändler eingelassen hatte? Der vergangene Winter hatte viele an ihre Grenzen geführt. Wenn ihr jemand vor einem Jahr gesagt hätte, dass sie wenige Monate später auf einen fahrenden Zug springen würde, um Kohlen zu klauen, hätte sie ihn als Spinner bezeichnet.

Und noch vor 24 Stunden hätte sie es für unmöglich gehalten, dass sie verhaftet und wie eine gemeine Dirne auf Geschlechtskrankheiten untersucht würde.

»Nun, vielleicht solltest du es doch auf dem Schwarzmarkt versuchen.«

»Aber wo? Es gibt viele.«

»Fang auf St. Pauli da. Am besten auf der Reeperbahn. Und in den Seitenstraßen. Georg hatte schon immer eine Vorliebe fürs Seemannsleben.«

Erleichtert, dass sie endlich einen konkreten Ort für ihre Suche genannt bekommen hatte, bedankte Ingrid sich.

»Da nicht für. Ich bin gerne mit Eva zusammen.«

13. KAPITEL

Hamburg-St. Pauli, Mai 1947

Es kostete Ingrid große Überwindung, die Klinke hinunterzudrücken und die kleine Kneipe in einer der Seitenstraßen der Reeperbahn zu betreten. Drinnen musste sie die Augen zusammenkneifen, um sich in dem in dichte Rauchschwaden gehüllten Raum orientieren zu können. Auch wenn Zigaretten die Reichsmark in den meisten Fällen als Zahlungsmittel ersetzt hatten, schien das niemanden der Anwesenden davon abzuhalten, die inoffizielle Währung dem eigenen Genuss zu opfern. Der unvertraute Geruch, der Ingrid dabei in die Nase stieg, ließ sie zudem vermuten, dass es die wesentlich wertvolleren Zigaretten der Besatzer waren, die in Rauch aufgingen. Ihr Puls nahm Fahrt auf.

War sie richtig? Wer außer den Briten rauchte diese Zigaretten? Wohl nur Schwarzmarkthändler. Aber bedeutete das, auch Georg an diesem Ort zu finden?

Ingrid taxierte die hinter den Rauchwolken verborgenen Gestalten, um zu erkennen, ob ihr Mann unter ihnen war.

»Guten Abend, schöne Frau.«

Ingrid fuhr zusammen.

»Habe ich Sie erschreckt?« Ein Lachen folgte.

Jedenfalls ging Ingrid davon aus, dass es ein Lachen sein sollte. Die Töne waren von einer seltsamen Lethargie getränkt, als müsste ihr Urheber erst einen starken Widerstand überwinden, um sie auszustoßen.

Ingrid hielt sich nicht weiter damit auf, sondern setzte ihren Weg durch die Kneipe fort. Unablässig flogen ihre Blicke zu allen Seiten. Ihre Anspannung löste sich, als sie Georg nirgendwo entdecken konnte.

Das war die fünfte Kneipe gewesen, die sie aufgesucht hatte. In keiner von ihnen war sie auf ihren Mann getroffen. Sein Kollege hatte einer Einbildung aufgesessen. Vielleicht hatte er sich auch nur wichtigmachen wollen. Was spielte das schon für eine Rolle. Georg gehörte nicht zu den Schwarzmarkthändlern. Das war das Einzige, was zählte.

Freu dich nicht zu früh, warnte sie ihr Innerstes. *Nur weil er nicht in einer Kneipe zu finden ist, kann er sich dennoch mit dem Schwarzmarkt eingelassen haben.*

»Kann ich Ihnen vielleicht bei der Suche behilflich sein?« Es war eine neue Stimme, deutlich artikulierter als diejenige zuvor.

Ingrid sah auf. Ein Mann um die 40, dessen schütteres Haar glatt nach hinten gekämmt war und im fahlen Licht speckig glänzte, lächelte sie an. Es mochte in höflicher Absicht geschehen. Auf Ingrid wirkte es jedoch wie das Zähnefletschen eines Jägers, der seine Beute in Augenschein genommen hatte und sich darauf freute, sich an ihr gütlich tun zu können.

»Nur keine falsche Bescheidenheit, junge Frau. Mich können Sie alles fragen.«

»Gustav, lass die Frau in Ruhe«, mischte sich die schleppende Stimme, die Ingrid als Erstes begrüßt hatte, ein.

»Ich hab ihr nur meine Hilfe angeboten«, erwiderte der Gustav Genannte gekränkt. Er wandte sich an Ingrid. »Ich habe Ihnen doch nur meine Hilfe angeboten, nicht wahr?«

Ingrid hatte das Gefühl, ersticken zu müssen.

Was hatte sie sich nur dabei gedacht, in dieser Kaschemme aufzukreuzen? Als wenn Georg sich jemals an einen derartigen Ort verirren würde. Sicher war er mittlerweile zu Hause und wunderte sich, wo sie und Eva geblieben waren.

Mit einem Mal hatte sie es sehr eilig, das Lokal zu verlassen.

»Wo wollen Sie denn hin, schöne Frau? Trinken Sie einen mit uns. Wir laden Sie ein.« Die schleppende Stimme hatte an Tempo gewonnen, als hätte die Aussicht auf weibliche Gesellschaft ihr den nötigen Antrieb geliefert.

»Nein, danke«, stieß Ingrid hervor und versuchte, an den beiden vor ihr stehenden Männern vorbeizugehen.

Diese hatten sich, ob bewusst oder nicht, taktisch geschickt aufgestellt. Zu jeder Seite hatten sie einen Tisch, an dem weitere Männer saßen, die das Geschehen teils neugierig amüsiert, teils höhnisch grinsend verfolgten. Ein Ausweichen durch die Mitte war auch unmöglich. Kaum hatte Ingrid einen Schritt nach vorn gesetzt, rückten die beiden Männer wie eine Wand zusammen. Panik begann sich in Ingrid auszubreiten, die dazu führte, dass ihre Bewegungen immer hektischer wurden. Die beiden Männer nahmen das zum Anlass, Ingrid mit weiteren Einladungen zu überschütten. Als einer von ihnen sich erdreistete, ihren Arm zu nehmen, um sie zu einem der Tische zu führen, fand Ingrids Panik endlich ein Handlungsventil. Sie schlug nach der Hand, die daraufhin von ihr abließ. Ingrid zögerte keine Sekunde und stürzte zu einer Tür im Hintergrund, die sich zu ihrer großen Erleichterung öffnen ließ.

Zunächst noch von der Angst beseelt, einer der beiden Männer käme ihr nach, dauerte es einige Minuten, bis sie sich in der neuen Umgebung zurechtfand. Sie stand in einem kleinen, engen Flur, an dessen einer Wand mehrere Kisten aufeinandergestapelt waren. Ihr Blick wanderte weiter. Zwei weitere Türen zweigten vom Gang ab.

Ingrid sagte sich, dass ihr keine andere Wahl bliebe, als eine von ihnen zu öffnen, wenn sie nicht erneut den Schankraum betreten wollte. So leise wie möglich schlich sie zu der schräg gegenüberliegenden Tür. Davor angekommen, blieb sie stehen und lauschte.

Waren das Stimmen, die sie hörte?

Als hätte jemand ihre Anwesenheit bemerkt, wurde die Tür von innen aufgerissen und ein junger Mann, eher noch ein Jüngling, trat heraus. »Ach, das trifft sich gut«, rief er. »Wir hätten gern noch ein paar Schinkenbrote.«

Ingrid wusste nicht, was sie mehr in Verwirrung stürzte. Dass sie für eine Kellnerin gehalten wurde oder dass etwas derartig Unerschwingliches wie Schinkenbrote geordert wurde.

Ingrids ausbleibende Reaktion machte den Jüngling ärgerlich. »Wir haben Hunger. Also ein bisschen Beeilung bitte.«

»Nicht frech werden, Alfred«, meldete sich eine tiefe Bassstimme aus dem hinteren Teil des Raumes zu Wort. »Sonst schmeißt Erna dich raus. Auf ihre Leute lässt sie nichts kommen.«

»Ist ja gut«, maulte der Jüngling. »Aber die steht nur rum und glotzt mich an.«

Das Scharren eines Stuhlbeins war zu hören, dem gleich darauf schwere Fußtritte folgten. Ein großer, grobschlächtiger Mann, dessen eine Wange von einer Narbe verunstaltet wurde, erschien in Ingrids Blickfeld.

Erstaunt musterte er sie. »Bist du neu hier?«

*

Hamburg-Rahlstedt, Mai 1947

Lautes Gepolter weckte Erika auf. Noch benommen vor Schläfrigkeit setzte sie sich auf. Mittlerweile hatte sich zu dem Poltern ein lärmendes Stimmengewirr gesellt.

»Tante Erika?«

»Alles gut, meine Kleine.« Erika strich ihrer Nichte, die neben ihr im Bett lag, sanft über den blonden Haarschopf. Dann schwang sie die Beine über die Bettkante. Dabei glitt ihr Blick zum Nachttisch, in der Hoffnung, dort ein Glas Wasser vorzufinden. Außer einer Lampe und einem alten Wecker, den sie unter Bombentrümmern gefunden hatte, war das kleine Tischchen jedoch leer. Auch wenn ihre ausgedörrte Kehle nach etwas zu trinken verlangte, stand Erika nicht auf. In ihrem Kopf tobte ein Schmerz, als drösche jemand unablässig mit einem Hammer gegen ihre Schädeldecke.

Ein markerschütternder Knall ertönte, der das ganze Haus zu erschüttern schien. Eva klammerte sich an ihre Tante wie an ein schutzbietendes Bollwerk. Geistesabwesend legte Erika den Arm um das kleine Mädchen. Unvermittelt kehrte Stille ein, die rasch durch das Getrappel von Schritten auf der Treppe durchbrochen wurde. Wenig später wurde die Tür zu Erikas Zimmer aufgerissen und Margarete stürmte wie der Soldat eines Überfallkommandos hinein.

Beim Anblick ihrer Großmutter entspannte Eva sich zunächst. Als sie jedoch die blitzenden Augen und geröteten Wangen der älteren Frau ausmachte, rollte sie sich wie ein Embryo hinter ihrer Tante zusammen.

Margarete nahm ihre Enkelin nicht zur Kenntnis. Ihre Aufmerksamkeit galt allein ihrer Tochter.

»Nicht genug damit, dass du dich wie jedes dahergelaufene Flittchen mit dem Engländer einlässt«, schrie sie so laut, dass Eva sich die Ohren zuhielt. »Nein, du musstest dem Ganzen noch die Krone aufsetzen.« Sie hielt inne wie ein Bergsteiger, der vor dem Erklimmen des Gipfels eine kurze Rast einlegt, um Kraft für den Aufstieg zu gewinnen. »Du musstest auch noch zur Verbrecherin werden.«

Vor Entsetzen gelähmt, blickte Erika ihre Mutter an.

»Und was das Schlimmste ist, ich musste das von einem hergelaufenen Säufer erfahren.«

Heinrich tauchte im Türrahmen auf. Sein Gesicht war von einer Verzweiflung gezeichnet, die Erika zuletzt nach Anneliese Tod an ihm gesehen hatte. »Grete, bitte, beruhige dich.«

Seine Frau fuhr herum. »Ich soll mich beruhigen?«

»Es ist keinem mit diesem Geschrei geholfen.«

»Wie kommst du dazu, mir Vorhaltungen zu machen?«, keifte die Gerügte. »Deine Tochter solltest du dir vornehmen, die uns zum Gespött der ganzen Stadt gemacht hat.«

»Der Mann hat uns kaum zu Wort kommen lassen. Und selbst wenn, der war so betrunken, da hätte eine Erwiderung sowieso keinen Sinn gemacht. Und denk an seinen Aufzug. Ich weiß, die meisten von uns besitzen kaum mehr als das Allernötigste zum Überleben. Aber du sagst immer, das ist noch lange kein Grund, wie ein dreckiger Haufen Lumpen herumzulaufen. Deine Worte, nicht meine. Wie kannst du also so einem mehr glauben als unserer Tochter?«

Man konnte sehen, wie es in Margarete arbeitete. Ihre Stirn zog sich wie eine Ziehharmonika zusammen und sie atmete in flachen, schnellen Zügen.

»Es tut mir leid, dass ihr geweckt wurdet«, entschuldigte sich Heinrich und winkte Eva zu, deren Gesicht vorsichtig hinter dem Rücken ihrer Tante hervorlugte. »Aber der Kerl ließ sich einfach nicht beruhigen.«

Ehe Erika etwas erwidern konnte, kam ihre Mutter zu ihr hinüber, was Eva dazu brachte, sich unter der Bettdecke zu verkriechen. »Der Mann hat gesagt, dass sie dich ins Gefängnis gesteckt haben. Stimmt das?«

Erika sah ihren Vater an. Der rollte mit den Augen. »Sei so lieb und antworte Muttern. Dann gibt sie hoffentlich endlich Ruhe. Was muss die Lütte bloß von uns denken?«

Auch wenn Heinrich es nicht aussprach, war Erika bewusst, dass er von ihr eine Verneinung der mütterlichen Frage erwartete. Ein spitzer Pfeil stach in ihr Herz bei der Vorstellung, wie sehr sie ihn enttäuschen würde. »Ja.«

Mit dieser schlichten Antwort überraschte Erika ihre Mutter. Verblüfft stand sie da und wusste nicht, was sie entgegnen sollte. Auch Heinrich wirkte mehr als verwirrt.

Die Einzige, der es nicht die Sprache verschlagen hatte, war Wilhelmine Schmidt, die unbemerkt von den Reimers das Zimmer betreten hatte. »Ich habe es euch immer gesagt, der Umgang mit dem Engländer ist nicht gut für eure Tochter.«

»Was hat das denn damit zu tun?«, knurrte Heinrich ungehalten.

»Jede Menge, Heinrich. Bevor sie angefangen hat, beim Engländer zu arbeiten, gab es keinerlei Vorkommnisse. Und kaum hat der sie eingestellt, kommt sie erst spät und schließlich gar nicht nach Hause. Und als Krönung des Ganzen landet sie im Gefängnis.«

Heinrich warf seiner Vermieterin einen verärgerten Blick zu, bevor er seine Aufmerksamkeit wieder auf seine Tochter richtete. »Erika, ich kann verstehen, dass dich diese Anschuldigungen aufregen. Aber du machst es nur schlimmer, wenn du uns nicht die Wahrheit sagst.«

Das unverbrüchliche Vertrauen ihres Vaters in sie erschütterte Erika. Einzig um seinetwillen hätte sie die Zeit zurückgedreht, um ihr Verhalten rückgängig machen zu können.

Was hatte sie bloß geritten, mit Helga auszugehen? Sie wusste doch, dass ihre Freundin gerne einmal über die Stränge schlug. Und selbst wenn, spätestens als sich die beiden Engländer zu ihnen setzten und die erste Flasche Schnaps orderten, hätte sie die Reißleine ziehen müssen.

Die Erwähnung der Besatzer hatte Margarete indes das fehlende Puzzleteilchen geliefert, um einen bereits keimenden Verdacht bestätigt zu bekommen. »Das war der Vater von deiner Freundin Helga, der hier war.« Dem verständnislosen Blick ihres Mannes begegnete sie mit einem ungehaltenen Seufzen. »Erikas Freundin. Die, die in einer Nissenhütte wohnt und ihr die Arbeit beim Engländer vermittelt hat. Wo die Mutter an Tuberkulose gestorben ist.«

Wieder fühlte sich Wilhelmine bemüßigt, ungefragt ihren Kommentar zum Geschehen abzugeben. »Das ist von dem Gesindel, das in diesen Hütten haust, auch nicht anders zu erwarten. Wie konntest du dich bloß mit so einer einlassen, Erika? Wo deine Eltern so anständige Menschen sind.«

»Wenn sie könnte, würde Helga auch lieber in einem heilen Haus wohnen«, erklärte Erika gereizt. »Aber davon gibt es nun mal nicht genug. Oder bieten Sie an, sie und ihre Familie hier wohnen zu lassen?«

»Werd' bloß nicht frech gegenüber Frau Schmidt«, rügte Margarete ihre Tochter. »Du hast ihr viel zu verdanken. Wenn sie nicht wäre, würden wir immer noch in der zugigen Baracke sitzen.«

»Oder in einer Nissenhütte.«

»Na, dir werd' ich helfen!« Die Hand zum Schlag erhoben, machte Margarete einen Schritt auf ihre Tochter zu.

Regungslos erwartete Erika den Hieb. Der blieb allerdings

aus. Heinrich war hinter seine Frau getreten und hatte ihren Arm gepackt und nach unten gebogen.

»Grete, das ist keine Lösung.«

»Deine Tochter ist verhaftet worden«, entgegnete seine Frau, als würde allein dieser Umstand eine Ohrfeige rechtfertigen.

»Das behauptet dieser Säufer.« Heinrichs Gesichtszüge verhärteten sich. »Ich hätte ihn mir vorknöpfen sollen.« Er wandte sich an seine Tochter. »Wo wohnt deine Freundin?«

»Heinrich, das unterlässt du bitte«, forderte Margarete. »Auch wenn er ein Säufer ist, bist du mit deinem Rheuma kein vollwertiger Gegner. Der macht Hackfleisch aus dir, ehe du den Mund aufgemacht hast.«

»Na, hör mal. Ich bin immer noch gut in Schuss.« Wie zum Beweis krempelte Heinrich die Ärmel seines Hemdes auf, um seiner Frau seine Muskeln zu präsentieren.

Erika riss der Geduldsfaden. Das Hämmern in ihrem Kopf hatte ein Ausmaß angenommen, das sie nur noch nach Ruhe verlangen ließ, welchen Preis es sie kosten mochte.

»Hört auf«, brüllte sie. Dann umriss sie in knappen Sätzen die Ereignisse des vergangenen Abends und der darauffolgenden Nacht. »Und jetzt lasst mich gefälligst in Ruhe«, beendete sie ihren Bericht, um danach den schmerzenden Kopf zwischen ihren Händen zu vergraben.

Die Folgen ihres Geständnisses waren weit davon entfernt, ihr die gewünschte Ruhe zu bringen. Wilhelmine und Margarete fingen gleichzeitig an, sie zu beschimpfen. Heinrich, im Bemühen, die beiden Frauen zur Mäßigung zu bringen, steigerte den Lärm mit seinen Rufen noch. Als die drei schließlich erschöpft innehielten, war es Erika, als würde der Raum immer noch vom Geschrei vibrieren. Vielleicht war es aber auch ihr zitternder Körper, der ihr dieses Gefühl vermittelte. Am liebsten hätte sie sich wie Eva die Decke über den Kopf gezogen und die gesamte Umwelt ausgeblendet. Der Gedanke an ihre Nichte brachte sie dazu, sich umzudrehen. Leise Schluchzer, die unter der zu einem Hügel geformten Decke hervordrangen, waren das Einzige, das von der Anwesenheit des kleinen Mädchens zeugte.

»Du brauchst keine Angst zu haben«, flüsterte Erika und berührte den Stoffberg.

»Herrje, die Lütte«, entfuhr es Heinrich. »Was haben wir uns nur gedacht?«

»Das ist alles nur die Schuld deiner Tochter. Wenn Sie …«

»Ach, halt den Mund, Grete«, herrschte ihr Mann sie an.

»Hör mal«, empörte sich Wilhelmine. »Das kann man nicht einfach so hinnehmen. Eine Verhaftung ruiniert den guten Ruf für immer.«

»Und den der Familie gleich mit«, ergänzte Margarete. »Aber Heinrich hat in einem recht. Die Lütte hat mit all dem nichts zu tun.«

»Glaub man nicht, dass wir fertig miteinander sind«, drohte sie ihrer Tochter. »Dein Verhalten hat ein Nachspiel. Das ist dir hoffentlich bewusst.«

*

Hamburg-St. Pauli, Mai 1947

Wie ein verschrecktes Kaninchen eine züngelnde Schlange starrte Ingrid den grobschlächtigen Mann an.

»Eins von Ernas Mädchen bist du jedenfalls nicht«, schmunzelte der. »Die sind nämlich nicht auf den Mund gefallen.«

»Ich …« Ingrids Blick glitt an dem Mann vorbei zu einem

Tisch, über den eine ihr wohlbekannte Hand nach einer der darauf stehenden Flaschen griff.

Der Mann folgte ihrem Blick und lachte amüsiert. »Ach, du willst auch was abhaben.« Er streckte einladend den Arm aus. »Bitte sehr. Wir haben genug. Und du«, wandte er sich an den Jüngling, »kümmerst dich endlich darum, dass wir etwas zu essen bekommen.«

Langsam betrat Ingrid den Raum. Um den Tisch herum saßen zwei Frauen. In einer von ihnen erkannte sie augenblicklich Gisela Peters. Noch mehr interessierte sie allerdings der Mann, der einen Arm um die Schulter der jungen Frau gelegt hatte, während er mit dem anderen eine Flasche vor ihrem Gesicht schwenkte.

»Willst du noch?«, lallte Georg.

Ingrid entfuhr ein lautes Keuchen, das die Köpfe der um den Tisch Sitzenden in ihre Richtung drehen ließ. Die Augen zu Schlitzen zusammengepresst, sah Georg sie an wie jemand, der wusste, dass er ein vertrautes Gesicht vor sich hatte, diesem jedoch keinen Namen zuordnen konnte.

»Guten Abend, Georg.« Ingrid wunderte sich, dass ihr ihre Stimme gehorchte.

»Ihr kennt euch?«, fragte der Grobschlächtige erstaunt. Dann wackelte er scherzend mit seinem Zeigefinger. »Du bist mir vielleicht einer, Georg. Machst immer einen auf tugendhaft, dabei hast du's faustdick hinter den Ohren.«

Ingrid verstand die Äußerung nicht, verzichtete jedoch auf eine Nachfrage. Ihr war es nur wichtig, dass sie diese Kneipe möglichst rasch in Begleitung von Georg verlassen konnte.

Wie sollte sie das bewerkstelligen? Georg schien sich häuslich eingerichtet zu haben und machte darüber hinaus nicht den Eindruck, als würde er sich über ihr Erscheinen freuen.

Gisela Peters flüsterte Georg etwas ins Ohr, das diesen zum Lachen brachte. Peinlich berührt, wandte Ingrid sich ab.

»Na kommen Sie, Fräulein«, sagte der Mann mit der Narbe zu ihr. »Setzen Sie sich und trinken Sie einen mit uns. Gleich gibt's auch Schinkenbrote.«

Als wäre dies sein Stichwort gewesen, schwang die Tür auf und der Jüngling kehrte zurück. »Alles muss man hier selbst machen«, murrte er und stellte ein Tablett auf dem Tisch ab.

Der Grobschlächtige verpasste ihm einen kräftigen Schlag auf den Rücken, der den Jüngling zusammenzucken ließ. »Jetzt hab dich nicht so, Alfred. Schließlich verdienst du bei mir gut.« Er griff nach einer der Brotscheiben. »Nimm auch«, forderte er Ingrid auf.

»Nein, danke.«

Der Grobschlächtige biss vom Brot ab. Während des Essens ließ er Ingrid nicht aus den Augen. Nachdem er aufgegessen hatte, erkundigte er sich nach dem Grund ihres Kommens. »Du willst nicht mit uns essen und trinken«, zählte er auf, als Ingrid ihm nicht antwortete. »Und Georg kennst du auch.« Er lachte laut auf. »Jetzt hab's ich. Du willst mit ihm 'ne Nummer schieben.«

Alfred stimmte in das Lachen seines Chefs ein. Dabei spritzten Teile zerkauten Brotes aus seinem Mund.

»Du bist ein Schwein, Alfred«, konstatierte der Grobschlächtige und wischte sich feuchte Brotkrümel vom Hemd. »Dass sie nichts von dir will, ist klar. Aber der da«, sein Daumen wies auf Georg, »ist ein armer Schlucker. Bei mir bekommst du mehr für 'ne Nummer.«

Auch wenn Ingrid die Bedeutung hinter den Worten des Grobschlächtigen nicht verstand, verriet ihr sein lüsterner Blick, dass es sich um nichts handelte, das ihr gefiele.

»Georg«, unternahm sie einen erneuten Anlauf, die Aufmerksamkeit ihres Ehemanns zu erringen. »Bitte komm mit nach Hause.«

»Nach Hause?« Der Grobschlächtige runzelte die Stirn. »Ist das etwa deine Alte, Georg?«

Georg war damit beschäftigt, Gisela verträumt anzusehen, und reagierte nicht.

Willi Jensen war jemand, der es nicht hinnahm, wenn er ignoriert wurde. Mit zwei Schritten war er bei Georg und zog diesen unsanft von Gisela weg.

»Was soll das?«, beschwerte sich Georg.

»Ob das deine Alte ist, habe ich gefragt?« Willi Jensen deutete auf Ingrid, als wäre diese ein Ausstellungsstück.

»Meine Alte?«

»Mensch, dir gebe ich nie wieder was zu trinken.« Willi Jensen ließ Georg los, der wie eine Stoffpuppe an Giselas Körper sackte.

»Wie Sie sehen, ist Ihr Mann im Moment nicht in der Verfassung, irgendwo hinzugehen«, informierte der Schwarzmarkthändler Ingrid. »Daher schlage ich vor, dass Sie wieder nach Hause gehen. Alfred wird Ihnen Ihren Mann später vorbeibringen.«

So einfach mochte Ingrid sich nicht geschlagen geben. Sie trat an den Tisch heran und zog ihrerseits an Georgs Arm. »Georg, bitte. Komm mit nach Hause.«

»Er will nicht, Schätzchen, das siehst du doch«, rief die Frau neben Gisela.

Ingrid mochte sich nicht mit ihrer Niederlage abfinden. Mit aller Kraft, die sie aufbringen konnte, zog sie an Georgs Arm. Es war, als versuchte sie einen Zementbrocken zu bewegen. »Ich habe gedenkt, dass du bist tot«, rief sie, während sie verzweifelt darum kämpfte, die Fassung zu bewahren. »Eva und ich haben gemacht uns Sorgen.«

»Du hast wohl auch schon was intus, so wie du redest«, mutmaßte Willi Jensen. »Benimmt sich denn heutzutage jeder wie ein Idiot, kaum dass er ein bisschen Alkohol getrunken hat?«

»Georgs Frau kommt aus dem Ausland«, klärte Gisela Peters ihn auf.

»Aus dem Ausland?« Willi Jensen musterte Ingrid nachdenklich. Dann lachte er wieder sein dröhnendes Lachen. »Hatte ich doch recht, unser Georg ist ein ganz Gewiefter. Nach außen hin die Fassade des Saubermanns und dahinter, oho.« Er ließ erneut seinen Zeigefinger tanzen.

Alfred, der stets bestrebt war, seinem Chef zu gefallen, stimmte ein weiteres Mal in dessen Lachen ein.

Abrupt verstummte Willi Jensens Gelächter. »Du gehst jetzt«, wies er Ingrid an. »Wir bringen deinen Mann später nach Hause.«

Mit einer Entschlossenheit, von der sie nicht wusste, woher sie stammte, verweigerte sich Ingrid der Aufforderung. »Eva und ich haben gemacht Sorgen uns«, sagte sie zu Georg.

»Du hast ihr doch Bescheid gegeben, Gisela«, nuschelte der.

In einer Geste, die nach Ingrids Dafürhalten von einer großen Vertrautheit zeugte, strich Gisela ihm eine widerspenstige Locke aus der Stirn. »Das habe ich«, bestätigte sie.

Ingrid verspürte das Bedürfnis, mit den Fingernägeln über dieses engelsgleiche Gesicht zu kratzen, bis die Tochter des Tischlermeisters sich unter Schmerzen krümmte. »Niemand hat gegeben mir Bescheid.«

»Oh doch«, widersprach Gisela und schenkte Ingrid ein liebreizendes Lächeln, das diese hart an den Rand ihrer Beherrschung brachte. »Da Sie nicht da waren, habe ich Ihrer Zimmerwirtin Bescheid gegeben.«

»Ich weiß nichts«, beharrte Ingrid, obgleich sie die Aussage von Gisela Peters nicht in Zweifel zog. Frieda Dombrowski traute sie ohne Weiteres zu, ihr absichtlich eine Nachricht zu verschweigen.

Gisela hob die Achseln. »Ich habe es ausgerichtet.«

»Georg hat einen Auftrag für mich erledigt«, mischte sich Willi Jensen ein. Er hatte anscheinend begriffen, dass er Ingrid nicht ohne zusätzliche Erklärungen zum Gehen bewegen konnte. »Das hat länger gedauert als gedacht. Und war auch ein bisschen gefährlicher als angenommen.« Er betrachtete Georg mit einer Art väterlichen Stolzes. »Aber dieser Teufelskerl hier hat nicht lange gefackelt und ist dem Iwan einfach entwischt.« Er schüttelte den Kopf, wobei nicht ersichtlich war, ob die Bewegung dem Unglauben oder der Bewunderung geschuldet war.

»Dem Iwan?«, wiederholte Ingrid verständnislos.

»Normalerweise drücken die Russen ein Auge zu. Aber in letzter Zeit ist mit denen oft nicht gut Kirschen essen. Da nützen selbst die Zigaretten nichts.«

»Die weiß nichts von Georgs Nebentätigkeit«, teilte Gisela dem Schwarzmarkthändler mit. »Ich musste versprechen, nichts zu sagen.« Sie kicherte. »Ich habe mir extra eine richtig gute Geschichte ausgedacht. Aber so wie's aussieht, ist nun doch alles aufgeflogen.«

Willi Jensen grinste Georg an. »Wie ich gesagt hab, du bist ein ganz Schlimmer.«

Gisela legte ihre Hand unter Georgs Kinn. »Du bist ein ganz Schlimmer«, wiederholte sie Willi Jensens Worte in einem weicheren Tonfall. Dann presste sie ihre Lippen auf Georgs Mund.

Wie versteinert verfolgte Ingrid die Szene. Erst als Gisela, ohne den Kuss zu unterbrechen, die Augen öffnete und ihr zuzwinkerte, kam Bewegung in sie. Auf dem Weg zur Tür stieß sie nicht nur gegen den Tisch, dass eine der Flaschen zu Boden fiel, sondern streifte auch Alfred. Als der nach ihr greifen wollte, rammte sie ihm ihren Ellbogen in die Seite. Seinen Schrei, der eher der Überraschung denn dem Schmerz entsprang, ignorierte sie. Die Ereignisse dieses Abends hatten ihre Welt in ein Schlachtfeld aus Demütigung, Wut und Angst verwandelt, das sie blind für alles um sich herum machte.

Georg nahm von ihrem Weggang keine Notiz. Er war zu sehr damit beschäftigt, Gisela Peters zu küssen.

*

Hamburg, Hafengegend, Mai 1947

Nachdem die Temperaturen des Tages einen Vorgeschmack auf den Sommer geliefert hatten, rief die Nacht einem in Erinnerung, dass dieser noch ein Zaungast war. Das Thermometer war um etliche Grad gefallen. Zudem wehte direkt an der Elbe ein frischer Wind, der einen die Kälte noch stärker spüren ließ.

Seit Stunden irrte Ingrid umher, ohne ein festes Ziel vor Augen zu haben. Immer wenn ihr jemand begegnet war, hatte sie einen Bogen geschlagen. Durch die Bewegung hatte sie die heraufziehende Kühle zunächst nicht bemerkt. Doch selbst, wo sie nun unmittelbar an der Elbe stand und der Wind ihr eine Gänsehaut bescherte, unternahm sie keine Anstalten, sich auf den Heimweg nach Rahlstedt zu begeben. In ihr war alles wie abgestorben. Der Schmerz, den sie verspürt hatte, als Georg den Kuss von Gisela Peters erwiderte, war ebenso verschwunden wie die Wut über das

Zwinkern der Tischlermeistertochter. Wenn es überhaupt ein Gefühl gab, das Ingrid verspürte, war es das der Ausweglosigkeit.

Welchen Sinn hatte ihr Leben? Ihr Mann hatte eine andere. Sie war nach wie vor eine Fremde in diesem Land. Eine Rückkehr in die Heimat wurde ihr verweigert. War es überhaupt noch ihre Heimat?

Während sie diesen trüben Gedanken nachhing, war Ingrid immer näher ans Wasser herangegangen. Sie hielt erst an, als sie mit dem Bein gegen einen Poller stieß.

Wie verlockend der Fluss im Mondlicht schimmerte. Er schien ihr zuzurufen.

Sie machte einen weiteren Schritt auf die Wasserkante zu.

Was tat sie da? Sie hatte ein Kind, um das sie sich zu kümmern hatte.

Dennoch konnte Ingrid nicht verhindern, dass die in sanften Wellen dahinfließende Elbe einen unwiderstehlichen Reiz auf sie ausübte.

Es wäre so leicht. Ein Sprung, ein kurzer Kampf und alles war vergessen. Sie würde keinen Kummer und keinen Schmerz mehr spüren, hätte alles hinter sich.

Wie verzaubert starrte Ingrid auf die silbern glänzende Wasserfläche.

Wer würde sie schon vermissen?

Ihr kam der alte Mann in den Sinn, der in einer kalten Winternacht vor knapp anderthalb Jahren mit ihr unter dem Sternenhimmel gelegen hatte.

Der Mann hatte niemanden mehr gehabt und dennoch nicht aufgegeben. Und sie? Was tat sie? Dachte an den Tod, obwohl sie ein Kind hatte, das sie liebte und brauchte.

Ingrid entfernte sich vom Wasser.

Sie durfte nicht aufgeben. Das schuldete sie ihrer Tochter.

Unvermittelt wurden ihr Kälte und Dunkelheit bewusst. Sie verschränkte die Arme vor der Brust und rieb mit den Händen über die nackte Haut. Die Aussicht, den langen Weg nach Rahlstedt zu Fuß und im Dunkeln zurücklegen zu müssen, schreckte sie.

Eva war bei Georgs Familie gut aufgehoben. Selbst wenn sie sich wegen des Ausbleibens ihrer Mutter sorgte, würde Erika wissen, wie sie sie ablenken konnte. In dieser Hinsicht war auf ihre Schwägerin Verlass.

So entginge sie auch der Gefahr, sich im Dunkeln zu verletzen oder vielleicht sogar überfallen zu werden.

Diese Vorstellung ließ Ingrid sich misstrauisch umsehen.

Es war wahrscheinlich das Beste, sie suchte sich irgendwo einen Unterschlupf, wo sie bis zum Aufgang der Sonne ausharren konnte. Wenn es hell genug war, würde sie sich sogleich auf den Weg nach Rahlstedt machen.

14. KAPITEL

Hamburg, Hafengegend, Mai 1947

»He, Sie! Sie können hier nicht liegen!«

Noch vom Schlaf umfangen, maß Ingrid dem Ruf keine Bedeutung bei.

»Haben Sie nicht gehört? Sie können hier nicht liegen.« Die Stimme war dichter herangekommen.

Ingrids Augen blieben weiterhin geschlossen. Erst als jemand an ihrer Schulter rüttelte, öffneten sie sich langsam. Ein vom Wetter gegerbtes Gesicht, das von einem Netz aus unzähligen roten Äderchen durchzogen wurde, ragte über Ingrid auf.

»Wenn Sie nicht wollen, dass die Polizei Sie einbuchtet«, sagte das Gesicht, »sollten Sie zusehen, dass Sie Land gewinnen.«

Ingrid richtete sich auf.

Wo war sie? Wer war dieser Mann?

Dem Mann entging ihre Verwirrung nicht. »Sie haben wohl zu viel getrunken, wie?«

»Ich …?« Ingrid rieb sich über die Augen, die sich klebrig anfühlten.

»Na, kommen Sie.« Der Tonfall des Mannes war sanfter geworden. Er fasste Ingrid unter und zog sie auf die Beine. Dann deutete er auf einen kleinen am Kai vertäuten Kutter.

»Was halten Sie davon, mit mir an Bord einen Kaffee zu trinken? Ich bin heute sowieso mehr als spät dran. Da machen ein paar Minuten zusätzlich keinen Unterschied.«

Einem wildfremden Mann an Bord seines Schiffes zu folgen? Um ihre äußere Erscheinung musste es fürchterlich bestellt sein, wenn ihr ein solches Angebot unterbreitet wurde.

Mit einer ruckartigen Bewegung entzog Ingrid sich dem Fremden.

»He, ich hab's nur gut gemeint«, rief der. »Aber wenn Sie nicht wollen, bitte schön. Dann sehen Sie selbst zu, wie Sie wieder nüchtern werden.« Er marschierte auf den Fischkutter zu. Dort angekommen, blickte er sich um. »Das ist hier kein Schlafplatz, merken Sie sich das.« Er begann, die Taue zu lösen.

Langsam verließ Ingrid den Kai. Ihr graute vor der Rückkehr nach Rahlstedt.

Würde Georg ihr seine Liebe zu Gisela Peters gestehen und erklären, dass er mit der Tochter des Tischlermeisters ein neues Leben begönne? Was würde aus Eva und ihr werden? Oder bestände Georg darauf, Eva mitzunehmen?

Ein jäh einsetzender Schwindel zwang Ingrid zum Anhalten. *Sei nicht dumm*, ermahnte sie sich. *Welche Geliebte hatte gern das Kind einer anderen um sich?*

Erneut sah Ingrid das Bild vor sich, wie Gisela ihr zuzwinkerte, während sie Georg küsste.

Oder würde sie Georg einzig deswegen überreden, Eva zu sich zu nehmen, um ihr eins auszuwischen? Aber was hatte sie der Frau getan? Bis zum heutigen Tage hatte sie weder von der Affäre noch von Georgs Schwarzmarktgeschäften gewusst. Denn dass er diesen nachging, war nach dem vergangenen Abend nicht länger zu leugnen.

Hass, so glühend, dass sie am liebsten ihre Fäuste gegen etwas oder jemand erhoben hätte, erfüllte Ingrid.

Ohne diese Gisela Peters wäre das alles nicht passiert. Sie hatte Georg verführt. Wie sonst wäre ihr rechtschaffener Mann auf den Gedanken gekommen, für einen Schwarzmarkthändler zu arbeiten?

»Passen Sie doch auf, wo Sie langgehen!«, herrschte eine Männerstimme sie an.

Ingrid sah auf. Ein Mann in der Kluft eines Hafenarbeiters musterte sie ärgerlich.

Ingrid entschuldigte sich und wollte weitergehen, als ihr Blick auf eine ihr vertraute Flagge fiel. Sie bog in die Straße, die zum Schaarmarkt hinaufführte, ab und blieb vor einem wuchtigen Gebäude auf der linken Seite stehen.

»Entschuldigung. Darf ich vorbei?«

Erschrocken fuhr Ingrid herum und fand sich einer jungen Frau mit Kinderwagen gegenüber.

»Ich muss in die Kirche.« Die junge Frau, die ungefähr in Ingrids Alter sein mochte, deutete auf das Gebäude.

Ingrid trat zur Seite.

»Vielen Dank.« Die junge Frau lächelte sie an und schob den Kinderwagen zur Treppe, die ins Gebäude führte. Nachdem sie einen kleinen Jungen herausgehoben hatte, machte sie sich daran, den Kinderwagen die Treppe hochzuziehen.

»Warte, ich helfe Ihnen.« Ingrid sprang vor, um den Kinderwagen von hinten zu fassen.

»Puh, das ist immer schwer«, sagte die Frau, nachdem sie den Wagen oben abgestellt hatten. »Danke für Ihre Hilfe.«

Ingrid war nicht einmal zu einem Nicken fähig. Sie sah die Frau an, als wäre diese ein Gespenst.

»Du bist aber früh dran, Ragnhild«, sagte jemand auf Norwegisch. Eine ältere Frau kam durch den Flur auf die beiden zu. »Oh, du hast jemanden mitgebracht.« Fragend glitt der Blick der Älteren zwischen Ingrid und der jungen Mutter hin und her.

»Nein, ich habe sie draußen getroffen«, berichtete die junge Mutter. »Sie hat mir geholfen, den Kinderwagen hochzutragen.«

»Oh, das ist nett.« Die ältere Frau lächelte Ingrid an, die immer noch dastand, als wäre sie in einem Traum gefangen. »Bitte entschuldigen Sie«, sagte sie dann auf Deutsch. »Aber ich dachte, Sie sind eine Freundin von Ragnhild.«

»Nein, das bin ich nicht«, antwortete Ingrid auf Norwegisch. Es war keine bewusste Entscheidung, ihre Muttersprache zu verwenden, vielmehr eine Unausweichlichkeit.

»Sie sind Norwegerin?«, rief die ältere Frau überrascht.

»Nun, eigentlich …«

War sie noch Norwegerin? Die Staatsangehörigkeit hatten sie ihr entzogen.

Die junge Mutter rettete Ingrid. »Aber natürlich ist sie Norwegerin. Das hört man doch. Möchten Sie uns helfen?«

»Helfen? Wobei?«

»Na, heute ist der 17. Mai. Da veranstalten wir eine kleine Feier. Auch wenn unser Pastor sicher meint, dass wir Norwegerinnen, die einen Deutschen geheiratet haben, nicht das Recht haben, unser Heimatland zu feiern.«

»Ragnhild, bitte, nicht heute. Sei froh, dass ihr hier feiern könnt.«

Ragnhild reckte ihr Kinn in die Höhe. »Auch wenn alle das anders sehen mögen, in meinem Herzen bin und bleibe ich Norwegerin. Das kann mir niemand nehmen.«

Die ältere Frau legte ihr die Hand auf den Arm. »Reg dich bitte nicht auf. Das nützt niemandem etwas, am wenigstens dir selbst.« Sie wandte sich an Ingrid. »Sie sehen aus, als könnten Sie eine kleine Stärkung vertragen. Darf ich Ihnen ein Frühstück anbieten? Ich bin übrigens Gurine Pettersen.«

»Sie ist die gute Seele dieser Kirche«, erklärte Ragnhild.

»Doch, das bist du«, beharrte sie, als Gurine protestieren wollte. »Ohne dich dürften wir Deutschenmädchen keinen Fuß über diese Schwelle setzen.«

»Du übertreibst, Ragnhild. Der Pastor würde euch nie den Zugang verweigern.«

»Das würde er. Aber das ist jetzt nicht wichtig.« Sie schenkte Ingrid ein Lächeln. »Ich bin Ragnhild Schulz, und das ist mein Sohn Peter.«

»Ich bin Ingrid Reimers.«

Durfte sie die Einladung annehmen? Erika fragte sich bestimmt schon, ob ihr etwas zugestoßen war. Vielleicht hatte sie sogar die Polizei alarmiert.

Auf der anderen Seite war ihr bekannt, dass sie Georg suchen gegangen war. Und dass sie nicht mitten in der Nacht vorbeikäme, um Eva abzuholen, verstand sich von selbst. Auch so früh am Morgen würde sie sie nicht erwarten. Einen kleinen Aufschub durfte sie sich daher erlauben.

»Vielen Dank, zum Frühstück bleibe ich gerne. Aber danach muss ich nach Hause.«

*

Hamburg-Rahlstedt, Mai 1947

»Wo können sie bloß sein?« Georg raufte sich die Haare, dass sie aussahen, als wäre er in einen heftigen Sturm geraten.

Seit er im Morgengrauen in das Zimmer nach Rahlstedt zurückgekehrt war, hatte er sich diese Frage unzählige Male gestellt, ohne eine Antwort darauf bekommen zu haben. Er trat ans Fenster, um durch den Garten zur Straße zu spähen. Aus dem gegenüberliegenden Haus kam eine Frau, in der Hand ein Einkaufsnetz haltend.

Waren sie Einkaufen gegangen? So etwas konnte dauern. Die Versorgungslage war nach wie vor katastrophal. Ingrid hatte oft genug geklagt, wie lange sie vor den Geschäften anstehen musste, nur um am Ende zu erfahren, dass das, was sie haben wollte, ausgegangen war.

Hatte er sie eigentlich jemals für diesen Einsatz gelobt? Oder dafür wie klaglos sie dieses karge Leben ertrug?

Eine Gestalt tauchte vor dem Gartentor auf. Anspannung bemächtigte sich Georgs, die sich sogleich verflüchtigte, als er erkannte, dass es sich nicht um seine Frau handelte.

Wo konnte sie nur sein?

Mit Unbehagen entsann sich Georg seines Verhaltens am vergangenen Tag.

Anstatt wie ein anständiger Ehemann nach Hause zu fahren, hatte er sich von Gisela und Willi Jensen dazu überreden lassen, mit ihnen den glücklichen Ausgang seiner Mission zu feiern. Als wäre das nicht genug, hatte er zudem so stark dem Schnaps zugesprochen, dass er seine Frau einfach hatte ziehen lassen. Allein mitten in der Nacht auf dem Kiez. Was für ein Ehemann war er bloß?

Ein erbärmlicher, das stand fest.

Georg schwor, sich nie wieder derartig zu betrinken, dass er nicht mehr Herr seiner Sinne war.

Oder war es für diese Einsicht schon zu spät? Hatte Ingrid Eva genommen und ihn verlassen?

Georg fühlte sich, als hätte ihm jemand ein Messer in die Eingeweide gerammt. Um sich abzulenken, rief er sich den vergangenen Tag ins Gedächtnis.

Es war Mittag vorbei gewesen, als er in der Tischlerei eingetroffen war. Zu diesem Zeitpunkt war er noch nüchtern gewesen, wenn auch von den Strapazen der vorangegangenen Nacht gezeichnet.

Es hatte Ärger gegeben. Die Grenzer hatten ihn angehalten und zum Aussteigen gezwungen. Mehrere Stunden hatten sie ihn festgehalten. Er wusste nach wie vor nicht, was sie dazu bewogen hatte, ihn am Ende laufen zu lassen. An den Zigaretten konnte es nicht gelegen haben. Die hatte er gleich zu Anfang ausgehändigt. Oder hatten sie sich nur einen Spaß erlaubt, ihm ihre Macht zeigen wollen?

Georg lehnte die Stirn gegen das kühle Glas der Fensterscheibe.

Was es auch gewesen war, es half ihm in seiner jetzigen Lage nicht weiter. Das Einzige, was ihn interessierte, war, wo seine Frau und seine Tochter waren. Und ob sie zu ihm zurückkehrten.

*

Hamburg, Räume der Schwedischen Seemannskirche, Mai 1947

»Du musst unbedingt mal mit deiner Kleinen vorbeikommen, Ingrid. Wir treffen uns regelmäßig einen Nachmittag die Woche.«

»Wer ist wir?«

Gab es etwa noch mehr Norwegerinnen wie Ragnhild und sie in Hamburg?

Ragnhild bestätigte Ingrids Vermutung. »Wir Norwegerinnen in Hamburg. Jedenfalls die Norwegerinnen, die Deutsche geheiratet haben. Ob es noch andere gibt, weiß ich nicht.« Sie schnitt eine Grimasse. »Die würden wohl auch nichts mit uns zu tun haben wollen.«

Die beiden Frauen saßen in der Küche der Schwedischen Seemannskirche. Nachdem ihre Kirche während eines

Bombenangriffs zerstört worden war, hatten die Norweger Zuflucht in den Räumen der Schwesterkirche aus Schweden gefunden.

»Wir kommen gern. Wobei …« Ingrid dachte daran, dass es ihr nicht zustand, Pläne zu schmieden, wo ihre Zukunft im Ungewissen lag.

»Du brauchst keine Angst zu haben«, versicherte ihr Ragnhild, die Ingrids Zögern falsch deutete. »Der Pastor ist bei unseren Treffen nicht dabei.«

»Das ist es nicht.« Ingrid fragte sich, ob sie Ragnhild ihren Kummer anvertrauen durfte.

Sie kannten sich nicht einmal zwei Stunden. Auf der anderen Seite, was hatte sie zu verlieren? Wenn Ragnhild sich von ihr abwandte, war es um sie nicht schlechter bestellt als zuvor.

»Es besteht keine Anwesenheitspflicht«, erzählte Ragnhild, Ingrids zögerliche Haltung nach wie vor falsch deutend. »Wenn du mal nicht kommen kannst, macht das nichts. Ich glaube, es gibt keinen, der nicht mal fehlt.«

»Ich muss sehen, ob ich das schaffe. Ich weiß auch nicht, wie lange ich noch in Hamburg bin.«

Was redete sie da? Selbst wenn Georg sich von ihr trennte, gab es keinen Ort, an den sie gehen konnte. Eine Rückkehr nach Norwegen war ausgeschlossen. Sie durfte nicht einmal zur Beerdigung ihres Vaters reisen.

Auf einmal war Ingrid alles zu viel. Der Kummer zu groß, um ihn noch tragen zu können. Wie eine Sturzflut brachen die Tränen aus ihr hervor. Selbst wenn sie gewollt hätte, hätte sie sie nicht stoppen können. Sie ließ den Kopf auf ihre auf dem Tisch verschränkten Arme sinken und ergab sich ihrer Verzweiflung. Erst als die Tränen versiegt waren, wurde sie gewahr, dass jemand hinter ihr stand und ihr sanft den Rücken streichelte.

»Hier.«

Sie hob den Kopf. Ragnhild hielt ihr ein Taschentuch hin. Sie nahm es und tupfte sich Augen und Wangen damit trocken.

»Magst du mir erzählen, was dich bedrückt?«, fragte Ragnhild, nachdem sie wieder auf der anderen Tischseite Platz genommen hatte. »Ich weiß zwar nicht, ob ich dir helfen kann, aber es tut gut, wenn man jemandem sein Herz ausschütten kann.«

Und so begann Ingrid zu erzählen. Von ihrer Familie in Norwegen, von den Geschwistern, die sie hassten, von ihrem Vater, der gestorben war, ohne dass es zuvor zu einer Aussöhnung gekommen war. Davon, dass sie nicht zu seiner Beerdigung reisen durfte. Von Georg und Eva. Von Georgs Familie, die sie ablehnte, aber zumindest ihre Tochter lieben gelernt hatte. Auch Georgs unerklärliches Verschwinden und ihre Suche nach ihm ließ sie nicht aus, ebenso wenig ihren Besuch in der Kneipe auf St. Pauli, wo sie Zeugin geworden war, wie ihr Mann eine andere Frau küsste. Nur Georgs Tätigkeit für den Schwarzmarkthändler verschwieg sie. Sie kannte Ragnhild nicht gut genug, um deren Reaktion darauf einschätzen zu können.

»Das ist eine Geschichte«, staunte Ragnhild, nachdem Ingrid geendet hatte. »Da kann ich verstehen, dass du durcheinander bist.«

»Ich weiß einfach nicht, was ich tun soll.«

»Nun, an deiner Stelle würde ich erst einmal mit meinem Mann reden. Vielleicht ist alles ganz anders, als du denkst.«

»Er hat sie geküsst«, rief Ingrid empört, dass Ragnhild an ihrer Einschätzung Zweifel hegte.

»Ja, sicher«, beschwichtigte diese. »Aber du hast gesagt, dass er betrunken war. Da hat er vermutlich nicht gewusst, was er tat.«

»Er war bestimmt nicht betrunken, als er mit ihr losgezogen ist.«

»Du hast gesagt, sie ist die Tochter von seinem Chef. Dann war er vielleicht verpflichtet mitzugehen. War denn sein Chef auch dabei?«

»Das weiß ich nicht«, log Ingrid. Sie wollte verhindern, dass die Sprache auf die beiden Männer und den Schwarzmarkt kam. »Ich war so wütend, als sie sich geküsst haben. Da habe ich nicht darauf geachtet, wer noch im Raum war. Und danach bin ich gleich gegangen.«

»Das ist ja auch verständlich. Aber trotzdem ist das Ganze vielleicht gar nicht so schlimm, wie du denkst. Selbst wenn er sie geküsst hat, war es ein Kuss im Rausch. So was zählt nicht.«

»Was würdest du denn sagen, wenn du siehst, wie dein Mann eine andere küsst?«

»Ich würde mich nicht freuen. Das ist klar. Aber ich würde auch nicht gleich meine Ehe in Frage stellen.« Ragnhild blickte zu ihrem Sohn, der auf dem Boden hockte und mit einem zerfledderten Teddybären spielte. »Denk an deine Tochter. Willst du, dass sie ohne Vater aufwächst? Das müssen zwar viele Kinder in diesen Zeiten. Aber das heißt nicht, dass es leicht ist. Und als geschiedene Frau wirst du zudem schief angeguckt. Darüber hinaus stellt sich die Frage, wovon du leben willst. Hast du einen Beruf erlernt?«

»Ja, Friseuse. Aber die Arbeitslosigkeit war so hoch, dass ich mir danach etwas anderes suchen musste.«

»Und was war das?«

Ingrid zog ihre Nase kraus. »Ich habe in einer Fischfabrik gearbeitet.«

»Das ist gar nicht so schlecht. So was gibt es hier bestimmt auch. Allerdings wirst du da nicht viel verdienen. Oder hast du am Ende gar vor, zurück nach Norwegen zu gehen?«

Ingrid überlegte.

Zurzeit stellte sich diese Frage nicht. Aber was würde sein, wenn das Reiseverbot eines Tages aufgehoben würde? Bekäme sie nach einer Scheidung ihre alte Staatsbürgerschaft zurück? Doch wollte sie in einem Land leben, das sie zur gewissenlosen Verräterin ohne Moral erklärt hatte?

»Ich täte es nicht«, gab Ragnhild freimütig ihre Meinung zum Besten. »Wir Deutschenmädchen werden immer die anderen bleiben, diejenigen, die das Land verraten haben.«

»Hier sind wir auch die anderen«, warf Ingrid mit dem Gedanken an den Zwischenfall auf dem Rahlstedter Bahnhof ein.

»Das stimmt. Jedenfalls, wenn es nach meinen Schwiegereltern geht.« Ragnhild verzog das Gesicht. »Aber offiziell sind wir Deutsche. Und wenn das Schlimmste überstanden ist und die Leute wieder genug zu essen haben, wird es bestimmt besser. So viele schlimme Erlebnisse habe ich hier auch gar nicht gehabt, dass ich mich in ein Land zurücksehne, wo mir Nachbarsjungen ungestraft die Haare scheren dürfen.«

»Dir haben sie …« Ingrid brach ab, unsicher, ob sie weiter in Ragnhild dringen durfte.

Viele der so genannten Deutschenmädchen waren nach dem Krieg Hass und Verachtung begegnet, die sich oft in körperlichen Exzessen wie dem Scheren der Haare entladen hatten. Auch Ingrid selbst hatte das zu spüren bekommen. Zwar war sie dem Verlust ihrer Haare knapp entgangen. Dennoch hatte der Überfall des ehemaligen Nachbarsohnes Ragnar Mykland tiefe Spuren hinterlassen. Unwillkürlich fuhren Ingrids Hände zu ihren Brüsten, in die er ihr Hakenkreuze eingeritzt hatte.

Wie konnte sie eine Heimkehr auch nur in Erwägung ziehen?

»Ja, sie haben mir die Haare geschoren«, beendete Ragnhild Ingrids angefangenen Satz. »Daher werde ich auch niemals zurückgehen, wie schlimm es hier auch sein mag.«

»Und trotzdem bist du in der norwegischen Kirche und feierst den 17. Mai?«

»Warum nicht? Das eine hat mit dem anderen nichts zu tun. Heute geht es um unser Land, um unsere Herkunft. Darum, wohin unser Herz gehört. Und meins gehört zu Norwegen. Nur leben kann ich dort nicht mehr.«

»Na, ihr habt euch wohl schon angefreundet?« Gurine betrat die Küche, eine Tischdecke über dem Arm. »Was meinst du, Ragnhild, wollen wir die zur Feier des Tages auflegen?«

Andächtig strich Ragnhild über den feinen Stoff. »Die ist aber schön. Zu schön, um durch Saft verunstaltet zu werden.«

»Das Risiko gehe ich ein. Immerhin ist heute unser Nationalfeiertag.« Sie lächelte Ingrid an. »Kommen Sie auch zur Feier?«

»Ich kann nicht. Ich muss nach Hause.«

»Ingrid kommt ein anderes Mal«, sprang Ragnhild ihr bei. »Vielleicht schon nächste Woche zum Kaffeetrinken.«

»Das müssen Sie unbedingt tun. Ich finde es wichtig, dass ihr jungen Frauen zusammenhaltet. So, und nun muss ich diese Decke bügeln. Und du, Ragnhild, solltest mit den Fußböden anfangen.«

»Ich sollte auch schon längst los sein.« Ingrid erhob sich. »Zu Hause warten sie bestimmt auf mich.«

Sie war erstaunt, dass Gurine Pettersen sich nicht nach dem Grund ihrer frühmorgendlichen Anwesenheit vor der Seemannskirche erkundigt hatte. Andererseits war es eine Erleichterung, sich keine Lügen ausdenken zu müssen. Der älteren Frau hätte sie, trotz aller Sympathie, die Geschichte, die sie Ragnhild erzählt hatte, nicht anvertrauen mögen.

»Vielen Dank für das köstliche Frühstück. Ich habe leider meine Marken nicht dabei. Wenn Sie sie dringend brauchen, komme ich morgen vorbei …«

»Bitte, Ingrid, mach dir keine Gedanken«, beruhigte sie Gurine. »Ich darf dich doch duzen? Es ist mir eine Freude, wenn ich jemandem helfen darf. Und du hast vorhin ausgesehen, dass du Hilfe gebrauchen könntest. Wenn ich noch mehr tun kann, als dir ein Frühstück zu machen, sag gerne Bescheid.«

Überwältigt von dieser Großzügigkeit war Ingrid zu keiner Erwiderung fähig.

»Gurine ist ein Schatz«, lobte Ragnhild. »Wir hoffen alle, dass sie noch lange hierbleibt.«

»Wer würde sich sonst um euch kümmern? Aber jetzt haben wir genug geredet. Wenn wir nicht anfangen, was zu tun, werden wir nicht rechtzeitig fertig.«

Ingrid half noch beim Tischabräumen und dem anschließenden Abwasch, bevor sie sich von den beiden Frauen verabschiedete und auf den Weg nach Rahlstedt machte. Ihr war deutlich leichter zumute. Gurines Freundlichkeit und nicht zuletzt das Gespräch mit Ragnhild hatten ihr neuen Auftrieb verliehen. Es gab nun in Hamburg einen Ort und Menschen, zu denen sie gehen konnte, wenn sie sich allein und hilflos fühlte.

*

Hamburg-Rahlstedt, Mai 1947

»Und Sie sind ganz sicher, dass Sie meine Frau seit gestern Vormittag nicht gesehen haben?«

»Denken Sie, ich lüge Sie an, Herr Reimers?« Indigniert

wanderten Frieda Dombrowskis Augenbrauen ein Stückchen nach oben.

»Nein, natürlich nicht«, beeilte sich Georg, die Zimmerwirtin zu beschwichtigen. »Ich habe gedacht … Sie haben viel um die Ohren. Da entfällt einem manchmal etwas.«

»Mit meinem Gedächtnis ist alles in Ordnung. Wenn ich Ihnen sage, dass Ihre Frau seit gestern Vormittag nicht hier gewesen ist, dann ist sie nicht hier gewesen.«

»Entschuldigung, ich wollte Ihnen nichts unterstellen. Es ist nur so …« Georg rang nach Worten.

»Ihnen ist die Frau weggelaufen«, stellte Frieda Dombrowski mit einer gewissen Befriedigung in der Stimme fest. »Und nun wollen Sie von mir wissen, wo sie ist.«

»Nein, ja.«

»Sie müssen sich schon entscheiden, Herr Reimers.« Frieda Dombrowski schüttelte den Kopf auf eine Art und Weise, die sie wie die Darstellerin einer schlechten Pantomime wirken ließ. »Verhältnisse sind das heutzutage. Erst lässt sich Ihre Schwester mit dem Engländer ein. Dann läuft Ihnen die Frau weg. Wie in Sodom und Gomorrha.«

»Meine Frau ist nicht weggelaufen«, knurrte Georg. Er musste sich zügeln, um der Zimmerwirtin gegenüber nicht ausfallend zu werden.

»Ach nein? Wenn sie nicht weggelaufen ist, warum fragen Sie dann, ob ich sie gesehen habe? Oder denken Sie, sie wäre entführt worden?« Der letzte Satz wurde von einem kleinen Lächeln begleitet.

»Ich musste unangekündigt über Nacht verreisen. Deswegen konnte ich meine Frau nicht mehr sprechen und weiß daher nicht, welche Pläne sie hatte.«

»Und Sie denken, ich weiß das? Ich bin Ihre Vermieterin und nicht Ihre Sekretärin!«

Georgs ohnehin sehr dünner Geduldsfaden riss. »Entschuldigen Sie, dass ich gefragt habe«, blaffte er Frieda Dombrowski rüde an. »Kommt nicht wieder vor.« Er marschierte an der Vermieterin vorbei zur Haustür. Noch bevor er ins Freie treten konnte, wurde er zurückgerufen.

»Warten Sie, Herr Reimers!«

»Sie wissen nichts. Das haben Sie eben selbst gesagt.« Georg stieg die kleine Vortreppe hinab.

»Ja, das stimmt. Jedenfalls, was Ihre Frau angeht.« Frieda Dombrowski war Georg in den Garten nachgegangen.

»Das ist alles, was mich im Moment interessiert.«

»So warten Sie doch.« Die Zimmerwirtin machte einen regelrechten Satz nach vorne, als gälte es, einen Ball zu fangen. Dabei fasste sie nach Georgs Arm, den sie verfehlte.

Verblüfft über die für eine Frau ihres Alters überaus gewagte Vorstellung war Georg stehen geblieben.

»Sie haben Besuch gehabt«, schnaufte Frieda Dombrowski.

»Besuch?« Sogleich musste Georg an Gisela Peters denken.

Natürlich, sie hatte vorgehabt, Ingrid aufzusuchen. Dabei hatte sie ihr auch erzählt, dass er nach Beendigung seines angeblichen Arbeitsauftrags noch mit nach St. Pauli ginge. Wie sonst hätte Ingrid die Kneipe ausfindig machen können?

Ein Gefühl, das er nicht näher benennen konnte, bemächtigte sich Georgs. Er hatte jedoch keine Zeit, sich damit auseinanderzusetzen, denn Frieda Dombrowski redete bereits weiter.

»Erst ist diese blonde Frau gekommen.« Die eng stehenden Augen, die ihrem Blick etwas Stechendes verliehen, fixierten Georg. »Die war schon mal vor ein paar Monaten hier. Damals sind Sie mit ihr allein spazieren gegangen.« Sie sprach darüber, als hätte Georg eine Straftat begangen.

»Sie ist die Tochter des Tischlermeisters, für den ich arbeite«, fühlte dieser sich daraufhin verpflichtet zu erklären. »Sie hat mir damals meine jetzige Stelle angeboten.«

»Seit wann werden Stellen per Hausbesuch vermittelt?«

»Das ist doch egal«, wich Georg dem Thema aus. Ihm stand nicht der Sinn danach, sich mit Gisela Peters und der Beziehung, die sie zueinander hatten, zu befassen.

Welche Beziehung überhaupt? Sie war die Tochter seines Arbeitgebers. Nicht mehr und nicht weniger.

Noch während er das dachte, formte sich in Georgs Kopf ein Bild, das er am liebsten unverzüglich ausgeblendet hätte. Als zöge das Bild aus ebendiesem Wunsch seine Kraft, wurden seine Konturen jedoch immer kräftiger.

Konnte es sein? Hatte er? Nein, das war ausgeschlossen. So ein Mann war er nicht. Er hatte einen über den Durst getrunken und dabei die Zeit vergessen. Nichts anderes.

Entschlossen, dem Bild, das ihm ein unangenehmes Brennen im Magen beschert hatte, keinen weiteren Raum zu gewähren, lenkte Georg die Unterhaltung in eine andere Richtung.

»Wer war denn noch da?«

Die Zimmerwirtin wirkte enttäuscht, dass ihre Mitteilung über den Besuch von Gisela Peters auf nur geringes Interesse gestoßen war. Einen Augenblick schien es daher, als erwöge sie, Georgs Frage unbeantwortet zu lassen. Letztlich siegte aber die Angst, Georg könnte sich zum Aufbruch entschließen, ehe sie ihm sämtliche Neuigkeiten übermittelt hatte. »Ihre Schwester.«

»Erika?«

»Wenn sie so heißt. Mir wurde sie nicht vorgestellt. Sie hatte Ihre Kleine dabei. Hat Ihre Frau anscheinend bei ihr abgegeben, bevor sie sich aus dem Staub gemacht hat.«

»Wann waren sie da?«

»Glauben Sie, ich führe Buch? Es reicht schon, dass ich Ihre Empfangsdame spielen muss.«

Georg verzichtete auf weitere Nachfragen.

War es von Belang, wann sie vorbeigekommen waren? Das Wichtigste hatte er erfahren. Eva war bei Erika. Warum war er nicht früher darauf gekommen? Er sollte wirklich keinen Schnaps mehr trinken.

Vermutlich war Ingrid ebenfalls dort. Zwar war das Verhältnis zwischen ihr und seiner Mutter nicht das Beste, aber galt das auch für Erika? Immerhin waren die beiden gemeinsam Kohlen klauen gegangen.

Ohne sich von Frieda Dombrowski zu verabschieden, begab Georg sich zum Haus von Wilhelmine Schmidt.

»Papa!« Beseelt vor Glück schlang Eva ihre Arme so fest um Georgs Hals, dass dieser nach Luft ringen musste.

»Eva, du erdrückst deinen Vater ja!«, rief Margarete und nahm ihrem Sohn das Kind ab. »Wenn du deine Frau suchst, Georg, die haben wir, seit sie die Lütte gestern bei uns abgeladen hat, nicht mehr gesehen.«

»Grete, was redest du da?«, tadelte sie Heinrich. »Ich dachte, du hast die Lütte gern um dich.«

»Das habe ich auch.« Wie um ihre Aussage unter Beweis zu stellen, schmiegte Margarete ihre Wange an die ihrer Enkelin. »Dennoch ist es ein Unding, dass ihre Mutter einfach verschwindet.«

»Sie ist nicht einfach verschwunden«, berichtigte Heinrich seine Frau. »Sie hat uns gebeten, auf Eva aufzupassen, weil sie einen Arzttermin hatte.« Er wandte sich an seinen Sohn. »Seitdem haben wir sie nicht mehr gesehen. Ich war schon drauf und dran, zur Polizei zu gehen. Aber die Frauen haben mich davon abgehalten.«

Ein Arzttermin? Konnte es sein, dass Ingrid ernsthaft erkrankt war? War es das, was sie ihm in der vergangenen Nacht mitteilen wollte? Und er hatte sie gehen lassen!

Die Schuldgefühle, die Georg seit dem frühen Morgen, als er aus seinem Rausch erwacht war und von Willi Jensen erfahren hatte, dass Ingrid in der Kneipe gewesen war, verspürt hatte, verstärkten sich.

»Dann gehe ich jetzt hin«, verkündete er.

»Glaubst du ernsthaft, die werden was tun?«, fragte Margarete. »Die werden deine Anzeige aufnehmen, und das war's.«

»Du empfiehlst mir also, einfach abzuwarten und nichts zu tun?« Der Ärger hatte Georg laut werden lassen.

Wilhelmine Schmidt, die der Unterhaltung bis dahin heimlich vom Flur aus gefolgt war, nahm das zum Anlass, die Küche zu betreten. »Mein lieber Herr Reimers, ich verstehe Ihre Sorge. Aber in diesem Fall muss ich Ihrer Mutter recht geben. Unsere Polizei ist mehr als ausgelastet mit den ganzen Diebstählen und Einbrüchen, die tagtäglich vor sich gehen. Und dann noch der Schwarzmarkt! Da wird niemand sich die Zeit nehmen, eine entlaufene Ehefrau zu suchen.«

Die Erwähnung des Schwarzmarkts hatte Georg zusammenzucken lassen. Die Bewegung war so leicht gewesen, dass sie einzig Erika, die von seinen Schwarzmarktaktivitäten wusste, auffiel. »Meine Frau ist nicht entlaufen«, wehrte er brüsk ab.

»Georg, dein Vertrauen in allen Ehren, aber in diesem Fall ist es fehl am Platze«, beschied ihm Margarete. »Als deine Frau gestern hier aufgetaucht ist, wirkte sie gesund und munter. Jedenfalls so gesund und munter, wie man es bei der Versorgungslage sein kann. Da liegt es auf der Hand, dass sie mit ihrem Liebhaber durchgebrannt ist.«

»Ingrid hat keinen Liebhaber!«

»Woher willst du das wissen? Du bist den ganzen Tag weg. Und es ist ja auch verständlich. Jetzt, wo die Deutschen nicht mehr auf der Siegerseite stehen, sucht man sich eben jemand Neuen. Wie man sich an die Besatzer heranmacht, weiß deine Frau schließlich.«

»Jetzt reicht's.« Georgs Gesicht war vor Zorn rot angelaufen. »Ich verbiete dir, so über Ingrid zu sprechen.«

»Grete, gib mir mal die Kleine.«

Ohne die Augen von ihrem Sohn zu nehmen, reichte Margarete ihrem Mann das Kind. Mit seiner Enkelin auf dem Arm verließ Heinrich die Küche.

»Es wird Zeit, dass du endlich die Wahrheit erkennst, Georg«, sagte Margarete.

»Welche Wahrheit? Meine Frau ist verschwunden, und ich will wissen, wo sie ist. Das ist die einzige Wahrheit, die existiert.«

»Da irrst du dich gewaltig. Wir alle wissen doch, welchen Reiz eine Uniform auf eine junge Frau ausübt.« Ein rascher Seitenblick zu ihrer Tochter, dann war Margaretes Aufmerksamkeit wieder bei ihrem Sohn.

»Was hat das mit Ingrid zu tun?« Georgs Erstaunen war nicht gespielt. Er begriff nicht, was seine Mutter Ingrid vorwarf.

Wenn seine Mutter aufgebracht darüber war, dass Erika sich mit einem Tommy eingelassen hatte, war das verständlich, aber noch lange kein Grund, ein solches Verhältnis jeder deutschen Frau zu unterstellen. Ingrid war schließlich Ehefrau und Mutter.

»Ingrid kommt aus dem Ausland«, erklärte Margarete lapidar, als wäre dies ein hinreichender Grund, sich einen Liebhaber zu nehmen.

»Glaubst du etwa, nur weil jemand aus dem Ausland kommt, ist er treulos?«

»Georg, du musst verstehen, deine Mutter macht sich Sorgen um dich«, warf Wilhelmine ein. »Sie will …«

»Ich muss gar nichts verstehen«, unterbrach Georg die ältere Frau. »Meine Frau kommt aus Norwegen. Das ist meines Wissens immer noch derselbe Kulturkreis. Im Übrigen möchte ich gerne erfahren, was Sie oder meine Mutter dazu berechtigt, meiner Frau Untreue zu unterstellen.«

»Welche ehrbare Mutter lädt ihr Kind bei den Schwiegereltern ab und verschwindet danach sang- und klanglos? Und dann noch über Nacht.«

Eine, die ihren Ehemann dabei ertappt, wie er eine andere küsst.

Ehe Georg es verhindern konnte, sah er erneut das Bild vor sich, wie er Gisela Peters küsste. Die Scham über sein Verhalten ließ sein Gesicht wie das eines Fieberkranken leuchten.

»Ich weiß, es fällt schwer, sich so etwas einzugestehen. Aber je eher du dich an die Wahrheit gewöhnst, desto besser für dich und auch für die Lütte.«

»Ach, hör mir auf mit deiner Wahrheit, Muttern. Ich gehe jetzt zur Polizei und melde meine Frau als vermisst.«

»Warte, Georg.« Ausgelaugt von ihrem eigenen Kummer und zudem fürchtend, den Zorn ihrer Mutter aufs Neue auf sich zu lenken, hatte Erika bis dahin geschwiegen. »Ich begleite dich.«

»Du willst zur Polizei?« Margarete stieß ein abfälliges Zischen aus. »Hast du keine Angst, dass sie dich wieder einbuchten?«

»Du bist verhaftet worden?«, erkundigte sich Georg ungläubig. Die unerwartete Neuigkeit ließ die Sorge um seine Frau vorübergehend in den Hintergrund treten.

»Es war ein Missverständnis«, sagte Erika und schielte zu ihrer Mutter hinüber.

Deren Kommentar ließ nicht lange auf sich warten. »Von wegen Missverständnis! Deine Schwester ist von der Sitte verhaftet worden. Und weißt du, warum? Damit sie sie auf Geschlechtskrankheiten untersuchen können.« Den letzten Satz spuckte Margarete regelrecht aus, sodass kleine Tröpfchen Speichel auf ihren Lippen kleben blieben.

»Ist das wahr?«, wollte Georg von seiner Schwester wissen.

»Es war ein Missverständnis«, wiederholte Erika. Ihr Ärger über die mütterliche Aburteilung war längst Resignation gewichen. Sie glaubte nicht mehr daran, dass es etwas gab, das deren Meinung umstimmen konnte. So war ihre Erklärung nur ein zaghaftes Gemurmel, dem jegliche Überzeugungskraft fehlte.

»Deine Schwester hat sich mit dem Engländer eingelassen. Nein, was sage ich? Mit den Engländern! Sonst hätten sie sie wohl kaum wie eine Dirne abgeführt. Es ist ja auch kein Wunder, bei dem Vorbild, das sie hatte.«

Georg mimte den Verständnislosen, obgleich er ahnte, worauf seine Mutter anspielte. »Ihre Freundin?«

»Freundin? Ja, die auch.« Margarete wirkte für einen Augenblick abgelenkt.

»Ihre Mutter meint Ihre Frau«, erklärte Wilhelmine. Als wäre dieser Vorwurf eine Praline, die es auszukosten galt, begann sie, Georg ausführlich die Beweggründe, die ihrer Auffassung nach für diese Annahme sprachen, zu erläutern. »Erika ist ein liebes und pflichtbewusstes Mädchen gewesen, bevor sie Ihre Frau kennengelernt hat. Nie wäre sie auf den Gedanken gekommen, sich unmoralisch zu verhalten. Oder sich in schlechte Gesellschaft zu begeben! Und was passiert, nachdem Sie diese Ausländerin in die Familie eingeführt haben? Erika geht hin und freundet sich mit der Tochter eines Trinkers an, die zudem in einer dieser Nissenhütten haust. Und als wäre das nicht genug, fängt sie an, für den Feind zu arbeiten. Das reicht aber nicht. Sie lässt sich auch noch mit einem von denen ein. Wenn Sie glauben, dass ich lüge, brauchen Sie nur Ihre Eltern zu fragen. Die können bezeugen, wie oft der Engländer sie nach Hause gebracht hat. Meist erst spät in der Nacht. Anscheinend ist es nicht bei dem einen geblieben. Sie hat es so wild getrieben, dass sie am Ende von der Sitte verhaftet wurde.«

Wilhelmine hatte ohne Atem zu holen geredet. Nun verstummte sie erschöpft. Zurück blieb Schweigen. Selbst Margarete schien nicht zu wissen, was sie sagen sollte.

Georg war der Erste, der die Sprache wiederfand. »Was fällt Ihnen ein, so über meine Frau und über meine Schwester zu reden? Ich sollte Sie bei der Polizei wegen Verleumdung anzeigen, Sie alte Tratschtante. Verspritzen hier ungefragt Ihr Gift. Schämen sollten Sie sich!«

Wilhelmine war während Georgs Rede immer bleicher geworden. Als sie sich anschickte zu sprechen, war ihrem Tonfall ihre Erschütterung jedoch nicht anzumerken. Klar und fest klang ihre Stimme. »Anscheinend hat diese Ausländerin Sie auch schon verhext. Da kommt so ein junges Ding daher und klimpert ein bisschen mit den Wimpern. Und sofort vergessen alle Männer ihre gute Erziehung und rennen ihr nach. Unsere ebenso wie die vom Feind.«

»Wenn Sie keine Frau wären, würde ich Ihnen jetzt eine langen, Sie alte Giftspritze.«

»Georg, was ist das für ein Verhalten!«, maßregelte ihn seine Mutter. »So redet man nicht. Und schon gar nicht mit einer älteren Frau, die es gut mit einem meint.«

»Gut meint? Dass ich nicht lache. Sie stellt deine Tochter

und deine Schwiegertochter als Dirnen da, und du nennst das, gut meinen?«

Auch wenn Margarete nicht ganz wohl dabei war, ihre Freundin so bedingungslos zu verteidigen, mochte sie auf dem eingeschlagenen Pfad nicht umkehren. »Ich kann deinen Unmut verstehen, Georg. Es ist nie leicht, wenn man erkennen muss, dass man einem Irrtum aufgesessen ist.«

»Du denkst, meine Ehe ist ein Irrtum?«

Margarete straffte ihre Schultern wie jemand, der weiß, dass er auf Gegenwehr treffen wird. »Ja, das meine ich. Auch wenn Eva ein süßes Mädchen ist, wäre es besser gewesen, du wärst allein aus dem Krieg zurückgekommen.«

»Ist das deine ehrliche Meinung?«

Margaretes Lippen schienen kurz zu beben. »Ja, das ist sie«, sagte sie dann betont ruhig.

»Gut, dann weiß ich, was ich zu tun habe.«

»Und das wäre?«

»Meine Tochter zu nehmen und dieses Lügenhaus zu verlassen.«

»Ich komme mit«, sagte Erika.

Was brachte ihre Mutter dazu, sich so gegen ihre Kinder zu stellen? Das konnte nur an dieser Schmidt liegen. Sie war es, die jemanden verhext hatte. Und zwar ihre Mutter.

»Bist du dir sicher?«, fragte Georg.

War sie sich sicher? Nein, ganz bestimmt nicht. Aber welche Wahl hatte sie? Sie konnte nicht in einem Haus wohnen, in dem sie als leichtgläubige Dirne verspottet wurde, die jedem Mann in Uniform nachrannte.

»Ich komme mit.«

»Wenn du jetzt gehst, brauchst du nicht wiederzukommen«, drohte Margarete ihrer Tochter.

»Das weiß ich.« Hocherhobenen Hauptes ging Erika zur

Küchentür. Dort angekommen, wandte sie sich noch einmal um. »Im Übrigen habe ich Helga schon während des Krieges kennengelernt. Als wir von Ingrids Existenz nicht einmal etwas geahnt haben. Und in Nissenhütten wohnen viele und das nicht freiwillig.«

»Und was jetzt?«, fragte Georg, nachdem er und Erika zusammen mit Eva das Haus verlassen hatten. Er fühlte sich so erschöpft, als hätte er allein gegen eine ganze Armee gekämpft. Besonders der Abschied von seinem Vater hatte ihm zugesetzt.

Heinrich hatte sie beschworen, den Äußerungen der Mutter keinen Glauben zu schenken. »Sie liebt euch, das dürft ihr nie vergessen.«

»Und warum beschimpft sie mich dann als Dirne?«, hatte Erika gefragt.

»Sie macht sich Sorgen. Die letzten Jahre, vor allem der Tod von Anneliese, haben ihr hart zugesetzt. Sie will dich nicht auch noch verlieren.«

»Sie hat eine ausgesprochen seltsame Art, das zu zeigen.« So sehr sie die Verzweiflung des Vaters angerührt hatte, hatte sich Erika außerstande gesehen, seinem Wunsch zu entsprechen und zu bleiben.

»Ich melde mich«, hatte sie ihm versprochen und, als in seinen Augen die ersten Tränen glitzerten, schnell das Haus verlassen.

»Ingrid wollte dich auf dem Schwarzmarkt suchen«, berichtete Erika ihrem Bruder. »Sie war davon überzeugt, du hättest dich auf so etwas eingelassen.«

Georg betrachtete angestrengt die Straße, als erwartete er jemanden. »Sie hat mich auch gefunden.«

»Was?« Erika stand vor Erstaunen der Mund offen.

»Sie hat mich gefunden, aber ich war in keinem guten Zustand. Ich hatte einen über den Durst getrunken. Das war keine Glanzleistung, kommt aber mal vor.«

Erika hielt sich nicht damit auf, das zu kommentieren. »Und was dann? Wo ist Ingrid?«

»Das weiß ich eben nicht. Ich habe sie einfach gehen lassen.«

Angesichts der unglücklichen Miene ihres Bruders verzichtete Erika darauf, ihm ob seines Verhaltens Vorwürfe zu machen. »Ich vermute mal, du hast alles abgesucht?«

»Nein, habe ich nicht. Ich war davon ausgegangen, dass sie zurück nach Rahlstedt gefahren ist. Als ich nach Hause gekommen bin und sie nicht vorgefunden habe, habe ich erst gewartet und bin dann zu euch.«

Erika überlegte.

Konnte es sein, dass Ingrid etwas zugestoßen war?

Sie betrachtete ihren Bruder.

Durfte sie ihm ihre Vermutung mitteilen? Oder würde sie ihn damit nur zusätzlich ängstigen?

»Ich gehe jetzt zur Polizei«, entschied dieser zu ihrer Erleichterung. »Bringst du Eva zu unserem Zimmer? Ich will nicht, dass sie das mitbekommt.«

Erika versprach es ihm.

15. KAPITEL

Rahlstedt, Mai 1947

Ingrid war zu verdutzt über die unerwartete Gefühlsbezeigung ihrer Schwägerin, um deren Umarmung erwidern zu können.

»Wir haben gedacht, dir wäre etwas passiert«, schluchzte Erika. Ingrids unerwartetes Erscheinen war der sprichwörtliche Tropfen, der das Fass an Emotionen, das sich während der vergangenen zwei Tage zum Bersten gefüllt hatte, endgültig zum Überlaufen gebracht hatte.

»Ich habe gesagt, dass ich muss Georg suchen«, rechtfertigte sich Ingrid. Sie sah zu ihrer Tochter, die an der Bettkante lehnte.

Eva wirkte erfreut, die Mutter wiederzuhaben, aber gleichzeitig auch verstört ob der Tränen ihrer Tante.

»Doch nicht die ganze Nacht.« Empörung ließ Erikas Tränen versiegen.

»Ich wollte nicht gehen zurück im Dunkeln.«

Gegen dieses Argument gab es nichts einzuwenden. Das begriff auch Erika. Sie trocknete sich das tränennasse Gesicht mit dem Ärmel ihrer Bluse. »Georg ist bei der Polizei«, informierte sie ihre Schwägerin.

»Georg ist zurück?«

»Ja, er hat sich Sorgen gemacht, als du nicht da warst.« Erika maß ihre Schwägerin mit einem vorwurfsvollen Blick.

Wäre Ingrid rechtzeitig nach Hause zurückgekehrt, hätte Georg sie nicht aufsuchen müssen. Dann hätte ihre Mutter sich nicht aufgeregt und das Ganze hätte nicht in einem unwiderruflichen Zerwürfnis geendet.

Erika hatte in diesem Moment vergessen, dass ihre Mutter ihren Auszug bereits nach Bekanntwerden der Verhaftung verlangt hatte.

»Du bist sicher, dass er ist bei Polizei?« Ingrid war so sehr davon ausgegangen, ihr Mann wäre bei Gisela Peters, dass es sie Mühe kostete, sich vom Gegenteil überzeugen zu lassen.

Erika war beleidigt. »Natürlich. Glaubst du, ich lüge dich an?«

»Nein, es ist nur …« Ingrid sah wieder ihre Tochter an.

Durfte sie in Evas Gegenwart ihren Besuch auf St. Pauli erwähnen?

»Georg hat mir sein schändliches Verhalten gebeichtet«, eröffnete Erika ihr.

Ingrid staunte.

Georg hatte seiner Schwester von dem Kuss erzählt? Hatte Ragnhild richtig vermutet? Hatte der Kuss keine Bedeutung gehabt?

Wie es auch gewesen war. Georg war nicht bei Gisela Peters!

Der Sorge wegen einer möglichen Scheidung vorläufig entledigt, war Ingrid das erste Mal seit ihrer Rückkehr in der Lage, sich bewusst ihrer Tochter zuzuwenden. Sie ging zum Bett und zog das Kind in ihre Arme, das sich sogleich an sie schmiegte, als wollte es eine unauflösliche Verbindung zwischen ihnen knüpfen.

Ingrid fühlte sich unbehaglich.

Sie hätte gleich nach dem Verlassen der Kneipe nach Rahlstedt zurückkehren sollen.

»Es tut mir leid«, entschuldigte sie sich. »Ich hatte nicht gedenkt, dass ihr sein besorgt.«

»Na ja, zuerst war ich das auch nicht. Erst als Georg heute Morgen bei uns aufgetaucht ist.« Erika hüstelte. »Bis dahin war ich davon ausgegangen, dass du ihn gefunden hast und ihr euer Wiedersehen feiert.«

Ingrid musste ob des großen Unterschieds, der zwischen Erikas Vermutung und der bitteren Realität klaffte, lachen.

»Ich finde das nicht lustig«, beschwerte sich Erika. »Was glaubst du, was das für ein Theater bei uns war? Und warum das alles? Weil du wie eine beleidigte Leberwurst davongerannt bist, nur weil dein Mann zu viel getrunken hat. Ist dir nie der Gedanke gekommen, dass Eva sich Sorgen machen könnte?«

»Es tut mir leid«, entschuldigte sich Ingrid ein weiteres Mal. »Aber ich habe gedacht, dass Eva ist bei dir gut aufgehobt.«

Georg hatte seiner Schwester nichts von dem Kuss erzählt! Bedeutete er ihm doch etwas?

Die Verzweiflung, die das Gespräch mit Ragnhild vorübergehend und die Neuigkeit von Georgs Gang zur Polizei endgültig gebannt hatte, kroch wieder hervor.

Erika war der Stimmungswechsel ihrer Schwägerin nicht entgangen. Auch ihrer bemächtigten sich nun Schuldgefühle.

Ingrid hatte sich um ihren Mann geängstigt. Und was machte der, nachdem ihn seine Frau endlich gefunden hatte? Ließ sie ziehen, weil er zu blau war, um mit ihr zu reden.

Vielleicht war Ingrid aber auch davongestürzt, weil sich der Verdacht von Georgs Schwarzmarkttätigkeit bestätigt hatte. Diesen Umstand hatte sie in dem ganzen Geschehen vollkommen aus den Augen verloren.

Ehe Erika Gelegenheit bekam, ihre Schwägerin darauf anzusprechen, öffnete sich die Zimmertür und Georg trat ein. Bei Ingrids Anblick blieb er abrupt stehen. »Was machst du denn hier?«

Dieses Mal war es Erika, die ein Lachen nicht unterdrücken konnte. »Sie wohnt hier, du Schlaumeier.«

Überwältigt vor Erleichterung zollte Georg der Bemerkung keine Beachtung. Er ging zu Ingrid hinüber und schloss sie und Eva in die Arme.

Erika hätte gerne erfahren, wie die Eheleute ihr Verhalten einander gegenüber rechtfertigten, wusste aber, dass ihre Gegenwart einem offenen Gespräch nicht zuträglich war. »Ich mache mich dann mal auf den Weg.«

Bruder und Schwägerin waren zu sehr mit ihren Gefühlen und den Unsicherheiten über die des jeweils anderen beschäftigt, um Erikas Ankündigung wahrzunehmen.

Eva war der bevorstehende Aufbruch ihrer Tante hingegen nicht entgangen. Sie rannte zu ihr. »Nicht gehen!«

Erika beugte sich zu ihrer Nichte hinunter. »Ich komme bald wieder zu Besuch, meine Süße.«

Konnte sie dieses Versprechen einhalten? Ihre Zukunft war ein dunkles Feld voller Unwägbarkeiten. Sie wusste noch nicht einmal, wo sie die Nacht verbringen sollte.

Sie könnte zu den Evans gehen. Aber hatte sie sich nicht geschworen, allem Englischen zu entsagen? Helga schied gleichfalls aus. Allein die Vorstellung, mit deren trunksüchtigem und gewalttätigem Vater unter demselben Dach zu schlafen, war widerwärtig. Zu anderen Freundinnen hatte sie keinen Kontakt mehr. Die Einschnitte durch Krieg, Bombennächte und vor allem den Tod ihrer Schwester waren zu groß gewesen.

Es gab natürlich ihre restliche Familie. Der Bruder ihres Vaters ebenso wie eine Schwester ihrer Mutter wohnten in Hamburg. Allerdings wäre sie gezwungen, ihnen die Wahr-

heit zu offenbaren. Andernfalls holten sie bei ihren Eltern Erkundigungen ein. Welche unverheiratete Tochter wohnte bei Verwandten, wenn ihre Eltern in derselben Stadt lebten?

»Wann?«, fragte Eva.

»Ich weiß nicht.« Erika fühlte sich hilflos, wie jemand, der auf ein unbekanntes Terrain gezwungen wurde.

Mittlerweile hatten Ingrid und Georg bemerkt, dass Erika sich zum Gehen entschlossen hatte. Georg löste sich von seiner Frau und sah seine Schwester ernst an. »Wo willst du hin?«

Erika gab sich Mühe, eine zuversichtliche Miene zur Schau zu stellen. »Ich übernachte bei einer Freundin.«

»Bei welcher Freundin? Und wo und wie wohnt die?«

»Georg, ich bin erwachsen und kann auf mich selbst aufpassen.«

Erikas Erklärung machte auf Georg nicht den geringsten Eindruck. Er erhob sich und kam zu seiner Schwester hinüber. »Ich bringe dich hin.«

»Das ist nicht nötig.«

»Ich bin sowieso spät dran. Da kann ich dich auf dem Weg zur Arbeit bei deiner Freundin abliefern. Außerdem muss ich bei der Polizei vorbei und denen mitteilen, dass Ingrid nicht mehr vermisst wird.«

»Ich denke, du solltest dich erst mal mit Ingrid aussprechen.«

»Dafür ist heute Abend genug Zeit.« Georg öffnete die Tür. »Bis heute Abend«, verabschiedete er sich von Ingrid.

»Du willst gehen? Zu dieser Gisela Peters?« Ingrid konnte nicht glauben, dass Georg sie und Eva verlassen wollte.

»Es ist ein normaler Arbeitstag. Natürlich muss ich gehen.«

Georgs Ankündigung war die Zündschnur, die die Lunte von Ingrids Eifersucht von Neuem zum Brennen brachte.

»Wirst du sie wieder küssen?« Wenn Ingrid nicht derartig

aufgebracht wäre, hätte sie eine derartige Frage niemals zu stellen gewagt. Doch seit der vergangenen Nacht waren für sie die Gesetze, die ihr bisheriges Handeln bestimmt hatten, außer Kraft gesetzt.

»Du hast die Tochter deines Chefs geküsst?«, erkundigte sich Erika mehr erstaunt als tadelnd.

Ihr rechtschaffener Bruder, der die Messlatte der Moral derartig hochgelegt hatte, dass er selbst den Diebstahl von Kohlen verurteilte, küsste eine andere Frau. Und nicht irgendeine, sondern die Tochter seines Chefs. Für so durchtrieben hätte sie ihn nie gehalten. Andererseits, wer war schon das, für was man ihn hielt? Hatte nicht ihre eigene Mutter ihr vor Augen geführt, wie sehr man sich in jemandem täuschen konnte?

»Nein, habe ich nicht.« Georg war sich im Moment tatsächlich nicht sicher, ob er es getan hatte.

Es gab zwar diese Bilder, aber waren sie wahr? Oder nur eine Einbildung, hervorgerufen durch übermäßigen Genuss von Alkohol?

Georgs Leugnung sprengte die Ketten von Ingrids Selbstbeherrschung. »Wie kannst du es wagen, mich anzulügen?«, brüllte sie ihren Mann auf Norwegisch an. Dann holte sie aus und ohrfeigte ihn.

*

Rahlstedt, Mai 1947

»Wie konntest du das tun, Margarete?«

Margarete konnte sich nicht erinnern, dass ihr Mann sie je mit ihrem vollen Namen angesprochen hatte. Als sie sich kennengelernt hatten, hatten sie sich zunächst wie üblich gesiezt. Und als ihr Verhältnis vertraulicher wurde und sie sich beim Vornamen nannten, war sie für ihn sogleich zu Grete geworden. Dass er nach beinahe 30 Ehejahren diese Angewohnheit durchbrach, zeigte Margarete, wie ernst es ihm war und wie sehr ihr Verhalten ihn abstieß. Dennoch war sie nicht bereit, von ihrer Meinung abzurücken.

»Was machst du mir Vorwürfe? Deine Tochter ist hier die Schuldige.«

»Erstens ist sie unsere Tochter. Und zweitens geht es aus meiner Sicht nicht um Schuld.«

»Nicht?«

Wie konnte ihr Mann so tun, als wäre nichts geschehen? Als hätte ihre Tochter nicht Schimpf und Schande über ihr Elternhaus gebracht.

»Nein, das geht es nicht«, bestätigte Heinrich.

Sein ruhiger Tonfall ließ den Pegel von Margaretes wütender Empörung steigen. »Du findest es also in Ordnung, dass sich deine Tochter mit dem Feind einlässt und zur Hure wird?«

Margaretes Wortwahl rief ein seltenes Ereignis hervor. Der für gewöhnlich bedächtige Heinrich ließ seine Zurückhaltung fahren. »Wie kannst du es wagen, so von unserer Tochter zu reden?«, herrschte er seine Frau lautstark an. »Sie ist keine Hure, ist es niemals gewesen.«

»Aber …«

Rüde unterbrach Heinrich seine Frau. »Es gibt kein Aber. Sie ist keine Hure. Was auch immer ihre Verhaftung veranlasst hat, es war bestimmt nicht ihr Umgang mit Männern.«

»Wie kannst du dir da so sicher sein? Warst du dabei?«

»Erika ist unsere Tochter, die wir seit über 20 Jahren kennen.«

Margarete erkannte, dass sie mit Konfrontation nicht weiterkam. »Ich kann verstehen, dass du dich aufregst. Mir geht das auch alles an die Nieren. Niemals hätte ich gedacht, dass unsere Tochter verhaftet werden könnte. Sie ist immer ein so liebes und anständiges Mädchen gewesen.«

»Das ist sie immer noch. Ich verstehe nicht, wie du das verkennen kannst. Du bist ihre Mutter!«

Wenn es etwas gab, das Margarete zum Einlenken bringen konnte, war es die Aussicht auf ein dauerhaftes Ehezerwürfnis. Dazu liebte und brauchte sie ihren Mann zu sehr. »Du hast ja recht«, sagte sie. »Erika trägt keine Schuld an dieser Sache.«

Ungläubig starrte Heinrich seine Frau an.

»Ich habe überreagiert«, setzte diese ihre Taktik der Beschwichtigung fort. »Es ist nur nicht leicht, wenn man erfahren muss, dass die eigene Tochter verhaftet wurde. Und dann noch von der Sitte.«

»Nein, das ist es nicht.« Heinrich war immer noch zu verblüfft über den Sinneswandel seiner Frau, um mehr als diese unverbindliche Äußerung von sich zu geben.

»Aber es ist selbstverständlich nicht Erikas Schuld, sondern unsere.«

»Unsere?«

»Natürlich ist es unsere Schuld. Wir haben Erika nicht genug beigestanden. Anneliese war nicht nur ihre Schwester, sondern ihr Zwilling. So eine Verbindung ist etwas ganz Besonderes.« Je länger Margarete redete, desto mehr war sie selbst von ihren Erklärungen überzeugt. »Wir haben sie in ihrer Trauer allein gelassen. Dann noch diese unsägliche Arbeit in der Munitionsfabrik. Das war alles nicht leicht für sie. Und anstatt, dass es nach dem Krieg aufwärts geht, muss sie in einer Baracke leben, frieren und hungern.«

»Das mussten wir alle.«

Margarete beachtete den Einwand nicht. Sie war schon zu

weit ihrer neu gefundenen Rolle einer reumütigen Mutter verfallen. »Dann verliert sie auch noch ihre Arbeit. Und was machen wir? Anstatt ihr dabei zu helfen, eine neue zu finden, unterstützen wir sie darin, beim Engländer anzufangen.«

»Was hat das mit der Verhaftung zu tun?«

»Sehr viel. Ohne diese Arbeit hätte sie diesen Engländer, der sie ins Verderben gestürzt hat, nicht kennengelernt.« Margarete hatte ihren Sündenbock gefunden, einen, über den sie nach Herzenslust herziehen konnte, ohne die Kritik ihres Mannes fürchten zu müssen.

Heinrich war zwar alles andere als feindlich gegenüber den Besatzern gestellt. Dazu waren seine Abscheu auf die Nationalsozialisten und sein Respekt vor dem korrekten Auftreten der Besatzer zu groß. Doch auch ihm war ein Ehestreit mehr als zuwider. Daher griff er nach dem rettenden Strohhalm, den ihm seine Frau reichte.

»Wir hätten ihr wirklich mehr ins Gewissen reden müssen«, sagte er vorsichtig, als kostete ihn dieses Eingeständnis große Überwindung.

»Dafür ist es nun zu spät. Der Schaden ist angerichtet.«

»Denkst du wirklich, die Verhaftung hat so große Auswirkungen auf Erikas Ruf? Es war ein Missverständnis. Du hast Erika gehört. Die Engländer haben auch andere Frauen verhaftet.«

Mit diesem Hinweis bot Heinrich seiner Frau eine neue Gelegenheit, die Besatzer als die vermeintlich wahren Schuldigen hinzustellen. »Wie konnte ich das vergessen? Die haben einfach alle verhaftet, die sie vorgefunden haben. Wie die Nazis.«

Das ging Heinrich nun doch zu weit. »Ich glaube nicht …« Weiter kam er nicht.

»Wie konnte ich so dumm sein? Die arme Erika. Wird

erst ausgenutzt und verführt. Und nachdem das nicht reicht, verhaften sie sie, um sie …« Obgleich sie mit ihrem Mann allein war, war es Margarete, nun, wo sie nicht länger vom Zorn beherrscht wurde, unangenehm, die an Erika vorgenommene Untersuchung auf Geschlechtskrankheiten anzusprechen.

Heinrich stand ihr darin in nichts nach. Auch ihm war mehr als daran gelegen, die Umstände von Erikas Verhaftung unerwähnt zu lassen. »Dann stimmst du mir also zu, dass wir Erika nicht vor die Tür setzen?«

Für einen kurzen Moment wirkte Margarete unentschieden, als wäre die neu zu Tage getretene Milde nur ein Spiel.

»Grete. Willst du unsere Tochter aus dem Haus werfen?«

»Nein, Heinrich. Selbstverständlich nicht.«

*

Rahlstedt, Mai 1947

Der Schlag hatte alle gelähmt. Als wäre ein Film mitten unter der Vorführung angehalten worden. Georg war der Erste, der sich regte. Langsam wanderte seine Hand zu der malträtierten Wange, als wollte er überprüfen, ob die Ohrfeige nicht seiner Fantasie entsprungen war.

Auch Erika löste sich aus ihrer Erstarrung. »Vielleicht solltet ihr euch doch erst aussprechen«, schlug sie vor. »Ich mache in der Zwischenzeit mit Eva einen Spaziergang.«

Georg nickte mechanisch, wie jemand, der das Sprechen eines anderen zwar wahrnahm, dessen Inhalt aber nicht verstand.

»Gut, dann gehen wir.« Erika nahm ihre Nichte an der Hand und verließ mit ihr das Zimmer.

»Du hast recht«, sagte Georg. Seine Stimme war leise, beinahe nur ein Hauchen. »Ich habe Gisela geküsst.«

Anstatt sich darüber zu echauffieren, dass Georg von der Tochter des Tischlermeisters als Gisela redete, ließ Ingrid müde den Kopf sinken. Die Ohrfeige schien sämtliche Energie verschlungen zu haben.

»Es tut mir leid. Ich weiß nicht, was in mich gefahren ist.« Georg lachte auf. »Na ja, eigentlich weiß ich es schon. Ich habe zu viel getrunken.« Das Lachen erstarb angesichts von Ingrids anhaltendem Schweigen. »Es war nichts, Ingrid.«

»Es war ein Kuss.«

»Ja, das schon. Aber mehr auch nicht.«

Ingrid überlegte, ob sie ihren Mann darauf hinweisen sollte, dass er an Gisela geklebt hatte, als wäre sie für ihn die einzige Frau auf der Welt.

Was hatte es für einen Sinn? Georg würde es entweder mit seinem betrunkenen Zustand entschuldigen oder es ganz leugnen. Und war die Antwort überhaupt von Bedeutung? War es nicht vielmehr entscheidend, welche der beiden Frauen er wählte, Gisela oder sie?

»Liebst du Gisela?«

»Selbstverständlich nicht!«

Wie kam Ingrid dazu, so etwas auch nur zu denken? Hatte er ihr, mit Ausnahme des vergangenen Abends, jemals Anlass gegeben, an seiner Treue zu zweifeln?

Entrüstung trat an die Stelle der Reue. »Wie kannst du so was glauben? Ich bin ein verheirateter Mann, für den seine Familie immer an erster Stelle steht.«

»Warum du bist mitgegangen?«

»Weil …« Georg rang nach einer Erklärung.

Gisela war die Tochter des Tischlermeisters. Aber war das

der alleinige Grund? War es nicht auch die Verlockung gewesen, einmal aus dem von Mühen und Not geprägten Alltag auszubrechen? Das allerdings konnte er Ingrid auf gar keinen Fall anvertrauen. Auch nicht die Tatsache, dass er keineswegs gefeit gegen Giselas Reize war. Wie oft hatte er sich nicht gewünscht, sie zu küssen oder wenigstens ihr wie Seide glänzendes Haar zu berühren. Doch der Wunsch war das eine. Was zählte, war die Tat. Und außer dem Kuss im Vollrausch hatte er sich nichts vorzuwerfen.

»Ihrem Vater gehört der Betrieb«, bemühte er Ingrid und nicht zuletzt sich selbst von der Lauterkeit seiner Absichten zu überzeugen.

»Deine Arbeit verlangt Trinken und Küssen?«

»Nein, natürlich nicht. Aber ich konnte Gisela nicht vor den Kopf stoßen.«

»Kopf stoßen?«

»Ich wollte sie nicht verletzen. Gisela hat mir die Stelle in der Tischlerei verschafft, obwohl sie keinen zusätzlichen Gesellen gebraucht haben. Da kann ich schlecht ablehnen, wenn sie mich um Hilfe bittet.«

»Hilfe? Beim Küssen?«

Was vor wenigen Minuten noch hingenommen wurde, ließ nun das Feuer der Eifersucht in Ingrid entflammen.

Wie kam Georg dazu, von Fräulein Peters als Gisela zu reden? So etwas taten nur gute Freunde oder eben Geliebte.

»Selbstverständlich nicht beim Küssen.«

Darauf setzend, dass sich Ehrlichkeit am Ende auszahlte, erzählte Georg Ingrid von seiner Tätigkeit für Willi Jensen, und dass es Gisela gewesen war, derer sich der Schwarzmarkthändler dabei als Vermittlerin bedient hatte.

Danach herrschte Schweigen. Verunsichert über Ingrids ausbleibende Reaktion begann Georg, im Zimmer auf und ab zu gehen. »Was hätte ich machen sollen? Meine Arbeitsstelle gefährden?«

»Sie hätte entlassen dich?«

»Ich weiß es nicht. Möglich wäre es. Auf jeden Fall ist es nicht ratsam, sich mit Willi Jensen anzulegen. Du hast ihn doch kennengelernt. Das hat er mir jedenfalls erzählt.«

Ingrid rief sich ihren Besuch in der Kneipe ins Gedächtnis.

Der Schwarzmarkthändler konnte nur der große und kräftige Mann mit der Narbe gewesen sein.

Ein Frösteln durchfuhr sie bei der Erinnerung an den Blick, mit dem er sie bedacht hatte.

Als wäre ich ein Stück Ware, das er überlegt zu kaufen. Sie konnte Georg verstehen. Diesem Mann schlug man nichts ab. Jedenfalls nicht, wenn einem das eigene Wohlergehen am Herzen lag.

»Ich sehe, dir ist er auch nicht ganz geheuer«, schlussfolgerte Georg. »Dann begreifst du wohl, dass ich da nicht raus konnte. Wenn ich mit Gisela nicht mitgegangen wäre, wäre Willi Jensen ärgerlich geworden. Und dann hätte das üble Folgen für die Tischlerei gehabt.«

»Verstehe«, murmelte Ingrid. »Und was machen wir jetzt?«

Georg fuhr sich durchs Haar. »Ich werde wieder zur Arbeit gehen. Und dann …«

»Und dann kommt Gisela und will mehr als einen Kuss von dir. Und du gibst ihr das, weil du hast Angst, du wirst entlassen.«

»Nein«, widersprach Georg.

»Versprichst du das?«

»Ja, ich verspreche, dass ich Gisela nicht mehr küsse.«

»Und was ist mit der Schwarzmarkt?«

»Das weiß ich nicht.«

»Du bist ängstlich vor Willi Jensen?«

»Nein!« Als er Ingrids zweifelnden Blick sah, seufzte Georg. »Ein bisschen schon. Er scheint sehr mächtig zu sein. Aber das ist nicht der Hauptgrund. Ohne ihn wären wir wahrscheinlich erfroren.«

»Die Kohlen waren von dem Jensen?«

Georg nickte.

»Du hast kein Freund in die Harz?«

»Nein, Ingrid.«

»Warum du hast mir nicht erzählt?«

»Warum? Warum?«, fragte Georg gereizt. »Ist das so wichtig?«

»Ich habe gedacht, dass du liebst mich.« Ingrids Blick war auf den Boden gerichtet, als graute ihr vor dem, was sie in Georgs Augen lesen würde.

Georg umfasste ihre Arme. »Sieh mich an, Ingrid.« Als Ingrid der Aufforderung nicht nachkam, wurde sein Tonfall entschiedener. »Willst du mich wohl ansehen?«

Ingrid hob den Kopf. Ihr begegnete ein Ausdruck von Entschlossenheit, unterstrichen von straff gespannten Wangenknochen und einem vorgeschobenen Kinn.

»Du hast mit dem Haushalt genug zu tun. Dazu das viele Schlange stehen und der Ärger mit der Dombrowski. Da wollte ich dich nicht auch noch mit dem Schwarzmarkt belasten. Es reicht, wenn einer sich Sorgen macht.«

Ingrid sah erneut den Mann mit der Narbe vor sich. »Ist es gefährlich?«

»Nicht richtig.«

»Dir kann nichts passieren?«

Georg fühlte sich wie ein Schwimmer, der die Strömung unterschätzt hatte und nun entdeckte, dass er sich zu weit vom rettenden Ufer entfernt hatte. »Ganz ungefährlich ist es nicht. Aber wie du siehst, ist mir nichts passiert. Ich bin nicht verletzt oder verhaftet worden.«

»Verhaftet?«, fragte Ingrid erschrocken, um sich gleich darauf über sich selbst zu ärgern.

Selbstverständlich war eine Verhaftung jederzeit möglich. Schwarzmarkthandel war schließlich verboten.

»Wie gesagt, bisher ist nichts geschehen. Ich bin vorsichtig. Und Willi Jensen ist ein Mann, der nichts dem Zufall überlässt.«

Ingrid hätte Georg gerne Glauben geschenkt, doch Angst hatte sich ihrer bemächtigt, zu groß und gewaltig, um von ein paar Worten wieder eingefangen zu werden. »Bitte hör auf. Es ist nicht wert das. Wir schaffen das allein. Meine Mutter schickt Pakete durch das Rote Kreuz.«

»Willi Jensen ist kein Mann, der einfach ein Nein hinnimmt, Ingrid.«

»Du kannst suchen dir eine andere Arbeit.«

Georg rieb sich den Nacken.

Wie sollte er sich aus dieser Situation bloß befreien? Er wollte nicht, dass seine Frau sich um ihn ängstigte. Aber konnte er einen Bruch wirklich riskieren?

»Ich muss sehen«, sagte er so vorsichtig, als balancierte er über ein dünnes Seil. »Versprechen kann ich nichts.« Er sah Ingrid forschend an. »Bleibst du trotzdem bei mir?«

Ingrid war zu überrascht über diese Frage, um darauf eine Antwort geben zu können.

In der Annahme, dass Ingrid seine Frage nicht verstanden hatte, präzisierte Georg sie. »Bleibst du bei mir, auch wenn ich weiter für Willi Jensen arbeite?«

»Natürlich, Georg.« Die Erleichterung, die Ingrid überfiel, war so groß, dass es sie beinahe von den Füßen riss. Rasch griff Georg nach ihr, um sie zu stützen.

Einen Augenblick lang hielten sie einander so innig umschlungen, als wäre sie beide zwei Teile eines großen Ganzen.

»Was ist eigentlich mit deiner Reise nach Norwegen?«, erkundigte sich Georg, nachdem sie sich voneinander gelöst hatten. »Hast du dich schon entschieden, ob du Eva mitnimmst?« Er verzog die Lippen. »Meine Mutter kann sich nicht um sie kümmern.«

»Ich darf nicht fahren.«

»Wie, du darfst nicht fahren? Dein Vater ist verstorben.«

»Ich darf nicht«, wiederholte Ingrid nur. Der Cocktail unterschiedlichster Emotionen, den sie in den vergangenen Stunden zu sich genommen hatte, hatte sie ausgelaugt.

»Das tut mir leid. Und es ist wirklich sicher, dass sie dich nicht reisen lassen?«

»Ja, das ist es. Aber musst du nicht zur Arbeit?«

»Das muss ich wohl.« Georg gab seiner Frau einen Kuss. »Bis heute Abend.«

»Du kommst heim?«

Die ängstliche Unsicherheit, mit der Ingrid ihre Frage gestellt hatte, ließ Georgs Gewissensbisse augenblicklich wieder auf den Plan treten.

Es half nichts. Er musste zumindest versuchen, vom Schwarzmarkt loszukommen. Dann gehörten auch die Trinkgelage der Vergangenheit an. Und er wurde nicht mehr dazu verleitet, Gisela zu küssen.

Nach einem langen Spaziergang mit ihrer Nichte kehrte Erika zum Haus von Frieda Dombrowski zurück. Vor dem Gartentor blieb sie stehen.

Wohin sollte sie gehen, wenn sie Eva abgeliefert hatte? Selbst wenn sie ihrem Bruder und ihrer Schwägerin die Wahr-

heit offenbarte, war damit nichts gewonnen. Es gab in deren Zimmer außer dem Bett, in dem sie schliefen, nur das kleine Kinderbett von Eva. Damit bliebe ihr einzig der Fußboden.

Ansonsten konnte sie noch zum Hauptbahnhof gehen. Dort gab es ihres Wissens nach eine Übernachtungsmöglichkeit für gestrandete Reisende und neu ankommende Flüchtlinge. Doch wollte sie unter lauten Fremden die Nacht verbringen? Beständig in der Furcht, jemand könnte sie bestehlen?

»Du bist traurig, Tante Erika«, stellte Eva fest und streckte ihr ihre Stoffpuppe entgegen.

»Für mich?«, fragte Erika erstaunt, denn sie wusste, wie sehr Eva an der Puppe hing.

»Dann bist du nicht länger traurig.«

Erika lächelte ihre Nichte an. »Vielen Dank. Aber ich glaube, die ist bei dir besser aufgehoben. Du bist schließlich ihre Mutter. Und ein Kind gehört zur Mutter.«

Eva nickte ernst, machte aber keine Anstalten, den Arm mit der Puppe zurückzuziehen. »Manchmal geht ein Kind zur Tante.«

Erika musste lachen. »Da hast du recht, meine Süße.« Sie nahm die Puppe und drückte sie an sich. Dann gab sie sie Eva zurück. »So, jetzt will sie zu ihrer Mutter zurück.«

Eva nahm die Puppe und begann, sie wie ein Baby hin und her zu wiegen.

Erika spürte ein Ziehen in der Brust.

Würde sie jemals selbst ein Kind haben?

»Da kommt Opa.«

Zunächst ging Erika davon aus, dass Eva, wie so oft, eine imaginäre Welt, mit sich und der Puppe als zentralen Handlungsfiguren, erschaffen hatte. Erst als das Mädchen seine Bemerkung wiederholte und mit dem Finger die Straße entlang wies, auf der eine vertraute Gestalt auf sie zukam, begriff Erika, dass es sich nicht um ein Spiel handelte.

Ein erleichtertes Lächeln umspielte Heinrichs Lippen, als er Tochter und Enkelin erreicht hatte. »Dem Himmel sei Dank, dass du noch hier bist!«

»Wo sollte ich denn hin? Nein, warte. Ich hätte auf den Strich gehen sollen. Das ist es doch, was Dirnen tun, oder nicht?« Erika war sich bewusst, dass ihr Ärger den Falschen traf. Sie konnte jedoch nicht anders, denn andernfalls wäre sie in Tränen ausgebrochen.

»Ich kann deinen Ärger verstehen, min Deern.« Heinrich sah zum Haus hinüber. »Ist Georg da?«

Erika zuckte die Schultern.

»Nun gut, ich wollte sowieso hauptsächlich mit dir sprechen.« Heinrich sah wieder zum Haus. »Können wir reingehen? Ich möchte unsere Familienangelegenheiten ungern vor den Nachbarn ausbreiten.«

Erika verschränkte die Arme vor der Brust. »Ich wüsste nicht, was es noch zu besprechen gibt. Muttern hat mich hinausgeworfen. Und ist dabei sehr deutlich geworden.«

»Sie hat es nicht so gemeint.«

»Meinetwegen hat sie es nicht so gemeint«, entgegnete Erika schnippisch. »Das hilft mir auch nicht weiter. Wenn du mich jetzt bitte entschuldigst, ich muss Eva abliefern und mir dann eine Unterkunft suchen, wenn ich die Nacht nicht auf dem Fußboden oder auf der Straße verbringen will.«

Erika erschrak.

Wieso hatte sie ihrem Vater nicht das Gleiche erzählt wie Georg? Dass sie zu einer Freundin ginge. Nun würde er sich Sorgen machen. Oder darauf bestehen, sie zu den Verwandten zu begleiten. Dann würde ihre Geschichte die Runde machen. Und im Nu wusste die ganze Familie von ihrer Verhaftung und davon, dass sie angeblich eine Dirne war.

»Deswegen bin ich gekommen, Erika. Ich will dich nach Hause holen.«

»Nach Hause?« Ein höhnisches Schnauben begleitete die Frage.

»Das, was unser Zuhause ist, bevor wir endlich wieder eine eigene Wohnung haben.«

»Hast du vergessen, dass Muttern mich nicht dort haben will?« Erika fragte sich, ob die hässliche Auseinandersetzung ihrem Vater so zugesetzt hatte, dass sein Gedächtnis darunter gelitten hatte.

»Sie hat sich große Sorgen gemacht, als du nicht heimgekommen bist. Fast die ganze Nacht ist sie deswegen wach gewesen.« Heinrich hatte von seinem Wunsch, das Gespräch im Haus zu führen, Abstand genommen. Zu wichtig war es ihm, Erika davon zu überzeugen, dass sie ihrer Mutter nach wie vor am Herzen lag.

Erikas Kopfschmerzen meldeten sich zurück. »Wenn es dir so wichtig ist, dann verspreche ich dir hiermit, dass ich Muttern nicht mehr böse bin. Sie hat recht. Ich habe mich falsch verhalten und habe die Verhaftung selbst provoziert. Und nun muss ich für meine Verfehlung büßen.«

Sie beugte sich vor, um das Gartentor zu öffnen. Heinrich streckte einen Arm aus, um sie daran zu hindern. »Bitte Erika, hör dir doch einmal in Ruhe an, was ich zu sagen habe.«

»Ich habe dir zugehört. Muttern hat es nicht so gemeint. Dir tut das Ganze leid. Was Frau Schmidt dazu sagt, weiß ich nicht. Und will ich im Übrigen auch gar nicht wissen.« Erika schob den Arm ihres Vaters beiseite und öffnete das

Tor. Mit Eva an der Hand betrat sie den Garten. An der Haustür merkte sie, dass ihr Vater ihr gefolgt war.

»Du hast etwas vergessen«, meinte er.

»Und das wäre?«

»Ich hatte auch gesagt, dass ich dich nach Hause holen will.«

Aus dem Augenwinkel sah Erika, wie sich an einem der Fenster, die zum Wohnbereich der Dombrowskis gehörten, der Vorhang bewegte. »Bitte geh, Vatern«, bat sie.

»Nicht ohne dich.«

»Was soll ich bei euch? Mich jeden Tag als Dirne beschimpfen lassen?«

»Aber nein!« Heinrich betrachtete sie erstaunt, bis ein reumütiges Lächeln über sein Gesicht glitt. »Ich bin doch ein Esel. Das Wichtigste habe ich glatt vergessen.« Das Lächeln wurde so strahlend, als wusste er, dass er seiner Tochter das sehnlichst erwartete Geschenk überreichte. »Muttern hat ihren Fehler eingesehen und bittet dich, nach Hause zu kommen.«

»Warum sagt sie mir das nicht selbst?«

»Du kennst sie doch. Einen Fehler einzugestehen fällt ihr schwer. Zudem schämt sie sich. Ich habe ihr aber versichert, dass du ihr verzeihst und zurückkommst. Das tust du doch?« Aus dem Lächeln war ängstliche Angespanntheit geworden, als hätte Heinrich begriffen, dass die Erika zugefügten Verletzungen womöglich zu tief waren, um vergeben zu werden.

»Ich weiß nicht, Vatern. Das kommt jetzt ein bisschen plötzlich.«

»Das verstehe ich. Aber sieh mal. Das waren außergewöhnliche Umstände. Und dann der fehlende Schlaf. Und überhaupt, wo willst du denn hin?«

Mit der letzten Frage hatte Heinrich unbeabsichtigt ins Schwarze getroffen und Erikas abwehrender Haltung ein tiefes Loch zugefügt. Dennoch zögerte sie, sich auf das Wagnis einzulassen und ins Haus von Wilhelmine Schmidt zurückzukehren. »Was ist mit Frau Schmidt?«

»Wilhelmine hat das zu akzeptieren. Schließlich kann sie sich ihre Untermieter nicht aussuchen.« Als er Erikas zweifelnde Miene sah, seufzte Heinrich. »Das wird nicht leicht, aber wenn sie erst die näheren Umstände kennt, wird auch sie Verständnis aufbringen.«

Ehe Erika dazu kam, sich zu erkundigen, um was für Umstände es sich handelte, ging hinter ihr die Tür auf und Frieda Dombrowski stand vor ihnen.

»Das hier ist ein Privathaus und kein öffentliches Lokal. Wenn sie sich unterhalten wollen, tun Sie das bitte entweder im Zimmer meiner Untermieter oder draußen auf der Straße.«

Ingrid tauchte hinter der Zimmerwirtin auf und lächelte Erika entschuldigend an.

Heinrich nahm unterdessen seine Mütze ab und verbeugte sich vor Frieda Dombrowski. »Bitte entschuldigen Sie die Störung, gnädige Frau. Gleich sind Sie uns los. Zumindest meine Tochter und mich.« Er deutete auf die gähnende Eva. »Und das Kind ist so müde, das wird erst einmal seinen Mittagsschlaf machen.« Er sah seine Schwiegertochter an. »Grüß Georg von mir und sag ihm, ich müsste bei Gelegenheit mal mit ihm sprechen.«

»Das mache ich.« Ingrid nahm ihre schläfrige Tochter auf den Arm, verabschiedete sich und ging in ihr Zimmer zurück.

»Dann wollen wir auch mal los, min Deern. Muttern wartet mit dem Mittagessen.«

Erika hätte nicht sagen können, ob es an der Angst lag, am Ende womöglich auf der Straße zu landen. Oder ob die Aussicht sie schreckte, in Anwesenheit von Frieda Dombrowski, die nicht die Absicht zeigte zu gehen, die Auseinandersetzung mit ihrem Vater weiterzuführen. Sie folgte ihrem Vater.

16. KAPITEL

Hamburg-Neustadt, Mai 1947

Seit Tagen schon war Georgs Arbeit in der Tischlerei von höchster Anspannung geprägt, als bärge jeder Schritt und jeder Handgriff die Gefahr, ihn ins Verderben zu stürzen. Immer wieder sah er sich um, ob Gisela nicht in der Nähe war. Das Gespräch, das er sich vorgenommen hatte, mit ihr zu führen, flößte ihm ein derartiges Unbehagen ein, dass er alles in seiner Macht Stehende tat, diesem aus dem Weg zu gehen.

Zu seiner Erleichterung war Gisela nicht da gewesen, als er nach der durchzechten Nacht verspätet in der Tischlerei eingetroffen war. Der folgende Tag, ein Sonntag, hatte ihm weiteren Aufschub gewährt. Giselas häufige Abwesenheit prägte fast die ganze kommende Woche. Zweimal hatte Georg sie zwar kurz gesehen, sich aber jedes Mal hastig über seine Arbeit gebeugt.

An diesem Morgen hatte diese Strategie ihm allerdings keinen Erfolg gebracht. Gisela war zu ihm gekommen und hatte ihn gebeten, sie nach der Mittagspause im Büro aufzusuchen, weil sie etwas mit ihm zu besprechen hatte.

»Na, was will die Tochter vom Chef von dir?«

Ärgerlich über die Unterbrechung, aber noch mehr, dass Giselas Bitte ihn zum Gegenstand des Klatsches machte, sah

Georg von seiner Arbeit auf. Sein Kollege Horst stand vor der Hobelbank, den Mund zu einem verschlagenen Lächeln verzogen, als wüsste er die Antwort auf seine Frage bereits.

»Weiß nicht«, murmelte Georg.

»Na, uns andere bittet sie nicht zu einem Stelldichein.«

Georgs Hände zitterten so stark, dass er den Hobel aus der Hand legen musste. »Was soll das? Ich tue meine Arbeit, genau wie ihr anderen auch.«

»Wir anderen werden aber nicht zu vertraulichen Gesprächen ins Allerheiligste gebeten.«

»Es geht um die Arbeit.«

»Ach ja?«, fragte Horst skeptisch. Dann lachte er laut auf. »Natürlich, wie konnte ich so dumm sein?« Er schlug sich mit der Hand gegen die Stirn.

Irritiert betrachtete Georg seinen Kollegen. Horst war ihm von Anfang an unsympathisch gewesen. In Gegenwart von Herrn Peters und Gisela gab er stets den beflissenen Diener, doch kaum waren die beiden gegangen, fing er an zu lästern. Überhaupt waren Klagen ein fester Bestandteil seiner täglichen Arbeitsroutine.

Wenn sich Georg oder ein anderer Geselle beim Vorarbeiter über Horst beschwerte, führte dieser, ein älterer und gutmütiger Mann, die Schicksalsschläge an, die Horst getroffen hatten. Mutter und Großmutter bei einem Bombenangriff getötet, der Vater und beide Brüder im Krieg gefallen und die Verlobte im zweiten Nachkriegswinter an den Folgen einer Lungenentzündung gestorben. Dem war nicht viel entgegenzusetzen. Dennoch hatte Georg Schwierigkeiten, seine Abneigung gegenüber dem gleichaltrigen Kollegen zu verbergen. Er hatte aber begriffen, dass dieser, nicht zuletzt aufgrund seiner persönlichen Geschichte, die Sympathien derjenigen besaß, auf die es in diesem Betrieb ankam.

Horst beugte sich zu ihm. »Was gibst du ihr denn dafür, dass sie dich an ihren Schwarzmarktgeschäften beteiligt?«

Hätte Georg den Hobel noch in der Hand gehalten, wäre ihm dieser heruntergefallen.

Woher wusste Horst vom Schwarzmarkt?

Der Vorarbeiter trat an die Hobelbank. »Quatschen könnt ihr in der Mittagspause.« Der Tadel war in mildem Ton geäußert, daher war es nicht verwunderlich, dass Horst, kaum war der Vorarbeiter weitergegangen, wieder zu reden anfing. »Ich will mitmachen.«

Georg hatte schon nach dem Hobel gegriffen, ließ nun aber die Hand sinken. »Wo mitmachen?«

»Na, bei euren geheimen Geschäften«, erklärte Horst ungeduldig.

Zunächst wollte Georg alles abstreiten, besann sich dann aber.

Vielleicht wurde ihm hier die Lösung auf dem Silbertablett serviert. Wenn er Willi Jensen einen Ersatz präsentierte, wäre der Schwarzmarkthändler womöglich bereit, ihn aus seinen Fängen zu entlassen.

»Gut«, nickte er. »Ich sehe, was ich tun kann.«

*

Trondheim, Norwegen, Mai 1947

Kaum hatte die Trauergesellschaft die Kapelle verlassen, verbarg sich die Sonne hinter den Wolken, als hätte sie verstanden, dass bei einem derart traurigen Anlass Licht und Wärme ungebetene Gäste waren.

Kristine war es an diesem Tag allerdings einerlei, ob die Sonne vom Himmel brannte oder ein Hagelschauer auf sie herniederprasselte. Seit Nils' Tod agierte sie wie eine ferngesteuerte Puppe, die alle ihr gestellten Aufgaben zuverlässig, aber ohne jegliche Emotionen verrichtete. Den Schmerz und Kummer hatte sie zusammengeschnürt und an einem Ort ganz tief in ihrem Innersten vergraben. Auch die Sache mit Astrid hatte sie dorthin verbannt.

Seit Nils' Tod hatten die beiden Frauen nur das Allernötigste miteinander gesprochen. Auch an diesem Tag gingen sie miteinander um, als wären sie flüchtige Bekannte. Kristine nahm diese Entfremdung in stummer Ergebenheit hin, wie sie es mit den unzähligen Beileidsbezeugungen von Familie, Bekannten, Nachbarn und Kollegen von Nils nach der Beisetzung tat. Unablässig schüttelte sie Hände und bekundete mit unbeweglicher Miene ihren Dank.

Als der letzte Trauergast an ihr vorübergezogen war, verharrte sie unbeweglich am Grab. »Komm, Mutter, wir wollen nach Hause.« Ihr Sohn Arne legte den Arm um ihre Schultern und führte sie vom Grab weg. Willenlos ließ Kristine es geschehen, warf nicht einmal einen Blick zurück.

Auch in der Margrethes gate hielt die Starre an. Beinahe regungslos saß Kristine in der Wohnstube, nickte nur gelegentlich, wenn sie angesprochen wurde. Den Inhalt des Gesagten hätte sie jedoch nicht wiedergeben können. Auch die Tasse Kaffee, die jemand vor ihr abgestellt hatte, rührte sie nicht an. Sie war wie abgekoppelt von allem, versunken in ihrer eigenen Welt, die aus nichts als stummer Ödnis bestand.

»Was ist denn eigentlich mit deiner Jüngsten?«, wurde sie unvermittelt gefragt. »Die habe ich hier gar nicht gesehen.«

»Jenny«, zischte eine Männerstimme.

»Was ist denn?«, fragte die Angesprochene verwundert. »Man darf doch wohl fragen?«

»Hast du das denn nicht mitbekommen?«

»Was mitbekommen?«

Getuschel setzte ein, von dem einzelne Wortfetzen zu Kristine hinüberdrangen. Der Panzer ihrer Abgestumpftheit brach ein wenig auf und brachte die darunter verborgenen Gefühle zum Vorschein.

Wie mochte es Ingrid gehen? War sie sehr traurig, dass sie nicht zur Beerdigung hatte kommen dürfen?

Nach dem Erhalt von Ingrids Telegramm, in dem diese ihr mitgeteilt hatte, dass ihr eine Reise nach Norwegen verwehrt wurde, war ein kurzer Schmerz durch Kristines Körper hindurchgeschossen. Er war allerdings so rasch verschwunden, dass er keine Spuren hinterlassen hatte. Kommentarlos hatte sie das Telegramm zur Seite gelegt und war mit ihren Beschäftigungen fortgefahren. Erst die Frage von Nils' Cousine Jenny hatte die Erinnerung daran hervorgerufen.

In diesem Augenblick ging Kristine auf, dass bis dahin niemand nach Ingrid gefragt hatte.

Als gingen alle davon aus, dass sie nicht zur Beerdigung käme. Oder hatten sie entschieden, dass sie nicht mehr zur Familie gehörte?

Ohne über mögliche Konsequenzen nachzudenken, hatte Kristine das Telegramm nach Hamburg geschickt. Es war eine unbewusste Handlung gewesen, wie das Benutzen von Messer und Gabel. Wenn jemand verstarb, wurden die Angehörigen informiert. Doch nun, in der vollbesetzten Stube, begann sie sich zu fragen, was gewesen wäre, wenn Ingrid gekommen wäre.

Hätten die anderen sie ignoriert? Oder wäre an einem solchen Tag, der einen mit der Endlichkeit des eigenen Seins konfrontierte, wenn nicht ein Vergeben, so doch zumindest ein Versöhnen möglich gewesen?

Suchend ließ Kristine ihren Blick durch den Raum schweifen, bis er an ihrer Tochter Astrid hängen blieb, die sich mit der aus Selbu angereisten Verwandtschaft unterhielt.

In ihrem Fall war der Tod kein Anlass zur Versöhnung gewesen, sondern hatte alte Gräben aufgerissen.

Mit einem Mal kam es Kristine vor, als würden sich die Wände der Stube aufeinander zubewegen. Stocksteif saß sie da, fühlte, wie ihr mehr und mehr die Luft zum Atmen genommen wurde. Wie aus weiter Ferne drang Jennys besorgte Stimme zu ihr. Sie hörte nicht, was sie sagte. Eine undurchlässige Mauer schien sie von allen zu trennen.

Was war das für ein komisches Geräusch? Es klang wie das Schnaufen einer immer schneller werdenden Lokomotive.

Erst als jemand sie sanft schüttelte, erkannte Kristine, dass sie selbst es war, die dieses Geräusch von sich gab. So sehr sie sich auch bemühte, es ließ sich nicht abstellen. Sie war wie ein Zug ohne Bremse, gezwungen, immer weiterzurasen.

Wieder wurde an ihr gerüttelt, als wäre sie ein Obstbäumchen, dessen Früchte es zu ernten galt. »Mutter!«, schrillte es dazu.

War das Astrid? Nein, das konnte nicht sein. Astrid warf ihr vor, eine Mörderin zu sein.

Dann Ingrid? Aber die war doch in Deutschland. Und eine Rückkehr war ihr nicht erlaubt, denn sie gehörte nicht mehr zu ihnen.

Und Arne? War der nicht in Schweden? Nein, der Krieg und die Besatzung waren zu Ende.

»Ich rufe einen Arzt«, entschied eine tiefe Männerstimme.

»Wir sollten jetzt gehen«, sagte eine Frau. Andere Stimmen pflichteten ihr bei.

Hände legten sich auf Kristines Schultern, Abschiedsworte wurden gemurmelt. Kristines Nachbarin Ingeborg

Bøe schlug Astrids Jungen vor, mit zu ihr zu kommen, um herauszufinden, ob sich in ihrem Haus nicht noch ein oder zwei Bonbons versteckt hatten. Nach Luft ringend, nahm Kristine nichts davon wahr.

»Mutter, bitte. Es tut mir leid.« Weinend hockte Astrid vor ihrer Mutter und umklammerte deren Handgelenke wie zwei Rettungsringe.

Kristine sah ihre Tochter verwirrt an.

»Bitte, Mutter.« Astrids Weinen war lauter geworden, so dass die restlichen Sätze in den Schluchzern untergingen. »Bitte, vergib mir!«

Der Panzer um Kristines Herz brach endgültig entzwei. Schmerz und Trauer quollen mit der Heftigkeit eines Gewitters hervor. Ihr ganzer Körper erbebte unter dem Ansturm, der die Panik und die Atemnot mit sich fortwusch.

*

Hamburg-Neustadt, Mai 1947

»Was heißt, du willst aufhören?«, erkundigte sich Gisela entgeistert.

Unbehaglich trat Georg von einem Fuß auf den anderen. »Ich möchte aus euren Geschäften aussteigen.«

Bevor er Gisela seinen Vorschlag unterbreiten konnte, Horst an seine Stelle zu setzen, war diese von ihrem Stuhl aufgesprungen und kam um den Schreibtisch herum. »Nach allem, was ich für dich getan habe, ist das dein Dank? Wer hat dir Arbeit gegeben? Ist sogar zu dir gekommen, um dich zu überreden, weil du zu stolz warst, eine Freundlichkeit anzunehmen. Und wer hat dafür gesorgt, dass du und deine Familie nicht erfriert?«

Ärger wallte in Georg auf.

Die Sache mit der Arbeit ließ sich zugegebenermaßen nicht leugnen. Aber was hätte Gisela denn ohne ihn getan? Selbst die Schmuggelfahrten unternommen?

»Ich habe mit meinen Fahrten, die stellenweise sehr gefährlich waren, dafür gesorgt, dass Willi Jensen dich und die Tischlerei nicht fallen lässt.«

Gisela kam weiter auf ihn zu. »Denkst du wirklich, unsere Firma ist von einem kleinen Tischlergesellen wie dir abhängig?« Die Wut ließ ihre blauen Augen fast violett wirken. »Warum glaubst du, habe ich dich gefragt? Weil du der Einzige bist, der diese Fahrten durchführen kann?« Ein höhnisches Lachen folgte. »Wie vermessen kann man sein? Du leidest ja an noch größerer Selbstüberschätzung als Willi!«

Georgs Ärger war längst verflogen. Stattdessen fühlte er die wohlbekannte ängstliche Anspannung, die die vergangenen Tage sein fester Begleiter gewesen war. »Ich dachte, ich helfe dir.«

»Mir helfen?« Erneut brach Gisela in höhnisches Lachen aus. »Ich habe dir geholfen, als es kein anderer getan hat. Habe dafür gesorgt, dass du Arbeit und etwas zum Heizen hast.«

Georg wünschte sich, er hätte dieses Gespräch nicht begonnen.

Er hätte weiter seine Fahrten für Willi Jensen gemacht und sich irgendwelche Ausreden einfallen lassen, um den Trinkgelagen aus dem Weg zu gehen.

Als hätte jemand einen Schalter umgelegt, war Giselas Stimmung unvermittelt umgeschlagen. Nachdenklich betrachtete sie Georg. Dann legte sich ein besorgtes Lächeln auf ihr Gesicht. »Du hast Angst, nicht wahr?«

Schamesröte verdunkelte Georgs Antlitz, während er verzweifelt nach einer Antwort rang.

Gisela trat so dicht an ihn heran, dass Georg ihr blumiger Duft in die Nase stieg. »Die Russen haben dir hart zugesetzt.« Sie streichelte seine Wange, als wäre er ein kleiner Junge, der des Trostes bedurfte. »Da ist es verständlich, wenn du eine Pause brauchst. Ich rede mit Willi. Und bis dahin …« Sie reckte sich empor und unternahm Anstalten, ihre Lippen auf die von Georg zu pressen.

Der wich zurück, sodass ihr Mund ins Leere fuhr. Überrascht öffnete sie die Augen.

»Tut mir leid, Gisela. Das geht nicht. Ich bin verheiratet.«

»Letzten Freitag war das noch kein Hindernisgrund.«

»Letzten Freitag war ich betrunken.«

Das Violett wirkte nun beinahe schwarz. »Du küsst mich also nur, wenn du betrunken bist?«

Georg kam es vor, als würde im Zimmer eine starke Hitze herrschen. »Ich … Es war ein Fehler. Tut mir leid.«

»Was war ein Fehler?«

Schweiß rann Georgs Rücken hinab.

Noch war Zeit zur Umkehr. Doch konnte er das vor sich selbst verantworten? Wollte er ein Mann sein, der um des persönlichen Vorteils willen zum Ehebrecher wurde? Vor einer Woche war er betrunken gewesen. Diese Entschuldigung galt nun nicht mehr.

Er straffte die Schultern. »Der Kuss war ein Fehler. Nicht, weil du keine schöne Frau bist«, schob er hastig nach. »Aber ich bin verheiratet und habe vor, das zu bleiben.«

»Es hat auch keiner von dir verlangt, dass du dich scheiden lässt.« Giselas Augen schimmerten wieder blau. »Aber gegen ein bisschen Vergnügen ist doch nichts einzuwenden. Was haben wir denn sonst noch?«

Wieder kam sie ganz dicht an Georg heran und ihr Duft, der ihn an eine exotische Blume denken ließ, stieg ihm in die Nase.

Welche Frau trug in diesen Zeiten ein solch edles Parfüm? Eine, die sich mit einem Schwarzmarkthändler einließ. Vielleicht hatte Willi Jensen ihr den Duft als Liebespfand überreicht? Eine Frau, die sich derart offensichtlich an einen verheirateten Mann heranmachte, schreckte sicherlich auch nicht davor zurück, sich mit einem Schwarzmarkthändler einzulassen.

»Ich habe eine Familie und eine Frau, die ich liebe und nicht hintergehen werde.« Wie um seine Worte zu unterstreichen, war Georg während des Sprechens immer weiter zurückgewichen.

»Ist das dein letztes Wort?«

Wie sollte er sich jemals im Spiegel ansehen können, wenn er nun einen Rückzieher machte?

»Ja, das ist es.«

»Gut.« Giselas Tonfall war geschäftsmäßig, als gälte es, einen Auftrag abzuwickeln. »Das habe ich zu akzeptieren. Sie aber haben bitte zu akzeptieren, dass wir mit derart wankelmütigen und unzuverlässigen Gesellen nicht zusammenarbeiten können. Daher bitte ich Sie, Ihre Sachen zu nehmen und die Tischlerei unverzüglich zu verlassen.«

*

Trondheim, Norwegen, Mai 1947

»Es tut mir leid, Mutter.« Die Schuldgefühle, die Astrid quälten, waren so groß, dass sie diesen Satz unablässig wiederholen musste.

Der Anblick ihrer nach Luft ringenden Mutter war wie ein Erdbeben gewesen, das Altes zerstörte und dabei ans Licht brachte, auf welch morschem Fundament es gebaut worden war. Zwar hatte sich an Astrids Meinung über die Norwegerinnen, die sich mit Angehörigen der Besatzungsmacht eingelassen hatten, nichts geändert. Doch der Hass, den sie ihrer Mutter nach dem Tod des Vaters entgegengeschleudert hatte, war etwas, für das sie sich nun zutiefst schämte.

Ihre herzensgute Mutter, die immer und überall für jeden ein offenes Ohr und eine helfende Hand hatte. Es verstand sich eigentlich von selbst, dass sie dabei auch ausgenutzt wurde. Denn eins musste man dem Feind lassen. Er ging geschickt vor, wie der Fall von Leifs Mutter zeigte.

Und er war in der Lage, einem selbst jeglichen Anstand zu nehmen, einen mit hinein ins Reich der Hölle zu ziehen. Wie sonst wäre es möglich gewesen, dass sie ihre eigene Mutter als Mörderin bezeichnete? Dabei war klar, warum der Vater gestorben war. Die Folgen seiner Gestapohaft hatten seinem Herzen so zugesetzt, dass es aufgehört hatte zu schlagen. Wieder etwas, wofür diese verdammten Deutschen und ihre norwegischen Verräterfreunde verantwortlich waren.

»Mir tut es auch leid«, sagte Kristine mit rauer Stimme. »Ich hätte an eure Gefühle denken müssen.«

Hätte sie anders gehandelt, wenn sie gewusst hätte, wie das Ganze endete? Wie sehr Nils sich aufregen würde?

Ein tiefer Seufzer entwich ihr.

Hätte sie anders handeln können? Wäre sie imstande gewesen, sich von Marit und Leif abzuwenden? Oder hätte sie in diesem Fall nicht das schlechte Gewissen gequält? Hatten die beiden sie doch so sehr an Ingrid und Eva erinnert.

Erschöpft ließ sie den Kopf sinken.

Wann hörte das endlich auf? Dieses Zwischen-den-Stühlen-Sitzen? Wann waren Menschen nicht länger Besatzer, Deutschenmädchen oder schlicht Feinde? Wann durfte man wieder sein Herz entscheiden lassen?

Auch Astrid hing der Überlegung nach, wie lange sie sich von der Vergangenheit noch beeinflussen lassen wollte.

Was geschehen war, war geschehen. Es ließ sich durch nichts in der Welt ändern. Sie konnte nur verhindern, dass das Leid, das die Besatzung über sie gebracht hatte, nicht noch mehr Tribut von ihrer Familie forderte. Ihr nicht auch noch die Mutter nahm. Daher musste sie dafür Sorge tragen, dass diese Verräterin Marit und ihr Deutschenkind nicht länger Zugang zu ihrer Familie hatten und die Hilfsbereitschaft ihrer Mutter ausnutzten. Es galt geschickt vorzugehen, denn ihre Mutter würde mit Sicherheit gegen dieses Vorgehen protestieren. Doch zuallererst musste sie es schaffen, dass ihre Mutter ihr vergab.

»Kannst du mir verzeihen?«, unternahm sie einen weiteren Versuch, die gewünschte Absolution zu erhalten.

»Mein liebes Kind. Natürlich verzeihe ich dir. Das war eine unbedachte Bemerkung, ausgelöst durch ganz besondere Umstände.«

Die Versöhnung mit ihrer Tochter schenkte Kristine neue Hoffnung für die Zukunft.

Zwar musste sie diese ohne ihren Mann bewältigten. Aber sie hatte ihre Kinder und Enkel um sich. Vielleicht konnte sie sogar in ein oder zwei Jahren Ingrid und Eva in ihre Arme schließen. Bis dahin musste sie sich in Geduld üben. Und, so schwer es ihr fallen mochte, einsehen, dass die Wunden, die die Besatzung geschlagen hatte, stellenweise so tief waren, dass sie nur langsam oder gar nicht heilten.

Sie brauchte den Kontakt zu Marit und Leif nicht abzu-

brechen. Es genügte, wenn sie sich nicht mehr in ihrem Haus trafen. Und irgendwann kam hoffentlich die Zeit, dass auch Astrid einsah, dass ein Kind niemals für die Taten seiner Eltern verantwortlich gemacht werden durfte. Und dass eine Frau, wenn sie ihrem Herzen folgte, nicht zwangsläufig eine Verräterin war.

Die heutige Entschuldigung ihrer Tochter hatte ihr gezeigt, dass dies durchaus im Bereich des Möglichen lag.

*

Hamburg-Neustadt, Mai 1947

Nachdem Georg seinen Arbeitsplatz aufgeräumt und seine Sachen zusammengepackt hatte, schaute er sich um. Er fühlte sich unwirklich, als spielte er in einem Film mit, in dem das Geschehen nichts mit seinem wahren Leben zu tun hatte.

»Du machst schon Schluss?« Der Vorarbeiter kam auf ihn zu und musterte ihn. »Bist du krank?«

Georg schluckte.

Sollte er die Frage bejahen? Er käme nicht wieder und müsste sich daher nicht mit den Folgen seiner Lüge auseinandersetzen.

»Weiß der Chef davon?«, wollte der Vorarbeiter wissen.

»Fräulein Peters weiß Bescheid.« Georg hatte Mühe, seine eigene Stimme zu erkennen, so kratzig klang diese.

»Dann sag besser dem Chef auch Bescheid.«

»Er ist da?«

»Sicher. Hinten im Lager.«

Georg rang mit sich.

Was sollte er Herrn Peters sagen? Die eigene Entlassung zu verkünden, war wahrlich nichts, wonach man sich sehnte.

Die Entscheidung wurde Georg dadurch abgenommen, dass der Tischlermeister die Werkstatt betrat. »Ist etwas passiert?«, fragte er erschrocken, als ihm aufging, dass alle im Raum ihre Arbeit unterbrochen hatten.

»Dem Reimers ist nicht gut«, informierte ihn der Vorarbeiter. »Daher geht er nach Hause. Ihre Tochter weiß Bescheid.«

Herr Peters betrachtete Georg besorgt. »Wo Sie diesen Katastrophenwinter gesund überstanden haben, werden Sie uns jetzt krank?«

Georg hätte in diesem Moment viel dafür gegeben, wenn er sich in eine kleine Maus hätte verwandeln können.

Dann wäre er in sein Mauseloch geflitzt, wo er geschützt vor allen Übeln der Welt war. Aber er war nun mal ein erwachsener Mann.

»Ihre Tochter hat mich entlassen«, stieß er so schnell hervor, dass es eine Weile dauerte, bis die Bedeutung seiner Worte bei Herrn Peters angekommen war.

»Entlassen? Wieso?« Die buschigen Brauen des Tischlermeisters schoben sich zusammen, dass sie beinahe eine durchgehende Linie bildeten.

»Das müssen Sie Ihre Tochter fragen.« Georg nickte in die Runde, ohne dabei einem der Männer in die Augen zu sehen. »Macht's gut. Und tschüss.« Er sagte sich, dass er jedem von ihnen eigentlich die Hand hätte schütteln müssen. Aber bereits dieser kurze Moment des Abschieds kostete ihn große Überwindung. Einzig beim Tischlermeister machte er eine Ausnahme. »Vielen Dank, Herr Peters. Auch dafür, dass Sie mir eine zweite Chance gegeben haben.« Er reichte dem älteren Mann die Hand, die dieser jedoch nicht ergriff.

»Verraten Sie mir um Himmels willen, was Sie angestellt haben?«, rief der.

Georg blickte zum Büro, dessen Tür geschlossen war. »Ich weiß es nicht.«

»Ich rede mit meiner Tochter«, entschied Herr Peters. »Sie kann nicht einfach unsere besten Leute entlassen. Immerhin bin ich noch nicht unter der Erde.« Ohne Georgs, wenn auch schwachem, Protestgemurmel Beachtung zu schenken, ging er zum Büro hinüber.

Zurück ließ er betretenes Schweigen. Keiner der Männer mochte Georg in die Augen sehen. Entsprechend erleichtert waren sie, als der Vorarbeiter sie an die Arbeit beorderte.

»Na, was hat sie gesagt?«

Georg zuckte zusammen. Horst stand neben ihm und betrachtete ihn mit diesem lauernden Blick, der Georg an ein Krokodil denken ließ, das darauf wartete, sein Maul aufzureißen, um seine Beute zu verschlingen.

»Sagt sie dem Schwarzmarkttheini Bescheid?«

Georg warf einen Blick zur Bürotür.

Sollte er die Gelegenheit nutzen und gehen? Er war schließlich offiziell entlassen. Das Schreiben hatte er bei sich. Oder konnte Herr Peters seine Tochter umstimmen? Und wenn ja, was dann?

Ein Schlag gegen den Arm riss ihn aus seinen Gedanken.

»Ich hab dich was gefragt«, herrschte ihn Horst an.

»Weiß ich nicht«, entgegnete Georg unwirsch.

»Du hast es ihr nicht gesagt. Na, warte, dir werde ich helfen. Wenn die Polizei bei dir auftaucht, um dich wegen Schwarzmarkthandels festzunehmen, wirst du es bedauern, mich ignoriert zu haben.«

Ehe Georg zu einer Erklärung ansetzen konnte, öffnete sich die Bürotür und ein verärgert wirkender Tischlermeister marschierte hinaus. Als sein Blick auf Georg fiel, hellte sich sein Gesicht auf. »Herr Reimers, ich muss mich entschuldigen.« Er streckte Georg die Hand entgegen, die dieser, verdutzt über die unerwartete Wendung, ergriff.

»Sie bleiben selbstverständlich bei uns«, versicherte ihm Herr Peters.

»Aber …« Georg sah zum Büro, doch von Gisela war nichts zu sehen.

»Sie müssen meine Tochter entschuldigen«, bat der Tischlermeister. »Sie hat unüberlegt gehandelt und bedauert die Entlassung.« Er streckte erneut die Hand aus. »Geben Sie mir den verdammten Wisch.«

Als wäre er einer Trance verfallen, erfüllte Georg ihm den Wunsch. Der Tischlermeister nahm das Papier und zerriss es in mehrere Fetzen. »So, und jetzt vergessen wir, dass es diese Entlassung jemals gegeben hat.«

Georg fühlte sich wie jemand, der nach langer Abwesenheit heimkehrte und entdeckte, dass alles, seine Familie eingeschlossen, ihm fremd geworden war.

Der Tischlermeister erkannte den Zweifel in Georgs Augen. »Meine Tochter handelt manchmal einfach zu gefühlsbetont.« Er lächelte. »Aber so sind die Frauen. Und anders wollen wir sie ja auch gar nicht haben.«

Georg war sich nicht sicher, ob seine Entlassung ein simpler Gefühlsausbruch gewesen war.

Immerhin hatte Gisela sich hingesetzt und sie auf der Schreibmaschine getippt. Er würde sich aber davor hüten, sein Glück herauszufordern.

»Selbstverständlich. Ich habe das Ganze schon vergessen.«

Der Tischlermeister strahlte. »Gut, gut. Dann gehen wir alle wieder an die Arbeit. Und ich werde ab jetzt die Zügel straffen. Schließlich geht es nicht, einen Betrieb nach Gefühl zu führen.«

»Haste noch mal Glück gehabt«, sagte Horst, nachdem Herr Peters im Büro verschwunden war.

Georg überlegte.

Er hatte zwar seine Arbeit, aber die Sache mit dem Schwarzmarkt war nicht ausgestanden. Es sei denn, Willi Jensen wäre wirklich bereit, Horst als Ersatz zu akzeptieren.

»Ich bringe dich morgen Abend nach der Arbeit zu Willi Jensen. Dann kannst du ihm selbst deine Dienste anbieten.«

Zu Georgs Erstaunen war Willi Jensen tatsächlich bereit, sich auf den Tauschhandel einzulassen. »Aber du hältst dich für den Notfall bereit«, sagte er zu Georg.

»Selbstverständlich«, versprach der, in der Hoffnung, dass dieser Umstand nie einträfe.

*

Hamburg-Rahlstedt, Juni 1947

Erika hatte geahnt, dass der Tag käme, wo sie Peter Williams von Angesicht zu Angesicht gegenüberstünde. Sie hatte sich gesagt, dass es ihr nichts ausmachen würde, dass mit ihrer Abkehr von allem, was britisch war, auch ihre Gefühle für den jungen Engländer verschwänden. Doch nun, wo er sie ansah, in einer Mischung aus Besorgnis und Unsicherheit, überwältigten sie diese Gefühle mit der Wucht einer Sturmbö. Ihre Knie fingen an zu zittern und sie musste sich am Türrahmen festhalten.

»Erika.« Verlegen drehte Peter Williams seine Uniformmütze zwischen den Fingern.

»Peter.« Ungeachtet ihres Vorsatzes, Peter Williams auf Abstand zu halten, wählte Erika die vertraute Anrede. Es war wie ein Reflex.

»Wie geht es dir?«

»Gut.« Die Antwort kam rasch und in einem schroffen Tonfall, als wollte Erika weitere Fragen sogleich im Keim ersticken.

Dieses Vorhaben gelang ihr auch zunächst. Peter Williams biss sich auf die Lippen und ließ seine Mütze aufs Neue hin und her kreisen.

»Wer ist da, Erika?« Margarete erschien hinter ihrer Tochter und beäugte den jungen Engländer misstrauisch, als befürchtete sie, er wäre gekommen, um sie aus dem Haus zu werfen.

Eigentlich hätte Erika ihre Mutter und den Soldaten einander vorstellen müssen. So war sie erzogen worden. Sie war jedoch unfähig, sich zu rühren, geschweige denn, auch nur ein Wort über die Lippen zu bringen.

Peter schritt daher selbst zur Tat und stellte sich Margarete in formvollendeter Höflichkeit vor. »Lance Corporal Peter Williams. Sehr erfreut, Sie kennenzulernen, gnädige Frau.«

Auf Margarete machte dies keinen Eindruck. Im Gegenteil, ihr Gesichtsausdruck verfinsterte sich noch mehr. »Ist das dein Engländer?«, wollte sie von ihrer Tochter wissen.

Erika fühlte sich mit der Situation überfordert.

Was sollte sie antworten? Wenn sie die Wahrheit sagte, hätte das unweigerlich einen mütterlichen Wutausbruch zur Folge. Am Ende überdachte ihre Mutter ihren Entschluss, sie wieder bei sich aufzunehmen. Es war ihr sowieso unbegreiflich, wie es zu diesem unvermuteten Sinneswandel gekommen war. Infrage stellen mochte sie ihn nicht. Denn dann wäre sie erneut vor die Aufgabe gestellt, schnellstmöglich eine Unterkunft in der zerstörten Stadt zu finden.

Wenn sie die Wahrheit leugnete, stieß sie allerdings Peter vor den Kopf, der nichts anderes getan hatte, als sich um ihr Wohlergehen zu sorgen und ihr seine Liebe zu erklären.

Ein Druckgefühl machte sich in Erikas Brustkorb breit, das in ihr den Wunsch nach Flucht weckte.

Doch wohin sollte sie? Ihre Ausgangslage war dieselbe wie zuvor.

Margarete war zu dem Schluss gekommen, dass Erikas ausbleibende Antwort Bestätigung genug war. »Ich dachte, du hast dich von ihm getrennt?«, fuhr sie ihre Tochter an. »Oder galt das nur für deine Arbeit?«

»Major Evans sagte, du hast gegeben Arbeit auf«, schaltete sich Peter ein. »Ist passiert etwas?«

»Ob etwas passiert ist?« Empört stemmte Margarete die Hände in die Hüften. »Verhaftet haben sie sie.«

Verständnislos starrte Peter erst Margarete, dann Erika an. »Verhaftet?«

Glühende Hitze durchströmte Erika und sie senkte beschämt den Blick.

»Ja, Ihre Landsleute haben sie verhaftet. Und warum? Weil sie mit ihnen ausgegangen ist.« Margarete machte einen Schritt auf den jungen Engländer zu, der immer noch mit fassungsloser Miene abwechselnd Erika und ihre Mutter anstarrte. »Das nenne ich mal einen raffinierten Plan. Erst die Deern anlocken, ihr schöne Worte machen und Schnaps ausschenken. Und wenn sie dann anbeißt, sie verhaften.« Sie funkelte Peter so wütend an, als zeichnete er allein dafür verantwortlich.

Peter hatte indes nur Augen für Erika. »Wer hat verhaftet dich?«

»Na, ihr Engländer natürlich«, erwiderte Margarete an Erikas Stelle. Dann begann sie, langsam und deutlich sprechend, ihm die Abläufe jenes Abends, an dem Erika verhaftet worden war, zu schildern. »In die Falle gelockt haben sie sie«, schloss sie ihren Bericht ab. »Aber mit uns kann man das ja machen. Erst die Nazis und nun ihr Engländer. Immer sind wir die Leidtragenden.«

Während Margaretes Erzählung hatte Peters Blick unverwandt auf Erika geruht, als hätte er gehofft, sie würde ihre Mutter unterbrechen und ihm eröffnen, dass das Ganze ein Irrtum wäre. Erika tat nichts dergleichen. Sie hielt weiterhin den Kopf gesenkt und schwieg.

»Du warst mit anderen Männern aus?«

Der Schmerz in Peters Stimme ließ Erika einmal mehr bereuen, Helgas Drängen nachgegeben zu haben.

Nun war es zu spät. Sie steckte in der Grube fest, die sie sich selbst gegraben hatte.

»Ja, das war sie.« Wieder war es Margarete, die anstelle ihrer Tochter antwortete. »Und für diesen Fehler hat sie teuer bezahlt. Aber damit ist nun Schluss. Wir haben unsere Lektion gelernt und halten uns ab jetzt von euch Engländern fern.«

Erika wollte widersprechen, ihrer Mutter erklären, dass Peter Williams keine Verantwortung für ihre Verhaftung trug und im Übrigen ein zutiefst anständiger Mensch war. Aber nichts davon kam über ihre Lippen. Es war, als hätte jemand seine Hände auf ihren Kehlkopf gepresst.

Während Margaretes Erzählung war Peter Williams immer bleicher geworden. Der letzte Rest Farbe war ihm bei Margaretes letzter Äußerung entwichen. Aufgeben mochte er jedoch nicht. »Ich dachte, wir, du und ich, das ist besonders. Ich will dich heiraten.«

Erika schloss die Augen, obgleich ihr bewusst war, dass sie sich der Bedrängnis, in der sie sich befand, nicht entziehen konnte.

Und war es nicht besser so? Musste nicht einmal eine Entscheidung getroffen werden?

»Du willst einen Engländer heiraten?« Margaretes Stimme mochte ihr kaum gehorchen.

Erika atmete tief durch und öffnete die Augen. Sie fand sich einer intensiven Musterung sowohl von Seiten ihrer Mutter als auch von Peter Williams ausgesetzt.

Beide erwarteten eine Entscheidung von ihr. Wie sollte sie diese treffen, wo, egal, wie sie sich entschied, es ihr in jedem Fall das Herz zerrisse?

»Wir waren uns doch einig, dass der Engländer ein Fehler war, oder etwa nicht?«

Warum musste das Leben es einem immer so schwer machen? Warum durfte man nie glücklich sein?

»Erika, ich verlange eine Antwort von dir. Willst du diesen Menschen, der zu denen gehört, die deine Schwester auf dem Gewissen haben, wirklich heiraten?«

Nun galt es. Sie konnte sich nicht länger verstecken.

Erika schaute zu Peter und sah den Kummer in seinen Augen. In diesem Moment begriff sie, wie sehr sie ihn liebte.

»Erika!«, schrillte die Stimme ihrer Mutter, die sich um einige Oktaven erhoben hatte, an ihr Ohr. »Du musst dich entscheiden. Er oder wir!«

Zum ersten Mal, seit er an die Tür von Wilhelmine Schmidts Haus geklopft hatte, wich Erika Peters Blick nicht aus. »Es tut mir so leid.« Ihre Stimme brach.

Sie musste nicht weiterreden. Peter hatte die Botschaft verstanden. »Ist das dein letztes Wort? Du willst mich nicht?«

Noch gab es die Möglichkeit einer Umkehr. Doch wohin sollte sie dieser neue Weg führen? Wollte sie fern der Heimat in einem fremden und ihr feindselig gesinnten Land leben? Würde ihre Liebe das aushalten? Was wäre, wenn sie scheiterten? Wenn Peter sie verließe? Dann stünde sie ohne Familie da. Hätte niemanden, der sie auffinge.

»Ich wünsche dir für deine Zukunft alles Gute. Aber komm bitte nicht mehr her.« Kaum hatte sie zu Ende gesprochen, drehte sie sich um und stürzte davon. Niemand sollte ihre Tränen sehen.

So hörte sie nicht, wie Margarete den jungen Engländer aufforderte, umgehend das Haus zu verlassen und sich nicht mehr bei ihnen blicken zu lassen. Sie bekam auch nicht mit, wie Peter mit hängenden Schultern zum Wagen ging, dort zu den Fenstern hochblickte und dann, nachdem er mehrere Minuten gewartet hatte, mit der Langsamkeit eines alten Mannes einstieg und davonfuhr.

EPILOG

Hamburg-Stellingen, April 1950

»Wenn ihr den Bus nicht verpassen wollt, müssen wir jetzt los«, drängte Georg und griff nach dem großen Koffer.

Mit einem forschenden Blick nach allen Seiten vergewisserte sich Ingrid, dass sie nichts vergessen hatte. Es kam ihr unwirklich vor, dass sie tatsächlich nach Norwegen reisen würde.

Sie hatten sie weder zur Beerdigung ihres Vaters noch zur Hochzeit ihres Bruders fahren lassen. Doch was half es, sich darüber den Kopf zu zerbrechen? Sie durfte endlich reisen. Das war alles, was zählte.

Ingrid war mehr als überrascht gewesen, als sie Anfang vergangenen Jahres eine Einladung zu Arnes Hochzeit erhalten hatte. Wieder und wieder hatte sie die Karte betrachtet und gerätselt, in welcher Absicht sie verschickt worden war. Sich der letzten Begegnung mit ihrem Bruder entsinnend, war ihr die Einladung noch unbegreiflicher vorgekommen. Sie hatte mehrmals die Adresse überprüft. Es war unzweifelhaft ihr Name gewesen, der auf dem Umschlag gestanden hatte.

Vermutlich hatte ihre Mutter die Einladung geschickt. Hatte sie geglaubt, das Glück der eigenen Verliebtheit hätte Arne den Groll, den er gegen seine jüngste Schwester hegte, vergessen lassen? Nun, sie hatte es nicht herausfinden können.

»Mama, wir müssen los«, wiederholte Eva die Worte ihres Vaters. Sie nahm ihre zweijährige Schwester Anne an die Hand und verließ mit ihr die Nissenhütte.

Anstatt ihnen zu folgen, sah Ingrid sich ein weiteres Mal um.

Was würde sie bei ihrer Rückkehr erwarten? Würden sie eine richtige Wohnung bekommen? Für die Kinder war dieses Hüttenlager selbstverständlich herrlich. Sie mussten nur vor die Tür treten und hatten jede Menge Spielkameraden.

Und bei ihr selbst? Wog die Aussicht auf eine richtige Wohnung, womöglich mit fließendem Wasser, stärker als die Nähe zu Ragnhild?

Ingrid wurde warm ums Herz, wenn sie an ihre Freundin dachte.

Wie stünden sie ohne ihre Hilfe da?

Ragnhild hatte ihr nicht nur neuen Lebensmut geschenkt und sie aus ihrer Einsamkeit herausgeholt. Sie und ihr Mann hatten Georg auch eine neue Arbeit verschafft und ihn damit endgültig aus den Fängen von Gisela Peters befreit.

Ingrid hatte verstanden, dass Georg sich nicht, ohne Konsequenzen fürchten zu müssen, gänzlich von dem Schwarzmarkthändler hatte lösen können. Daher hatte sie seine illegale Arbeit mitgetragen, die sich zu ihrer Erleichterung auf eine Handvoll Einsätze beschränkt hatte. Sie hatte ihrem Mann den Rücken gestärkt, wenn ihn, angewidert von sich selbst, Zweifel übermannt hatten.

Die Fundamente ihrer Liebe, die von einer dicken Schicht aus Elend, Angst, Geheimnissen und Eifersucht verdeckt worden waren, waren freigelegt worden. Es war, als hätte ihre Ehe ein zweites Mal begonnen, auch wenn das nagende

Gefühl der Eifersucht Ingrid nicht gänzlich verlassen hatte. Wie bei einer schweren Krankheit, von der man sich nur langsam erholte, hatte im Hintergrund das Misstrauen gelauert. Zwar hatte Georg Ingrid keinen Anlass geliefert, an seiner Treue zu zweifeln. Die Unsicherheit war gleichwohl erst gewichen, als Georg die Tischlerei verlassen und die von Ragnhilds Mann vermittelte Stelle beim Amt für Strom- und Hafenbau angetreten hatte.

Wenige Wochen danach war das Leben der Eheleute erneut durcheinandergewirbelt worden, als der Sohn von Frieda Dombrowski seine Rückkehr aus der Kriegsgefangenschaft ankündigte. Die Zimmerwirtin, das Telegramm mit der Nachricht in den Händen haltend, war in das Zimmer der Reimers' gestürmt und hatte deren sofortigen Auszug verlangt. Aufs Neue waren es Ragnhild und ihr Mann gewesen, die Ingrid und Georg beigestanden hatten, indem sie ihnen vorschlugen, zu ihnen ins Nissenhüttenlager am Altonaer Volkspark zu ziehen.

Mit Schaudern erinnerte sich Ingrid an die erste Zeit in der einfachen Wellblechhütte. Sie war direkt aus dem Krankenhaus, wo sie ihre Tochter Anne zur Welt gebracht hatte, nach Stellingen gekommen. Beim Anblick des Lehmfußbodens und der Aussicht, die Hütte mit einem älteren Ehepaar teilen zu müssen, war sie in Tränen ausgebrochen. Ragnhild hatte sie getröstet und ihr versichert, dass alles besser werden würde. Sie müssten nur Geduld haben und zusammenhalten.

Es war besser geworden. Georg hatte in seiner wenigen Freizeit unablässig an der Hütte herumgewerkelt. So hatte er nicht nur aus Brettern einen Fußboden gelegt, sondern auch eine Holzwand als Abtrennung durch die Hütte gezogen. Möbel hatte er ihnen auch getischlert. Ingrid hatte nicht gefragt, woher er das Holz hatte. Selbst wenn er es gestohlen hätte, es wäre ihr gleichgültig gewesen. Für sie zählte nur, dass er aus einer ungemütlichen Behausung ein Heim geschaffen hatte.

Als dann im Juni 1948 mit der Währungsreform der Schwarzmarkt zusammengebrochen war, hatten sich die Bande zwischen Willi Jensen und Georg endgültig gelöst. Als hätte es ihn nie gegeben, war der Schwarzmarkthändler ohne jegliches Aufheben aus Georgs Leben verschwunden.

Mit der neuen Währung hatten sich die Auslagen der Geschäfte über Nacht wie von Zauberhand gefüllt. Das Geld, sich all die Dinge, die man so lange entbehrt hatte, kaufen zu können, besaßen indessen die wenigsten. Auch im Jahre 1950 war für viele Anschaffungen langes Sparen erforderlich.

Zumindest litten sie keinen Hunger mehr, dachte Ingrid dankbar.

»Hast du es dir überlegt und bleibst hier?«, begrüßte Ragnhild die Freundin, nachdem Ingrid ins Freie getreten war.

Ingrid sah zu Georg hinüber, der sich mit Ragnhilds Mann unterhielt. Wie immer durchzuckten sie die Blitze des schlechten Gewissens bei der Aussicht, ihren Mann so lange allein zu lassen. Ein konkretes Rückkehrdatum hatten sie nicht ausgemacht.

»Du hast deine Mutter über viereinhalb Jahre nicht gesehen. Da ist es selbstverständlich, dass ihr länger bleibt. Meinetwegen auch bis zum Ende des Sommers«, hatte Georg ihr gut zugesprochen. »In einem Jahr kommt Eva in die Schule. Da könnt ihr nicht mehr so lange wegfahren.«

Als Antwort hatte Ingrid ihm einen langen und innigen Kuss gegeben. Dennoch war ein Gefühl des Unwohlseins geblieben.

Sicher, sie sähe ihre Mutter wieder. Das war ein ausreichender Grund, dieses Wagnis einzugehen.

Aber wie würden die anderen sie empfangen? Vor beinahe fünf Jahren hatten sie sie als Verräterin beschimpft und sich von ihr abgewandt. Würde sich daran etwas geändert haben?

Wie würde es auf den Straßen sein? Mit den Kindern sprach sie nur Deutsch. Welche Reaktionen würden sie ernten?

»Ich finde es mutig, dass du fährst«, meinte Ragnhild, als hätte sie Einblick in Ingrids Gedankenwelt gehabt. »Ich weiß nicht, ob ich das schaffen würde. Andererseits habe ich auch nicht so eine Mutter wie du, die einen trotz allem liebt und unterstützt.«

Unermüdlich hatte Kristine Pakete geschickt, zunächst über das Norwegische Rote Kreuz, später auf dem normalen Postweg. Sogar Ingrids alte Kommode, eine wundervolle Anfertigung eines Selbuer Tischlers, hatte den Weg nach Hamburg gefunden. Georg war ein wenig gekränkt gewesen und hatte erklärt, er wäre Tischler genug, um so etwas selbst anfertigen zu können. Dennoch war er, ohne zu klagen, mit Ingrid zum Zoll gegangen, um das Möbelstück abzuholen. Auf einer hölzernen Karre hatten sie die Kommode zu Fuß die vielen Kilometer vom Zollamt am Hafen bis zum Volkspark transportiert.

»Wenn meine Mutter nicht wäre, würde ich auch nicht fahren«, gab Ingrid zu.

Zum Glück waren Astrid und Einar mit den Kindern ausgezogen. Sie wohnten zwar nicht weit von ihrem Elternhaus entfernt, aber zumindest bestand nicht die Gefahr, dass sie ihrer Schwester täglich über den Weg liefe.

Blieb noch ihr Bruder. Wie würde er ihr begegnen? Hatte ihn die Heirat milder gestimmt? Immerhin billigte er, dass sie mit den Mädchen bei der Mutter wohnen durfte.

Nach Arnes Heirat war Kristine in die Wohnung im ersten Stock gezogen, die durch den Auszug von Astrid und ihrer

Familie frei geworden war. Arne und seine Frau Liv wohnten, zusammen mit ihrer kleinen Tochter Tove, im Erdgeschoss.

»Wenn's zu schlimm wird, kommt ihr eben zurück«, schlug Ragnhild vor. »In der Zwischenzeit kümmern wir uns um deinen Mann, damit er keine Dummheiten macht.« Die letzten beiden Sätze hatte sie auf Deutsch gesagt und in einer Lautstärke, die verriet, dass sie nicht allein für Ingrids Ohren bestimmt waren.

Georgs Erwiderung folgte prompt. »Was soll ich schon für Dummheiten machen? Ich arbeite sechs Tage die Woche und habe den Rest der Zeit den Haushalt zu besorgen. Essen kochen, Wäsche waschen und, und, und.«

Aufs Neue überfiel Ingrid das schlechte Gewissen.

Konnte sie die Reise wirklich verantworten?

Margarete und Heinrich wohnten in Dulsberg. Das war zu weit, als dass Georgs Mutter vorbeikommen und ihrem Sohn etwas kochen konnte. Und Erika lebte in Rahlstedt, das noch weiter entfernt war. Zudem war sie mit ihrer eigenen Familie beschäftigt genug.

Ingrid hatte nicht verstanden, was zwischen ihrer Schwägerin und Peter Williams vorgefallen war. Von Georg hatte sie nur erfahren, dass es wegen dieser Beziehung einen erheblichen Streit zwischen Mutter und Tochter gegeben hatte.

Wie glücklich und dankbar konnte sie sich schätzen, dass ihre Mutter stets zu ihr gehalten hatte. Wenigstens war die Beziehung für Erika ohne weitere Folgen geblieben.

Doch stimmte das? Erika hatte zwar kein Kind bekommen. Dennoch hatte das Verhältnis Spuren hinterlassen.

Es erschien Ingrid, als wäre das Licht, das der britische Soldat in Erika entzündet hatte, mit dem Ende der Beziehung erloschen. Und nichts hatte es wieder in Gang bringen können. Weder Erikas Heirat mit einem Rahlstedter

Handwerksmeister, die wenige Wochen nach ihrem Kennenlernen stattfand, noch die Geburt ihres kleinen Sohnes im vergangenen Herbst. Kaum etwas konnte ihr Interesse wecken. Alle anfallenden Arbeiten wurden mit gleichgültiger Trägheit erledigt. Auch das Verhältnis zu Eva hatte sich merklich abgekühlt.

»Du schaffst das schon, Georg«, lachte Ragnhild unterdessen. »Und bevor du verhungerst, kommst du zu uns.« Sie wandte sich an Ingrid. »Mach dir keine Sorgen«, versicherte sie ihr auf Norwegisch. »Wir kümmern uns um ihn. Wenn du jetzt nicht fährst, fährst du nie. Und wer weiß, ob es nicht irgendwann zu spät ist, deine Mutter wiederzusehen.«

Das gab den Ausschlag. Ingrid überwand ihr Zaudern. Nachdem sie sich von Ragnhild und ihrem Mann verabschiedet und sich für deren Unterstützung bedankt hatte, machte sie sich mit Georg und den Kindern auf den Weg zum Bus.

Dort angekommen, war es Zeit, erneut Abschied zu nehmen. Nach einer schnellen Umarmung und einem kurzen Kuss, mehr Gefühlsbekundungen mochten sie in der Öffentlichkeit nicht zeigen, sah Georg seine Frau eindringlich an. »Passt auf euch auf. Und kommt gesund zu mir zurück.« Er zögerte, bevor er weitersprach. »Ihr kommt doch zu mir zurück?«, fragte er dann leise.

Für einen Augenblick erlaubte sich Ingrid den Gedanken, wie es wohl wäre, wenn sie in Trondheim bei der Mutter bliebe. Aber dieser Augenblick verrann so schnell, wie er gekommen war.

»Natürlich kommen wir zurück«, versprach sie. »Das hier ist jetzt meine Heimat und die der Kinder sowieso.«

*

Trondheim, April 1950

Ein letztes Mal strich Kristine über das Laken, das nun so glatt dalag, als wäre sie mit dem Bügeleisen darüber gefahren.

»So, hier sind Bettdecke und Kissen«, sagte Liv.

»Das ist nett, dass du mir hilfst«, bedankte sich Kristine und nahm das Kissen, um es auf das Bett zu legen, während ihre Schwiegertochter das Gleiche mit der Bettdecke tat.

»Das ist doch selbstverständlich«, entgegnete Liv.

»Und ihr habt wirklich nichts dagegen, dass Ingrid mit ihren Kindern hier wohnt?«

Liv lächelte. »Zunächst ist es dein Haus. Das heißt, du entscheidest, wer hier wohnt. Und zweitens ist Ingrid deine Tochter. Wo sonst soll sie wohnen, wenn nicht bei ihrer Mutter?«

Am liebsten hätte Kristine ihre Schwiegertochter in die Arme genommen. Sie war allerdings unsicher, wie diese darauf reagieren würde.

Von Anfang an hatte Kristine Sympathie für die junge Frau empfunden, die Arne an einem lauen Sommerabend mit nach Hause gebracht hatte. Es war einige Wochen nach Nils' Beisetzung gewesen und Kristine nach wie vor einem Zustand trauriger Trübnis verfangen. Zudem hatte sie die Frage über den Verbleib von Marit und Leif gequält.

Ein paar Tage nach der Beerdigung war sie zu Marits Wohnung gegangen. Dort hatte sie von einer Nachbarin erfahren müssen, dass Marit und Leif ausgezogen waren. Auf ihre Frage, wo Marit hingewollt hätte, hatte sie ein Schulterzucken als Antwort erhalten.

Kristine hatte das kommentarlose Verschwinden der jungen Frau schmerzlich getroffen. Ein Teil von ihr war aber auch erleichtert gewesen. War somit doch die größte Gefahrenquelle für ein erneutes Zerwürfnis mit ihrer ältesten Tochter gebannt.

Seit ihrer tränenreichen Versöhnung am Tag der Beerdigung waren sich Mutter und Tochter wieder nähergekommen, wenn auch ihr Verhältnis von einer gewissen Distanziertheit geprägt blieb.

Der Ankündigung des Besuchs der jüngeren Schwester in Trondheim war Astrid zwar nicht, wie von Kristine befürchtet, mit ausfallender Gehässigkeit begegnet. Dennoch hatte ihr zur Schau gestelltes Desinteresse gezeigt, wie sehr das Verhältnis der beiden Schwestern nach wie vor von der Vergangenheit belastet war.

Würde sich daran jemals etwas ändern?

Sie durfte nicht undankbar sein. Gleichgültigkeit war besser als Hass. Sie bot die Möglichkeit, dass Ingrid und die Mädchen einen ungestörten Aufenthalt hätten.

»Es ist mir trotzdem wichtig, dass ihr einverstanden seid«, sagte Kristine. »Was wäre das sonst für ein Leben in diesem Haus?«

Mit ängstlicher Behutsamkeit hatte Kristine ihrem Sohn die Bitte vorgetragen, Ingrid mit ihren Töchtern für einige Zeit bei sich beherbergen zu dürfen. Die Nacht davor hatte sie wach gelegen und gegrübelt, mit welchen Argumenten sie ihren Sohn überzeugen könnte. Zu ihrem Erstaunen hatte sie keines davon benutzen müssen.

»Es ist dein Haus«, hatte Arne geknurrt, ohne von seiner Zeitung aufzuschauen.

Nicht wissend, wie sie seine Antwort deuten sollte, hatte Kristine ihre Frage ein zweites Mal gestellt und dieselbe Auskunft erhalten.

»Wir haben wirklich nichts dagegen«, beteuerte Liv.

»Auch Arne? Vor Ingrids Auszug damals haben im Haus viel Wut und Verachtung geherrscht.«

»Das war doch fast überall so. Aber letzten Endes ist Ingrid eine junge Frau, die sich verliebt hat.«

Überrascht sah Kristine ihre Schwiegertochter an. »Sieht Arne das genauso?«

Liv seufzte. »Nein. Aber er ist zumindest nicht gegen den Besuch. Für ihn wie auch für Astrid ist die Zukunft wichtiger als die Vergangenheit. Sie werden Ingrid nicht mit offenen Armen empfangen, aber auch nicht beschimpfen. Darauf kann man, denke ich, aufbauen.«

Liv hatte recht. Darauf konnte man aufbauen.

NACHWORT

Wie auch sein Vorgänger »Schicksalstage am Fjord« ist dieses Buch von meiner eigenen Familiengeschichte inspiriert worden. Durch ihre Eheschließung mit einem deutschen Soldaten ist meine norwegische Großmutter im Oktober 1945 automatisch Deutsche geworden. Und Deutsche wollten die Norweger nach fünf Jahren unter deutscher Knute verständlicherweise nicht mehr im Land haben. So haben meine Großeltern nach der Heirat Norwegen verlassen müssen und sind nach Hamburg, in die Heimatstadt meines Großvaters, gezogen. Da meiner Großmutter ihre norwegische Staatsbürgerschaft aberkannt worden war, musste sie bis 1950 warten, um ihre Mutter, die wie Kristine Bakken immer zu ihr gehalten hatte, wiederzusehen. Erst dann wurde ihr eine Einreisegenehmigung erteilt.

Die ersten Nachkriegsjahre waren, wie bei so vielen, auch für meine Großeltern hart und entbehrungsreich. Hatte Deutschland während des Krieges seine Versorgung durch die Ausplünderung der von ihm besetzten Länder aufrechterhalten, war es nach dessen Ende zunächst auf sich gestellt. Hunger und Kälte sowie der Mangel an beinahe allem prägten das Leben, bis es, auch und gerade wegen der Unterstützung der ehemaligen Kriegsgegner, in den westdeutschen Besatzungszonen wieder aufwärtsging. Je nach Lebensumständen geschah das bei jeder Familie allerdings in unterschiedlichem Tempo. Eine richtige Wohnung haben meine Großeltern erst im Dezember 1957 bekommen.

Vor diesem Hintergrund habe ich meine Geschichte angesiedelt. Als Grundlage diente mir ein Gespräch mit meinem Großvater, das ich mit ihm vor einigen Jahren anlässlich eines Artikels, den ich damals für ein norwegisches Geschichtsjahrbuch schrieb, geführt habe.

Ich habe mir aber auch die Freiheit genommen, einiges zu erfinden. In meiner Familie hatte niemand eine Beziehung zu einem britischen Besatzungssoldaten. Auch von Schwarzmarktgeschäften ist mir nichts bekannt. Die beengten Wohnverhältnisse in Hamburg-Rahlstedt entsprechen hingegen ebenso den Tatsachen wie die ablehnende Haltung meiner Urgroßmutter gegenüber einer ausländischen Schwiegertochter.

Neben meinem Großvater bin ich noch weiteren Menschen zu Dank verpflichtet, ohne deren Hilfe ich das Buch nicht hätte schreiben können:

Werner Jansen, Geschichtswerkstatt Rahlstedt
Christian Rathmer, Historiker
Marianne Zeiner Aarstrand, Malvik Historielag
Greta Aarstrand
Aud Nanna Johnsen
Günter Lübcke
Ursula Schmekal
Robert Schmekal
Waldemar Pfeiffer, Pfeiffer Innenausbau
und
Dr. Christopf Strupp, Institut für Zeitgeschichte in Hamburg

Ohne meine großartige Lektorin Claudia Senghaas, die

mich während des Schreibprozesses kontinuierlich unterstützt hat, wäre das Manuskript niemals so schnell fertig geworden. Ich freue mich schon auf unsere nächste Zusammenarbeit.

Bedanken möchte ich mich auch wieder bei meiner wunderbaren Agentin Anna Mechler sowie meinem Verlag und seinen tollen Mitarbeiterinnen und Mitarbeitern.

Und wie immer geht das größte Dankeschön an die bei den wichtigsten Menschen in meinem Leben, meinen Mann und meinen Sohn Simon. Ohne eure Liebe und Geduld hätte ich das nicht durchziehen können.